Carin Gerhardsen

IN DEINEN EISKALTEN AUGEN

Kriminalroman

Aus dem Schwedischen von
Thorsten Alms

BASTEI
LÜBBE
TASCHENBUCH

BASTEI LÜBBE TASCHENBUCH
Band 17 652

Dieser Titel ist auch als E-Book erschienen

MIX
Papier aus verantwortungsvollen Quellen
FSC® C083411

Vollständige Taschenbuchausgabe

Deutsche Erstausgabe

Für die Originalausgabe:

Titel der schwedischen Originalausgabe: »Hennes iskalla ögon«
Originalverlag: Norstedts, Sweden
Published by arrangement with Nordin Agency AB, Sweden

Für die deutschsprachige Ausgabe:

Textredaktion: Julie Hübner, Berlin
Titelillustration: © urbancow/iStockphoto; © Triff/shutterstock;
© Kichigin/shutterstock
Umschlaggestaltung: Manuela Städele-Monverde
Satz: Urban SatzKonzept, Düsseldorf
Gesetzt aus der Garamond
Druck und Verarbeitung: CPI books GmbH, Leck – Germany
Printed in Germany
ISBN 978-3-404-17652-6

5 4 3 2 1

Sie finden uns im Internet unter
www.luebbe.de
Bitte beachten Sie auch: www.lesejury.de

Jetzt fällt der Tau, und die Sonne steigt
Doch du kannst es nicht hören
Ohne Rock und Bluse liegst du
Mit deinen Lippen an meinem Ohr
Sprich jetzt ernsthaft, beschwörst du mich
Du lachst Lieder, du singst einen Scherz
Du kannst, willst aber nicht
Singen das Lied vom zerbrechlichen Glück

Jetzt steigt die Sonne, jetzt fällt der Tau
Für Arme und für Reiche
Das Glück hat einen giftigen Dorn
Dem man ausweichen sollte
Es bleibt dir treu für einen Tag
Doch wenn du es behalten willst
Schauen kalt wie Eis nur seine Augen
Und du wirst bitter wie Galle

Jetzt fällt der Tau ganz ohne Laut
Und tropft auf Gras und Blätter
Jeden Morgen wird die Sonne getraut
Doch keine Hochzeitslieder erklingen
Ann-Katarin, ich sage dir,
Es gibt ein Glück, das vom Lachen erstirbt
Doch nachts will es gestreichelt werden
Und es ist still wie Wasser

Steig aus dem Bett, Ann-Katarin,
Denn das ist wirklich wichtig
Es gibt diesen besonderen Wein
Den man mit Vorsicht trinken sollte
Denn trinkt man ihn ganz ohne Verstand
Verliert er seinen alten Glanz
Und dir bleibt eine leere Flasche
Und bittere Tränen und Asche.

Cornelis Vreeswijk, *Grimasch am Morgen*

Februar 2011, Freitagnachmittag

»Wie geht es den Hunden, Eva-Lena?«, fragte Carina, als die Maschine draußen vor der Tür für ein paar Sekunden mit dem aufhörte, was sie dort machte – irgendwas mit Fenster- und Fassadenrenovierung.

Reden, reden – es musste die ganze Zeit geredet werden. Wenn die Ohren ein paar ersehnte Augenblicke Ruhe vor dem Baulärm hatten, musste die Leere sofort mit irgendeinem Geschwafel über dies oder das gefüllt werden. Inhaltsloses Geplauder über das, was einem gerade in den Sinn kam, Tratsch über Kunden, Promis oder gemeinsame Bekannte.

Das Fenster war herausgenommen worden, und es war kühl im Salon. Eva-Lena trug ihre Jacke und hatte sich, das kalte Waschbecken an ihrer nackten Haut, im Friseurstuhl zurückgelehnt. Carina hatte ihr nicht den Luxus gegönnt, ein Handtuch dazwischenzulegen, und Eva-Lena bereute, dass sie den Jackenkragen nicht hochgeschlagen hatte, bevor sie sich zurücklehnte. Jetzt war es irgendwie zu spät. Sie hatte die Augen geschlossen und versuchte sich möglichst wenig zu bewegen, um die vorsichtigen, aber präzisen Bewegungen der Kollegin mit der Farbbürste über den Wimpern nicht zu stören.

»Gut«, sagte sie. »Alles in Ordnung.«

Damit war die Antwort dreimal so lang wie eigentlich nötig. Sie war höflich, hielt das Gespräch in Gang.

»Durften sie heute nicht mit in die Stadt?«, fuhr Carina fort.

Nein, ganz offensichtlich nicht.

»Es ist hier gerade so kalt und ungemütlich. Wegen der Renovierung.«

»Im Salon ist es doch bestimmt nicht kälter als im Zwinger draußen in Sköndal?«, lachte Carina.

»Nein, aber lauter«, sagte Eva-Lena mit einem gezwungenen Lächeln. »Im Übrigen habe ich keinen Hundezwinger. Sie leben im Haus.«

Warum erzählte sie so etwas? Tja, um Carina nicht mit allzu kurzen Antworten in Verlegenheit zu bringen, um ihr nicht eine noch größere Verantwortung für ein Gespräch aufzubürden, das im Grunde nur sie interessierte. Eva-Lena gab sich jede erdenkliche Mühe. Stellte ihre eigenen Bedürfnisse für Carina zurück. Wie immer. Eva-Lena tat sich selbst Gewalt an, damit andere sich wohlfühlten, ohne jemals etwas zurückzubekommen. Sie opferte sich auf.

Die Bürste mit der schwarzen Farbe verließ die Wimpern und machte mit den Augenbrauen weiter. Bald wäre sie fertig, und sie hätte wieder ein bisschen Ruhe vor dem Geplapper.

»Du fühlst dich fiebrig an«, sagte Carina.

Jetzt hatte sie sicher wieder diesen anbiedernd-mitleidigen Gesichtsausdruck, den Eva-Lena schon unzählige Male an ihr beobachtet hatte, wenn sie mit Kunden sprach. Jetzt sah sie ihn natürlich nicht, weil ihre Augen mit einer Mischung aus Farbcreme und Wasserstoffperoxid zugekleistert waren. Aber der Tonfall war unverkennbar.

»Ich fühle mich krank. Heftige Kopfschmerzen und der Hals tut mir auch weh.«

»Hast du dir vielleicht eine Grippe eingefangen? Schaffst du es dann heute Nachmittag überhaupt, dich um die Kunden zu kümmern? Ich wollte eigentlich früh nach Hause gehen, aber ich kann für dich übernehmen.«

»Danke, aber das ist nicht nötig.«

»Okay, aber wenn du es dir anders überlegst ...«, konnte Carina noch sagen, bevor draußen der Lärm wieder einsetzte und es unmöglich machte, ein normales Gespräch zu führen.

Es roch nach Haarfestiger und Wasserstoffperoxid, nach Schmuddelwinter und Staub. Keine angenehmen Gerüche. Der verdammte Staub setzte sich überall ab, drang unter die Kleidung bis auf die Kopfhaut vor und machte die Haut an den Händen trocken und rissig. Selbst die Zunge fühlte sich trocken und staubig an. Das Radio, das sonst ständig plärrte, war ausgeschaltet, es hatte ja ohnehin keinen Sinn. Eva-Lena befand sich in totaler Dunkelheit, und all ihre Sinne warteten immer verzweifelter darauf, dass das, was sie quälte, endlich aufhören würde.

Carina beendete die Augenbrauenfärbung.

»Ich bin eine Weile weg!«, schrie sie, um den Lärm zu übertönen. »Komme in zehn, fünfzehn Minuten wieder und wasche die Farbe aus!«

Eva-Lena nickte nur, nicht einmal Carina konnte in dieser Situation mehr von ihr verlangen.

Normalerweise hielt sie ein kleines Schläfchen, während die Hautpflegerin die Farbmischung einwirken ließ, aber nicht heute. All ihre Sinne waren in Aufruhr, der ganze Körper stand unter Hochspannung. Sie hatte laute Geräusche schon immer verabscheut, und der ohrenbetäubende Lärm von der Straße setzte sie dermaßen unter Stress, dass sie die Kiefer zusammenpresste. Ihr Kopf drohte zu explodieren. Die Hände auf ihrem Schoss waren so fest miteinander verschränkt, dass es in den Gelenken schmerzte.

Dunkelheit. Kälte. Schmerz.

Die Gedanken lebten ihr eigenes Leben, und es waren keine schönen Gedanken. Hinter den braunen Augen mit den bald schwarzen Wimpern gähnte ein Paar leere Augenhöhlen. Ganz tief unter der Haut war sie nur ein Skelett. Unter der Oberfläche waren sie alle gleich. Mitten unter den Menschen waren alle allein. Was hatte das Ganze für einen Sinn? Warum sollte man sich in seiner kurzen Zeit auf der Erde verstellen, sich unter Haut, unter Kleidern, hinter langen schwarzen Wimpern verstecken, wenn man im tiefsten Inneren nur ein wandelndes Skelett war? Warum stürzten alle sich in diesen selbst inszenierten Kampf um Glück und Erfolg, Geld, Bildung und Familiengründung? Liebe. Jahrelange Einsamkeit und Verzweiflung waren ein hoher Preis für kurze Stunden geliehener Freude. Denn auch die Liebe war nur geliehen. Irgendwann würde sie einem unausweichlich entrissen werden. Schnell. Oder sie würde einem einfach zwischen den Fingern zerrinnen, um schließlich für immer verschwunden zu sein.

Plötzlich war es ganz still um Eva-Lena. Eigentlich hätte sie sich jetzt ein bisschen entspannen können, aber die Stille erfüllte sie mit Unbehagen. Sie hörte keine Geräusche aus dem Salon oder aus der Kaffeeküche. Im Hof waren alle Maschinen verstummt. Keine Stimmen, keine Hammerschläge, nichts. Und trotzdem hatte sie das Gefühl, dass jemand sie beobachtete. Ihr Kopf hing schutzlos über dem Haarwaschbecken. Sie sah nichts, und ihre Kehle war entblößt.

Sie wünschte sich, heute trotz allem die Hunde mit in den Salon genommen zu haben. Sie hätten ihr Gesellschaft geleistet und sie auf bessere Gedanken gebracht. Die Hunde hätten ihr verraten, wenn jemand im Raum gewesen wäre, wenn jemand sie durch die klaffende Öffnung, in der sonst ein Fenster war, beobachtet hätte. Warum war es so still?

Mit Vernunft versuchte sie sich zur Besinnung zu bringen. Die Bauarbeiter begannen zwar schon am frühen Morgen, aber so früh machten sie doch noch nicht einmal an einem Freitag Feierabend? Um halb zwei machten sie immer Kaffeepause im Bauwagen auf dem Hof, aber so spät war es doch noch nicht? Und wenn es doch schon halb zwei war, wo war dann Carina? Sie hatte gesagt, dass sie in fünfzehn Minuten wiederkommen würde, um die Farbe aus den Augenbrauen zu spülen – war sie jetzt schon länger als zwanzig Minuten weg? Was war los, wo waren alle, warum war es so still? Das Gefühl, dass jemand sie betrachtete, war überwältigend, und in ihrer bereits so dunklen Gedankenwelt war es nicht schwer, sich den kalten Stahl eines Messers an ihrer entblößten Kehle vorzustellen.

Stille.

Dunkelheit, Kälte. Schmerz.

Wenn wenigstens die Hunde hier bei ihr wären, aber das war ja unmöglich. Das Wasserstoffperoxid löste sich von der Farbe, griff die dünne Haut der Augenlider an, sickerte durch die Wimpern und zerkratzte die Hornhaut wie scharfe Nägel. Eva-Lena wollte nach Carina rufen, aber sie blieb wie versteinert sitzen. Die Angst hatte sie gepackt, umklammerte die Reste ihres Herzens mit hartem Griff.

*

Johnny saß müde hinter dem Steuer seines Taxis. Er schlief schon seit mehreren Jahren schlecht und hatte den Kampf um den Schlaf mehr oder weniger aufgegeben. Stattdessen übernahm er lange Schichten, häufig nachts. Oder er saß am Rechner, beziehungsweise lag auf dem Sofa und zappte durch die Kanäle, bis er einschlief. Ein paar Stunden traumlosen Schlafs konnte er so in vierundzwanzig Stunden zusammenkratzen. In seiner wachen Zeit lebte er das Leben anderer Leute. Beobachtete auf seiner Arbeit und vor dem Fernseher das Tun und Lassen anderer Menschen, tat, was von ihm erwartet wurde, und noch viel mehr, wenn es um das Verhältnis zu seinen Eltern ging. Um das zu seinem Stiefvater und seiner Mutter. Von seinem Vater hatte er seit zehn Jahren keinen Ton mehr gehört. Der hatte ein dickes Fell und lebte wahrscheinlich glücklich mit seiner neuen Frau und seinen neuen Kindern an einem Sandstrand in Brasilien. Seine Mutter dagegen war eine empfindsame Seele, aber Johnny kümmerte sich um sie. Tat alles, um ihr das Leben zu erleichtern und ihre Stimmung zu verbessern. Half ihr bei praktischen Angelegenheiten und leistete ihr Gesellschaft, wenn sie es wünschte.

Man könnte sagen, dass Johnny sein Leben nach der Zerbrechlichkeit seiner Mutter ausgerichtet hatte. Nach den unmittelbaren Bedürfnissen der Mutter. Langfristig, dachte er, tat er ihr eigentlich keinen guten Dienst damit. Langfristig, dachte er, würde es ihr eigentlich am meisten nützen, wenn er ihr eine Schwiegertochter und ein paar süße Enkelkinder schenken würde, denen sie ihr Leben widmen konnte. Aber dafür hatte er irgendwie keine Zeit. Wann sollte er denn eine Frau kennenlernen, wenn er kaum Zeit für seine wenigen Freunde hatte und seit Monaten nicht mehr in einem Nachtclub gewesen war? Bengt, sein Stiefvater, war Lehrer in der Sekundarstufe und konnte ohne Johnnys Hilfe unmöglich alles schaffen, was zu Hause zu tun war. Es gab immer etwas Schweres zu heben, am Haus oder auf dem Grundstück musste etwas repariert werden. Oder irgendetwas war mit diesen verdammten Hunden, die seine Mutter über alle Vernunft liebte. Und jetzt hatte sie plötzlich die Idee, dass sie eingeschläfert werden sollten. Ein Einfall, den ein Teil von Johnny mit Dankbarkeit begrüßte, während dem bewusst und weitsichtig denkenden Teil allein bei dem Gedanken schon der kalte Schweiß auf die Stirn trat. Seine Mutter war launisch und verhielt sich unvorhersagbar, das war nichts Neues. Aber wie ihre geliebten Hunde, die vollkommen gesund waren und noch viele Lebensjahre vor sich hatten, plötzlich so alt und gebrechlich geworden sein sollten, dass sie reif für den Gnadentod waren, blieb ihm ein Rätsel. Wie immer war sie Argumenten nicht zugänglich, weder von Bengts noch von Johnnys Seite. Sie hörte auf keinen von ihnen, obwohl beide davon überzeugt waren, dass diese Entscheidung für sie verheerend wäre und sie mit größter Wahrscheinlichkeit direkt in eine Depression führen würde.

Als er vom Karlavägen auf den Karlaplan abbog, tauchte plötzlich wie aus dem Nichts ein rotes Auto auf. Es wäre direkt in ihn hineingefahren, konnte aber in letzter Sekunde ausweichen. Stattdessen drängte es ihn auf die Innenspur des Kreisverkehrs und kam ihm so nah, dass sich die Seitenspiegel fast berührten. Instinktiv trat Johnny auf die Bremse, was zufälligerweise genau das Richtige war, damit er nicht seinerseits in den roten Audi raste, der ebenfalls mit quietschenden Reifen bremste und sich vor ihm querstellte. Das kann nur die Polizei sein, dachte Johnny. Vielleicht war er unaufmerksam gewesen, vielleicht war sein Reaktionsvermögen nicht hundertprozentig, aber soweit er es überblicken konnte, hatte er weder gegen die Straßenverkehrsordnung verstoßen noch etwas anderes Unüberlegtes getan. Und soweit er sich erinnern konnte, hatte der rote Audi sich nicht in seinem Blickfeld befunden, als er sein Abbiegemanöver begann. Die Müdigkeit war wie weggeblasen. Das Blut rauschte in seinen Adern und das Herz schlug ihm bis zum Hals, als er beobachtete, wie der Audifahrer – ein etwa vierzigjähriger Mann in schwarzen Jeans, einem modischen Jackett und einem Hemd mit offenem Kragen – sich förmlich aus dem Auto warf und mit hochrotem Gesicht auf ihn zumarschierte. Um eine Erklärung zu bekommen oder sich schlimmstenfalls entschuldigen zu können, löste Johnny den Gurt und bereitete sich darauf vor, das Auto zu verlassen. Aber bevor er sich's versah, wurde die Tür aufgerissen und er von zwei starken Fäusten aus dem Auto gerissen, sodass die Nähte seiner Jacke knackten.

»Was zum Teufel machst du da, du verdammter Penner?«, brüllte der Mann. »Ich habe ein Kind im Auto, ist dir das klar?«

Johnny warf einen Blick in den Audi und stellte fest, dass auf dem Beifahrersitz tatsächlich ein Mädchen saß, das vielleicht zehn oder zwölf Jahre alt war. Er hatte noch nicht einmal den Mund geöffnet, als der wütende Mann ihn zur Motorhaube zog, wo er ihn mit einer unerwarteten Bewegung umdrehte und seinen Kopf mit einem festen Griff am Nacken gegen das Blech drückte. Johnny spürte, wie sein Arm auf den Rücken gedreht wurde. Bei dem Schmerz in der linken Schulter wurde ihm schwarz vor Augen.

»Und es ist dein verdammtes Glück, dass sie dabei ist, denn sonst hätte ich dir den Arm gebrochen, und du hättest diesen scheiß Schrotthaufen ein ganzes Jahr nicht mehr fahren können! Mach die verdammten Augen auf, bevor du losfährst, oder schaff dir eine Brille an!«

Genauso schnell, wie es begonnen hatte, war es auch wieder vorbei. Der Mann ließ ihn los, sodass Johnny zu Boden fiel, und trat mit dem rechten Fuß kräftig gegen den Kotflügel, sprang in sein Auto und fuhr mit wütend aufheulendem Motor davon. Johnny stand auf und schaute dem Wagen nach, der mit viel zu hoher Geschwindigkeit weiterraste und kurz darauf so scharf nach rechts in die Verlängerung des Karlavägen abbog, dass das rechte Hinterrad über den Bürgersteig fuhr.

Die ganze Episode war vollkommen unwirklich. Johnny fasste sich an die Schulter, konnte sich aber keine großen Gedanken darüber machen, weil im selben Augenblick die Linie 42 hinter ihm auftauchte und ungeduldig hupte. Er setzte sich eilig wieder hinter das Steuer und fuhr leicht benebelt weiter, um Platz für den Bus zu machen.

Ein paar Minuten später fuhr er in der menschenleeren Villagatan an den Bordstein und parkte. Nahm sich die Zeit, noch einmal durchzuatmen. Schloss die Augen, lehnte sich zurück und seufzte. Er war einem Irren begegnet, das wurde ihm langsam klar. Einem Verrückten, der sich selbst als rechtschaffener Mann betrachtete, aber sich vor den Augen seiner Tochter hemmungslos und mit roher Gewalt auf einen fremden Mann stürzte. Und zu allem Überfluss hatte er noch behauptet, es wäre zum Besten des Kindes. Und wie schon so viele Male zuvor wurde Johnny wieder von diesem Gefühl übermannt. Dass er sich prügeln wollte. Jemanden schlagen, etwas kaputt hauen, was auch immer. Die Wut kochte in ihm hoch, und er ballte die Fäuste. Warum musste er ständig an diese Tyrannen geraten? Warum betrachteten ihn alle als Missgeburt, als Monster, als irgendetwas, das die Katze angeschleppt hatte? Welche Signale sandte er aus, dass seine Umgebung ihn als jemanden wahrnahm, den man einfach unter dem Absatz zerquetschen konnte?

Mit voller Kraft rammte er die Faust in die Oberseite des Armaturenbretts und brüllte los.

»Was für ein Scheißtag! Ihr seid doch alle nur verdammte Schwanzlutscher!«, schrie er. »Verfluchte, scheiß verdammte Kackwelt!«

Einen Schlag konnte er noch landen, bevor sein Handy klingelte.

Freitagabend

Julia stand in der Diele und beobachtete Heidi, während sie vor dem Flurspiegel letzte Hand anlegte. Heidi war gestresst, vermalte sich mit dem Lippenstift, wischte alles wieder weg und fing von vorne an. Ola war gestresst, weil Heidi ohne ihn ausging und weil Julias Anwesenheit verhinderte, dass er »seine Gefühle so zum Ausdruck bringen« konnte, wie er es gewohnt war. Julia war gestresst, weil Heidi gestresst war und weil Ola ein Idiot war und weil Heidi es nicht kapierte. Oder vielleicht verstand sie es, machte aber nichts dagegen. Schluss, zum Beispiel.

Ola war ein jähzorniges Arschloch. Ob er Heidi allerdings schlug, wusste Julia nicht, aber es würde sie nicht im Geringsten wundern. Auf jeden Fall war er krankhaft eifersüchtig, wofür es – soweit Julia das beurteilen konnte – nicht den geringsten Grund gab. Die Stimmung in dem kleinen Flur war erdrückend. Wie erwartet. Und doch war genau das der Grund, warum sich Julia hatte überreden lassen, »überraschend« aufzutauchen und Heidi auf dem Weg zum Restaurant abzuholen. Einfach nur, um den Abschied auf dem niedrigen Niveau zu halten, auf dem sie sich jetzt befanden. Was schon schlimm genug war.

»Und wer kommt alles mit?«, fragte Ola mit einem Lächeln, das cool und weltgewandt aussehen sollte, aber am meisten an Jack Nicholson in *The Shining* erinnerte.

»Die Mädchenbande«, antwortete Heidi geduldig, schon zum zweiten Mal, seit Julia aufgetaucht war. »Julia, Lisen, Hanna, Anna, Sofia und ich.«

»Dann brauchst du dir ja eigentlich nicht so viel Mühe mit deinem Make-up zu geben!«

In das Jack-Nicholson-Lächeln schien sich jetzt auch eine Unterstellung zu schleichen. Die Unterstellung, ihn betrügen zu wollen, vermutete Julia. Heidi seufzte, antwortete aber nicht.

»Warum gehen stattdessen nicht wir beide aus?«, lamentierte Ola weiter. »Es ist schließlich Freitag. Wenn ich das vorher gewusst hätte, dann …«

»… dann hättest du sie gar nicht gehen lassen«, ergänzte Julia. »Komm jetzt, Heidi, wir gehen. Sie warten schon auf uns.«

»Ich rede nicht mit dir«, sagte Ola und warf Julia einen von den Blicken zu, die töten konnten. »Wann kommst du nach Hause, mein Schnuckelchen?«

Plötzlich sprach er in einem ganz sanften Tonfall mit Heidi, was Julia mit ihrem Einwurf beabsichtigt hatte. Die unterdrückten Aggressionen auf sich selbst zu lenken, statt auf die arme Heidi.

»Es ist doch Freitag, Ola. Es wird wahrscheinlich spät. Ich gehe nach Hause, wenn die anderen gehen.«

Ola setzte eine väterliche Miene auf, bei der es Julia kalt über den Rücken lief.

»Am Freitag sind jede Menge komischer Typen unterwegs. Ich möchte, dass du spätestens um eins zu Hause bist. Okay?«

Heidi war zu beschäftigt, um zu antworten; der Inhalt ihrer Alltags-Handtasche musste in die schickere kleine schwarze wandern. Mit Olas brennendem Blick im Rücken kramte sie in den Taschen – Julia sah, dass sie mit einem widerspenstigen Reißverschluss kämpfte, dass sie sich kaum konzentrieren konnte, wie sie es anscheinend ganz dem Zufall überließ, was in die neue Tasche kommen und was zu Hause bleiben sollte. Innentaschen mussten geöffnet und geschlossen werden, der Lippenstift rollte von der Kommode, fiel zu Boden und musste in dem schummrigen Licht wiedergefunden werden. Aber Olas Frage blieb unbeantwortet, und sie hatte sich damit nicht verpflichtet, eine bestimmte Zeit einzuhalten. Julia lächelte heimlich.

»Wohin wollt ihr gehen?«

»*Noodle House*«, antwortete Julia anstelle der Freundin. »Genau wie Heidi gerade gesagt hat, als du ihr dieselbe Frage gestellt hast.«

»Verdammt noch mal, was hast du mit dieser Sache zu schaffen?!«, fuhr er sie an. »Halt einfach die Klappe, damit Heidi und ich uns ordentlich voneinander verabschieden können, ohne dass du danebenstehst und uns wie ein tollwütiger Mops ankläffst.«

»Die Frage ist nur, wer von uns beiden hier tollwütig ist. Jetzt verabschiede dich einfach ordentlich, Ola, denn wenn ich an Heidis Stelle wäre, würde ich überhaupt nicht mehr nach Hause kommen.«

Diplomatisch ging Heidi dazwischen, damit sich nicht noch ein regelrechter Krieg entwickelte, indem sie sich Ola zuwandte, sich auf die Zehenspitzen stellte und ihm ein glitzerndes, liebevolles Lächeln und einen sehr flüchtigen Kuss auf die Lippen schenkte. Flüchtig wegen des Lippenstifts, analysierte Julia. Und das Küsschen wegen des Hausfriedens.

»Tschüs, mein Schatz. Pass auf dich auf«, hörte sie ihn noch mit seiner sanftesten Stimme sagen, bevor sie mit Heidi im Schlepptau durch die Tür nach draußen schlüpfte.

*

Der Zorn wollte nicht abklingen. Mehrere Stunden waren vergangen, aber Johnny hatte das Böse immer noch nicht aus seinem Inneren vertrieben. Es war alles andere als das erste Mal, dass es ihm so ging, das Gefühl der Ohnmacht und die Fantasien, jemandem richtig wehzutun, hatten ihn immer wieder heimgesucht, seit er Teenager war. Einmal – das war jetzt lange her – war er deswegen sogar in psychiatrischer Behandlung gewesen, aber das war der reinste Witz. Nachdem er zwanzig Minuten lang ein Formular ausgefüllt hatte, führte er weitere zwanzig Minuten lang ein Gespräch mit einem Arzt, das in der Frage mündete, ob er über Nacht bleiben oder lieber nach Hause fahren wolle. Nachdem er sich für Letzteres entschieden hatte, war er mit einem Rezept und der Aufforderung entlassen worden, von sich hören zu lassen, falls die Medizin nicht helfen sollte. Die Medizin hatte nicht geholfen, und er hatte nicht von sich hören lassen. Es war zwecklos – Johnny war ein Rätsel, nicht nur für eine kritische Umwelt, sondern auch für sich selbst.

Im Augenblick war der schon deutlich nach Schnaps stinkende Mann auf dem Rücksitz Gegenstand von Johnnys Wut. Ein älterer Herr mit einer Aktentasche, der enge Röhrenjeans und eine mittellange Daunenjacke trug, die der aktuellen Jugendmode entsprach. Sein Haar war eher rot, obwohl es ursprünglich braun gewesen sein musste, oder vermutlich eher grau. Es war ganz offensichtlich gefärbt – was alle sehen konnten, vielleicht mit Ausnahme von ihm selbst. Ein Mann, der in seiner verzweifelten Sehnsucht nach ewiger Jugend mit Unterstützung seines Friseurs und der Produkte von *Montclair*, *Ola Lauritson* und *Acne* in der Stockholmer Innenstadt auf Frauenpirsch war. Auf der Fahrt vom Stureplan zum Medborgarplatsen widmete er seine ganze Aufmerksamkeit dem Smartphone, das qualitativ anscheinend nicht so hochwertig war, sodass er hineinschreien musste, damit die Person am anderen Ende seine lebenswichtigen Botschaften über Powerpoint-Präsentationen und Börsenindizes verstand. Vor seinem inneren Auge sah Johnny ihn mit zertrümmertem Schädel auf einem Schotterweg in den Wäldern von Farsta liegen. Mit dem Handy neben sich, ebenfalls zertrümmert.

Bunte Neonschilder, vervielfacht von den schlammigen Pfützen auf den Straßen und Bürgersteigen, verbreiteten falsche Versprechungen von Glück und Gesundheit. Überall in der Innenstadt gab es Sammelpunkte für die sozial verdurstenden Viehherden, die es aus Gewohnheit immer wieder zu denselben Wasserstellen zog. Stockholm schien überbevölkert von diesen Statisten des Lebens mit ihrem aufgesetzten Lächeln. Auf dem Weg in die Stadt, um das kommende Wochenende mit all den anderen zu feiern, die ihre Rolle genauso gut spielten, oder auf dem Weg von der Arbeit nach Hause, um die freien Tage zusammen mit ihren Liebsten zu genießen, mit denjenigen, die aus derselben pathetischen Form gegossen waren. Er selbst hegte weder den Wunsch, sich in den rauen Februarabend hinauszubegeben, noch wollte er nach Hause fahren und sich vor den Fernseher setzen. Johnny empfand nichts als Verachtung für seine Umwelt und deren groteske Bewohner, aber eine noch größere Verachtung empfand er für sich selbst.

Wie so oft hatte er das Gefühl, dass er seine Ruhe brauchte, und deswegen beschlossen, nicht ans Handy zu gehen, wenn jemand anrufen sollte. Aber als es jetzt klingelte und er sah, dass es Bengt war, konnte er es doch nicht lassen. So war er eben. Unfähig, über sein eigenes Leben zu bestimmen und eigene Entscheidungen zu treffen. Ein Fähnchen im Wind.

»Hast du eine Ahnung, wo deine Mutter ist?«, fragte Bengt.

Er klang gestresst, was ihm überhaupt nicht ähnlich sah.

»Sie ist doch krank. Grippe. Geht sie nicht ans Telefon?«

»Ich bin zu Hause, Johnny. Sie ist nicht hier.«

»Das ist doch kein Grund, sich so aufzuregen. Vielleicht ist sie ja einkaufen gegangen oder so.«

»Du hast gesagt, dass sie krank ist. Man geht doch nicht einkaufen, wenn man eine Grippe hat.«

Johnny dachte einen Augenblick nach, bevor er darauf einging.

»Du hast dich schon aufgeregt, bevor ich dir erzählt habe, dass sie krank ist. Was ist denn daran so seltsam, dass Mama an einem Freitagabend um sechs nicht zu Hause ist?«

»Woher weißt du, dass sie krank ist, Johnny?«

»Sie hat mich angerufen und gefragt, ob ich sie nach Hause bringen kann. Sie hatte Fieber und Halsschmerzen, und ihr war schwindelig.«

»Und das hast du auch getan?«, hakte Bengt nach. »Du hast sie nach Hause gefahren?«

»Ja. Mama wollte ...«

»Wann war das?«, unterbrach ihn Bengt.

»Sie hat so um halb zwei angerufen. Ich habe ungefähr eine Viertelstunde bis zum Salon gebraucht.«

»Und wann hast du sie zu Hause abgesetzt?«

»Es war ziemlich viel Verkehr. So gegen drei, glaube ich.«

»Und sie war im Bett, als du sie verlassen hast?«

Bengt sprach schnell, er stolperte beinahe über seine Worte. Johnny musste lächeln. Er hätte ihn jetzt gerne gesehen. Er konnte sich nicht erinnern, jemals einen gestressten Bengt gesehen zu haben. Normalerweise war er die Ruhe selbst.

»Sie hat sich sofort hingelegt«, antwortete Johnny. »Sie war total fertig. Warum bist du so besorgt?«

»Weil sie verschwunden ist. Ich habe mehrere Male versucht, sie auf dem Handy zu erreichen, aber sie geht nicht ran.«

»Hast du ihr auch eine SMS geschickt?«

»Natürlich. Ich gehe jetzt raus und suche nach ihr, Johnny.«

»Ist das nicht ein bisschen übertrieben? Sie kann doch überall sein.«

»Wenn sie hohes Fieber hat, irrt sie vielleicht irgendwo herum. Es ist kalt. Der Schnee fällt in dicken Flocken.«

Johnny warf einen Blick auf das Armaturenbrett. Bengt hatte recht. Die Außentemperatur war plötzlich unter null gefallen. Aber in der Innenstadt hatte es noch nicht zu schneien begonnen.

»Und das Auto? Hast du nachgeguckt, ob das Auto noch in der Garage steht?«

Für ein paar Sekunden wurde es still. Bengt hatte also nicht in die Garage geschaut.

»Im Schnee waren keine Spuren«, sagte er mit einem leichten Zögern in der Stimme. »Und deine Mutter fährt doch kein Auto.«

»Sie hat einen Führerschein, Bengt. Wenn sie muss, dann fährt sie auch. Und sie könnte losgefahren sein, bevor der Schneefall eingesetzt hat.«

»Ich werde nachschauen. Aber dann gehe ich auf jeden Fall los und suche nach ihr.«

Eine unausgesprochene Frage blieb in der Luft hängen. »Und du, Johnny? Was machst du?«

»Ich habe heute Nachtschicht«, sagte Johnny. »Ich komme morgen früh vorbei und schaue, wie es aussieht.«

Johnny ließ den unerträglichen Alt-Yuppie vor dem *Hotel Malmen* in der Götgatan raus. Bevor er aus dem Auto stieg, beugte sich der Mann nach vorn und gab ihm ein paar Hundertkronenscheine und mit seinem stinkenden Atem auch die Erlaubnis, das Wechselgeld zu behalten. Es handelte sich um zwei Kronen. Johnny hätte ihm am liebsten einen Schlag mitten auf die Fresse verpasst, aber er nahm stattdessen die Scheine und ließ den Motor aufheulen. Ohne zu wissen, dass er nur knapp einer Katastrophe entgangen war, schlug der Mann die Autotür zu und ging mit federnden Schritten auf die hinter den Fensterscheiben brodelnde Bar zu. Zu dieser Zeit, an einem Freitagabend, drängten sich bereits Hunderte von Stockholmern an den Bars im *Malmen*. Aufgetakelte Bräute mit glitzernden Lippen und ekelhaften Parfüms, verschwitzte Typen mit hohen Stimmen und schwankendem Gang. Johnny fragte sich, ob er jemals das Gefühl haben würde, irgendwo dazuzugehören, Teil einer Gemeinschaft zu sein, ob groß oder klein. Aber so war es noch nie gewesen, und es würde auch niemals so kommen.

Er verließ den Medborgarplatsen mit einer aufsehenerregend fetten White-Trash-Braut auf dem Rücksitz. Sie hatte zwei ungezogene Jungen dabei. Johnny mochte keine Kinder. Es war unmöglich zu entscheiden, ob es ihre eigenen waren oder ob die Eltern nur einen abgrundtief miesen Babysittergeschmack hatten. Als sie ihnen schließlich die Gurte umgelegt hatte, erreichte der Schneefall, vor dem die Meteorologen schon seit mehreren Tagen gewarnt hatten, auch das Stockholmer Zentrum. Es begann mit ein paar großen Flocken auf der Windschutzscheibe. Als

Johnny in den Söderledstunnel fuhr, schneite es wie aus Kübeln.

*

Im Rückblick würde Julia den Abend folgendermaßen zusammenfassen:

18.10 Uhr: Sie rannte förmlich mit Heidi im Schlepptau die Treppe hinunter. Julia lachte im Stillen, obwohl die Situation eigentlich alles andere als lustig war. Aber es war wunderbar, sich abzureagieren und über einer Person, die es so offensichtlich verdiente, Gift und Galle ausspucken zu dürfen. Heidi hatte sie gebeten, zu kommen, und Julia hatte sich bereit erklärt und die negativen Energien dieser ungesunden Beziehung auf sich gezogen und von Heidi abgelenkt, die sonst den ganzen Mist hätte aushalten müssen. Julia war gemein gewesen und hatte gleichzeitig eine gute Tat vollbracht. Und der widerwärtige Ola hatte ein paar unangenehme Wahrheiten schlucken müssen: die objektiven Ansichten einer außenstehenden Betrachterin. Sie hoffte, dass es ihm zu denken geben würde.

»Danke, Julia«, sagte Heidi, als sie die Straße erreicht hatten.

»Keine Ursache. Es war mir ein wahres Vergnügen.«

»Ich finde, dass du ein bisschen zu hart zu ihm warst. Du weißt doch, dass er im Grunde nicht ...«

»Es war notwendig«, fiel ihr Julia ins Wort. »Er behandelt dich, als wärst du sein Eigentum. Eine Beziehung sollte auf gegenseitigem Respekt beruhen. Das ist bei euch nicht so.«

»Wenn wir allein sind, ist er ganz anders. Aufmerksam und liebevoll.«

»Das bezweifle ich nicht«, antwortete Julia. »Aber wollt ihr euch auf einer einsamen Insel ansiedeln?«

Heidi antwortete, indem sie den Blick senkte und eine platt getretene Coladose wegkickte, die jemand auf den Bürgersteig geworfen hatte. Große Schneeflocken segelten durch die Lichtkegel unter den Straßenlaternen.

»Ehrlich gesagt weiß ich nicht, was du mit ihm willst«, fuhr Julia fort. »Du bist so verdammt hübsch und charmant und solltest dich nach etwas Besserem umsehen. Eure Beziehung kann auf Dauer nicht funktionieren. Verlass ihn. Mehr kann ich dazu nicht sagen.«

Heidi antwortete nicht, und Julia hatte mittlerweile genug von ihrem eigenen Sermon. In der U-Bahn unterhielten sie sich über ganz andere Dinge.

18.30–21.00 Uhr: Im Restaurant stahl Heidi allen anderen die Show. Mit ihrem wie immer knallroten Lippenstift, ihrem roten Fünfzigerjahrekleid und ihrem üppigen kastanienbraunen und schulterlangen Haar, das von einem ebenfalls roten Diadem zusammengehalten wurde, schien sie einer Folge von *Mad Men*, entstiegen zu sein. Sie fiel sofort auf, manche drehten sich für einen zweiten Blick nach ihr um. Aber als Persönlichkeit war sie sanft und zurückhaltend, brachte alles Wilde, was sie in sich trug, über ihr Äußeres zum Ausdruck, selten oder gar nicht in Worten, viel eher in Handlungen. Sie konnte ganz erstaunliche Dinge tun, ohne viel Aufhebens davon zu machen.

Während die anderen Frauen milde Mainstream-Gerichte mit Zutaten wie Hühnchen oder Nudeln bestellten, ließ sich Heidi ein Vogelnest mit Entenleber und das schärfste Gericht des Hauses servieren, das aus Tofu mit jeder Menge Chili bestand. Julia und die anderen tranken Weißwein zum Essen, Heidi Tsingtao, chinesisches Bier. Sie war fröhlich und entspannt, sprach ein bisschen weniger als die anderen, aber das war genau wie immer. Heidi hörte eher zu und redete nicht so viel. Zu Julias Erleichterung schien die Szene, die sich noch vor einer Stunde in ihrem Flur abgespielt hatte, keine Spuren bei ihr hinterlassen zu haben.

Julia dagegen, die eher analytisch veranlagt war, konnte die Gedanken an Ola und seine Art zu argumentieren noch nicht auf sich beruhen lassen. Und die Gedanken an den Empfang, der Heidi heute Nacht erwarten würde. Wie ging ein Typ wie Ola mit einer solchen Niederlage um, die er gerade erlitten hatte? Er würde bestimmt wach bleiben und warten, bis Heidi nach Hause käme. Danach würde es wahrscheinlich ein Kreuzverhör geben, in dem sie bis ins Detail über jeden Schritt, den sie getan hatte, jeden Tropfen, den sie getrunken hatte, und jedes Wort, das sie mit einem fremden Mann gewechselt hatte, Rechenschaft ablegen musste. Und wie könnte Ola sich die Zeit bis dahin vertreiben? Saß er vor dem Fernseher, schaute sich Talkshows an und aß Käseflips? Nicht undenkbar, aber seine Gedanken waren bestimmt ganz woanders. Vielleicht schlich er auch hier durch die Gegend, um sich zu vergewissern, dass die Frauen sich wirklich, wie versprochen, im *Noodle House* befanden.

Nachdem sich dieser Gedanke in ihrem Bewusstsein festgesetzt hatte, musste Julia immer wieder einen Blick aus dem Fenster werfen, um zu kontrollieren, ob nicht ein grauer Golf draußen auf der Straße parkte. Sie konnte sich davon überzeugen, dass dies nicht der Fall war. Aber sie hatte hin und wieder den Verdacht, dass er mit seinem Golf im Schneckentempo vorbeikroch. Was in dem Fall wirklich krank wäre.

Draußen schneite es jetzt kräftig.

21.00–00.00 Uhr: Nach dem Restaurantbesuch zogen sie

weiter zum *Hotel Malmen*. Das heißt, sie rannten eher, weil sie im zunehmenden Schneesturm um ihre Frisuren fürchteten. Satt, ein bisschen angeheitert und in ausgezeichneter Freitagslaune. Nachdem sie ihre Jacken in der Garderobe abgegeben hatten, drängten sie sich in die Cocktailbar und versuchten dort mit zweifelhaftem Erfolg, den Tresen zu erreichen. Als sie schließlich alle – außer Heidi, die Bier bevorzugte – mit einem Drink in der Hand dort standen und versuchten ein Gespräch zu führen, an dem alle sechs teilnehmen konnten, entdeckten Anna und Heidi einen alten Schulkameraden und bahnten sich einen Weg zu ihm. Kurz darauf sah Julia, dass sich ein Paar von den riesigen Sitzsäcken erhob, die in der Hotelrezeption, direkt vor dem Eingang zur Bar standen. Dort gab es Platz für alle vier, und sie ließen sich nieder.

Etwas später kamen Heidi und Anna mit dem Klassenkameraden – einem weißen Typen mit Rastazöpfen und einem Bob-Marley-T-Shirt – und zwei weiteren Männern vorbei, die anscheinend zu ihm gehörten. Sie waren auf dem Weg zur *Kleinen Hotelbar*, in der es jetzt einen Live-Auftritt geben sollte. Heidi und Anna schauten nicht zu ihnen herüber, sondern unterhielten sich eifrig mit ihren Begleitern. Julia glaubte nicht, dass Heidi besonders lange in der *Kleinen Hotelbar* bleiben würde, denn sie war ziemlich lärmempfindlich. Das Gedränge in der Cocktailbar war nichts gegenüber dem, was da drinnen bei einem Live-Auftritt abging.

Als Julia und die anderen eine halbe Stunde später ihre Sitzplätze aufgaben, um ebenfalls in die *Kleine Hotelbar* zu gehen und der Band zu lauschen, konnte sie Heidi nirgendwo mehr entdecken. Sie drehte eine Runde durch den Raum, ohne sie zu finden. Daraufhin kehrte sie in die Cocktailbar zurück, wo sie Heidi schließlich entdeckte, ganz hinten auf einem Barhocker und im Gespräch mit dem Rastatypen. Weder seine Freunde noch Anna waren dabei. Julia überlegte, ob sie zu ihnen gehen sollte, aber falls Heidi ihre Ermahnung, sich nach etwas Neuem umzusehen, ernst genommen und sich auf eine alte Jugendflamme eingeschossen hatte, wollte sie dabei nicht stören. Stattdessen ging sie zur Toilette, vor der eine ziemlich lange Schlange wartete.

Nach dem Toilettenbesuch kehrte Julia in die Cocktailbar zurück, wo sie ein paar Worte mit Heidi wechseln wollte und vielleicht dem alten Klassenkameraden vorgestellt werden würde. Im Eingang kam er ihr entgegen, jetzt ohne Heidi, aber wieder in Gesellschaft seiner ursprünglichen Freunde. Soweit sie dem Gespräch entnehmen konnte, waren sie auf dem Weg zu einem anderen Etablissement. Sie kämpfte sich mit den Ellenbogen in die Bar und sah, dass auf dem Hocker des Rastatypen jetzt ein Mann mit gut frisiertem Nacken saß, während Heidis früherer Hocker leer stand.

Nachdem sie anschließend ungefähr eine Stunde mit Anna, Sofia und Lisen vor der Live-Band verbracht hatte, zeigte Julias Arbeitswoche ihre Wirkung. Sie wurde plötzlich furchtbar müde und beschloss, nach Hause zu fahren. Bevor sie ging, drehte sie eine letzte Runde durch die Cocktailbar, um zu sehen, ob sie nicht doch noch ein paar Worte mit Heidi wechseln und ihr Glück wünschen konnte. Und dort saß sie tatsächlich. Ganz hinten an der Bar mit etwas, das wie ein Dry Martini aussah. Julia schlich sich von hinten an sie heran und hielt ihr die Hände vor die Augen.

»Hallo Daisy alias Julia«, sagte Heidi, ohne irgendeine Spur von Überraschung.

»Wieso ›Daisy‹?«

»Marc Jacobs *Daisy*, Eau de Toilette, 50 Milliliter Pumpflasche. Für den zivilen Preis von 649 Kronen inklusive Mehrwertsteuer.«

Heidi schien guter Laune zu sein. Keine Anzeichen von Trennungsangst angesichts der Freiheit.

»Ich wollte jetzt nach Hause fahren«, sagte Julia. »Ich bin so unglaublich müde. Bleibst du noch, oder teilen wir uns ein Taxi?«

»Fahr nur«, sagte Heidi. »Wir müssen ja ohnehin in unterschiedliche Richtungen. Ich trinke nur aus, dann fahre ich auch.«

»Okay, danke für den schönen Abend. Und viel Glück zu Hause.«

»Kein Grund zur Sorge«, antwortete Heidi gelassen.

»Wir können ja morgen telefonieren«, schlug Julia vor. »Pass auf dich auf.«

»Du auch. Ich ruf dich an.«

Eine Umarmung und ein Wangenküsschen. Dann fuhr Julia nach Hause.

*

Nachdem sie den ganzen Nachmittag am Bett ihres krebskranken Vaters im *Akademiska Krankenhaus* von Uppsala verbracht hatte, saß Malin jetzt am Küchentisch seiner Wohnung in der Svartbäcksgatan und atmete durch. Ihr gegenüber saß Annelie, eine Frau, die sie vor weniger als einem Jahr über das Internet kennengelernt hatte und mit der sie, seit ihr Vater vor einigen Monaten so plötzlich erkrankt war, immer stärkere Bande geknüpft hatte. Zum Teil lag das daran, dass Annelie, abgesehen von Malins Vater, der einzige Mensch war, den sie in Uppsala kannte, aber vor allem daran, dass sie einige gemeinsame Interessen hatten.

»Was hast du ihm denn nun geschenkt?«, fragte Annelie und spielte damit auf das Geburtstagsfest Anfang der Woche an, vor dem sich Malin bei ihrem letzten Gespräch so gefürchtet hatte.

»Von den Kindern hat er Rasierwasser und einen Pulli bekommen.«

»Und …?«, hakte Annelie nach.

Malin wusste, worauf sie hinauswollte. Es war schwierig und kostete Überwindung, aber es war wichtig, dass sie Annelie gegenüber aufrichtig war. Sie hatte sonst niemanden, mit dem sie über diese Dinge sprechen konnte.

»Der Pulli war zu dick. Draußen trägt man eine Daunenjacke und braucht keinen dicken Pulli. Drinnen ist es zu warm für einen dicken Pulli. Das Rasierwasser roch zu schwer. Und es ist kein Geschenk, das ein Kind seinem Papa macht. Es wäre ehrlicher gewesen, wenn es von Mama gekommen wäre. Schade, dass die Kinder sich nicht selbst Gedanken über den Geburtstag ihres Papas machen. Wenn man bedenkt, was er alles für sie tut. Wie viel Zeit und Geld er in sie hineinsteckt. In uns alle. Und so weiter.«

»Und was hast du ihm geschenkt?«

»Ich hatte dummerweise das Display seines alten Handys zerdeppert, also hab ich ihm ein iPhone geschenkt. Das sollte eigentlich die Hauptattraktion auf dem Geschenketisch sein.«

»Und was war daran jetzt falsch?«

»Es war teuer und hätte stattdessen auf Firmenkosten gekauft werden sollen. Dabei hatte ich den Eindruck, dass er sich ein iPhone wünschte. In Weiß. Aber das hatte ich wohl missverstanden. Also musste ich stattdessen den Vertrag übernehmen. Deswegen habe ich eine neue Handynummer.«

»Vielleicht war das von Anfang an der Plan?«, schlug

Annelie vor. »Es für die Leute schwieriger zu machen, dich zu erreichen, dich noch weiter zu isolieren.«

»Nein, ich glaube nicht, dass er so weit gedacht hat. Meinst du das ernst?«

Annelie nickte.

»Erst hat er dich gezwungen, deinen Job zu kündigen, dann ...«

»Er hat mich nicht gezwungen«, betonte Malin. »Er hatte recht mit dem, was er gesagt hat.«

»Dass dein kleiner, unbedeutender Lohn keine Rolle für die finanzielle Situation der Familie spielt, wenn man sein hohes Einkommen bedenkt? Malin, er war nur darauf aus, dir diesen festen Punkt in deinem Leben zu nehmen. Dir das Gefühl zu nehmen, einen Wert zu haben, eine Rolle in der Gesellschaft zu spielen. Verteidige ihn nicht. Darüber haben wir doch schon gesprochen.«

Malin schwieg eine Weile. Annelie hatte sicher recht. Es war nur so, dass die Freundin so viele Grundvoraussetzungen ihrer Existenz infrage stellte, dass Malin Schwierigkeiten hatte, damit umzugehen. Sie nippte an dem Wein und warf einen Blick auf ihr Handy.

»Was hast du denn gemacht, dass Stefans Handy kaputtgegangen ist?«, fragte Annelie.

Malin seufzte und legte das Telefon zur Seite.

»Er hatte es auf das Autodach gelegt und sich hineingebeugt, um etwas herauszuholen«, antwortete sie. »Als ich auf der Beifahrerseite ausgestiegen bin und die Tür zugeschlagen habe, ist es runtergerutscht und auf die Straße gefallen.«

Annelie schaute sie mit gerunzelter Stirn an und trank einen Schluck Wein, bevor sie sprach.

»Ist dir klar, wie krank das eigentlich ist, wenn du aufrichtig glaubst, dass es deine Schuld war, dass Stefans

Handy kaputtgegangen ist, weil du die Autotür hinter dir zugeschlagen hast? Wenn es andersherum gewesen wäre, hättest du da nicht auch die Verantwortung bei dir selbst gesucht? Weil du so unbedacht warst, das Handy auf eine glatte und abschüssige Fläche zu legen?«

Malin dachte nach. Natürlich hatte Annelie in gewisser Weise recht. Aber als Mensch hat man ja auch eine Verantwortung, sich umzuschauen, bevor man herumfuchtelt. So nannte Stefan es. Er fand, dass Malins Bewegungen so ausladend waren. So ungeschickt. Und das war sie ja auch. Vermutlich, weil sie zu viel wog, sich ein bisschen zu wenig bewegte. Ein Dilemma, für das sie zu Hause in der Wohnung am Mosebacke Torg auch keine Lösung finden konnte. Und auch nicht dort, wo sie fast ihre ganze Zeit verbrachte, wenn sie außerhalb der Wohnung war: auf den Zuschauerrängen eines Tennisplatzes, auf dem eines der Kinder ein Match austrug.

»Malin, ich weiß, dass du ihn jetzt in Gedanken verteidigst«, sagte Annelie, die offensichtlich direkt in ihren Kopf schauen konnte. »Es ist großartig, dass du diesen wichtigen Schritt gemacht hast und im *VivaForum* Kontakt zu Frauen mit ähnlichen Erfahrungen aufgenommen hast. Aber es ist noch ein weiter Weg. Ich weiß das, denn ich bin schon sehr viel weiter gekommen als du, aber immer noch nicht am Ziel. Du musst auf mich hören und auf deinen gesunden Menschenverstand. Alles, was Stefan tut, dient dem Ziel, dich kleinzumachen, verstehst du das?«

»Ein großer Teil davon jedenfalls«, stimmte Malin ihr zu.

Sie versuchte ehrlich zu sich zu sein, und dazu gehörte, nicht ungerecht über Stefan zu urteilen.

»Er hat auch viele gute Seiten«, fügte sie deswegen hinzu.

»Kannst du dafür Beispiele nennen?«, sagte Annelie, ohne den Sarkasmus in ihrer Stimme verbergen zu können.

Sie war hart wie Granit, weigerte sich, irgendwelche mildernden Umstände zu akzeptieren. Brauchte man diese Voraussetzungen, um aus einer destruktiven Beziehung herauszukommen?

»Er ist ein Familienmann«, antwortete Malin. »Er engagiert sich zum Beispiel unheimlich für die Kinder. Fährt sie ständig überallhin, investiert viel Geld in sie.«

»Du denkst an das Tennis?«

Malin dachte nach und nickte dann.

»Das macht er doch nur für sich selbst«, sagte Annelie voller Überzeugung. »Weil *er* will, dass sie Weltmeister im Tennis werden ...«

»Es gibt keine Weltmeisterschaft im Tennis«, warf Malin ein. Aus einem Grund, der so undurchsichtig war, dass nicht einmal sie selbst begriff, warum sie das sagte. Vielleicht als eine Art Verteidigung der Unverletzlichkeit ihrer Familie, all dessen, wofür sie alle vier gemeinsam standen. Sie bereute den Kommentar schon, während sie ihn aussprach, und biss sich auf die Lippen.

»Weil *er* will, dass sie Tennismillionäre werden«, nahm Annelie den Faden wieder auf. »Damit *er* sich die Feder an den Hut stecken kann, vielleicht weil *er selbst* nie diese Möglichkeit bekommen hat. Die Kinder hat doch niemand gefragt, ob sie so hart trainieren wollen, wie er es ihnen zumutet.«

»Es macht ihnen Spaß«, sagte Malin mit gesenktem Blick.

Sie wusste eigentlich nicht, ob es wirklich so war. Und Annelie konnte wie gewohnt ihre Gedanken lesen.

»Sie haben keine Alternative«, konstatierte sie. »Nach

dem, was du bisher davon erzählt hast, hatten sie ganz offensichtlich nie die Chance, Nein zu sagen. Sie kennen ja nichts anderes. Sie wissen nur, dass ihr Vater ihnen das Leben schwer macht, wenn sie nicht das tun, was von ihnen erwartet wird, das heißt: Tennis zu spielen. Begreifst du, wie ernst das ist? Mir ist klar, dass du denkst, solange es den Kindern gut geht, ist deine Not nicht besonders groß. Aber es geht ihnen nicht gut. Was die Kinder erleben, ist schlimmer, als du dir vorstellen kannst, und schlimmer, als ihnen bewusst ist. In ihrer künstlichen Tenniswelt sind sie vollkommen von der Wirklichkeit abgeschirmt und abhängig von ihrem Vater. Außerdem leben sie unter einer ständigen Bedrohung, die sie nicht so richtig fassen können. Er macht dich vor den Kindern klein, und wenn sie älter werden, braucht er dich nicht mehr. Dann kann er dich, wenn es ihm passt, wegrationalisieren, ohne dass du ein Vakuum hinterlässt. Du musst dieser Situation ins Auge sehen. Und sei es nur wegen der Kinder.«

»Wenn ich ihn verlasse, werde ich die Kinder niemals wiedersehen«, stellte Malin verzweifelt fest. »In einem Sorgerechtsstreit kann er so viel gegen mich vorbringen, dass ich keine Chance mehr habe.«

»Du meinst hoffentlich, dass er die Gerichte an der Nase herumführen wird?«, sagte Annelie zornig. »Und nicht, dass es einen Grund gibt, dich mit Schmutz zu bewerfen und deinen Umgang mit den Kindern zu kritisieren? Ich dachte, wir wären schon weiter, Malin.«

Malin antwortete nicht. Die Gespräche mit Annelie zehrten an ihren Kräften. Annelie trieb Malin an, eine Art Krieg gegen sich selbst zu führen. Gegen die Familienwerte, die Loyalität und alles andere, für das sie zu stehen glaubte. Es war erschöpfend. Aber sie wusste, dass es lebenswichtig war. Schließlich hatte sie vor allem deswegen

Kontakt zu *VivaForum* aufgenommen. Um Hilfe dabei zu bekommen, sich aus einer Beziehung zu lösen, die alles Lebendige in ihr zu töten drohte.

Sie füllte beide Gläser mit Wein auf.

»Ich brauche diese Gespräche, Annelie«, sagte sie und hob das Glas. »Danke, dass du es mit mir aushältst. Aber es ist auch sehr anstrengend, sich selbst und sein ganzes Leben auf diese Art zu hinterfragen. Wie geht es dir überhaupt?«

Annelie lachte und roch am Wein, bevor sie das Glas zum Mund führte. Malin trank ebenfalls und drückte gleichzeitig mit dem Daumen auf das Handy. Es war kurz nach elf. Nach dem Schluck Wein stieg ihr die Wärme in die Wangen. Noch ein paar schnelle Bewegungen mit dem Daumen über das Display; alles war ruhig.

»Schaffst du das wirklich?«, fragte Annelie.

»Natürlich«, antwortete Malin mit einem Lächeln und legte das Handy wieder auf den Tisch. »Deswegen sitzen wir ja hier. Erfahrungsaustausch.«

»Was machst du gerade?«, fragte Annelie. »Auf dem Handy.«

»Ach, ich schaue nur kurz eine Sache nach«, antwortete Malin ausweichend.

Sie spürte, wie sie errötete. Sie wusste gar nicht so recht, warum. Annelie gegenüber konnte sie doch vollkommen aufrichtig sein. Aber angesichts des Treueversprechens, das sie ihrem Ehemann vor dreizehn Jahren vor dem Altar gegeben hatte, schämte sie sich wegen der Situation, in der sie sich jetzt befand. Sie fragte sich, ob das, was sie gerade tat, eigentlich moralisch vertretbar war.

»Deinem Gesichtsausdruck nach zu urteilen, glaube ich, dass du mir ganz genau erzählen solltest, was du gerade kontrolliert hast«, sagte Annelie mit Nachdruck.

Malin gab dem Druck nach. Sah ein, dass ihre Antwort zu weiteren Diskussionen über sie und Stefan führen würde, das war unausweichlich. Sie bereute, dass sie es nicht besser versteckt hatte.

»Ich kontrolliere, wo Stefan sich gerade befindet«, gestand sie.

Annelie sah nicht im Geringsten erstaunt aus.

»Mit dieser Mein-iPhone-suchen-App?«, fragte sie nur.

»Genau.«

»Du machst dir doch nicht etwa Sorgen, dass er untreu ist? Denn damit hätte ich nicht gerechnet.«

»Absolut nicht«, sagte Malin und schüttelte energisch den Kopf. »Der Gedanke ist mir tatsächlich nie gekommen, aber wenn ich länger darüber nachdenke, glaube ich auch nicht, dass es mich stören würde.«

»Du machst dir Sorgen, dass er hierherkommen könnte?«, ging Annelie auf. »Und entdeckt, dass du hier mit einem Menschen herummauschelst, von dem er noch nie gehört hat?«

Malin gab es zu.

»Dieser Gefahr möchte ich dich nicht aussetzen. Oder mich. Das ist schlimm, ich weiß, aber ...«

»... du kannst dich nicht entspannen, wenn du die ganze Zeit das Gefühl hast, dass er plötzlich vor der Tür stehen könnte? Ich verstehe. Habt ihr ein gemeinsames Apple-Konto?«

Malin nickte.

»Wer hat die App heruntergeladen?«

»Stefan. Erst auf seinem Handy und dann auch auf meinem.«

»Das macht er natürlich, um dich unter Kontrolle zu behalten.«

»Schon klar«, antwortete Malin. »Deswegen müssen wir

uns auch hier in Papas Wohnung treffen. Wenn ich irgendwo anders wäre als hier oder im Krankenhaus, würde er anfangen, Fragen zu stellen.«

»Aber ihm sollte doch klar sein, dass du ihm auch folgen kannst?«, bemerkte Annelie.

»Das glaube ich nicht. Er hat die App gut auf meinem Handy versteckt, ganz hinten in einem Ordner mit jeder Menge Mist, den man nie verwendet. Er glaubt, ich bin ein kompletter Idiot, wenn es um Technik geht, offiziell weiß ich also gar nicht, dass ich sie habe.«

»Das ist ja genial, Malin.«

Annelie strahlte über das ganze Gesicht. Um kurz darauf wieder eine deutlich ernstere Miene aufzusetzen.

»Aber du weißt, dass er jedes Mal eine Mail bekommt, wenn du ihn suchst und er das Handy nicht angeschaltet hat?«

»Das weiß ich«, sagte Malin. »Aber da besteht keine Gefahr, denn Stefan schaltet sein Handy niemals aus.«

Sie lachten beide und stießen an.

»Wo ist er denn gerade?«, fragte Annelie neugierig.

»Auf Södermalm. Irgendwo am Medborgarplatsen.«

»Aber dort wohnt ihr doch nicht?«

»Nein. Er ist bestimmt ausgegangen. Die Kinder sind mit dem Verein über das Wochenende in Finnland, deswegen konnte ich überhaupt nur herkommen.«

»Du meinst, es war nicht lebenswichtig für ihn, seine Köchin zu Hause zu haben, wenn die Kinder unterwegs sind?«

»So ungefähr«, seufzte Malin. »Jetzt erzähl, wie es dir geht.«

Auch Annelie seufzte.

»Ich bin eine Frau, die von ihrem Mann misshandelt wird«, antwortete sie mit einem freudlosen Lächeln.

Malin nickte ermutigend. Annelie hatte erzählt, und Malin hatte auch darüber gelesen, dass es eine enorm hohe Schwelle ist, über die man gehen muss, bevor man sich selbst gegenüber eingesteht, dass man tatsächlich körperlich misshandelt worden ist. Seltsame Verteidigungsmechanismen übernahmen oft das Gefühlsleben, nur um die Schamgefühle loszuwerden. Geschubst oder durch das Zimmer geschoben zu werden, damit musste man während eines Ehestreits eben rechnen. Wenn man ihm auf die Nerven ging, konnte es eben passieren, dass Ziergegenstände durch die Gegend flogen oder Ohrfeigen verteilt wurden oder Fäuste im Bauch landeten. Wenn man richtig provokativ war, war es vielleicht nicht so seltsam, dass man am Ende mit dem Rücken auf dem Boden landete, während der normalerweise sehr fürsorgliche und rücksichtsvolle Mann auf einem kniete. Und dass dabei eventuell ein paar Haarsträhnen verloren gingen. Dass er aus reiner Frustration vielleicht noch einen Würgegriff ansetzte. Es ging um einen alltäglichen Streit; aufgewühlte Gefühle, die in allen menschlichen Beziehungen vorkamen. Das machte den Mann noch nicht zu jemandem, der seine Frau misshandelt, zu einem Gewalttäter. Es machte die Frau noch nicht zu einem Misshandlungsopfer. Das Wort *Opfer* klang so schlimm. Irgendwie ein bisschen peinlich. In so einer alltäglichen Situation. Für den Streit waren schließlich beide verantwortlich.

Aber Annelie hatte diese Schwelle überwunden. Sie hatte mittlerweile die Gewalt als solche erkannt, und ihre Pläne, Per zu verlassen, waren schon weit fortgeschritten. Das Problem war nur, dass Per und sie ein gemeinsames Kind hatten; einen Sohn, der jetzt in die Grundschule ging. Wenn er nicht gewesen wäre, hätte Annelie schon vor langer Zeit die Beziehung beendet, aber jetzt war sie gezwungen, es in eher kontrollierter Form zu tun. Und dann gab es natürlich noch ein Problem. Dass Annelie Per im Grunde genommen sehr gernhatte. Dass sie sich überhaupt nicht danach sehnte, ihr Leben ohne einen Mann an ihrer Seite zu leben, den sie liebte, und dass sie sich nur schwer vorstellen konnte, dass sie jemals jemand anderen lieben konnte als Per. Den hübschen, charmanten, fröhlichen, sozialen und beliebten Per. Den Per, der er eigentlich war, wenn er nicht gestresst war und nicht zu viel getrunken hatte. Wenn Annelie nicht zu viel Geld ausgegeben oder den Jungen zu sehr verwöhnt oder Per auf irgendeine andere Art provoziert hatte.

Malin hatte ihre Zweifel, ob Annelie wirklich so viel weiter gekommen war als sie selbst. Annelie hatte zwar der Wahrheit ins Auge gesehen und sowohl für sich selbst als auch den anderen auf der virtuellen Plattform gegenüber formuliert, dass sie misshandelt wurde. Malin glaubte, dass sie selbst noch nicht ganz so weit war. Auf der anderen Seite konnte Annelie den Idioten, mit dem sie zusammenlebte, einfach nicht loslassen. Er hatte ihr sowohl ein paar Rippen als auch mehrfach die Finger gebrochen, einmal sogar ihr Nasenbein, was man ihr tatsächlich noch ansehen konnte. Stefan wiederum hatte niemals die Hand gegen Malin erhoben. Seine Misshandlungen, wie Annelie es nannte – Malin fand, das Wort »Misshandlung« sollte für Tritte und Schläge reserviert sein –, hatten eine andere, sanftere Form. Aber Malin hatte mit Stefan vor langer Zeit gebrochen. Gefühlsmäßig. Sie waren eher ein Team als ein Liebespaar. Ein Team, das die Reichtümer verwaltete, mit denen sie gesegnet waren. Reichtümer in Form von Kindern, Vermögen und Immobilien. Malin erfüllte ihren Teil der Vereinbarung mit großer Hingabe und so gut sie es vermochte. Das Geld und die Immobilien versuchte sie zu genießen, so gut es ging, aber eigentlich interessierte es sie nicht im Geringsten.

Was sie in der mausetoten Beziehung hielt, waren die Kinder, einzig und allein die Kinder. Sobald sie ausgeflogen waren, würde sie die Beine in die Hand nehmen und gehen.

Falls sie es so lange aushielt. Stefan ekelte sie an, sie verabscheute ihn. Trotzdem machte sie gute Miene zum bösen Spiel und versuchte ihm alles so gut wie möglich recht zu machen, das zu tun, was für das Wohlergehen der Kinder und den Hausfrieden wichtig war. Sie betrachtete das Familienleben als Projekt. Und sie würde es erst aufgeben, wenn sie es vollendet hatte. Also in rund neun Jahren.

Als Malin und Annelie alles besprochen hatten, war es zwei Uhr. Malin hatte sich die Zähne geputzt und war unter die frisch gewaschenen Laken im Bett ihres Vaters geschlüpft. Bevor sie das Licht ausschaltete, beschloss sie, ein letztes Mal nach Stefans Handy zu suchen. Nicht, weil sie noch befürchten musste, dass Stefan plötzlich in der Tür stand. Sie wurde von Neugierde getrieben. In Kombination mit dem Gefühl, dass sie ausnahmsweise eine gewisse Macht über Stefan hatte und nicht andersherum, wie sonst immer.

Stefans Handy war gegen Mitternacht zu Hause am Mosebacke Torg aufgetaucht. Was in keiner Weise bemerkenswert war. Dass er nach einem Abendessen in einem der Restaurants am Medborgarplatsen – Malin interessierte nicht, welches Restaurant es genau war – nach Hause gefahren war, um zu schlafen, war ja wenig erstaunlich. Umso überraschender war es, dass er sich, laut App, erneut in der Nähe des Medborgarplatsen aufgehalten hatte, kurz bevor Annelie sich von Malin verabschiedet hatte. Auf der Folkungagatan, um genau zu sein. Weil es, von Uppsala aus gesehen, die falsche Richtung war, spielte es eigentlich keine Rolle für sie, aber sie konnte sich beim besten Willen nicht zusammenreimen, was er da draußen in der Stadt noch gewollt haben könnte, nachdem er bereits mehrere Stunden zu Hause gewesen war. Es passte nicht zu Stefan, der an Werktagen und sonntags niemals nach zehn Uhr ins Bett ging und sich an Feiertagen – wenn sie nicht eingeladen waren – selten nach Mitternacht schlafen legte. Zu Malins Verdruss. Sie selbst war eine Nachteule, musste aber gezwungenermaßen gleichzeitig mit ihrem Mann ins Bett gehen. Und sie durfte im Bett auch nicht mehr lesen, denn es musste dunkel sein, sonst konnte er nicht schlafen.

Als sie jetzt erneut die Mein-iPhone-suchen-App aufrief, fand sie ihn im Grenzland zwischen Farsta und Huddinge. Nicht in der Nähe von dichterer Bebauung, sondern irgendwo auf dem Land südlich von Stockholm, genauer gesagt auf dem Ågestavägen, nahe dem See Magelungen. Und auf dem Display konnte sie seiner Fahrt nach Westen folgen. Malin zog die Schlussfolgerung, dass sein Aufenthalt in der Folkungagatan vor gut zehn Minuten nur von vorübergehender Natur gewesen war. Er befand sich offensichtlich in einem Auto, entweder in einem Taxi oder in seinem eigenen Wagen, vermutlich das Erstere. Wenn er den Abend in einem Restaurant verbracht hatte, hatte er vermutlich auch Alkohol getrunken. Stefan schreckte an und für sich nicht davor zurück, unter Alkoholeinfluss zu fahren, aber er hatte auch keine Schwierigkeiten damit, ein Taxi zu nehmen, wenn es unbedingt nötig war. Für Stefan war Geld kein knappes Gut, wie es so schön hieß.

Als die Bebauung auf beiden Seiten der Straße allmählich aufhörte, bog er nach Norden ab, in eine Straße, die Grönviksvägen hieß. Auf der linken Seite lag nur Wald, lockere Bebauung auf der rechten Seite. Über kleine Nebenstraßen kehrte er ins Stockholmer Stadtgebiet zurück und erreichte die Halbinsel Farstanäset, laut Karte ein ziemlich unbewohntes Gebiet. Was zum Teufel hatte er dort zu suchen? Schließlich hörte er auf, sich zu bewegen, an einem Ort, der nicht weit entfernt von Grönvik lag und bei dem es sich aufgrund der vielen unterschiedlich großen Nebengebäude um einen landwirtschaftlichen Betrieb zu handeln schien.

Es war unbegreiflich. Sollte er in der Stadt irgendeine Landfrau aufgerissen haben, war es natürlich bedauerlich. Für die Frau. Aber für Malin war es unvorstellbar, dass er sie in diesem Fall bis in die Pampa begleitet hätte. Am wahrscheinlichsten wäre es gewesen, dass er mit einer möglichen Geliebten ein Hotelzimmer genommen hätte – sie hoffte jedenfalls, dass selbst Stefan sich zu schade dafür war, sie mit nach Hause ins eheliche Bett zu schleppen. Also konnte sie ausschließen, dass es sich um einen Seitensprung handelte. Nachdem Malin ihrer Fantasie freien Lauf gelassen und zu ihrer Begeisterung festgestellt hatte, dass keine dieser Vorstellungen ihr noch irgendwie wehtat, kam sie wieder zur Besinnung. Stefan hatte vermutlich einen alten Bekannten in dem Restaurant getroffen und ihn auf einen Absacker in die Angeberwohnung eingeladen, bevor er sich überreden ließ, ihn auf seinen abgelegenen Hof für einen weiteren Absacker zu begleiten. End of story. Morgen würde sie herausfinden, welcher von Stefans alten Kumpels auf dem Hof in Grönvik wohnte.

Malin schlief mit einem kleinen Lächeln auf den Lippen ein. Als sie aufwachte, weil sie zur Toilette musste, konnte sie feststellen, dass Stefan wieder zu Hause war. Wie erwartet.

Samstagnachmittag

Julia saß am Küchentisch und schaute aus dem Fenster. Der Schnee fiel in Massen vom Himmel, schon seit sie gegen elf aufgewacht war. Im Radio, das im Hintergrund plärrte, hieß es, dass es die ganze Nacht geschneit habe. Es war zu großen Verkehrsproblemen gekommen, was Julia zur Kenntnis nahm, ohne mit der Wimper zu zucken. Die Einzigen, die vom Schneefall regelmäßig überrascht wurden, waren die Bahn, die Nahverkehrsbetriebe und die Straßenreinigung. Jedes Jahr wunderten sie sich darüber, dass in Stockholm in den Wintermonaten eisige Niederschläge fielen. Züge und S-Bahnen standen still, Autos blieben eingeschneit oder zugepflügt auf ihren Parkplätzen stehen. Wer sich auf die Bürgersteige wagte, durfte sich durch halbmeterhohen Schnee kämpfen, und viele Straßen waren noch nicht geräumt worden. Draußen war es, kurz gesagt, unwegsam.

Das bekümmerte Julia allerdings nicht weiter, sie hatte nicht vor, die Wohnung zu verlassen. Sie hatte die Teelichter in den Iittala-Kerzenständern auf dem Fensterbrett und auf dem Tisch angezündet, trank den mittlerweile vierten Tee des Tages, hatte jeden Teil der Zeitung gelesen und jedes Kreuzworträtsel gelöst. Eine höchst angenehme Art der Lebensführung, fand Julia. Sollte jemand anrufen und sie herauslocken wollen, würde sie ablehnen. Es war gestern eine schöne Party gewesen, aber heute wollte sie nur chillen. Vielleicht gleich noch in die Badewanne steigen, mit flackernden Kerzen, einem Glas Wein und einem guten Buch.

Sie fragte sich, was Heidi gerade machte. Ob sie und Ola es sich in trauter Zweisamkeit so gemütlich gemacht hatten, wie sie immer behauptete. Oder ob der gestrige Abend ihnen das Wochenende verdorben hatte. Heidi würde bestimmt anrufen und Bericht erstatten – hatten sie das nicht so verabredet? Wie auch immer, wenn Julia sie jetzt anrief, konnte sie nachher das Handy auf lautlos schalten und ihren Körper in das warme Bad sinken lassen, ohne dass sie von einem Anruf gestört werden würde.

Nach vier Signalen meldete sich der Anrufbeantworter. »Hallo, hier ist Heidi, ich kann deinen Anruf im Augenblick nicht entgegennehmen …« Dann eben nicht. Schritt zwei: den Facebook-Status überprüfen. »Winterspaziergang mit dem Liebsten« oder »Cocooning«? Nein, von Heidis Seite herrschte Facebook-Schweigen. Dann tippte Julia eben eine eher unaufdringliche SMS und schickte sie an Heidi: *»Ciao. Hab versucht dich anzurufen, aber du bist wohl beschäftigt. Jetzt ein warmes Bad, Duftkerzen und ein Glas Roten. Ruf an, wenn du Zeit hast, ja? Küsschen, Julia.«* Dann pustete sie die Teelichter in der Küche aus, nahm die Streichholzschachtel mit ins Badezimmer, drehte die Wasserhähne auf und zündete die Duftkerzen an.

Als sie gerade zurück in die Küche kam, summte das Handy. Heidi hatte geantwortet. *»Kann heute nicht mit dir sprechen, viel Spaß in der Badewanne. Küsschen.«* Okay. Heidi war zu beschäftigt zum Telefonieren. Julia konnte sich sehr gut vorstellen, dass sie gezwungen war, heute dem eheähnlichen Umgang mit Ola Vorrang einzuräumen, statt eine halbe Stunde mit dieser idiotischen Freundin wegzuplappern. Julia, oder wie sie jetzt hieß. Und hässlich war sie auch. Ihr Gesicht sah aus wie ein verdammter Schrottplatz. Julia grinste und zuckte mit den Schultern.

Wegen der dicken Schneewolken, die den Stockholmern den Blick auf die Sonne verwehrten, hatte den ganzen Tag Dämmerung geherrscht. Aber jetzt wurde es draußen im nasskalten Winterwetter ernsthaft dunkel. Das Thermometer am Fenster zeigte vier Grad minus, als Julia die Küche mit einem Glas südafrikanischen Kartonwein in der einen Hand und Steve Sem-Sandbergs *Die Elenden von Lódz* in der anderen verließ.

Sonntagabend

Als Malin aus Uppsala nach Hause kam, war die Wohnung leer. Stefan war mit dem Auto zum Flughafen Arlanda gefahren, um die Kinder abzuholen, sie konnten jederzeit wieder zu Hause sein. Alles war sauber und aufgeräumt, kein dreckiges Geschirr in der Spüle, das Bett gemacht, und alles war an seinem Platz. Eine weitere Eigenschaft von Stefan, für die man dankbar sein durfte. Er konnte besser Ordnung halten als sie selbst, obwohl es ihre Aufgabe als Hausfrau war, die Wohnung in einem Topzustand zu halten. Was ihr nicht immer hundertprozentig gelang, aber sie versuchte es, so gut sie konnte, und hatte mittlerweile eingeschliffene Routinen für die verschiedenen Aufgaben entwickelt.

Weil es zu spät für ein richtiges Abendessen war und im Grunde zu spät für die Kinder, um überhaupt noch wach zu sein, beschloss sie, Brote für alle zu schmieren; leckere dreieckige Sandwiches mit Gemüse, Wurst und Käse, damit für jeden Geschmack etwas Passendes dabei war. Lieber zu viel als zu wenig – wenn etwas übrig blieb, konnten sie es am nächsten Morgen zum Frühstück essen. Also kaufte sie schnell noch beim ICA in der Östgötagatan ein, was sie dafür brauchte. Dann strich sie Butter auf die Brotscheiben, belegte sie mit gründlich gewaschenen Eisbergsalatblättern und jeweils einem von drei verschiedenen Belägen: Brie und Tomate, in Scheiben geschnittene Leberpastete mit Gurke sowie Roastbeef mit Kartoffelsalat, bevor sie die Leckereien mit den restlichen Brotscheiben wieder zudeckte und in Dreiecke schnitt. Schließlich legte sie die Sandwiches fein säuberlich auf ein Tablett, das sie auf dem Esstisch platzierte, deckte den Tisch und zündete die Kerzen an. Sicherheitshalber stellte sie neben den Weingläsern auch Teetassen für sich selbst und Stefan dazu, selbst wenn er an Sonntagen meistens Wein bevorzugte.

Kurze Zeit später tauchten sie in der Tür auf, die Kinder mit rosigen Wangen nach dem kurzen Aufenthalt im Schneetreiben auf der Straße, Stefan verärgert über den sparsamen Winterdienst.

»Wie schön du den Tisch gedeckt hast, Mama!«, rief Leonard, als er das festliche Arrangement und die flackernden Kerzen erblickte.

»Ich habe englische Sandwiches gemacht«, antwortete Malin, küsste den Zehnjährigen auf die Stirn und zog ihm die Mütze vom Kopf.

»Oh, wie lecker, wir haben einen Riesenhunger!«

»Tatsächlich? Ich dachte, ihr hättet noch im Flugzeug gegessen oder bevor ihr losgeflogen seid.«

»Natürlich sind sie hungrig«, sagte Stefan. »Sie haben den ganzen Tag Tennis gespielt.«

»Ich liebe Sandwiches«, sagte Cassandra. »Welcher Belag ist denn drauf?«

Malin nahm Stefan die Jacke ab und hängte sie in den Kleiderschrank. Sie wollte die Tür offen stehen lassen, damit die Jacke schneller trocknete.

»Häng sie lieber auf den Garderobenständer, damit sie trocknet«, sagte Stefan.

»Ich dachte, ich lasse ...«

»Jetzt diskutier nicht groß, Liebling, sondern mach einfach, was ich sage. Gibt es nur Brote als Abendessen? Die Kinder haben doch Riesenhunger. Thailändisches Essen, Kinder, was sagt ihr dazu?«

»Oh, lecker! Ich möchte Thaiessen«, sagte Leonard.

»Ich laufe runter«, sagte Stefan, »keine Angst. Gibst du mir noch mal die Jacke, Schatz?«

Als Malin eine halbe Stunde später die Sandwiches in Frischhaltefolie gewickelt, den Tisch neu gedeckt und außerdem Leonards Tasche ausgepackt hatte, versammelte sich die Familie schließlich am Esstisch.

»Ich trinke gerne ein Glas Wein zum Essen«, sagte Stefan.

»Ich dachte, du trinkst lieber Bier, wenn wir thailändisch essen«, sagte Malin, die bereits zwei Flaschen geöffnet hatte. »Aber ich mache eine Flasche auf. Rot oder weiß?«

»Weiß bitte, mein Schatz.«

Malin holte eine Flasche Riesling, öffnete sie und schenkte Stefan ein Glas ein. Ihr eigenes Glas füllte sie aus einer der beiden offenen Bierflaschen.

»Du trinkst doch jetzt kein Bier?«

»Es wäre doch schade, es wegzuschütten. Zu diesem scharfen Essen trinke ich lieber Bier.«

»Sparst du wieder am falschen Ende?«, sagte Stefan und lachte. »Wein ist besser für dich, das weißt du doch.«

Sein Blick wanderte hinunter zu ihren Polstern über dem Hosenbund; ihr war klar, was er damit sagen wollte, und sie war dankbar dafür, dass er es vor den Ohren der Kinder nicht deutlicher aussprach. Dann griff er nach ihrem Bierglas, führte es zum Mund und trank es in einem Zug aus. Die Kinder schauten amüsiert zu, Leonard klatschte mit den Händen.

»Hier, nimm mein Weinglas«, sagte Stefan galant. »Ich hole mir ein neues.«

Er ging in die Küche, kniff Cassandra liebevoll in die

Wange, als er an ihr vorbeikam. Malin lächelte die Kinder an, die bester Laune waren. Sie fühlte sich wie ein Zaungast in der Familienidylle, fragte sich, ob jemand reagieren würde, wenn sie einfach aus der Tür ging und nie wieder zurückkam.

»Und wie lief es in Finnland?«, fragte sie.

»Das war supergut«, sagte Leonard.

»Es lief gut«, antwortete Cassandra. »Es war hart, aber es lief gut. Ich habe meine Spiele gewonnen.«

»Bravo. Ich wusste gar nicht, dass ihr richtige Matches hattet. Ich dachte, es wäre ein Trainingslager.«

»Wir haben eine Partie gegen den finnischen Heimclub gespielt. Ich habe zwei Doppel und zwei Einzel gespielt und alle gewonnen.«

»Super, Cassandra.«

»Und du, Leonard?«, fragte Stefan aus der Küche. »Wie sind deine Spiele ausgegangen?«

»Ich habe eines gewonnen«, antwortete Leonard fröhlich.

Bevor Malin ihn dafür loben konnte, tauchte Stefan mit einem Roastbeef-Sandwich in der Hand in der Küchentür auf.

»Und drei verloren«, ergänzte er. »Seine Beinarbeit ist zu schlecht, sagen die Trainer. Und woran liegt das wohl, Malin?«

Malin hatte wirklich keine Ahnung. Weil er ein Kind war? Weil er nicht in der Stimmung war, das ganze Wochenende hinter einem gelben Ball herzulaufen? Sie wusste nicht, worauf sie den Blick richten sollte, während sie auf das Urteil wartete. Er wanderte von Leonards enttäuschter Miene zu Stefans schwarzen Augen und weiter zu dem Sandwich, das er eine Armlänge von sich weghielt.

»Weil er dick ist. Weil du ihn mit diesem Mist hier mästest. Weißbrot, Butter, Kartoffelsalat. Du bist den ganzen Tag zu Hause. Du kannst in dich reinstopfen, was du willst, aber es ist deine verdammte Pflicht, dafür zu sorgen, dass der Rest von uns ordentliches Essen bekommt. Findest du nicht auch?«

Malin stimmte zu.

»Aber ich kann einfach nicht so gut kochen, Stefan, das weißt du doch.«

»Ich finde, Mama macht leckeres Essen«, traute sich Leonard zu sagen.

Stefan schaute den Zehnjährigen mit ernster Miene an.

»Das ist gut, dass du das findest, junger Mann. Aber es ist wichtig, dass das Essen auch gesund ist, oder?«

Leonard nickte, ohne den Blick zu heben.

»Und das ist die Aufgabe deiner Mutter. Es ist Mamas *Job*, leckeres und wertvolles Essen für uns zu kochen, die wir richtige Jobs haben. Ansonsten können wir keine Spiele gewinnen.«

Leonard sah jetzt so traurig aus, dass Malin glaubte, er würde gleich anfangen zu weinen.

»Ich werde mir ab jetzt mehr Mühe geben, Leonard«, sagte sie hastig. »Und du bist nicht dick, mein Süßer. Aber ich werde darauf achten, dass keiner von uns dick wird.«

»Für *einen von uns* ist es vielleicht schon zu spät«, bemerkte Stefan mit einem Lächeln, der jetzt besserer Laune war, nachdem er eine Weile schulmeistern durfte. »Aber das macht nichts, ich liebe dich trotzdem, Schatz.«

Dann warf er einen Luftkuss in Malins Richtung, und sie beantwortete ihn mit einem Lächeln, das nicht verriet, wie sie sich fühlte. Aber es bedeutete auch das Ende dieses belastenden Gesprächs, die Kinder freuten sich, und das war die Absicht gewesen. In ihrem Inneren wollte sie nur noch weinen.

Um zehn Uhr waren alle im Bett, es war still und dunkel in der Wohnung. Malin lag auf dem Rücken und lauschte dem Sturm draußen vor dem Schlafzimmerfenster. Was für ein Glück, dass die Kinder gut nach Hause gekommen waren, dachte sie. Was für ein Glück, dass der Sturm nicht aufgekommen war, bevor sie zu Hause waren. Was für ein Glück, dass der schwere Schneefall nicht den ganzen Flugverkehr lahmgelegt hatte, dass sie gut starten und landen konnten.

Stefan schnorchelte an ihrer Seite, hatte ihr das Gesicht zugewandt und atmete aus und ein. Mit jedem Atemzug schlug ihr ein Hauch von Wein und Bier und Thai-Curry entgegen. Sie würde noch mehrere Stunden wach liegen. So sahen ihre Nächte aus. Zwei, drei Stunden Schlaflosigkeit, verschwendete Lesezeit, Fernsehzeit, Freizeit, Freiheit. Denn jetzt musste sie hier liegen und aus Sympathie zu ihrem Mann an dessen Seite schlafen, obwohl ihr Körper und ihre Seele ganz andere Bedürfnisse hatten. Alles für den häuslichen Frieden, für das Wohl der Kinder. Sie zog die Decke über die Nase, um seinen warmen, feuchten, stinkenden Atem von ihrer Wange fernzuhalten. Es war befreiend. Eine kleine Rebellion im Stillen. Die Bettwäsche roch frisch gewaschen.

*

Der ganze Tag war vergangen, ohne dass Julia etwas von Heidi gehört hatte. Jedes Mal, wenn sie sie anrief, wurde sie mit der Mailbox verbunden, auf Facebook tat sich nichts, was über Heidis Tun und Lassen Aufschluss hätte geben können, und einen Festnetzanschluss hatten Heidi und Ola nicht. Was Julia nicht unrecht war; jedenfalls war sie nicht bereit, das Risiko einzugehen und das Arschloch Ola an den Apparat zu bekommen. »Heidi, meine Liebe, geht es dir gut?«, simste sie. »Ruf mich an. Ich bin noch bis Mitternacht wach.« Während der Nachrichtenpause des Kommissar-Beck-Films bekam sie eine Antwort. »Kopfschmerzen, sonst alles gut. Ich melde mich.«

Julia hoffte, dass es tatsächlich so war. Dass es Heidi wirklich gut ging. Und dass es sich um normale Kopfschmerzen handelte und um nichts Schlimmeres. Zum Beispiel, dass ihr Ola irgendetwas Hartes an den Schädel gedonnert hatte. Oder dass Julia zur Persona non grata geworden war.

Montagvormittag

Kriminalkommissar Conny Sjöberg stand im Wohnzimmer des zweigeschossigen Hauses der Familie Wetterhag in Sköndal. Es musste irgendwann in den Fünfzigerjahren gebaut worden sein und sah aus wie ein Schuhkarton mit Eternitfassade. Sjöberg fand das Haus von außen abscheulich, von innen allerdings gemütlich. Er selbst hatte eher einen modernen Geschmack, wusste aber einen konsequenten Einrichtungsstil zu schätzen, selbst wenn er nicht *seiner* war. In diesem Fall war es allerdings schwer zu sagen, ob es sich um eine bewusste Entscheidung handelte, oder ob die Zeit einfach um 1955 stehen geblieben war.

»Das ist mein Elternhaus«, erklärte Bengt Wetterhag. »Eva-Lena und Johnny sind vor elf Jahren bei mir eingezogen.«

Der Mann war fünfundfünfzig Jahre alt, sah aber zehn Jahre jünger aus. Ein paar graue Einsprengsel an der Schläfe, nicht mehr. Er hatte einen schlanken und jugendlichen Körper, trug Jeans und ein Hemd. In vielerlei Hinsicht war er Sjöberg ähnlich, obwohl dessen graue Einsprengsel mittlerweile den ganzen Schopf erfasst hatten, den er zu seiner Freude allerdings noch in seiner Gänze besaß. Und auch wenn schlank vielleicht nicht ganz die passende Bezeichnung für einen Körper war, der unter anderem aus einem wachsenden Bauchansatz bestand. Bengt Wetterhag wirkte gefasst, aber verbissen.

»Ich weiß, dass Sie all diese Fragen schon einmal beantwortet haben«, sagte Sjöberg, »aber wir müssen sie Ihnen ein weiteres Mal stellen. Tut mir leid.«

An seiner Seite hatte er Jamal Hamad, seit Jahresbeginn Kriminalinspektor, fünfunddreißig Jahre alt und ohne eine Andeutung von Grau in seinem schwarz schimmernden Haar, ohne eine Andeutung von Übergewicht an seinem beinahe irritierend durchtrainierten Körper. Der Rest des Teams durchsuchte das Haus, begleitet von ein paar Streifenpolizisten, die den Fall zu Beginn übernommen hatten, was vor ziemlich genau vierundzwanzig Stunden gewesen war.

»Wann haben Sie sie zuletzt gesehen?«, fragte Sjöberg.

»Am Freitagmorgen, bevor ich zur Arbeit fuhr.«

»Und da war sie wie immer?«

»Ja, ich denke schon.«

»Gut gelaunt?«

Wetterhag zögerte.

»Ich weiß nicht, ob ich es so sagen würde. Sie hat nicht unbedingt eine fröhliche Natur. Fühlt sich auf der Arbeit nicht so richtig wohl. Aber sie war wie immer.«

»Haben Sie im Laufe des Tages noch von ihr gehört?«

Wetterhag schüttelte den Kopf.

»Ich bin um kurz vor sechs von der Arbeit gekommen. Eva-Lena war nicht zu Hause. Sie arbeitet in der Stadt und macht normalerweise um fünf Feierabend. Ich habe sie mehrere Male angerufen, aber sie ist nicht ans Telefon gegangen. SMS habe ich auch geschickt, aber die hat sie ebenfalls nicht beantwortet.«

»Sie arbeitet in einem Frisiersalon?«

»Ja. Oder besser gesagt, in einem Haar- und Nagelstudio. Eva-Lena schneidet nicht, sondern arbeitet als Hautpflegerin.«

»Warum wollten Sie sie so dringend erreichen?«, fragte Sjöberg.

»Ich wollte sie fragen, ob ich Essen einkaufen soll oder ob sie schon etwas geplant hat.«

Irgendetwas an seiner Antwort klang falsch. Warum sollte man mehrere Male anrufen und mehrere SMS schicken? Wenn die Person sich nicht meldete, dann hatte sie eben etwas anderes vor. Es sei denn, Wetterhag hatte Grund zu dem Verdacht, dass irgendetwas nicht stimmte. Oder diese vielen Versuche, seine Frau zu erreichen, waren nur Show.

Sjöberg ließ seinen Blick durch das Zimmer wandern, in dem sie standen. Ein für seinen Geschmack überladener Raum mit Parkett, einem Kamin, String-Regalen und ein paar wild wachsenden Fensterblättern, die die Terrassentüren mehr oder weniger versperrten, obwohl sie sie eigentlich nur einrahmen sollten. Jemand hatte den halbherzigen Versuch unternommen, sie mit einer unbeholfenen Tragekonstruktion unter Kontrolle zu bringen, die aus der Gardinenstange und einigen Schlingen aus Baumwollband bestand, bei denen Sjöberg allerdings befürchtete, dass sie das arme Grünzeug erwürgen könnten. Mitten im Zimmer stand ein ausziehbarer Teakholztisch mit sechs Ameisen-Stühlen. Es war schwer zu beurteilen, ob die Familie Wetterhag ihr Zuhause liebte oder ob das ganze alte Zeug nur aus mangelndem Interesse noch herumstand.

»Und als Sie sie nicht erreichen konnten, riefen Sie also Johnny an«, sagte Hamad. »Aus welchem Grund?«

Wetterhags verwunderter Gesichtsausdruck verriet, dass er auf diese Frage nicht vorbereitet gewesen war.

»Ich dachte, dass ... er vielleicht wusste, wo sie war.«

Eine Antwort, die eher mit einem Fragezeichen endete und Hamad zu weiteren Nachfragen anregte.

»Gab es einen Grund, warum er besser darüber informiert gewesen sein könnte, wo Ihre Frau sich aufhielt, als Sie selbst?«

»Nein, nein. Aber ich dachte, es wäre einen Versuch wert.«

Ja, durchaus möglich.

»Und was sagte Johnny, als Sie ihn anriefen?«

»Er sagte, dass Eva-Lena ihn von der Arbeit aus angerufen und ihn gebeten hat, sie nach Hause zu fahren. Er ist Taxifahrer. Sie hatte Fieber, dachte, dass sie vielleicht die Grippe hatte.«

»Hatte sie Fieber oder hat sie Johnny gesagt, dass sie Fieber hat?«, warf Sjöberg ein.

Wetterhag sah verdattert aus.

»Das müssen Sie Johnny fragen. Er hat Eva-Lena jedenfalls nach Hause gefahren und zugesehen, dass sie ins Bett kam. Mir hat er erzählt, dass er sie ungefähr um drei Uhr verlassen hat. Als ich das hörte, begann ich mir wirklich Sorgen zu machen.«

»Was, glauben Sie, könnte passiert sein?«

Wetterhag zögerte ein paar Sekunden mit der Antwort.

»Ich dachte nicht sofort, dass irgendetwas passiert sein könnte«, antwortete er schließlich. »Aber sie war krank, sie war nicht zu Hause und ging nicht ans Telefon. Deshalb begann ich mir Gedanken zu machen.«

»Gedanken?«

»Ja, es kam mir nicht unbedingt nachvollziehbar vor, dass sie in dieses Schneewetter hinausging, wenn sie so krank war, dass sie früher von der Arbeit nach Hause kam.«

»Wissen Sie, dass sie früher nach Hause ging?«, fragte Sjöberg, der es wichtig fand, von vornherein die Details zu klären.

»Am Samstag habe ich Carina angerufen, mit der sie

zusammen den Salon betreibt. Sie sagte, dass Eva-Lena ungefähr um halb zwei gegangen ist, obwohl sie später am Nachmittag noch Kunden gehabt hätte.«

»Also«, nahm Hamad den Faden wieder auf, »welche Gedanken haben Sie sich am Freitag gemacht? Wo, glaubten Sie, hielt Eva-Lena sich auf?«

»Ich hatte die Idee, dass sie vielleicht, wenn sie ganz hohe Temperatur hatte, im Fieberwahn nach draußen gegangen war. Dann entdeckte ich, dass ihr Auto weg war. Danach wusste ich nicht mehr, was ich glauben sollte. Eva-Lena ist seit vielen Jahren nicht mehr Auto gefahren.«

»Aber sie hat einen Führerschein. Wann und warum hat sie aufgehört, Auto zu fahren?«

»Sie mochte den Verkehr in Stockholm nicht. Die Hektik mache sie verrückt, sagte sie. Es ist bestimmt fünf Jahre her, dass sie den Wagen endgültig in die Garage gestellt hat. Ein weißer Hyundai Elantra, Baujahr 2002.«

»Und was haben Sie dann getan?«, fragte Sjöberg. »Nachdem Sie Johnny angerufen hatten?«

»Ich bin mit dem Auto losgefahren und habe gesucht«, seufzte Wetterhag. »Ohne Erfolg, natürlich. Ich hatte keine Ahnung, wo sie geblieben sein könnte.«

»Besteht die Möglichkeit, dass sie gegen ihren Willen fortgeschafft worden ist?«

»Was fragen Sie mich? Verrückte gibt es bestimmt genug.«

»Okay, ich stelle die Frage anders«, sagte Sjöberg. »Fällt Ihnen jemand ein, der ihr Böses antun will?«

»Nein«, antwortete Bengt Wetterhag mit Nachdruck und schüttelte gleichzeitig den Kopf.

»Gibt es jemanden, der *Ihnen* Böses antun will?«

»Nein. Das kann ich mir nur schwer vorstellen.«

»Und das Blut auf der Vordertreppe – haben Sie eine Erklärung dafür?«

Es war der Blutfleck, der die Schutzpolizei, die den Fall zunächst übernommen hatte, dazu bewegte, die Kriminalpolizei einzuschalten. Zuerst hatte man den Fall als reinen Routinevorgang betrachtet; eine Frau, die aus für die Polizei unbekannten Gründen beschlossen hatte, ihren Mann zu verlassen, möglicherweise in verwirrtem Zustand. Erst als man den Schnee von der Treppe fegte, entdeckte man das Blut.

»Nein«, antwortete Bengt Wetterhag.

Kurz und knapp, er verwickelte sich nicht in komplizierte Erklärungen. Was ihn nicht weniger schuldig machen würde, nur schwerer zu überführen.

»Wie ist die Beziehung zwischen Ihnen und Eva-Lena?«, wollte Hamad wissen.

Wetterhag sah verunsichert aus, musste nachdenken, bevor er antwortete.

»Ziemlich gut«, sagte er dann. »Ein bisschen eingeschlafen.«

»Und zwischen Eva-Lena und Johnny?«

»Wohl auch ein bisschen eingeschlafen. Eva-Lena tut sich schwer mit zu viel Nähe.«

Eine bewundernswert ehrliche Antwort auf eine heikle Frage. Von einem Mann, der von zwei fremden Menschen unter Druck gesetzt wurde. Dafür bekam er ein Sternchen im Notizbuch. Obwohl sich Sjöberg zu neunzig Prozent sicher war, dass Bengt Wetterhag seine Frau umgebracht hatte. Von den restlichen zehn Prozent hatte Johnny mindestens acht für sich reserviert.

*

Am Montagvormittag war Julia wieder zurück auf der Schulbank. Nachdem sie mehrere Jahre mal herumgereist war, mal gejobbt hatte, war sie reifer geworden und hatte sich schließlich entschieden, ein Ingenieursstudium zu beginnen. Heidi und Julia hatten sich vier Jahre zuvor in Australien kennengelernt. Sie hatten zufällig in derselben Bar gearbeitet und waren so gute Freundinnen geworden, dass sie sich in Sydney eine gemeinsame Wohnung gesucht hatten und anschließend zusammen weitergereist waren. Sie waren gleich alt, hatten einen ähnlichen Hintergrund und studierten seit dem Herbst außerdem gemeinsam an der *Königlichen Technischen Hochschule*. Seit Ola vor zweieinhalb Jahren ins Bild gekommen war, trafen sie sich in ihrer Freizeit nicht mehr so oft, aber sie sahen sich ja täglich an der Uni.

Heute allerdings nicht. Denn zur Mittagszeit war Heidi immer noch nicht aufgetaucht und hatte auch nicht von sich hören lassen. Als Julia sie anrief, nahm niemand ab. Stattdessen entdeckte sie, dass Heidi inzwischen über Facebook mit der Umwelt in Kontakt getreten war. Durch ein Statusupdate, das jede Menge und doch nichts sagte. *»Fieber, Halsschmerzen und keine Stimme. Mandelentzündung ist eine bitch.«*

Die Botschaft war leicht zu begreifen. Heidi war krank, darum hatte sie sich nicht bei ihren Freundinnen gemeldet. Aus den Kopfschmerzen war ein Infekt geworden. Und es hatte keinen Zweck, sie anzurufen, weil sie keine Stimme hatte. Aber Heidi nahm es mit Gleichmut hin. Sie warf mit amerikanischen Ausdrücken um sich, genau wie immer. Hatte also immer noch den Schalk im Nacken, obwohl sie ans Bett gefesselt war.

Die Frage war allerdings, wie schlecht es ihr wirklich ging. Denn zu einem Deppenleerzeichen wie bei »Hals Schmerzen« würde sich Heidi niemals im Leben herablassen.

*

Cassandra, die gerade zwölf geworden war, begann jetzt richtig zu wachsen. Die Dinge, die in ihrem Gepäck steckten, waren größer und zahlreicher geworden: Hosen, Pullis, Schuhe, Kulturbeutel, Bücher. Dem kindlichen rosa Koffer, den sie mit nach Finnland genommen hatte, war sie nun endgültig entwachsen. Als Malin die Sachen ihrer Tochter ausgepackt hatte, brachte sie den kleinen Koffer nach unten in den Keller, um ihn für die nächste Reise durch einen größeren zu ersetzen.

Der Vorratskeller war von der größeren Art, mit gemauerten Wänden und einer richtigen Tür. Er war gut ausgestattet, mit Kleiderschränken an der einen Längswand und Regalen an der anderen. Trotzdem war alles so vollgestopft, dass sich Malin nur mit einer gewissen Mühe bis zu den Koffern vorarbeiten konnte, die in doppelter Reihe auf dem Boden unter dem kleinen Fenster standen, das an der kurzen hinteren Wand zur Straße hinaufwies. Sie warf den kleinen rosa Koffer auf die anderen, bückte sich und stützte sich mit einer Hand an der Wand ab, um mit der anderen einen Koffer herauszuziehen, der die richtige Größe für die veränderten Bedürfnisse ihrer Tochter hatte. Er steckte zwischen den übrigen Koffern fest, sodass sie kräftig ziehen musste. Als sie ihn herausbekommen hatte, standen die restlichen Koffer nicht mehr so gerade aufgereiht wie noch vor wenigen Sekunden. Malin dachte, dass sie den rosa Koffer ganz hinten in die Ecke drücken könnte, da es unwahrscheinlich war, dass sie ihn noch einmal verwenden würden. Gerade als sie sich vorbeugte, um den nächsten Koffer zur Seite zu schieben und Platz für den neuen zu schaffen, entdeckte sie etwas ganz hinten in der Ecke. Erneut stützte sie sich an der Wand ab, um sich so weit nach vorne beugen zu können, dass sie den Gegenstand auf dem Boden erreichen konnte, ohne dabei umzufallen. Mit einer schnellen Bewegung zog sie ihn zu sich und richtete sich auf. Es zog im Rücken, sie war viel zu untrainiert für diese Art von Akrobatik. Aber es war der Mühe wert, denn was sie hinter den Reisekoffern hervorgezogen hatte, stellte sich als todschicke Lacktasche in Schwarz heraus, von der sie gar nicht mehr wusste, dass sie sie besaß. Warum sie sie im Keller entsorgt hatte, war ihr ein Rätsel. Aber die Erklärung dafür war wahrscheinlich in den Launen der Mode zu suchen.

Sie hielt die Tasche ins Licht und betrachtete die glänzende Oberfläche. Sie schien den Aufenthalt zwischen den Koffern überstanden zu haben, ohne dass der Lack größeren Schaden erlitten hatte. Dann fiel ihr auf, dass die kleine Tasche nicht leer war. Mit den Fingern spürte sie, wie sie sich ausbeulte, und als sie sie schüttelte, hörte sie es darin klimpern wie von einem Schlüsselbund. Sie öffnete sie und sah, dass alle möglichen Dinge darin lagen, die sie niemals in einer aussortierten Handtasche lassen würde. Und die sie auch gar nicht wiedererkannte. Abgesehen von einem Schlüsselbund fand sie eine Geldbörse aus braunem Leder, ein paar lose Plastikkarten, einen Pass, eine Packung Kaugummi und eine Brille. In einem kleineren Fach, das mit einem Reißverschluss versehen war, entdeckte sie Tampons, Handcreme und Schminksachen, unter anderem einen Lippenstift in einem beinahe blutroten Farbton.

Was sollte sie davon halten? Wie war die Handtasche, die offensichtlich nicht ihr gehörte, hier in ihrem Keller gelandet? Hatte sie vielleicht schon hier gelegen, als sie vor ein paar Jahren eingezogen waren, und sie hatten sie nur nicht bemerkt, bevor sie die Koffer hier abgestellt hatten? Und wem gehörte sie? Malin musste herausfinden, wem die Tasche gehörte und Kontakt zu der Person aufnehmen. Sie zog den Pass heraus, ein bisschen zu hektisch, denn das Lederetui, in dem er steckte, blieb in der Handtasche hängen.

Erneut Schlüsselgeklimper. Sie brauchte ein paar Sekunden, bis ihr bewusst wurde, dass es woanders herkam, aus dem Kellergang. Unmöglich, dass es von Stefan stammen könnte – was wollte er um diese Uhrzeit zu Hause? Und dann noch unten im Keller? Trotzdem erstarrte sie und spürte, wie ihre Handflächen schweißnass wurden. Als hätte sie einen Fehler gemacht. Als wäre sie dabei, etwas Verbotenes zu tun. Ein Reflex, der sich so tief in ihr festgesetzt hatte, dass sie nicht einmal mehr darüber nachdachte. Dann hörte sie Schritte, die sich näherten: schnelle Schritte, aber mit einer gewissen Schwere. Ein Mann mit einem wichtigen Vorhaben. Stefan. Er hatte stets etwas Wichtiges zu erledigen, er konnte gar nicht anders gehen. Ohne nachzudenken steckte sie blitzschnell den Pass ein. Ab in die Hosentasche und die Tunika ordentlich heruntergezogen, damit er bedeckt war. Schnell schloss sie das Innenfach und knöpfte die schwarze Lacktasche wieder zu. Sie wollte sie gerade wieder in die Ecke zurückwerfen, in der sie sie gefunden hatte, als sie hörte, wie er hinter ihrem Rücken in der Tür auftauchte.

»Malin«, sagte er vorwurfsvoll. »Was machst du hier?«

»Stefan?«, sagte Malin und drehte sich mit einem überraschten Lächeln um. »Was machst du denn zu Hause, um diese Zeit?«

Und ohne eine Antwort abzuwarten, zeigte sie ihm die Handtasche.

»Schau mal, was ich hier unten gefunden habe! Eine Lacktasche! Wie um alles in der Welt ist die bloß hierhergekommen?«

Hinterher sollte sie bereuen, dass sie nicht schlauer gewesen war, dass sie sich nicht anders ausgedrückt hatte.

Einfach nur eine etwas andere Wortwahl, und alles hätte sich in Wohlgefallen aufgelöst, niemand hätte sie ins Kreuzverhör genommen. »Meine alte Lacktasche!«, hätte sie rufen sollen, und das Leben wäre weitergegangen wie gewohnt.

»Was weiß denn ich?!«, sagte Stefan eiskalt und riss sie ihr aus der Hand.

Mit diesen unheimlichen schwarzen Augen, hinter denen sich eine derart schreckliche Wut verbarg und die allen, die sie sahen, großes Leid ankündigten.

»Ich wollte nur Cassandras rosa Koffer wegstellen und ihn gegen einen größeren …«

»Das mache ich schon«, fiel ihr Stefan ins Wort. »Geh nur und mach zur Abwechslung mal was Intelligentes, ich komme gleich nach.«

Wenn er sie nicht so böse angeschaut hätte, wäre sie gar nicht so verstört gewesen. Dass er sie anblaffte und wie eine Idiotin behandelte, gehörte zum Alltag. Aber dieser Blick – er bestand aus reinem Hass und kündigte harte Repressalien an.

»Die Waschmaschine«, sagte sie mit einem selbstanklagenden Tonfall. »Sie muss doch schon längst fertig sein. Ich muss nach oben und mich um die Wäsche kümmern. Schließt du dann ab?«

Nach gut eingeübtem Muster formulierte sie es so, als würde die Idee, nach oben zu gehen, von ihr selbst stammen. Dadurch versuchte sie die vage Drohung zu minimieren, die über ihr hing, sie in eine andere Art von Vorwurf zu verwandeln, der sich auf etwas bezog, das sie kannte und verstand. Etwas, auf das sich auch Stefan beziehen konnte, und was er ihr, wenn er es wollte, an den Kopf werfen konnte. Und was ihr gleichzeitig den Grund für einen schnellen Rückzug gab, ohne auf die seltsamen

Umstände mit der Handtasche im Keller zurückkommen zu müssen.

Mit hastigen Schritten verließ sie den Vorratsraum und ging die Kellertreppe hinauf. Erst als die Tür hinter ihr ins Schloss fiel, begann sie zu laufen. Bis Stefan fertig war mit dem, was er vorhatte, musste sie diesen Pass versteckt haben. An einem Ort, der so sicher war, dass er ihn niemals finden würde. Danach musste sie noch ausreichend viel Wäsche aufhängen, damit er keinen Verdacht schöpfte, dass sie noch etwas anderes getan haben könnte. Malin nahm sich nicht die Zeit, auf den Aufzug zu warten, sondern stürmte die Treppe bis zum dritten Stock hinauf. Vollkommen außer Atem zerrte sie den Schlüsselbund aus der allzu engen Jeans, pfriemelte damit herum und steckte den falschen Schlüssel ins Schloss, wechselte mit zitternden Händen zum richtigen Schlüssel, worauf die Tür sich schließlich öffnen ließ. Sie überlegte, ob sie sie für Stefan offen lassen sollte, beschloss dann aber, hinter sich abzuschließen. Vielleicht konnte sie auf diese Weise wertvolle Sekunden gewinnen. Ohne irgendeine Idee, wo sie anfangen könnte, lief sie von einem Zimmer zum anderen, ließ ihren Blick über die Einrichtung schweifen, um schließlich festzustellen, dass Stefan durch methodisches Suchen ohne größere Anstrengung den Pass früher oder später finden würde, ganz egal, wo sie ihn versteckte. Falls er danach suchen würde. Wenn das Glück auf ihrer Seite war, würde ihm gar nicht auffallen, dass er in dem Lederetui fehlte. Vielleicht wusste er noch nicht einmal, dass er darin gesteckt hatte. Es konnte sogar sein, versuchte sie sich einzureden, dass die schwarze Lacktasche und ihr Inhalt für Stefan genauso unbekannt waren wie für sie. Doch diesen Gedanken verwarf sie schnell wieder. Denn wenn es so wäre, hätte er sie nicht aus dem Keller gejagt, und ihr wäre der böse Blick erspart geblieben. Deshalb musste sie sich jetzt zusammenreißen und zumindest ein vorübergehendes Versteck finden. Irgendwo, wo niemand über den Pass stolpern würde, bis sie eine Idee hatte, was sie damit anfangen sollte. Ihn bei der Polizei abgeben. Den rechtmäßigen Besitzer kontaktieren. Oder ihn wegwerfen. Das hing davon ab, wem der Pass gehörte und wie er in ihrem Keller gelandet war.

Aus dem Treppenhaus hörte sie jetzt, wie die Aufzugmaschinerie in Gang gesetzt wurde. Stefan war im Anmarsch, und ihr Puls raste immer noch. Die Wäsche war noch nicht aufgehängt. Und vor allen Dingen war der Pass noch nicht versteckt. Aus einem reinen Impuls heraus lief sie in Leonards Zimmer, nahm den Deckel von der großen Plastikkiste voller Lego, die in der Ecke stand. Dann zog sie den Pass aus der Hosentasche, schob die Legoteile mit Armen und Händen zur Seite, bis sie das kleine, weinrote Heft auf den Boden legen konnte. Dann ließ sie die Bausteine wieder über den Pass fallen und wühlte in der Kiste herum, bis alles wieder gleichmäßig verteilt war. Dann legte sie den Deckel wieder darauf, und sobald sie den Fahrstuhlkorb vor der Tür anhalten hörte, verließ sie das Kinderzimmer. Als es an der Klinke ruckelte, war sie bereits in der Waschküche. Als sie eine Minute später hörte, wie Stefan hinter ihr zur Tür hereinkam, hatte sie schon eine beachtliche Menge Wäsche aufgehängt. Ein bisschen nachlässig zwar, aber sie hoffte, dass er es nicht bemerken würde.

»Ich habe kein Wasser aufgesetzt, mein Schatz. Ich wusste nicht, ob du Mittagessen oder Kaffee haben möchtest.«

Hinter ihr war es still. Die Atmosphäre drückend. Sie spürte, wie es in ihm kochte, wie sein Blick auf ihrem Rücken brannte. Wie er sie in Gedanken quälte. Wie er darüber nachdachte oder schon geplant hatte, wie er sie für das Unverzeihliche, was sie getan hatte, bestrafen würde. Weil sie in den Keller gegangen war. Was sie aus Gründen, die sie nicht kannte, offensichtlich nicht durfte. Vielleicht würde die Strafe direkt auf dem Fuße folgen, vielleicht würde er sie noch in quälender Ungewissheit lassen, bis die Zeit gekommen war. Er hatte niemals die Hand gegen sie erhoben; körperliche Gewalt war die Sprache der Schwachen, nicht akzeptabel für einen Mann gegenüber einer Frau. Trotzdem hatte sie das Gefühl, dass ihr Vergehen dieses Mal möglicherweise so schwer war, dass die Regeln umgeschrieben wurden.

Sorgfältig hängte sie eines seiner weißen Hemden auf einen Bügel, bevor sie sich umdrehte und sah, dass er sie anlächelte. Blitzende schwarze Augen und ein kleines bösartiges Lächeln zeugten davon, dass er zu einer Entscheidung gekommen war. Dass er für sich die Lösung des Problems formuliert hatte, und dass Malin sie zu angemessener Zeit erfahren würde. Er wusste, dass sie wusste, dass er die Zügel angezogen hatte, und das machte ihn noch stärker.

*

»Es ist immer ein Familienmitglied«, verkündete Sandén. »Wenn die Tante nicht aus freiem Willen verschwunden ist, hat ihr Typ sie umgebracht und die Leiche verschwinden lassen.«

Sandén sah mitgenommen aus, dachte Sjöberg. Sie waren seit vielen Jahren gute Freunde, und soweit er sich erinnern konnte, hatte der mittlerweile fünfundfünfzigjährige Kollege nicht einmal 2007, als er einen Schlaganfall erlitten hatte, so erschöpft ausgesehen. Während der Rekonvaleszenz hatte er bewusst mehr als zwanzig Kilo abgenommen, aber jetzt fragte sich Sjöberg, ob sich sein alter Wappenträger nicht in sein altes Kampfgewicht zurückgefressen hatte. Sjöberg versprach sich selbst, dass er sich bei Gelegenheit davon überzeugen würde, dass alles in Ordnung war. Seine große Klappe hatte jedenfalls nicht gelitten; Sandén war stets der Erste, der aussprach, was alle dachten. Und schlimmstenfalls auch das, was man nicht denken durfte.

»Oder der Sohn«, warf Odd Andersson ein. »Wenn er mit zweiundzwanzig Jahren immer noch zu Hause wohnt, ist da doch irgendetwas faul.«

»Er wohnt nicht zu Hause«, sagte Sjöberg. »Er hat eine eigene Wohnung, übernachtet bei Bedarf aber manchmal noch in seinem alten Kinderzimmer. Was das genau bedeutet, müssen wir bei den Vernehmungen heute Nachmittag herausfinden. Ich habe Bengt und Johnny Wetterhag zur Vernehmung vorgeladen. Irgendwelche interessanten Beobachtungen in ihrem Haus am Katalanvägen?«

»Das Blut auf der Vortreppe«, sagte Sandén.

»Klar, aber davon wissen wir ja schon«, erwiderte Sjöberg. »Sonst hätten wir den Fall ja gar nicht übernommen. Aber wir stellen keine Spekulationen über dieses Blut an, bevor wir nicht die Ergebnisse vom Staatlichen Kriminaltechnischen Labor haben.«

»Klar«, entgegnete Sandén. »Aber das Interessante an dem Blut ist, dass die Stümper von der Schutzpolizei einen ganzen Tag gebraucht haben, um es zu finden.«

Vereinzeltes Lachen in dem blauen, ovalen Besprechungsraum der Polizeiwache an der Östgötagatan 100. Sjöberg war allerdings kein Freund von Klatsch und Tratsch innerhalb des Polizeikorps.

»Es schneit seit Freitagabend«, sagte er und warf einen Blick aus dem Fenster. »Und zwar immer noch kräftig. Da ist es doch nachvollziehbar, dass sie unter dem ganzen Schnee das Blut nicht gefunden haben.«

»Außerdem sind sie davon ausgegangen, dass Eva-Lena Wetterhag aus freiem Willen verschwunden ist«, merkte Hamad an. »Im Haus selbst fand man keine Spuren, die auf einen alternativen Ablauf hindeuteten. Auch wir haben nichts gefunden, die Durchsuchung war allerdings auch nur oberflächlich. Das Auto ist weg; ich finde, es sieht alles nach einem freiwilligen Verschwinden aus.«

»Jemand könnte sie umgebracht und die Leiche mit ihrem eigenen Auto weggeschafft haben«, schlug Hedvig Gerdin vor. »Die Autoschlüssel müssen ja irgendwo im Haus gelegen haben.«

»Mich macht ein bisschen nachdenklich, dass die Polizei erst gestern Morgen eingeschaltet wurde«, sagte Sjöberg. »Da waren bereits anderthalb Tage seit Eva-Lenas Verschwinden vergangen. Irgendwelche Ideen dazu?«

»Entweder haben Vater und Sohn Wetterhag Grund zu der Annahme, dass Eva-Lena eine Art Auszeit von ihrem Leben genommen hat«, konstatierte Gerdin. »Vom Job, von der Familie, dem Haushalt, ihren Dämonen – was weiß ich. Oder sie wollten sich einen zeitlichen Vorsprung sichern. Um Beweise zu vernichten. Der Schneefall wäre ihnen in diesem Fall sehr gelegen gekommen.«

»Du sprichst von diesen Männern, als hätten sie mutmaßlich gemeinsam einen Mord begangen«, widersprach Hamad. »Ist das glaubwürdig? Würden der Sohn und der Stiefvater – Eva-Lenas Mann – durch ihren Tod gemeinsam so viel gewinnen, dass sie sie tatsächlich ermorden? Ich würde dann doch eher dazu neigen, dass nur einer von ihnen den Mord begangen hat.«

»Und der andere deckt ihn?«, ergänzte Sjöberg.

»Ich kann mir auch nur schwer vorstellen, dass der Stief-

Montagnachmittag

Johnny Wetterhag war ein groß gewachsener und magerer Zweiundzwanzigjähriger. Mit seinem üppigen, dunkelblonden Haar, das ihm bis auf die Schultern hing, wirkte er wie ein Popstar. Nur die Gitarre auf dem Rücken und die entsprechende Attitüde fehlten. Er hatte tief liegende Augen, und wenn er ging, beugte er seinen Rücken, was mit einem ironischen Blitzen in den Augen durchaus hätte rebellisch wirken können, was aber in seinem Fall einfach nur Resignation zeigte. Mit den Daumen in den Jeanstaschen rutschte er auf dem Stuhl in eine halb liegende Stellung.

»Erzählen Sie mir, was am Freitag passiert ist«, eröffnete Sjöberg das Gespräch. »Versuchen Sie, kein Detail auszulassen.«

Johnny holte tief Luft.

»Meine Mutter hat mich gegen halb zwei angerufen und gebeten, sie nach Hause zu fahren. Ich bin Taxifahrer und war nicht so weit weg, also habe ich mich bereit erklärt.«

»Passiert das oft?«

»Dass ich mich bereit erkläre?«

»Tja. Oder dass sie sich fahren lassen möchte?«

»Sie lässt sich bei vielen Dingen helfen, aber den Weg zur Arbeit und wieder nach Hause legt sie normalerweise mit öffentlichen Verkehrsmitteln zurück.«

»Und warum hat sie Sie dieses Mal darum gebeten?«

»Sie war krank. Sie hatte Fieber und Halsschmerzen.«

»War ihr das anzumerken?«, fragte Sandén.

»Ja, ich denke schon«, antwortete Johnny zögerlich. »Sie schniefte und hatte Schwierigkeiten beim Atmen. Hatte die Rückenlehne nach hinten gesenkt und lag mit geschlossenen Augen und halb geöffnetem Mund auf dem Beifahrersitz. Hat gar nichts gesagt. Vielleicht war sie eingeschlafen, ich weiß es nicht. Ich wollte sie nicht stören und bin einfach nach Hause gefahren.«

»Und dort haben Sie sie ins Bett gebracht? Haben Sie einen eigenen Schlüssel?«

»Ich schlafe manchmal dort. Im Keller. Deswegen habe ich einen eigenen Schlüssel.«

»Trug sie ihre Kleidung noch, als sie sich ins Bett legte?«, wollte Sjöberg wissen.

»Das weiß ich nicht. Ich habe sie bis in den Flur begleitet und gefragt, ob sie jetzt alleine zurechtkommt. Dann bin ich wieder gefahren.«

»Sie haben sie also nicht ins Bett gebracht?«, fragte Sjöberg und zog eine Augenbraue hoch. »Nach der Aussage Ihres Vaters hatte ich den Eindruck, dass Sie sie tatsächlich zugedeckt haben.«

Johnny schien nicht darauf zu reagieren, dass Sjöberg das Wort »Vater« für seinen Stiefvater verwendete; ein kleines, heimliches Experiment.

»So war es aber nicht«, antwortete er ruhig. »Wir haben uns im Flur voneinander verabschiedet.«

»Welche Kleidung trug sie da?«

»Irgendetwas Braunes. Ich erinnere mich nicht.«

»Wann und wie haben Sie davon erfahren, was passiert ist?«, fragte Sandén.

»Bengt rief mich um sechs an und fragte mich, ob ich wüsste, wo Mama sein könnte.«

Sjöberg bemerkte, dass etwas in Johnny passierte, als er dieses Wort sagte. *Mama*. Bis eben gerade hatte er müde und betreten ausgesehen, aber jetzt blitzte etwas in seinen Augen auf. Dieses Wort hatte für alle eine Bedeutung, aber was symbolisierte es für Johnny? Wärme, Sicherheit, Liebe? Verpflichtungen und ein schlechtes Gewissen? Angst? Schuld?

»Ich dachte ja, dass sie zu Hause war«, fuhr Johnny fort, jetzt mit einer leichten Andeutung von Unsicherheit in der Stimme. »Aber das war sie anscheinend nicht, und an ihr Handy ist sie auch nicht gegangen.«

»›Anscheinend‹?«, warf Sandén ein. »Hatten Sie einen Grund, Ihrem Stiefvater in diesem Punkt zu misstrauen?«

»Nein«, antwortete Johnny kurz. »Ich erinnerte ihn an das Auto. Schlug ihm vor, dass er nachschauen sollte, ob es noch da war. Kurze Zeit später erfuhr ich, dass es weg war. Und dass Bengt losfahren wollte, um nach ihr zu suchen.«

»Wissen Sie, Johnny«, sagte Sjöberg und setzte einen amtlichen Gesichtsausdruck auf. »Es gibt da mehrere Dinge, die mir zu denken geben. Zuerst: Warum war Bengt zu diesem Zeitpunkt schon so besorgt, dass er losfuhr, um nach ihr zu suchen?«

Johnny richtete sich ein Stück in seinem Stuhl auf. Anscheinend nahm er diese Frage ernster als die vorhergehenden. Möglicherweise lag es an Sjöbergs Tonfall, aber es konnte auch darauf zurückzuführen sein, dass die Beantwortung eine größere Anstrengung erforderte.

»Weil Mama nicht zu erreichen war«, sagte er. »Und weil sie krank war.«

Sjöberg streckte einen drohenden Finger in die Luft, Sandén, der neben ihm saß, schüttelte ernst den Kopf.

»Bevor Sie ihm davon erzählten, wusste er nicht, dass Eva-Lena krank war«, erklärte Sjöberg. »Trotzdem machte er sich solche Sorgen, dass er beschloss, sofort das Haus zu verlassen und sie zu suchen. Es war erst kurz nach sechs.

Hat er gelogen, oder haben Sie beide etwas zu verbergen?«

»Bengt lügt nicht«, brummelte Johnny mit gesenktem Blick und versank wieder auf dem Stuhl.

Die beiden Polizisten beobachteten ihn eine Weile unter Schweigen, bevor Sjöberg erneut das Wort ergriff. Jetzt mit einer Schärfe im Tonfall, die einschüchtern sollte.

»Woran lag es dann, Johnny, dass Sie selbst gar nicht so besorgt waren? Wussten Sie etwas, was Ihr Vater nicht wusste? Oder hat es Sie gar nicht interessiert? Denn Sie haben einfach weitergearbeitet. Die halbe Nacht, als wäre gar nichts passiert.«

Mit einer unerwarteten Bewegung schlug Johnny seine Hände zusammen und beugte sich mit dem Oberkörper über den Tisch.

»Weil es stimmt, was Sie sagen«, sagte er mit einer festen Stimme und einem festen Blick, die vorher nicht erkennbar gewesen waren. »Ich habe mir keine Sorgen gemacht. Wenn Mama sich vorgenommen hatte, mit dem Auto loszufahren, dann durfte sie das wohl auch. Sie ist unberechenbar, das weiß Papa genauso gut wie ich.«

Papa. Er benutzte das Wort, ohne darüber nachzudenken. Sjöberg deutete dies so, dass es eine Nähe zwischen ihnen gab, die in solchen aufgezwungenen Beziehungen nicht selbstverständlich war.

»Und was für einen Sinn ergibt es, durch Stockholm zu fahren, um nach einem Auto zu suchen?«, fuhr Johnny fort. »Ich habe die ganze Nacht gearbeitet. Und die Augen offen gehalten.«

»Zum anderen«, nahm Sandén den Faden wieder auf, den Sjöberg fallen gelassen hatte. »Wenn die Sorgen so groß waren, warum haben Sie beide die Polizei erst anderthalb Tage nach dem Verschwinden verständigt?«

»Wie gesagt, ich hatte mir keine Sorgen gemacht«, stellte Johnny klar. »Sie können mich nicht fragen, welche Überlegungen Bengt angestellt hat, das muss er selbst beantworten.«

»Aber jetzt machen Sie sich Sorgen? Oder immer noch nicht?«

Sandéns einfach formulierter Frage folgte ein langes Schweigen. Er selbst war der Erste, der unruhig zu werden begann. Johnny ließ seinen Blick über die kunststoffgerahmten Poster weltberühmter Kunstwerke wandern, die die Wände in dem kleinen Besprechungsraum zierten.

»Ich mache mir immer Sorgen um Mama«, antwortete Johnny schließlich. »Ich will einfach nur, dass es ihr gut geht.«

Sein Blick war auf Sjöberg gerichtet, dessen ganze Erscheinung ein einziges Fragezeichen war.

»Ihre Stimmungen schwanken«, erklärte Johnny mit einer kleinen Wellenbewegung des Zeigefingers. »Sie pendelt zwischen Normalnull und Hölle.«

Nicht zwischen Himmel und Hölle also, fasste Sjöberg für sich in Gedanken zusammen.

»Was, glauben Sie also, ist passiert?«, fragte er.

»Nicht den blassesten Schimmer«, antwortete Johnny. »Aber ich hoffe, dort, wo sie jetzt ist, geht es ihr gut.«

*

Im Salon war es staubig und unübersichtlich. Dass es überhaupt Kunden gab, die ein Interesse daran hatten, den Laden während dieser lauten Sanierungsarbeiten zu besuchen, war Petra Westman ein Rätsel. Wie es Eva-Lenas Mitinhaberin aushielt, den ganzen Tag dort zu verbringen, überstieg ihre Vorstellungskraft. Der Raum, in dem sie sich aufhielt, war zu allem Überfluss auch noch kalt. Das Fenster hatte keine Scheibe und war im Augenblick durch eine zeltähnliche Konstruktion ersetzt worden, die wirkungslos gegen den vom Hof kommenden Lärm war und auch vor der Kälte nicht besonders schützte. Immerhin konnte man dankbar sein, dass es in dem Zimmer nicht schneite, so wie draußen.

Carina Persson war um die fünfzig Jahre alt und wirkte energisch und aufgeschlossen. Sie wog ein paar Kilo zu viel, trug ihr Übergewicht aber mit Eleganz. Was nur wenigen vergönnt war, dachte Westman und war sich gleichzeitig nicht sicher, ob es eine Frage des Stils, des Selbstvertrauens oder ein glücklicher Zufall war.

»Können wir uns in die Kaffeeküche setzen?«, fragte sie, nachdem sie sich den Salon angeschaut hatte, während die zwei Kunden, die noch behandelt wurden, als sie und Odd Andersson aufgetaucht waren, noch zu Ende frisiert wurden. »Dort ist es ein bisschen wärmer.«

»Und nicht so laut. Ich weiß, hier herrscht gerade totales Chaos«, sagte Carina Persson. »Aber wenn die Fenster erst einmal eingesetzt sind, dann ...«

Gleichzeitig wurde die Eingangstür geöffnet, und eine Frau mit übertrieben roten Wangen und Schnee im Haar und auf dem Pelzkragen kam herein.

»Was für ein Wetter«, stöhnte sie, zog die Tür hinter sich zu und begann sich den Schnee abzuklopfen.

»Der Untergang ist nahe«, sagte Carina Persson mit einem Lachen. »Hallo, Elisabet. Leg schon einmal ab und mach es dir bequem. Ich bin gleich für dich da.«

Dann führte sie die beiden Polizisten in die kleine Kaffeeküche und schloss die Tür hinter sich.

»Sie haben jetzt natürlich doppelt so viel zu tun, wenn Sie allein im Salon sind?«, vermutete Andersson.

»Ja, aber damit komme ich fürs Erste zurecht. Wir müssen einfach hoffen, dass Eva-Lena bald wieder auftaucht. Kaffee?«

»Vielen Dank, im Augenblick nicht«, antwortete Westman für ihren Kollegen und sich. »Haben Sie eine Idee, was passiert sein könnte?«

»Ich habe wirklich keine Ahnung. Als ich sie das letzte Mal gesehen habe, saß sie dort draußen im Behandlungsstuhl, und am nächsten Tag erfahre ich, dass ich die Letzte war, die sie gesehen hat, bevor sie verschwunden ist. Ja, außer Johnny natürlich.«

»Im Behandlungsstuhl?«

»Brauen- und Wimpernfärbung. Wir helfen uns gegenseitig bei solchen Sachen.«

Andersson schaute sie fragend an.

»Ich habe ihre Augenbrauen gezupft und die Brauen und Wimpern gefärbt«, erklärte sie. »Das gehört zu den Dingen, die man als Kosmetikerin anbietet.«

»Haben Sie Johnny gesehen, als er sie abgeholt hat?«, fragte Westman.

»Nein, ich wusste nicht einmal, dass sie ihn angerufen hatte.«

»Wie verhielt sie sich, als sie ging? Was sagte sie?«

»Ich ... also, ich habe gar nicht bemerkt, dass sie ging.«

»Wie kann das sein?«, fragte Andersson.

»Ich habe sie allein gelassen, während die Farbe einwirkte. Als ich zurückkam, war sie nicht mehr da.«

»Was dachten Sie da?«

»Dass ... sie es aus irgendeinem Grund eilig hatte, von hier wegzukommen. Sie war ja krank, also ...«

Carina Persson senkte den Blick. Entweder log sie, oder sie hatte ein schlechtes Gewissen, dachte Westman.

»Es ist Ihnen aufgefallen, dass sie krank war?«, fragte sie.

»Ich fand, dass sie sich warm anfühlte. Und sie sagte, dass sie Halsschmerzen habe.«

»Ist es nicht eine ziemlich umständliche Geschichte, die Farbe an den Augen wieder auszuspülen?«

»Das stimmt, aber Eva-Lena macht das ja beruflich, also ...«

»Sie konnte doch gar nichts sehen«, unterbrach sie Westman.

»Aber sie weiß ja, wo alles steht.«

»Das klingt in meinen Ohren ziemlich verzweifelt«, meinte Andersson.

»Ja«, räumte Carina Persson ein und senkte erneut den Blick.

»Warum, glauben Sie, wollte sie so schnell hier weg?«

»Weil es ihr schlecht ging. Vielleicht hat es in den Augen gebrannt. Das kann passieren, wenn die Farbe zwischen die Augenlider dringt.«

»Dann hätte sie doch nach Ihnen gerufen«, wandte Westman ein.

»Aber es war doch so laut. Die Sanierung, Sie wissen ja. Da ist es schwer, sich bemerkbar zu machen.«

Aber der Lärm war ja nicht konstant, dachte Westman. Diese Maschine, die so schrecklich dröhnte, lief ja nicht rund um die Uhr, es gab ja auch ruhige Phasen. Man hätte sie doch hören müssen, wenn sie gerufen hätte.

»Sie waren nicht hier«, konstatierte Andersson gelassen. »Geben Sie es ruhig zu. Sie hatten den Salon verlassen.«

Der Gedanke war Westman gar nicht gekommen. Sie selbst hatte immer nur an die Kaffeeküche gedacht. Carina Persson, die in aller Ruhe einen Kaffee in dem kleinen Raum trank, in dem sie jetzt saßen. Mit geschlossener Tür natürlich. Wegen der Kälte und des Lärms.

»Ich hatte noch etwas zu erledigen«, räumte Carina

Persson ein und suchte in Westmans Augen nach Verständnis.

»Denken Sie daran, wir sind Polizisten«, sagte Westman kühl. »Uns lügt man nicht einfach an. Eva-Lena Wetterhag ist verschwunden, und wir nehmen das ernst.«

»Aber es kam mir irgendwie so ... gemein vor. Dass ich sie hier allein zurückgelassen habe. Jetzt, wo sie weg ist, bereue ich, dass ich ihr nicht einfach eine Tasse Tee serviert habe oder etwas Ähnliches. Allein die Vorstellung, dass sie hier gesessen und nach mir gerufen haben könnte.«

»Ja, aber jetzt vergessen Sie mal, wie Sie sich fühlen, und erzählen uns stattdessen die Wahrheit.«

Carina Persson nickte entschuldigend.

»Als ich ihr die Brauen und Wimpern gefärbt habe, kam sie mir fiebrig vor, und da hab ich ihr angeboten, ihre Kunden zu übernehmen, damit sie nach Hause fahren konnte.«

Warum erzählte sie das?, fragte sich Westman. Natürlich um als bessere Person dazustehen, nachdem sie beim Lügen erwischt worden war. Vor allem vielleicht, um sich selbst einzureden, dass sie ein guter Mensch war. Jetzt war es wichtig, Carina Perssons Motivation für ihre Aussagen zu analysieren. *Wie* sie die Dinge sagte. Es war immer wieder eine Qual mit Zeugen, die sich nicht an die Wahrheit hielten. Aber lass dich jetzt nicht davon stören, Petra, dachte sie. Lass dir nicht entgehen, *was* sie sagt.

»Sie waren also die Erste, der aufgefallen ist, dass Eva-Lena krank war?«, fragte Westman.

»Was meinen Sie damit?«, fragte Carina Persson.

Mit großen, übereifrigen Augen. Verdammt, wie hübsch sie früher gewesen sein musste.

»Ich meine damit, dass Sie früher am Tag keine Anzeichen von Krankheit an ihr entdeckt hatten. Dass es vielleicht so sein könnte, dass Eva-Lena gar nicht krank war, aber es ihr ziemlich gut in den Kram passte, wenn die Leute es glaubten. Sie zum Beispiel. Und Johnny, der sie extra mit dem Auto abgeholt hat. Vielleicht auch Bengt, der es später erfuhr.«

»Ich habe ihr doch angeboten, die Nachmittagskunden zu übernehmen, aber sie lehnte ab. Als ich zurückkam und sie nicht mehr hier war, dachte ich, dass sie sich vielleicht anders entschieden hatte. Dass sie es mir nur nicht mehr erzählen konnte, bevor sie ging.«

»Bevor Sie fanden, dass sie sich fiebrig anfühlte, war also nie von Kranksein die Rede gewesen?«

»Stimmt. Sie selbst hat es nie erwähnt.«

»Simuliert sie manchmal oder macht sie ihre Krankheiten schlimmer, als sie sind?«

»Nein, sie beißt sich eher durch.«

»Das klingt jetzt nicht so positiv. Fühlt sie sich hier vielleicht nicht wohl?«

Carina Persson schien nachzudenken. Westman fragte sich, ob sie gleich eine weitere Halbwahrheit abliefern würde.

»Nein, ich glaube tatsächlich, dass sie mit ihrem Leben nicht besonders zufrieden ist. Sie ist nicht so gesprächig, also weiß ich nicht so viel darüber, wie es ihr privat geht. Aber hier im Salon ist sie nicht gerade eine Frohnatur, um es mal so zu sagen. Aber sie leistet sehr gute Arbeit.« Das fügte sie eilig hinzu. Als wäre es eine schlechte Eigenschaft, keine Frohnatur zu sein. Carina Perssons Blick wanderte zwischen den beiden Polizisten hin und her; sie schien unsicher zu sein, suchte nach Bestätigung.

»Mir kam tatsächlich die Idee, dass sie Selbstmord begangen haben könnte, falls Sie das mit Ihren Fragen im Sinn hatten. Aber irgendwie kommt es mir nicht stimmig vor. Dann hätte sie doch einen Abschiedsbrief an die Familie geschrieben, oder? Und warum um alles in der Welt sollte sie sich die Augenbrauen und Wimpern färben lassen, wenn sie vorhatte, sich umzubringen?«

So dachte Westman auch. Aber sie wollte hier und jetzt nicht darüber diskutieren.

»Wissen Sie wenigstens irgendetwas darüber, wie es ihr privat ging?«, fragte Andersson.

»Nicht viel. Eigentlich gar nichts.«

»Aber Sie kennen Bengt und Johnny?«

»Ja, natürlich. Sie kommen ja in regelmäßigen Abständen im Salon vorbei. Johnny ist ein richtig netter Junge. Freundlich und hilfsbereit, ist immer da, wenn man ihn braucht. Aber er schlägt leider nach seiner Mutter. Auch nicht gerade ein lebensfroher Mensch.«

»Und Bengt?«

»Er ist aus einem anderen Holz geschnitzt«, sagte Carina Persson und begann beinahe zu strahlen, als sie das sagte. »Ein richtig toller Typ. Sehr offen. Humorvoll. Er scheint ein super Vater für Johnny zu sein.«

»Und wie ist er als Mann für Eva-Lena?«

»Bestimmt perfekt. Er ist so ein warmer und angenehmer Mensch. Aber genau weiß man so etwas natürlich nie. Wie die Leute hinter verschlossenen Türen sind.«

Carina Persson warf einen Blick auf ihre Armbanduhr, und Westman hätte schwören können, dass sie einen Anflug von Röte in ihrem Gesicht ausmachen konnte.

»Irgendetwas wissen Sie noch«, sagte sie kühl. »Oder wollen Sie uns schon wieder etwas verschweigen?«

»Ich möchte keinen Klatsch verbreiten«, sagte Carina Persson verlegen. »Aber vielleicht kommt es trotzdem irgendwann heraus.«

Westman und Andersson warteten mit ernsten Mienen auf die Fortsetzung.

»Soweit ich es verstanden habe, könnte es sein, dass Eva-Lena einen … männlichen Bekannten hat oder hatte. Aber das ist schon ein paar Jahre her, dass ich davon gehört habe.«

»Okay. Wie haben Sie es erfahren?«, fragte Westman.

»Eine Freundin aus Örebro hat es mir erzählt. Sie war vor ein paar Jahren in Stockholm und hat mich im Salon besucht. Ich habe sie mit Eva-Lena bekannt gemacht. Als wir etwa einen Monat später miteinander telefonierten, erzählte sie mir, dass sie gesehen habe, wie Eva-Lena mit einem bärtigen Mann Hand in Hand durch den Schlosspark ging.«

»Und Bengt hatte zu dem Zeitpunkt keinen Bart?«

»Nein, mit Bart habe ich ihn nie gesehen.«

»Und Sie selbst haben keine Anzeichen bemerkt, dass Eva-Lena neben Bengt noch jemanden haben könnte?«

»Nein, das habe ich nicht«, antwortete Carina Persson und sah aufrichtig aus.

»Etwa, dass sie während der Mittagspause verschwunden ist, ohne zu erzählen, was sie vorhat?«, schlug Westman vor. Mit ihrer eigenen, anderthalb Jahre alten Beziehung zu Jamal vor Augen. Erst vor Kurzem waren sie zu der Überzeugung gekommen, dass es vielleicht ein bisschen übertrieben war, zur Mittagszeit nach Hause zu schleichen, um eine Stunde später mit rosigen Wangen und glänzenden Augen wieder auf der Arbeit aufzutauchen. Deswegen hatten sie gemeinsam beschlossen, derartige Kindereien in Zukunft zu unterlassen und einen reiferen Umgang mit ihren Gefühlen zu pflegen. Allerdings ohne großen Erfolg.

»Nein, Eva-Lena isst niemals zu Mittag«, erklärte Carina Persson. »Sie arbeitet die Mittagspause durch, damit sie einen Tag in der Woche freinehmen kann.«

»Welcher Tag ist das?«

»Der Dienstag. Aber das wechselt von Jahr zu Jahr. Es gibt noch etwas anderes, das ich berichten sollte.«

»Okay, lassen Sie hören.«

»Gestern haben Sie mit einer Menschenkette die nächste Umgebung nach ihr durchkämmt, oder?«

Westman und Andersson nickten.

»Machen dabei nicht immer auch die Angehörigen mit?«

»Das kommt auf die Umstände an«, antwortete Andersson diplomatisch. »Wie es ihnen geht, ob sie zu Hause vielleicht eine größere Hilfe sind und so weiter. Warum?«

»Tja, weil ich sie gestern Nachmittag nämlich gesehen habe. Bengt und Johnny. Sie saßen in *Gunnarsons Konditori* in der Götgatan. Ich dachte nur ... dass es vielleicht nicht so gut aussah, wenn alle anderen aus der Nachbarschaft anscheinend draußen waren und suchten.«

*

Als Hedwig Gerdin und Jamal Hamad Bengt Wetterhag entlassen hatten, setzten sie sich in Hamads Büro zusammen, um die Lage zusammenzufassen.

»Attraktiver Typ«, meinte Gerdin. »In meinem Alter. Und einen netten kleinen Arsch hat er auch. Wenn sie nicht zurückkommt, dann ...«

»Hat er sie umgebracht«, vervollständigte Hamad den Satz.

Mittlerweile konnte er über sie lachen, wenn sie zotige Sprüche klopfte oder einfach nur eine freche Schnauze hatte. Zu Anfang hatte sie ihn eher erschreckt mit dieser seltsamen Kombination aus jungem und respektlosem Temperament mit einer äußeren Erscheinung, die mal an seine Großmutter und mal an eine Sechzehnjährige erinnerte. Gerdin – oder Gäddan, wie sie von allen genannt wurde – war nur noch wenige Jahre vom sechzigsten Geburtstag entfernt und hatte den größten Teil ihres Lebens die Rolle der Hausfrau gespielt. In der Schweiz, um genau zu sein, wo ihr mittlerweile verstorbener Mann bei einer UN-Institution gearbeitet hatte. Eines Tages war sie einfach wie ein UFO in der Östgötagatan gelandet und hatte das Kommando übernommen. Nicht auf dem Papier, aber mit ihrem überragenden Intellekt und ihren erstaunlichen Kenntnissen auf den seltsamsten Gebieten war sie ein unschätzbarer Gewinn.

»Sag das nicht«, sagte sie, jetzt vollkommen ernst. »Diese Familie hat etwas Trauriges. Ihr Zuhause, das ganze Paket. Ich weiß, was die Statistik sagt, aber über dieser ganzen Sache liegt ein schwarzer Trauerflor. Und zwar nicht in der Form, wie man es zu Hause bei so einem Arschloch erwarten würde, das seine Frau misshandelt. Aber ich kann mich ja irren.«

»Du hast dich schon einmal geirrt.«

»Aber ich habe auch recht gehabt.«

»Tatsächlich? Daran kann ich mich nicht so genau erinnern.«

Hamad beendete die Kabbelei mit einem Augenzwinkern.

»Irgendetwas ist jedenfalls faul an ihm«, sagte er. »Ich habe das untrügliche Gefühl, dass er lügt.«

»Da gebe ich dir recht«, sagte Gerdin. »Es würde mich nicht wundern, wenn er wüsste, wo Eva-Lena sich befindet.«

»Dann wäre es allerdings ein Verbrechen, diesen ganzen Aufruhr zu veranstalten, obwohl sie gar nicht vermisst wird«, bemerkte Hamad.

»Und dann hat er noch bis zum allerletzten Augenblick

gewartet. Es hat sich ja gezeigt, dass er gar nicht so scharf auf die Aufmerksamkeit war, die ein solcher Fall mit sich bringt. Die SchuPo meinte, dass er auf gar keinen Fall wollte, dass die Umgebung mit einer Menschenkette durchkämmt wurde. Laut seiner Aussage wollte er Eva-Lenas Verschwinden geheim halten. Er will nicht, dass sich die Nachbarn darüber unterhalten, dass die ganze Welt über sie in der Zeitung lesen und Bilder von ihr betrachten kann, dass alle darüber spekulieren, was mit ihr passiert ist, und so weiter. Er sagt, dass die Polizei den Fall selbst aufklären soll. In der Hinsicht verstehe ich ihn. Es ist nur so, dass er sich damit abfinden muss, wenn man die Hilfe der Öffentlichkeit braucht, um sie zu finden.«

»Am Ende hat er ja die Polizei eingeschaltet«, meinte Hamad. »Vielleicht zieht er auch nur eine Show ab, vielleicht hat er aber auch wirklich erst gestern angefangen zu glauben, dass ihr etwas zugestoßen sein könnte. Aber ganz unabhängig davon, ob er hinter Eva-Lenas Verschwinden steckt, musste er früher oder später Kontakt zur Polizei aufnehmen. Ich finde, anderthalb Tage ist ein passender Zeitraum. Das alles wirkt nicht allzu verdächtig, er verschafft sich einen zeitlichen Vorsprung und kann gleichzeitig behaupten, dass er ihr Verschwinden zu Beginn nicht ganz ernst genommen habe.«

»Absolut«, stimmte ihm Gerdin zu. »Aber es könnte sich auch so verhalten, dass er etwas weiß oder zu wissen glaubt, aber nicht will, dass es herauskommt.«

»Was könnte das sein?«

»Dass sie aus wirtschaftlichen Gründen flieht. Dass sie ihn verlassen hat, weil er eine andere hat. Oder weil sie einen anderen hat. Vielleicht ist er davon überzeugt, dass Johnny hinter ihrem Verschwinden steckt, und er will ihn beschützen. Was weiß ich.«

»Er spricht sehr liebevoll über Johnny«, bestätigte Hamad. »Wenn er über Eva-Lena spricht, hat er einen etwas anderen Tonfall.«

»Dann hat er eine Sorgenfalte auf der Stirn«, sagte Gerdin. »Hast du das bemerkt?«

Das war Hamad durchaus aufgefallen, aber er meinte, diese Falte auch gesehen zu haben, wenn es um Johnny ging. Allerdings hatte er jetzt keine Zeit mehr, darauf einzugehen, weil sein Telefon klingelte. Eine Nummer, die er nicht kannte. Aber sobald er das Gespräch angenommen und begriffen hatte, wer es war, befand er sich in einer emotionalen Achterbahn. Zuerst empfand er Freude, als hätte er gerade zufällig einen alten Bekannten getroffen, den er lange nicht mehr gesehen hatte. Dann Zorn. Und einen kleinen Nachgeschmack der Trauer, die er einmal empfunden hatte. Neugierde und ein gewisses Maß an Wärme. Aber in erster Linie war ihm unbehaglich.

»Lina?«, erwiderte er in einem Tonfall, der vermutlich von jedem dieser Gefühle ein bisschen etwas enthielt. »Was ... wie geht es dir?«

»Nicht so gut, Jamal. Nicht so gut. Und dir?«

Blendend. Bis jetzt. Wie zum Teufel sollte er damit umgehen? Seine Ex-Frau rief ihn auf der Arbeit an und erzählte ihm, dass es ihr schlecht ging. Hamad konnte sich nur schwer vorstellen, wie er ihr helfen könnte, ganz unabhängig vom Grund ihres vermeintlichen Unwohlseins.

»Mir geht es gut. Ich dachte, wir hatten uns mehr oder weniger darauf geeinigt, dass ... Oder rufst du mich an, weil ich Polizist bin?«, fiel ihm plötzlich ein.

»Wir müssen uns sehen«, sagte Lina.

»Du musst mich treffen, oder wir müssen einander treffen?«

Das klang jetzt nicht so nett, gestand er sich ein. Aber im

Augenblick fühlte er sich auch nicht besonders nett. Das Leben war weitergegangen, seit sie sich vor gut vier Jahren getrennt hatten. Viel Wasser war unter den Brücken hindurchgeflossen, und er hatte wirklich keine Lust, zurückzuschauen. Das ganze Neue aufs Spiel zu setzen.

»Wir müssen uns sehen. Es ist wichtig.«

»Wieso? Worum geht es überhaupt?«

Gerdin beobachtete ihn mit großem Interesse. In diesem Moment wünschte er sich, dass sie so gestrickt wäre wie ein ganz normaler Mensch. Dass sie ein bisschen Rücksicht gezeigt und den Raum verlassen hätte; ihn während seines offensichtlich sehr privaten Gesprächs allein gelassen hätte. Stattdessen saß sie da und schaute ihn an, sog die Stimmung ein. Analysierte.

»Ich möchte nicht am Telefon darüber sprechen«, antwortete Lina. »Kannst du nicht hierherkommen? Bitte?«

Hierher – wo war das? Ihre Arbeit? Ihr Zuhause? Nie im Leben. Wenn sie sich trafen, dann auf neutralem Boden. Er beschloss, sie gar nicht erst zu fragen, wo sie ihn treffen wollte.

»Wir können uns nach der Arbeit am Eriksdalsbad treffen und einen kleinen Spaziergang machen. Sagen wir um sechs Uhr?«

»Das passt gut. Danke, Jamal.«

Erst danach sah er ein, dass er – angesichts des Schreckensszenarios, sie zu Hause zu treffen – widerstandslos eingewilligt hatte, sie überhaupt zu treffen.

Hamad schüttelte den Kopf und warf einen Blick auf die Uhr, was vollkommen unnötig war, da er wusste, wie spät es war. Die ganze Situation stresste ihn. Warum, konnte er gar nicht genau sagen. Lina war ja eigentlich ganz in Ordnung. Irgendwelche Gefühle für sie hatte er seit fünf Jahren nicht mehr. Und dass Petra irgendwelche Einwände dagegen haben sollte, dass er einen Spaziergang mit seiner längst Verflossenen machte, konnte er sich kaum vorstellen. Das war nicht ihr Stil, und sie saß ja auch so sicher im Sattel, dass sie sich keine Sorgen machen musste. Aber es kam ihm irgendwie unheilschwanger vor, dass sich Lina nach so langer Zeit plötzlich meldete und irgendwelche Ansprüche an ihn stellte.

»Ich bin ganz Ohr«, sagte Gerdin mit amüsierter Miene. »Bist du etwa irgendwo ins Fettnäpfchen getreten?«

Hamad zwang sich zu einem Lächeln, gab sich aber sofort geschlagen. Erneut.

»Das war meine Ex-Frau«, antwortete er. »Sie wollte, dass wir uns treffen. Es sei wichtig, meinte sie. Und behauptete, wir könnten das nicht am Telefon besprechen.«

»Ich wusste gar nicht, dass du verheiratet warst.«

»Nein, war ich aber. Wir haben uns vor über dreieinhalb Jahren getrennt. Auf dem Papier.«

»Und in Wirklichkeit?«

»Wir haben uns seit vier Jahren und ... mittlerweile wohl drei Monaten nicht mehr gesehen. Wir haben die Papiere unterschrieben, den Hausrat aufgeteilt und uns nie wieder getroffen.«

»Warum habt ihr euch getrennt?«, fragte Gerdin. »Ich meine, war es unter eher chaotischen Umständen?«

Hamad biss die Zähne zusammen. Ein leichter Kopfschmerz schlich sich an.

»Nein, es war ganz ruhig, vernünftig und von beiden Seiten gut durchdacht«, stellte er klar. »Wir haben uns einfach auseinandergelebt, in unterschiedliche Richtungen entwickelt. Es war ganz undramatisch, und ich habe es nie bereut. Und Lina auch nicht. Dachte ich.«

»Und was denkst du jetzt?«

»Ich glaube, dass diese Geschichte ziemlich anstrengend

wird«, seufzte er. »Ich weiß nicht, warum, aber es fühlt sich nicht gut an, dass sie plötzlich wie aus dem Nichts auftaucht.«

»Und Ansprüche stellt?«

Gerdin las seine Gedanken.

»Genau«, brummelte er, stand auf und ging zum Fenster.

Schaute durch die Dunkelheit über den Hammarbykanal auf Hammarby Sjöstad am anderen Ufer. Die Leute waren noch nicht von der Arbeit nach Hause gekommen; in den meisten Fenstern war es dunkel. Aber ein paar Restaurants unten am Kai hatten schon geöffnet und leuchteten einladend durch den Schneefall. Man hatte den Kanal mit Eisbrechern befahrbar gemacht; ein vereistes Boot bewegte sich langsam durch die Eisrinne auf die Schleuse zu. Wenn es nur bald aufhören würde zu schneien, dachte Hamad. Das hier war unmenschlich. Es waren noch anderthalb Stunden, bis er Lina treffen würde. Der Räumdienst lag deutlich im Rückstand, kam mit den gewaltigen Schneemassen nicht zurecht. Die Frage war, ob die Spazierwege im Park *Tantolunden* überhaupt geräumt waren. Was würden sie sonst machen? Dann könnten sie wohl eine Runde um die Schwimmhalle drehen, und damit wäre es auch gut.

»Hat es sie aus dem Gleichgewicht gebracht, als ihr euch getrennt habt?«, bohrte Gerdin nach. »Gibt es Grund zu der Annahme, dass sie labil sein könnte?«

»Nein, sie hatte eine ziemlich stabile Persönlichkeit, würde ich sagen. Unselbstständig, aber zufrieden damit. Eher zurückhaltend. Ein bisschen zu zurückhaltend für meinen Geschmack«, fügte er hinzu und musste an Petra denken, die das genaue Gegenteil war. »Aber sie kann sich natürlich verändert haben. Vielleicht hat sie ja eine Macke abbekommen. Ich verstehe einfach nicht, was sie auf einmal von mir will. Ich möchte das nicht. Es muss auch nach mir Männer in ihrem Leben gegeben haben. Freunde, an die sie sich wenden kann.«

»Dann gibt es nur zwei Möglichkeiten«, fasste Gerdin die Situation mit grimmiger Miene zusammen. »Sie braucht einen Polizisten, der ihr ›off the record‹ helfen kann. Oder sie ist hinter dir her.«

Montagabend

Statt nach dem Unterricht nach Hause zu fahren, stand Julia jetzt zum zweiten Mal innerhalb kürzester Zeit vor Heidis Wohnungstür. Dieses Mal ohne Heidi als Leibwächter, falls etwas schiefgehen würde. Falls sich das schlimmste Szenario aus Julias Horrorvisionen als Realität herausstellen würde. Dass Ola Heidi umgebracht hatte und jetzt ihrer Freundin mit dem boshaften Mundwerk dasselbe antun würde. Am anderen Ende der Skala lag Heidi krank im Bett, mit Grippe und ohne Stimme; Ola wuselte mit heißem Tee und fiebersenkender Medizin um sie herum. Auch eine ziemlich erschreckende Vorstellung, aber bedeutend ungefährlicher.

Julia atmete tief durch und klingelte an der Tür, dieses Mal mit dem Vorsatz, ihr Temperament zu zügeln und höflich zu bleiben. Nach ein paar Sekunden flog die Tür förmlich auf, und in der Öffnung stand Ola, nur noch ein Schatten seiner selbst. Er sah aus, als hätte er einen mächtigen Kater: unrasiert und mit fettigem Haar. Falls sie sich richtig erinnerte, trug er heute noch dieselbe Kleidung wie am Freitag.

»Was zum Teufel willst du hier?«

Er spuckte die Worte mit einer leicht verrückten Grimasse aus, und der Speichelregen trug den wohlbekannten Duft nach altem Suff mit sich. Hier galt es, seine Karten gut und mit großer Vorsicht zu spielen, dachte Julia.

»Hallo, Ola. Ich wollte nur kurz vorbeikommen und ein paar Worte mit dir wechseln. Ist das okay?«

»Du kommst nicht über meine Schwelle.«

Julia musste sich zusammenreißen, um nicht zurückzuzucken.

»Du, das am Freitag tut mir leid«, versuchte sie ihn mit ihrer sanftesten Stimme zu erweichen. »Ich würde gerne wieder mit dir ins Reine kommen.«

»Du bist hier, um dich zu entschuldigen? Dafür ist es ein bisschen zu spät.«

»Für eine Entschuldigung ist es niemals zu spät«, schmeichelte Julia sich ein.

Sie sah überhaupt keinen Grund, sich für irgendetwas zu entschuldigen, aber irgendwie musste sie ja in die Wohnung kommen. Um zu sehen, ob mit Heidi alles in Ordnung war. Ola lachte freudlos.

»Tatsächlich?«, erwiderte er höhnisch. »Das ist wirklich verdammt ...«

»Entschuldige, Ola«, fiel ihm Julia ungeduldig ins Wort. »Es tut mir leid, dass ich mich am Freitag so verhalten habe, und ich entschuldige mich dafür. Aber du musst mich jetzt reinlassen, damit wir miteinander reden können.«

»Und was willst du in meiner Wohnung? Wir haben jetzt gesprochen. Entschuldigung nicht akzeptiert. Wie dumm kann man eigentlich sein?!«

Julia machte einen Schritt zur Seite und stellte sich auf die Zehenspitzen. Aber Ola konterte ihr Manöver, machte sich breit und konnte ihr so jeglichen Blick ins Innere der Wohnung verwehren.

»Ich möchte sehen, wie es Heidi geht«, gestand Julia entmutigt. »Sag mir einfach, dass sie da ist und dass alles okay ist.«

Ola warf ihr einen verächtlichen Blick zu und lächelte freudlos, ohne ein Wort zu sagen.

»Heidi!«, rief Julia. »Bist du da, Heidi? Komm in den Flur, bitte!«

Kein Laut aus der Wohnung. Da ritt sie plötzlich der Teufel, und sie stürzte sich in die kleine Lücke zwischen dem Türpfosten und dem grobschlächtigen Mann und versuchte sich hindurchzupressen. Aber er hob rechtzeitig den Arm, um sie daran zu hindern, in die Wohnung zu gelangen. Dann machte er einen Schritt nach vorn und schob sie mit beiden Händen zurück ins Treppenhaus.

»Fahr doch zur Hölle«, sagte er ruhig. »Du dumme Kuh.«

Und dann knallte er die Tür vor ihrer Nase zu.

Sie brauchte gut drei Stunden, um von Liljeholmen bis zu ihrer Wohnung in Sundbyberg zu kommen, und sie war froh, dass es ihr in diesem Chaos aus ausgefallenen U-Bahn- und Zugverbindungen, Verkehrsstaus und ungeräumten Bürgersteigen überhaupt gelungen war. Als sie sich endlich auf das Sofa geworfen, sich in eine Fleecedecke gehüllt hatte und eine Tasse Tee in den Händen hielt, bekam sie eine Antwort auf die SMS, die sie Heidi geschickt hatte, kurz nachdem sie von Ola rausgeworfen worden war.

»Ich mache mir Sorgen um dich, Heidi«, hatte sie geschrieben. »Ola lässt mich nicht zu dir, und ich habe kein gutes Gefühl. Kannst du mich bitte zurückrufen?«

»Mach dir keine Sorgen. Ich rufe dich an, wenn die Stimme wieder da ist«, lautete die nichtssagende Mitteilung, die auf dem Display erschien.

Je länger Julia darüber nachdachte, desto seltsamer wurde die Sache. Und unangenehmer. Sie hatte unzählige Male angerufen und mehrere SMS geschrieben. Wenn es andersherum gewesen wäre, hätte Julia zurückgerufen, selbst wenn es ihr ganz dreckig gegangen wäre. Wenn die Menschen im Freundeskreis so ein aufrichtiges Engagement zeigten, dann sollte man doch dankbar sein, dass sich jemand Gedanken um einen machte, und ihn beruhigen. Und alles, was sie über Heidi wusste, sagte ihr, dass sie genauso tickte. »Mach dir keine Sorgen«, ohne weitere Kommentare, war nicht gut genug. So sah ihre Beziehung nicht aus. Es wäre vollkommen rücksichtslos von Heidi, sie nicht zurückzurufen und ihre Sorgen zu zerstreuen. Und Heidi war keine rücksichtslose Person, ganz im Gegenteil. »Hals Schmerzen«? Was für ein Witz. Was zu Beginn nur ein vages Gefühl gewesen war, dass irgendetwas mit ihrer Freundin nicht stimmte, war zur Gewissheit geworden. Es war nicht Heidi, mit der sie über das Handy kommunizierte. Es war nicht Heidi, die ihr Status-Update auf Facebook eingestellt hatte. Dann blieb die Frage: Wer handelte in Heidis Namen? Und die Antwort war klar: Ola. Der Widerling Ola, der seit Freitag nicht mehr die Kleidung gewechselt hatte und das ganze Wochenende durchgesoffen hatte. Das Arschloch Ola, der es nicht verkraftete, wenn Heidi einen Freitagabend mit ihren Freundinnen im Stockholmer Nachtleben verbrachte, statt mit ihm zu Hause zu sitzen. Der Idiot Ola, der Heidi vielleicht so wehgetan hatte, dass sie nicht mehr unter Leute gehen konnte.

Plötzlich kam ihr der Gedanke, dass es vielleicht ihre Schuld war, wenn Heidi verprügelt worden war. Julia lief ein kalter Schauer den Rücken hinunter, als sie an die SMS dachte, die sie ganz ahnungslos am Samstagabend verschickt hatte, nachdem sie sich zuvor mit einer ansehnlichen Menge roten Kartonweins abgefüllt hatte.

»Süßer Typ, mit dem du an der Bar gesessen hast. Wenn nichts daraus geworden ist, kannst du ihn vielleicht an deine alte Freundin abtreten, die noch keinen Mann abbekommen hat.«

Sie hatte ganz vergessen, dass sie sie abgeschickt hatte, und eine Antwort, die sie daran erinnert hätte, hatte sie auch nicht bekommen. Und erst jetzt ging ihr auf, dass diese Nachricht einen Riesenärger verursacht haben könnte, wenn Heidis Handy in den falschen Händen gelandet war.

»Idiot«, murmelte Julia und meinte dieses Mal sich selbst.

Wo der Alkohol hineinfließt, fließt der Verstand heraus – diesen Spruch würde sie sofort unterschreiben. Diese Einsicht änderte allerdings nichts an der Situation. Tatsache war: Vermutlich war Heidi das Opfer von Olas ungezügeltem Zorn geworden. Bestenfalls war Heidi lediglich sauer auf sie, und deshalb kam ihr wahres Ich in der Kommunikation nicht zum Vorschein. Es war natürlich wichtig, so schnell wie möglich herauszufinden, wie es sich wirklich verhielt. Julia warf einen Blick auf das Handy und stellte fest, dass es bereits nach zehn war. Aber sie hatte zumindest eine Idee, wie sie vorgehen konnte.

*

Die störrischen Wettergötter hatten kein Einsehen, und es schneite immer noch üppig, als Hamad am Eriksdalsbad auftauchte. Lina war immer noch dieselbe, als er sie vor dem Eingang der Schwimmhalle sah, ein bisschen gebeugt wegen der Kälte und mit verschränkten Armen. In einem Mantel, der feminin und hübsch war und alles andere als optimal für den schneidenden Wind. Lina war ein Manteltyp, Petra bevorzugte Daunenjacken. Und während Petra ein Paar vernünftige Winterstiefel trug, schlitterte Lina in einem Paar modischer hochhackiger Stiefel mit wenig Profil herum. Er hatte sich verbessert. Er war gereift und hatte einen guten Tausch gemacht, musste Hamad denken, als er sie sah. Als wäre er gezwungen, sich selbst von dieser Betrachtungsweise zu überzeugen.

Was tat man in einer Situation wie dieser? Sollten sie einander umarmen? Er wusste es nicht, wollte es aber auch nicht. Aber Lina übernahm das Kommando.

»Hallo«, sagte sie, beugte sich vor und gab ihm eine nicht allzu gefühlsbetonte Umarmung, die er erwiderte, um nicht unfreundlich zu wirken, wofür er eigentlich ja auch keinen Grund hatte.

»Hallo, Lina«, sagte er und trat einen Schritt zurück. »Wollen wir eine Runde gehen?«

»Das können wir«, antwortete Lina und begann mit kleinen, vorsichtigen Schritten auf dem mit Sand gestreuten, aber trotzdem ziemlich glatt wirkenden Fußweg in Richtung Ringvägen zu gehen.

»Unpraktische Schuhe«, sagte Hamad, vor allem, um überhaupt etwas zu sagen.

»Ich hatte keinen ausgedehnten Spaziergang eingeplant«, antwortete sie mit einem Lächeln.

Der Mund lächelte, aber die blauen Augen sahen traurig aus.

»Ein längerer Spaziergang wird es wohl kaum werden. Ich habe noch einen Termin«, log Hamad. »Worüber wolltest du mit mir sprechen?«

»Findest du es unangenehm, dass ich mich einfach so gemeldet habe?«, fragte Lina.

»Tja, hmm, es kommt mir jedenfalls nicht ganz natürlich vor«, antwortete er aufrichtig.

»Hast du eine Neue?«

Darüber wollte er ganz bestimmt nicht mit seiner Ex-Frau diskutieren. Er antwortete brüsk und ohne sie anzusehen:

»Ich leide keine Not. Aber darüber wollten wir wohl auch nicht sprechen.«

»Nein, entschuldige«, sagte Lina. »Ich wusste nicht, dass das ein heikles Thema ist.«

»Das ist es auch nicht«, sagte Hamad, ohne den Ärger, den er angesichts der Situation empfand, ganz verbergen zu können. »Jetzt komm zur Sache. Was ist passiert? Und was habe ich damit zu tun?«

Mit Trippelschritten ging sie neben ihm her, und er musste sich ihr anpassen. Es machte schließlich keinen Sinn, einfach vorauszupreschen.

»Lange Rede, kurzer Sinn: Es gibt jemanden, der mich verfolgt«, erklärte Lina.

Er warf ihr einen Blick zu, aber sie schaute zu Boden, achtete darauf, wohin sie die Füße setzte.

»Wer?«, fragte Hamad.

»Ich weiß es nicht«, antwortete sie. »Ich habe wirklich keine Ahnung.«

»Irgendein alter ... Freund vielleicht? Gibt es so jemanden?«

»Ich dachte, wir wollten über so etwas nicht reden«, sagte Lina und lächelte.

Er mochte es nicht, wenn sie auf diese Weise lächelte. Dass sie sich auf diese Weise ausdrückte. Er war sich nicht im Klaren darüber, ob sie flirtete oder ob sie einfach nur entspannt war. Vier Jahre fühlten sich für ihn vielleicht länger an als für sie, aber was ihn betraf, gab es diese Art von Nähe zwischen ihnen nicht, die es ihr erlaubte, über solche Dinge zu scherzen. Und es sollte sie auch nicht geben. Es gab in diesem Fall einfach nichts, worüber man lachen konnte.

»Wolltest du nicht eine Art polizeiliche Beratung oder so etwas?«, erwiderte er eingeschnappt. »Dann solltest du bereit sein, meine Fragen zu beantworten, ohne Gegenfragen zu stellen.«

»Du hast recht, tut mir leid. Ja, ich habe ein paar Freunde nach dir gehabt. Aber es hat nie so klick gemacht wie zwischen uns beiden.«

Warum sprach sie auf diese Weise? Aus irgendeinem Grund mochte er nicht, dass sie von ihnen sprach, als wären sie ein altes Paar, obwohl sie das ja unbestreitbar waren. Aber irgendwie kam es ihm aufdringlich vor. Integritätskränkend. Wie die ganze Situation überhaupt.

»Aha«, sagte er und tat so, als hätte er das Letzte nicht gehört. »Gibt es einen Grund, einen von ihnen zu verdächtigen?«

»Nein, nicht mehr als dich.«

Jetzt war sie schon wieder so.

»Im Grunde genommen treffen wir uns also nur, damit du mir auf den Zahn fühlen kannst?«, sagte er zornig. »Damit du meine Reaktion beobachten kannst, für den Fall, dass ich derjenige bin, der dich stalkt?«

Lina blieb ruhig, sah aber ernst aus.

»Ich glaube nicht, dass du dahintersteckst«, sagte sie.

»Das ist ja liebenswürdig.«

»Aber es hätte ja so sein können.«

Das wollte er nicht kommentieren, sondern schüttelte nur den Kopf mit einem abfälligen Schnauben.

»Du bist störrisch«, sagte sie.

Hamad ignorierte sie, weigerte sich, sich von Lina analysieren zu lassen. Er wollte mit dem Gespräch weiterkommen.

»Was genau lässt dich glauben, dass du verfolgt wirst?«, fragte er.

»Es begann vor ein paar Monaten mit einigen SMS«, seufzte Lina. »Sie waren nicht bedrohlich, ganz im Gegenteil. Dann hingen mehrere Male Blumen an der Tür. Sogar eine Flasche Champagner. Und immer mehr SMS. Am Ende waren es um die zehn Stück am Tag. Ich habe Sachen geliefert bekommen, die ich nie bestellt habe. Bücher. Visitenkarten. Kurz gesagt, es raubt mir inzwischen unheimlich viel Zeit, und mein Leben wird dadurch ziemlich kompliziert.«

»Fühlst du dich bedroht?«, fragte Hamad.

Lina schüttelte den Kopf.

»Eigentlich nicht. Zu Anfang sogar eher geschmeichelt. Aber mittlerweile ist es so zeitraubend, dass es allein deswegen schon bedrohlich ist. Es stresst mich. Es bedroht meine seelische Gesundheit, um es mal so zu sagen.«

Sie blieb stehen und schaute ihn an. Hamad musste dasselbe tun. Und Lina sah wirklich klein und zerbrechlich aus, als sie so dastand. Zum ersten Mal während dieses Gesprächs rief sie so etwas wie Wärme in ihm hervor. Er hätte jetzt einfach den Arm um sie legen können – aber nein, das ginge zu weit.

»Abgesehen von diesem ganzen Durcheinander ist dir also nichts widerfahren, was man als tatsächliche Drohung betrachten kann?«, fragte er.

Lina zögerte.

»Zwei Vorfälle vielleicht, aber ich bin mir nicht sicher, ob sie damit in Verbindung stehen«, antwortete sie. »In einer Nacht ist mir ein Reifen zerstochen worden, als ich den Wagen draußen auf der Straße geparkt hatte, aber das kann ja jeden treffen.«

Sie suchte Bestätigung in seinen Augen, aber angesichts dessen, was sie berichtet hatte, war er sich nicht so sicher.

»Hast du es dokumentiert?«

»Ich habe es am nächsten Morgen fotografiert, nachdem ich es entdeckt hatte. Und ich habe noch die Quittung von der Werkstatt.«

»Gut. Du hattest zwei Vorfälle erwähnt?«

»Neulich lag ein toter Vogel auf meiner Fußmatte. Mitten in der Post. Das war natürlich ziemlich abscheulich. Aber am wahrscheinlichsten ist es wohl, dass ein paar Jungs aus der Nachbarschaft mir einen Streich spielen wollten.«

Tja. Natürlich konnte es so sein. Aber angesichts der sonstigen Umstände konnte es genauso gut die logische Weiterentwicklung eines Stalkers sein, der nicht auf die positive Reaktion gestoßen war, die er sich dank seiner ersten Annäherungsversuche erhofft hatte.

»Wo wohnst du?«, fragte Hamad. »In einer Wohnung, nehme ich an?«

»In Årsta«, antwortete Lina mit einem kleinen Lächeln, das er nicht deuten konnte. »Im Ymsenvägen.«

»Oh, Scheiße«, sagte Hamad nur.

»Ich habe mich dort so wohlgefühlt. Und mich zurückgesehnt.«

In die Gegend, in der sie ihre vier gemeinsamen Jahre gewohnt hatten. Er selbst könnte dort nie wieder wohnen, zu viele Erinnerungen waren mit diesem Ort verknüpft. Aber klar, es war grün und gleichzeitig nahe an der Stadt. Und die Aussicht auf Stockholm war atemberaubend. Diese Gedanken behielt er allerdings für sich.

»Ich gehe davon aus, dass du die Polizei verständigt hast«, sagte er stattdessen.

»Das mache ich ja jetzt.«

Und in dem Augenblick, in dem sie das sagte, rutschte sie aus. Auf einer vereisten Stelle, die der Streuwagen übersehen hatte. Er hatte es vorausgesehen, seit er entdeckt hatte, welche Art von Schuhen sie trug. Instinktiv streckte er den Arm aus, an dem sie sich dankbar festklammerte. Eine Gruppe Gymnasiasten kam ihnen entgegengelaufen. Sie wichen erst kurz vor ihnen aus und stürmten dann laut brüllend weiter auf die Schwimmhalle zu. Linas Arm blieb unter seinem eingehakt. Als wäre es die natürlichste Sache der Welt. Er konnte sich nicht überwinden, sich von ihr zu lösen; ging stattdessen ein bisschen zügiger, wenn sie sich nun unbedingt auf diese Weise fortbewegen mussten. Hamad dachte, wie seltsam es war, dass etwas, was lange Zeit so selbstverständlich war, sich plötzlich so schrecklich verkehrt anfühlen konnte. Er fragte sich, ob Lina wirklich so anhänglich oder ob er selbst nicht übertrieben wachsam war. Wahrscheinlich musste er sich einfach ein bisschen mehr entspannen und nicht wie ein mürrischer, alter Griesgram auftreten.

»So erstattet man aber keine Anzeige bei der Polizei«, sagte er.

»Das soll ja auch keine Anzeige bei der Polizei sein.«

»Aber dass du es mir erzählst, ändert nichts. Ich bin, wie du weißt, für diese Art von Verbrechen nicht zuständig, und ich kann auch nicht einfach so private Ermittlungen anstellen, falls du auf so etwas gehofft hast. Erstatte Anzeige wegen dieser Belästigungen – das ist mein Rat an dich.«

»Ich wollte mich zuerst nur vergewissern, dass es für dich okay ist.«

»Das ist es. Solche Dinge schaukeln sich in der Regel hoch. Du solltest sofort Anzeige erstatten, dann bekommst du auch schneller Hilfe, wenn sich die Lage verschlimmert.«

»Jamal, ich glaube, du hast die Situation noch nicht richtig klar vor Augen.«

»Ich bin mir nicht sicher, ob das überhaupt nötig ist.«

»Da bin ich mir allerdings sehr sicher«, sagte Lina mit einem Blick, den er nicht richtig deuten konnte. »Alles weist nämlich darauf hin, dass du derjenige bist, der mich belästigt.«

Dienstagvormittag

Im Laufe der Nacht hatte es aufgehört zu schneien. Nach drei Tagen Chaos lag Stockholm jetzt still und ruhig unter einer hübschen Winterdecke, eingebettet in weißen, glitzernden Schnee. Die Sonne hatte sich wieder herausgetraut, und auf dem Pausenhof der Tullgårds-Schule fanden zahlreiche Winteraktivitäten statt. Die Kinder machten Engel im Schnee, bauten Burgen und Schneemänner. Sie erinnerte sich, wie es roch. Kinder im Winter. Glatte, kalte, rote Wangen an ihrem eigenen warmen Gesicht. Ein Duft aus Kälte und frischer Luft auf Haut und Haar.

Während des Spaziergangs von ihrer geliebten Wohnung in einem Haus aus dem achtzehnten Jahrhundert am Skinnarviksberget dachte Hedvig Gerdin an Männer. Erfüllt von der letzten der überschaubar wenigen Nächte, die sie mit ihrem ansonsten verheirateten Liebhaber verbringen durfte, dachte sie jetzt über die Männer in ihrem Leben nach. Wie es von Anfang an hatte so schiefgehen können, dass sie, statt an ihrer Jugendliebe aus den Studienjahren in Uppsala festzuhalten, in den Klauen einer zweifellos psychisch gestörten Person landen konnte. Eines Narzissten. Und dazu noch drei Kinder mit ihm hatte bekommen können.

Während ihres Jurastudiums war sie bis über beide Ohren in Bill Kvarnström verliebt gewesen und er in sie. Er war ein paar Jahre älter als sie und war ihr demzufolge ein paar Semester voraus. Nachdem sie zehn unvergessliche Monate miteinander verbracht hatten, schloss er sein Studium ab und bekam einen Posten im Ausland angeboten, den er nicht ablehnen wollte, während Gerdin natürlich nicht bereit war, ihre zukünftige Karriere, ihre Selbstständigkeit und ihren Stolz aufzugeben. Aber nur wenige Jahre später hatte sie zumindest ihre juristische Karriere aufgegeben und war in den Polizeidienst gewechselt. Sie hatte ihre Selbstständigkeit aufgegeben, indem sie einen Diplomaten geheiratet hatte, in die Schweiz gezogen und Hausfrau geworden war. Es war immerhin nicht Bill, den sie geheiratet hatte, ihren Stolz hatte sie also behalten. Dachte Gerdin selbstironisch, als sie durch den Schnee zum Eingang der Polizeistation stapfte.

Als sie nach dem Tod ihres Ehemanns – und nach dreißig Jahren als Köchin, Putz- und Waschfrau des besagten Idioten – ihre berufliche Laufbahn wieder aufnahm, die sie im Grunde nie richtig begonnen hatte, war ihr der Stolz, der in gewisser Weise ihr Leben zerstört hatte, verloren gegangen. Als sie zufällig ihrer alten Jugendliebe begegnete, war die Anziehungskraft sofort wieder da, und keiner von ihnen hatte auch nur eine Sekunde gezögert, die leidenschaftliche Beziehung, die mittlerweile anderthalb Jahre andauerte, wieder aufzunehmen. Das Problem war, wie gesagt, dass er anderweitig vergeben war. Was ihn möglicherweise zu einem Mann mit zweifelhaftem Charakter machte; sie war in diesem Punkt noch zu keinem abschließenden Urteil gekommen. Und sie selbst zu einer Frau mit zweifelhaftem Verstand. Da war sie sich allerdings sicher.

Aber sie war glücklich. Glücklicher, als sie ohne Bill gewesen wäre. Und mit möglichen Gewissensbissen musste er selbst zurechtkommen. Sie waren beide erwachsene Menschen mit ausgeflogenen Kindern. Gerdin lebte ein ungebundenes Leben und tat, was ihr gerade einfiel. Mit anderen Männern, zum Beispiel. Doch immer mit einem Stich von Sehnsucht in der Brust.

Als sie in der Polizeistation angekommen war, löste sie die Schuhspikes von den Lederstiefeln und stampfte den Schnee auf der Matte ab.

»Es hat aufgehört zu schneien«, rief sie den Mädchen an der Rezeption fröhlich zu.

»Ich weiß«, sagte Lotten. »Endlich.«

»Ich finde es schön, wenn es schneit«, sagte Jenny.

»Das finde ich auch, Jenny«, log Gerdin. »Aber der Verkehr war ein bisschen chaotisch. Viele Züge und Busse sind nicht gefahren.«

»Mein Zug ist gefahren«, sagte Jenny.

Jenny war Jens Sandéns geistig leicht behinderte Tochter. Ein Kind im Körper einer hübschen Frau. Gerdin nahm sich immer die Zeit, ein paar Worte mit ihr zu wechseln, wenn sie sich sahen, und Jenny strahlte wie ein Honigkuchenpferd, fühlte sich an der Rezeption gebraucht und sicher unter Lottens kompetentem und geduldigem Schutz.

»Wie geht es Majken?«, fragte Gerdin.

Majken war ein Monster im Körper eines Kindes. Jennys unsäglich charmante, fünfzehn Monate alte Tochter, aber auch eine sehr erfindungsreiche und anstrengende junge Dame, die man im Grunde in kein möbliertes Zimmer lassen konnte.

»Es geht ihr gut«, zwitscherte Jenny. »Sie hat sich den Arm gebrochen.«

Keine große Überraschung, dachte Gerdin und stieg mit einem leisen Lachen die Treppe zum ersten Stock hinauf, in dem Sjöberg und der Rest des Teams saßen und auf sie warteten.

»Ich denke, wir sollten diesen ziemlich ungewöhnlichen Fall in alternative Szenarien aufteilen«, schlug Sjöberg zu Beginn der Besprechung vor.

»In welcher Hinsicht ungewöhnlich?«, fragte Hadar

Rosén, der beinahe zwei Meter große Staatsanwalt, der formal die Verantwortung für die Ermittlungen trug.

»Weil nichts daran selbstverständlich ist«, antwortete Sandén an Sjöbergs Stelle. »Weil es sich um ganz normale, ehrbare Leute handelt, über die man eigentlich keine vorgefasste Meinung haben kann.«

»Eine ungewöhnliche Aussage von deiner Seite«, murmelte Westman, was von niemandem im Besprechungsraum überhört und stellenweise mit einem leisen Gekicher quittiert wurde. »Die Leute lügen, dass sich die Balken biegen«, fuhr sie schließlich mit deutlicherer Stimme fort. »Oder sie sind zumindest nicht besonders eifrig dabei, uns ›die ganze Wahrheit und nichts als die Wahrheit‹ zu geben. Eva-Lenas Partnerin zum Beispiel, Carina Persson.«

»Oder Eva-Lena Wetterhag selbst«, warf Andersson ein. »Die gerüchteweise einen Liebhaber in Örebro hat.«

»Ich habe das untrügliche Gefühl, dass Bengt Wetterhag selbst auch nicht die ganze Wahrheit sagt«, meinte Sjöberg. »Und Johnny im Übrigen auch nicht. Die Beziehungen innerhalb der Familie sind ein Kapitel für sich. Meine persönliche Analyse sagt, dass dort eine seltsame Mischung aus Liebe und Resignation herrscht.«

»Damit triffst du den Nagel wahrscheinlich auf den Kopf«, meinte Gerdin. »Eva-Lena scheint kein rundherum sympathischer Mensch zu sein, und trotzdem hat man den Eindruck, dass sie ihnen am Herzen liegt.«

»Vielleicht können sie auch nur gut Theater spielen«, wandte Hamad ein. »Soweit ich es mitbekommen habe, hat eigentlich keiner etwas Gutes über sie gesagt.«

»Na, dann sind sie wohl nicht so tüchtige Schauspieler«, brummelte Rosén. »In solchen Fällen steckt meistens ein Familiendrama dahinter. Was glaubt ihr, ist dort passiert?«

Sjöberg stand auf und ging zum Smartboard des Besprechungsraums, auf das er schrieb: »Johnny fährt Eva-Lena nach Hause und bringt sie um. Benutzt ihr Auto, um die Leiche verschwinden zu lassen.«

»Absolut vorstellbar«, stimmte Sandén ihm zu. »Dann ist er auf eine andere Art zurückgefahren und hat sein Auto geholt. Wir müssen herausfinden, ob er am Nachmittag Fahrten hatte, von denen das Taxiunternehmen weiß.«

»Johnny bringt Eva-Lena nach Hause und fährt wieder weg«, schrieb Sjöberg. »Bengt bringt sie um und schafft die Leiche mit ihrem Auto weg.«

»Das wahrscheinlichste Szenario«, meinte Sandén.

»Ohne Zweifel«, stimmte Rosén zu. »Ihr müsst mögliche Alibis vonseiten der Schule kontrollieren und so weiter.«

Sjöberg schrieb weitere denkbare Abläufe auf. »Eva-Lena wird im Salon gekidnappt. Von Bengt, Johnny, Carina oder einer außenstehenden Person.«

»Diese Hypothese wirft Fragen auf«, sagte Sjöberg. »Warum sollte Johnny sagen, dass er Eva-Lena im Salon abgeholt hat, wenn er es nicht getan hat? Es gibt keine Zeugenaussagen, die das bestätigen.«

»Wenn er selbst sie entführt hat, könnte er vermuten, dass ihn jemand gesehen hat«, schlug Gerdin vor. »Er geht auf Nummer sicher und behauptet, dass er sie gefahren hat.«

Westman nickte zustimmend.

»Carina Persson hat ihn jedenfalls nicht gesehen. Wir müssen noch andere vernehmen, die etwas gesehen haben könnten; diese Bauarbeiter zum Beispiel. Aber wenn Eva-Lena von jemand anderem als Johnny aus dem Salon entführt wurde, ist es kaum nachvollziehbar, warum er sagt, dass er sie dort abgeholt hat.«

»Und wir haben keine Erklärung für das Blut auf der Vortreppe«, ergänzte Gerdin. »Haben wir dazu schon etwas vom SKL gehört?«

»Noch nicht«, antwortete Sjöberg und schrieb einen weiteren Punkt auf die Tafel.

»Johnny fährt Eva-Lena nach Hause, worauf sie von Bengt und Johnny gemeinsam umgebracht wird und sie die Leiche mit ihrem Auto wegschaffen.«

»Nicht ganz unvorstellbar«, philosophierte Rosén. »Es kann natürlich Motive für zwei Familienmitglieder geben, ein drittes umzubringen. Geld, Rache, Selbstverteidigung. Habt ihr untersucht, wie die Vergangenheit der Familie aussieht?«

»Nein«, sagte Sjöberg. »Das ist unsere nächste Aufgabe. Es muss allerdings erwähnt werden, dass Johnny nicht Bengts biologischer Sohn ist, sondern nur Eva-Lenas. Bengt ist Johnnys Stiefvater. Das könnte eine gewisse Bedeutung in diesem Zusammenhang haben, selbst wenn ihr Verhältnis ziemlich gut zu sein scheint.«

»Hm«, sagte Rosén.

»Johnny bringt Eva-Lena nach Hause und fährt wieder weg«, schrieb Sjöberg. »Anschließend bricht Eva-Lena mit ihrem eigenen Auto auf.«

»Warum sollte sie das tun?«

»Um sich das Leben zu nehmen«, sagte Westman.

»Dann hätte man das Auto schon gefunden«, meinte Sandén. »Wenn es nicht auf dem Grund irgendeines Gewässers liegt. Aber die meisten sind zugefroren, und wo kein Eis liegt, hätte an einem Freitagnachmittag irgendjemand etwas gesehen.«

»Nicht, wenn sie über Land ans offene Meer gefahren ist«, widersprach Westman. Außerdem könnte das Auto irgendwo stehen, wo niemand es entdecken würde. Aber ich sage dasselbe wie Carina Persson: Wenn sie den Plan hatte, sich das Leben zu nehmen, dann hätte sie einen Abschiedsbrief geschrieben. Und warum hätte sie Johnny herbestellen sollen?«

»In der Hoffnung, dass er sie auf bessere Gedanken bringen würde?«, schlug Andersson vor. »Aber ansonsten bin ich der gleichen Meinung. Selbst wenn man gewisse Zeugenaussagen so deuten könnte – sogar alle, wenn man darüber nachdenkt –, dass Eva-Lena depressiv wirkte.«

»Ansonsten könnte sie sich einfach davongemacht haben«, überlegte Hamad. »Vielleicht hatte sie genug von dem Typen oder wollte zu einem Stelldichein mit ihrem Liebhaber. Vielleicht hatte sie das gesamte Geld durchgebracht. Oder vielleicht wollte sie einfach eine Weile allein sein und Trübsal blasen.«

»Aber dann hätte sie auch direkt vom Salon aufbrechen können«, meinte Westman.

»Ist sie ja vielleicht auch«, warf Sjöberg mit erhobenem Zeigefinger ein.

»Ja, ja. Und dann erfindet Johnny die ganze Geschichte mit dem Abholen und so. Aber laut Bengt und Johnny fehlen weder Kleidung noch Pass, Waschbeutel oder Reisetasche. Lediglich ihre Handtasche ist weg. Wenn sie geflohen ist, dann war es dringend. Vor akuter Gewaltandrohung oder Ähnlichem.«

»Und auch dieses Szenario erklärt nicht das Blut auf der Treppe«, fasste Rosén zusammen. »Aber ich gehe davon aus, dass ihr die finanzielle Situation der Familie untersuchen und diesem Hinweis auf einen Liebhaber in Örebro nachgehen werdet. Außerdem solltet ihr die Passagierlisten für Reisen innerhalb von Schengen kontrollieren.«

»Natürlich«, sagte Sjöberg und schrieb den letzten Punkt auf das Smartboard.

»Johnny bringt Eva-Lena nach Hause und fährt wieder weg. Ein Außenstehender bringt sie um und schafft die Leiche mit ihrem Auto weg.«

»Das funktioniert«, meinte Westman. »Johnnys Aussage steht, und das Blut auf der Vortreppe bekommt eine Erklärung. Es klingelt an der Tür, Eva-Lena öffnet und wird ermordet.«

»Aber irgendetwas hat Bengt offensichtlich stutzig gemacht«, sagte Sjöberg. »Er ruft Johnny an, sobald er zur Tür hereingekommen ist. Warum verrät er uns nicht den Grund?«

»Weil Eva-Lena nicht von einem Fremden entführt wurde«, sagte Sandén voller Überzeugung. »Ihr Mann steckt hinter ihrem Verschwinden. Sobald er sie umgebracht hat, ruft er Johnny an, um den Verdacht von sich abzulenken. Dann fährt er los und schafft die Leiche weg, unter dem Vorwand, dass er sie suchen will. Damit hat er alle Zeit der Welt, um seine Spuren zu verwischen. Allerdings hat er das Blut auf der Vortreppe übersehen.«

»Ohne Zweifel ein denkbarer Verlauf«, seufzte Sjöberg. »Und Johnny könnte sogar davon gewusst haben. Er arbeitete den ganzen Freitagabend, als wäre nichts passiert, und als die Menschenkette am Samstag die Umgebung durchkämmte, saßen die beiden Herren anscheinend in einem Café und unterhielten sich.«

»Wenn ich es richtig verstanden habe, ist Bengt jetzt also bei Johnny eingezogen?«, fragte Rosén.

»Stimmt«, antwortete Sjöberg. »Solange wir auf eine eventuelle kriminaltechnische Untersuchung des Hauses warten.«

»Eventuell?«

»Ja, wenn Eva-Lena wieder auftaucht, werden die Ermittlungen natürlich eingestellt. Aber wir warten auch noch auf den Bericht des SKL, bevor wir so umfassende Maßnahmen ergreifen. Wenn sich herausstellt, dass das Blut auf der Treppe nicht Eva-Lenas ist, sind wir wieder zurück am Anfang und müssen von einem freiwilligen Verschwinden ausgehen.«

»Was ich nicht richtig zusammenbekomme, nachdem ich die Vernehmungsprotokolle gelesen habe«, sagte Gerdin, »ist der zeitliche Ablauf, wie er von Carina Persson geschildert wird. Sie begann die Behandlung – die Färbung von Eva-Lenas Augenbrauen und Wimpern – um ein Uhr. Während die Farbe einwirkte, machte sie eine Erledigung und war um halb zwei wieder zurück. Johnny wurde um halb zwei von Eva-Lena angerufen und brauchte eine Viertelstunde bis zum Salon. Dann musste es also Viertel vor zwei gewesen sein, und Carina war immer noch nicht zurück. Entweder lügt Johnny hinsichtlich des Zeitpunkts, an dem er Eva-Lena abholte, oder Carina darüber, wie lange sie weg war.«

»Eine interessante Beobachtung, Gäddan«, sagte Sjöberg. »Petra und Loddan, ihr überprüft noch einmal Carinas Aussage. Außerdem möchte ich, dass ihr alle potenziellen Zeugen in der Nähe des Salons vernehmt, vor allem die Bauarbeiter. Und dann geht ihr diesem Gerücht mit dem Liebhaber aus Örebro auf den Grund. Die Telefonverbindungslisten haben wir bereits bei Telia angefordert; es wird interessant sein, die Kommunikation am Freitagnachmittag und Freitagabend zu rekonstruieren. Ich selbst nehme Verbindung zur Finanzpolizei auf, dann erfahren wir, wie es auf den Konten der Familie Wetterhag aussieht. Gäddan, du gehst die Vergangenheit aller Beteiligten durch. Vorstrafen, Meldeadressen, frühere Anzeigen, internes Fahndungsregister und so weiter. Hast du auch die Möglichkeit, festzustellen, ob Eva-Lena das Land verlassen hat?«

Gerdin nickte.

»Danke. Sandén und Hamad überprüfen Bengt Wetterhags Alibi auf Herz und Nieren und sprechen mit dem Taxiunternehmen über Johnnys Fahrten. Sonst noch etwas? Dann sind wir fertig.«

»Gott sei Dank habe ich nicht deine Kapazität«, sagte Sandén zu Gerdin, als sie den Raum verließen. »Sonst müsste ich mich ja zu Tode schuften.«

»Schon in Ordnung, es macht mir Spaß. Auch wenn es meinem Körper bessergehen würde, wenn ich herumliefe und Zeugen jagte, statt den ganzen Tag am Schreibtisch zu sitzen.«

»Auf das Jagen könnte ich gerne verzichten, davon habe ich zu Hause genug«, sagte Sandén und rollte mit den Augen.

»Ja, ich habe schon gehört, wie wild es bei euch zugeht«, sagte Gerdin mit einem Lachen. »Wie geht es ihr denn?«

»Du meinst Majken? Eigentlich ganz gut.«

Etwas in seinem Gesichtsausdruck sagte ihr, dass dies nicht die ganze Wahrheit war, aber es war nicht der richtige Moment, über die unlängst aufgekommene Vaterschaftsfrage zu diskutieren, von der sie wusste, dass sie Sandén quälte.

»Wann bekommt sie den Gips abgenommen?«, fragte sie stattdessen.

»Den Gips? Wovon redest du?«

Sandén sah aus wie ein einziges Fragezeichen.

»Ich dachte, dass … Ich meinte, Jenny hätte etwas von einem gebrochenen Arm erzählt«, sagte Gerdin. »Aber das war vielleicht ein Missverständnis.«

»Wann denn?«, fragte Sandén mit einem etwas gehetzten Ausdruck in den Augen. »Wann hat sie das gesagt?«

»Jetzt. Gerade eben. Vor der Besprechung. Aber, wie gesagt …«

»Unten in der Rezeption? Ist sie noch da?«

»Immer mit der Ruhe, Jens. Keine Gefahr. Jenny war in blendender Stimmung. Sie hat es nur in einem Nebensatz erwähnt.«

»Dass Majken sich den Arm gebrochen hat? In einem Nebensatz? Ich muss mit ihr sprechen«, grummelte er.

Worauf er zur Treppe ging und nach unten verschwand. Gerdin schloss sich ihm an, obwohl sie keine wirklich überzeugenden Gründe dafür fand.

Jenny stand hinter dem Empfang und klärte etwas mit Micke, dem Hausmeister, als Sandén angestürmt kam.

»Hat Majken sich den Arm gebrochen?«, platzte er in das Gespräch hinein.

»Ja. Sie haben gerade vom Kindergarten aus angerufen und es erzählt«, antwortete eine lächelnde Jenny.

»Jetzt am Vormittag? Gerade eben?«

»Ja. Sie ist im Krankenhaus. Majken ist ein unheimlich wildes Kind«, erklärte sie Micke mit einem fröhlichen Lachen.

»Über so etwas lacht man nicht, Jenny«, sagte der Hausmeister betreten. »Jetzt hör zu, was dein Vater dir sagt.«

Sandén sah zutiefst unglücklich aus, versuchte aber weiter, seine Tochter zu erreichen, ohne lauter zu werden.

»Meine Kleine«, sagte er sanft. »Wenn sie anrufen und dir solche Sachen erzählen, musst du es sofort mir oder deiner Mutter mitteilen. Es tut unheimlich weh, sich den Arm zu brechen. Majken ist traurig und braucht jemanden in ihrer Nähe. Dich oder mich oder Mama.«

»Aber die Erzieherinnen sind mit ihr gefahren«, antwortete Jenny verständnislos. »Ich dachte, ich erzähle es dir in der Mittagspause.«

»Aber du musst dran denken, wie es wäre, wenn du dir den Arm brechen würdest und es unheimlich wehtäte und du traurig wärst – dann würdest du bestimmt auch wollen, dass Mama oder ich dich ins Krankenhaus begleiten, oder? Du musst immer daran denken, wie es bei dir wäre, Jenny. Und jetzt rufe ich Mama an.«

»Ruf erst den Kindergarten an«, kommandierte Gerdin. »Damit sparen wir Zeit.«

So machte er es, und nachdem er alle Details erfahren hatte, rief er seine Frau Sonja an. Nach einem lautstarken Wortwechsel beschlossen sie, dass er Jenny in ein Taxi zum *Astrid-Lindgren-Kinderkrankenhaus* setzen würde, wo sie mit ihrer Mutter zusammentreffen würde. Währenddessen bestellte Gerdin einen Wagen und wies Jenny an, sich für die Abfahrt fertig zu machen. Nachdem sie dafür gesorgt hatten, dass Jenny zum Krankenhaus kam, zog Gerdin ihren mittlerweile blassgrauen Kollegen nach oben in ihr Büro, wo sie ihn auf ihren Stuhl drückte und sich selbst auf die Schreibtischkante setzte. Sandén sah aus, als könnte er jeden Augenblick das Bewusstsein verlieren, und angesichts des Schlaganfalls, den er ein paar Jahre zuvor erlitten hatte, wagte sie es nicht, ihn zu verlassen. Stattdessen bestellte sie Sjöberg telefonisch her und wies ihn an, etwas zu trinken mitzubringen.

»Atmen, Jens«, sagte Gerdin sanft und legte ihm die Hand auf die Stirn.

Er war schweißnass, aber das allein hatte noch nichts zu sagen. Freundlich, aber bestimmt nahm er ihre Hand fort und zwang sich zu einem Lächeln.

»Keine Angst«, sagte er. »Ich lächele, ich kann die Arme

heben, und ich rede zusammenhängend. Entspann dich und setz dich hin.«

Gerdin tat, was ihr gesagt wurde; sprang vom Schreibtischrand und setzte sich auf den Besucherstuhl.

»Majken ist nicht das erste Kind auf der Welt, das sich im Kindergarten den Arm gebrochen hat«, sagte sie. »Das ist dir doch klar?«

»Man fühlt sich einfach nur so schrecklich überfordert«, sagte Sandén betrübt. »Wir geben unser Bestes, aber wir müssen Jenny ja trotzdem die letzte Verantwortung überlassen. Also bewegen wir uns im Hintergrund.«

Sjöberg kam ins Büro und schloss die Tür hinter sich. Er sah besorgt aus.

»Es ist schließlich ihre Tochter«, fuhr Sandén fort. »Sie wird vom Kindergarten angerufen, wenn irgendetwas ist. Aber Jenny ist eben, wie sie ist. Sie weiß es nicht besser. Es fällt ihr schwer, sich in die Gefühle und Gedanken anderer Menschen hineinzuversetzen.«

»Aber das wissen sie im Kindergarten ja auch«, sagte Gerdin. »Du musst dich nicht schämen, ganz im Gegenteil. Jenny macht das großartig, kommt mit den meisten Dingen super allein zurecht. Und wie Sonja und du ihr zur Seite steht, ist bewundernswert, das wissen wir und auch die Erzieherinnen.«

Sandén nahm die Ramlösaflasche, die Sjöberg ihm reichte, und trank.

»Da bin ich mir nicht so sicher«, seufzte Sandén. »In ihrer Gruppe sind nur junge Mädchen. Sie finden Jenny seltsam und erliegen Pontus' Charme, wenn es ihm alle Jubeljahre einmal behagt, dort aufzutauchen.«

Pontus war, gnädig formuliert, ein Halbkrimineller, der eine Zeit lang Jennys Freund gewesen war. Mehrere Jahre nach dem Ende ihrer Beziehung stellte sich zudem heraus, dass er der Vater des sechs Monate alten Babys war. Sie erhielten daraufhin das gemeinsame Sorgerecht. Was Sandén überhaupt nicht gefiel.

»Majken hat sich heute im Kindergarten den Arm gebrochen«, erklärte Gerdin einem offensichtlich besorgten Sjöberg, der noch nicht auf dem aktuellen Stand der Dinge war.

»Was ist passiert?«, fragte er.

»Sie saß einfach da«, antwortete Sandén, »und hielt den Arm plötzlich in einem ganz komischen Winkel. Niemand hat gesehen, was passiert ist. Eine der Erzieherinnen fuhr mit ihr ins Astrid Lindgren, und da ist sie jetzt noch.«

»Jemand vom Kindergarten hat Jenny angerufen und erzählt, was passiert ist«, ergänzte Gerdin, vor allem, damit Sandén diesen Teil der Geschichte nicht übernehmen musste. »Leider hat sie es nicht richtig ernst genommen. Aber jetzt sind Sonja und Jenny im Krankenhaus, und alles ist wieder so, wie es sein sollte. Nicht wahr, Jens?«

»Wenn es denn so wäre«, antwortete Sandén traurig. »Ich kann mir vorstellen, dass der Arm schon seit mehreren Tagen gebrochen ist.«

»Was meinst du damit?«, fragte Sjöberg bestürzt.

Auch Gerdin konnte ihm nicht folgen. Würde man einen gebrochenen Arm nicht bemerken?

»Majken war ganz unglücklich, als sie am Sonntagabend nach Hause kam. Nachdem sie das ganze Wochenende mit diesem verdammten Pontus verbracht hatte. Aber so ist es immer, ihr geht es nie besonders gut, wenn sie von dort zurückkommt. Sie ist früh eingeschlafen, aber mitten in der Nacht wieder aufgewacht und ganz untröstlich gewesen. In dieser Nacht hat kaum einer von uns geschlafen. Gestern war sie mit Sonja zu Hause, aber auch da fühlte sie sich nicht gut. Sonja gab ihr Paracetamol, und daraufhin wurde es besser, obwohl sie immer noch sehr ruhig war. Was für sich allein schon ein Zeichen ist, dass irgendetwas mit ihr nicht stimmt. Heute Morgen war sie wieder munterer, also dachten wir, dass es vielleicht ganz gut für sie wäre, mit anderen Kindern zusammen zu sein. Sie ist ja eine sehr soziale Persönlichkeit und fühlt sich im Kindergarten richtig wohl. Und dann stellt sich heraus, dass ihr Arm gebrochen ist – wie konnten wir das übersehen?«

Gerdin, die sich gerade selbst diese Frage gestellt hatte, meinte jetzt, eine Antwort darauf gefunden zu haben. Majken war ein kleines Kind, mit begrenztem Ausdrucksvermögen und schlecht entwickelter Motorik. Wenn sie darüber hinaus auch noch schlecht gelaunt war, nachdem sie bei ihrem Vater gewesen war, konnte man natürlich schnell die komplett falschen Schlussfolgerungen ziehen.

»Meinst du, dass er sie misshandelt?«, fragte Sjöberg beinahe im Flüsterton.

»Es wäre ihm zuzutrauen«, antwortete Sandén bedrückt. »So viel wissen wir. Jenny ist ein paar Mal verprügelt worden, als sie zusammen waren. Aber jetzt geht es ja um seine kleine Tochter. Für die er außerdem gekämpft hat. Also, ich weiß es nicht …«

»Kommt Majken mit physischen Verletzungen nach Hause?«, fragte Sjöberg hartnäckig weiter.

»Manchmal hat sie blaue Flecken. Aber sie ist ein lebhaftes Kind, und lebhafte Kinder in dem Alter tun sich oft weh. Andererseits ist Pontus ein ziemlich zweifelhafter Typ und bewegt sich in fragwürdiger Gesellschaft. In seiner Wohnung herrscht ein ständiges Kommen und Gehen. Es wird sicher viel Alkohol getrunken, wahrscheinlich werden auch Drogen konsumiert. Vielleicht wird sie von Pontus geschlagen, wenn er sie zu anstrengend findet, aber es könnte genauso gut jemand anderes sein. Oder niemand. Am meisten beunruhigt mich, dass er sich vielleicht gar nicht um sie kümmert. Dass sie ohne Aufsicht in dieser Räuberhöhle herumläuft. Möglicherweise lässt er sie sogar allein in der Wohnung zurück.«

»Aber warum hast du nichts gesagt?«, fragte Sjöberg aufgebracht. »Wir sind doch die Polizei, verdammt, wir können doch etwas tun.«

»Ich weiß ja nichts, es sind alles nur Spekulationen.«

»Als Jenny unter ihm litt, hast du gehandelt.«

»Solange es nur um Jenny ging, war die Situation einfach, aber bei Majken ist die Lage komplett anders. Unsere Beziehung zu Pontus ist plötzlich sensibel. Wir müssen aufpassen, ihn nicht unter Druck zu setzen. Ihm keinen Grund zu geben, seine Aggressionen an Majken auszulassen.«

»Dann müssen wir eben dafür sorgen, dass der Typ einfährt«, meinte Gerdin.

»Wenn er im Gefängnis landet, wäre das die beste Lösung«, stimmte ihr Sandén zu. »Aber bis jetzt hat er keine Vorstrafen. Pontus ist ziemlich gerissen, und er ist in vielen Prozessen freigesprochen worden.«

»Von welchen Anklagen?«

»Kuppelei und Drogenkriminalität.«

Gerdin seufzte tief.

»Es muss ein Elend sein, ein Kind zu haben, das in einem solchen Milieu aufwächst«, sagte sie und schüttelte den Kopf.

»Ja, oder ein Enkelkind«, sagte Sandén müde.

*

Andersson hatte nach der Besprechung gerade sein Büro erreicht, als das Telefon klingelte.

»Du hast Besuch«, sagte Lotten. »Eine Julia Gustavsson. Sie behauptet, dass sie dich kennt.«

»Das glaube ich nicht«, antwortete Andersson, der sich nicht erinnerte, überhaupt irgendeine Julia zu kennen.

»Ganz egal, ob es stimmt oder nicht, ihr beiden passt so gut zueinander, dass ich sie einfach zu dir schicken musste. Viel Glück!«, kicherte Lotten und legte auf.

Gut zusammenpassen, dachte Andersson. Was könnte sich Lotten darunter vorstellen? Dass sie tätowiert war? Oder gepierct?

Die Antwort kam mit einem vorsichtigen Klopfen an den Türrahmen. Julia Gustavsson – die ihm tatsächlich irgendwie bekannt vorkam – war sowohl tätowiert als auch gepierct. Am Handgelenk schaute ein kleines, mythisches Wesen unter dem Pulloverärmel hervor. Und in der Unterlippe saß ein nach Anderssons Geschmack äußerst respekteinflößender Schmuck. Ihn erkannte er auch wieder, im Gegensatz zu der Frau. Er selbst würde in diesem Jahr vierzig werden und war sich alles andere als im Klaren darüber, ob er daran interessiert war, sein Leben mit einer fünfzehn bis zwanzig Jahre jüngeren Frau zu verbringen, selbst wenn sie ein Hufeisen mit einem Stecker aus Titan in der Unterlippe trug.

»Hallo«, sagte Julia.

»Machen Sie bitte die Tür zu?«, sagte Andersson, winkte sie herein und forderte sie mit derselben Geste auf, Platz zu nehmen.

»Du erkennst mich nicht wieder?«, fragte Julia mit einem spöttischen Grinsen, das ihn gleichzeitig verlegen machte und aufheiterte.

»Na ja, ich erkenne das da wieder«, antwortete er ehrlich und zog an seiner eigenen Unterlippe.

Und gleichzeitig kam ihm die Erinnerung an das Bild einer blumengemusterten Überdecke in Braun und Grün.

»Die Sandwichtorte?«, sagte Julia und lächelte.

Nein, da klingelte keine Glocke.

»Sundbyberg?«

Undeutliche Erinnerungen an einen Stadtteil, den er selten besuchte, an die blaue U-Bahn-Linie, die er selten benutzte. Und erneut diese hässliche Überdecke.

»Okay, anscheinend habe ich keinen tieferen Eindruck bei dir hinterlassen«, seufzte Julia, die weiterhin vor allem belustigt aussah. »Aber du warst ja auch ziemlich voll.«

Sie machte keine Umschweife, das wusste er zu schätzen. Gleichzeitig machte es ihn ein bisschen verlegen, hier auf der Arbeit zu sitzen und sich von einem alten One-Night-Stand an der Nase herumführen zu lassen. Jedenfalls war er überzeugt, dass es sich um einen solchen handeln musste, vor allem angesichts der Überdecke. Doch dann fiel der Groschen.

»Aah, das Mädchen von der Bäckerei«, sagte Andersson und spürte, wie er errötete. »Ääh, ja, vielen Dank noch mal, muss ich wohl sagen. Die Sandwichtorte ist bei den Kollegen sehr gut angekommen.«

»Das in der Konditorei war nur ein vorübergehender Job«, sagte Julia. »Aber wenn es in deiner Erinnerung so ist, dass ich die Torte selbst zubereitet habe, dann meinetwegen gerne. Also Schwamm drüber. Tut mir leid, dass ich einfach so hier hereinplatze und dich von der Arbeit abhalte, ich verspreche auch, dass ich dein Kaninchen nicht kochen werde. Und immerhin bin ich erwachsen genug, um zugeben zu können, dass ich mir deinen Namen und deinen Beruf gemerkt habe, obwohl du dich kaum an mich erinnerst.«

Netter Monolog, dachte Andersson.

»Ich erinnere mich an eine schrecklich hässliche Überdecke«, gestand er, ohne dass er eine Ahnung hatte, warum.

Jedenfalls lachte Julia.

»Die Geschmäcker sind verschieden«, sagte sie, und damit waren die Formalitäten erledigt. »Ich möchte eine Vermisstenanzeige aufgeben.«

Plötzlich keine Spur mehr von dem lockeren Geplänkel zu Beginn ihres Gesprächs. Julia sah todernst aus, und Andersson griff nach einem Notizblock und einem Stift.

»Meine Freundin Heidi Richter ist seit der Nacht vom Freitag auf den Samstag verschwunden. Das letzte Mal habe ich sie gegen Mitternacht im *Hotel Malmen* gesehen. Da saß sie alleine an der Bar und wollte gleich nach Hause gehen. Sie hat keine Geschwister, ihre Mutter lebt nicht mehr, und sie hat so gut wie keinen Kontakt zu ihrem Vater, der ein heruntergekommener Alkoholiker ist. Allerdings lebt sie mit einem Idioten namens Ola Berg zusammen, der sie an der kurzen Leine hält. Er ist eifersüchtig, neigt zu Gewalt und mag es nicht, dass sie sich mit ihren Freundinnen trifft. Seit ich Heidi zuletzt gesehen habe, habe ich sporadische Mitteilungen von ihrem Handy bekommen, in denen sie in kurzen Worten berichtet, dass sie krank sei. Aus unterschiedlichen Gründen habe ich starke Zweifel daran, dass sie selbst diese Mitteilungen geschrieben hat. Als ich gestern Abend bei Ola vorbeiging, um herauszufinden, ob Heidi überhaupt zu Hause war, schlug er mir die Tür vor der Nase zu, ohne mir irgendeine Antwort zu geben. Er wirkte betrunken, sah dreckig und mitgenommen aus und trug noch dieselbe Kleidung wie am Freitag. Ich flehe dich an, Odd, du musst diese Anzeige ernst nehmen. Erste Priorität ist es, in die Wohnung zu kommen und zu sehen, ob Heidi dort ist. Wenn sie nicht dort ist, müsst ihr bei Ola die Daumenschrauben anziehen.«

Das war klare Kante. Aber Julia Gustavsson hatte definitiv sein Interesse geweckt.

*

Sjöberg machte sich große Sorgen über das, was im Leben seines besten Freundes passierte, und ganz besonders über seine Gesichtsfarbe. Nachdem er die schockierende Nachricht erfahren hatte, dass seine geistig leicht behinderte Tochter ein Kind erwartete, obwohl sie so achtsam gewesen waren, hatten sich Sandén und seine Frau trotz allem mit der Situation angefreundet und liebten inzwischen das neue Leben mit einem Baby im Haus. Sie waren vollkommen zufrieden mit der Lage der Dinge, weil keiner von ihnen glaubte, dass ein Vater – wer auch immer es war – etwas Positives dazu beitragen würde. Wie ein Schlag ins Gesicht war daher das Ergebnis eines Vaterschaftstests aufgetaucht, das ihnen allen beinahe den Rest gab. Abgesehen von der gutgläubigen Jenny natürlich, die nichts mehr wollte, als mit dem unsympathischen Pontus zusammen Familie zu spielen. Und da waren sie jetzt; mitten in einem Albtraum, mit einem kleinen, geliebten Kind, das zu seinem Unglück von einer geistig behinderten Mutter und von einem Vater abstammte, der nicht nur unverantwortlich, sondern auch gewalttätig war.

Aber es war nicht Majkens Leben, das unmittelbar in Gefahr war. Sjöberg machte sich akute Sorgen um Sandén. Er sah schon seit einer Weile ziemlich mitgenommen aus, und außerdem hatte er wieder zugenommen. Und mit einem früheren Schlaganfall im Gepäck fürchtete Sjöberg, dass ein neuer jederzeit an die Tür klopfen konnte.

Gerade als er diesen Gedanken dachte, klopfte es an seiner Tür, und Andersson tauchte auf.

»Ich habe gerade eine Vermisstenanzeige aufgenommen«, berichtete er, während er sich in den Besucherstuhl setzte. »Eine vierundzwanzigjährige Frau aus Liljeholmen, die seit Freitag verschwunden ist.«

»Noch eine Vermisste?«, sagte Sjöberg. »Ist sie nicht einfach nur in den Urlaub gefahren? Normalerweise schaltet man nicht direkt die Abteilung für Gewaltverbrechen ein.«

»Ich finde, dass es gute Gründe für uns gibt, diesen Fall genauer zu betrachten. Sie ist jetzt seit beinahe vier Tagen verschwunden, und wenn jemand anders darin verwickelt ist, dann geht er sehr hinterhältig zu Werke.«

»Er?«

»Ja, die Freundin, die Anzeige erstattet hat, verdächtigt den Lebensgefährten, der laut ihrer Aussage ein Grobian mit einer fast krankhaften Eifersucht ist. Sie hat, seit sie sich am Freitag gegen Mitternacht voneinander verabschiedet haben, auch einige SMS vom Handy ihrer Freundin erhalten. Aber sie weigert sich, zu glauben, dass die vermisste Frau sie selbst verfasst haben könnte. Auf diese Weise könnte ein mutmaßlicher Straftäter sehr viel Zeit gewonnen haben. Die Frau ist möglicherweise gar nicht mehr am Leben.«

»Sie scheint dich überzeugt zu haben«, sagte Sjöberg. »Die Freundin.«

Andersson nickte ernst und legte die formelle Anzeige und seine eigenen Notizen auf den Schreibtisch seines Vorgesetzten.

»Ich habe Telia sofort gebeten, die Telefonverbindungen zu lokalisieren«, sagte er. »Ich dachte, dass es wichtig sein könnte, falls das Handy sich bewegt. Dann können wir diese Geisterstimme orten, falls es sich denn um eine handelt.«

»Und wenn nicht, dann wissen wir, wo wir sie finden«, sagte Sjöberg. »Oder ihn. Oder beide. Das ist gut. Ich finde es gut, dass du deinem Bauchgefühl folgst. Nimm Westman mit und fahrt zu der Wohnung in Liljeholmen, um die Situation zu überprüfen. Aber erst, nachdem ihr im Friseursalon in der Swedenborgsgatan wart«, fügte er noch hinzu, bevor Andersson den Raum verließ.

Danach erreichte Sjöberg der Bescheid, dass Eva-Lena Wetterhags Handy im Mazarinvägen von einem Anwohner beim Schneeschippen gefunden worden sei, nur einen Steinwurf vom Haus der Familie im Katalanvägen entfernt. Weitere Dinge, die möglicherweise ebenfalls in ihrer Handtasche gewesen waren, hatte man dort allerdings nicht gefunden. Im Grunde eine Information ohne größeren Nährwert, aber sie bestätigte zumindest Johnnys Aussage, dass er sie gefahren hatte. Eva-Lena Wetterhag schien sich – wenn man davon ausging, dass sie ihr Handy bei sich trug – in Sköndal aufgehalten zu haben, nachdem sie den Salon am Freitagnachmittag verlassen hatte.

Dienstagnachmittag

Man hatte das Fenster in Carina Perssons Behandlungszimmer wieder eingesetzt. Draußen auf der Straße war es immer noch sehr laut, aber das Geräuschniveau im Salon war mittlerweile erträglich. Was die Besitzerin inspiriert zu haben schien: Sie hatte das Lokal aufgepeppt, Staub gesaugt, Vasen mit Tulpen aufgestellt und Heilsbringer-Musik in angenehmer Lautstärke aufgelegt. In demselben Stuhl, in dem Eva-Lena Wetterhag gesessen hatte, bevor sie verschwand, hatte jetzt eine andere Kundin ihren Kopf in das Haarwaschbecken gelegt, durch das Färbemittel vorübergehend erblindet. Es sah ausgesprochen unbequem aus, und Westman war dankbar, dass sie selbst nicht in größerem Umfang Schönheitspflege betrieb. Andersson sah vor allem verblüfft aus. Wozu er eigentlich keinen Anlass hatte, fand Westman, als sie länger darüber nachdachte, schließlich war es ihrer Meinung nach immer noch gesünder, sich die Wimpern zu färben, als sich Tinte unter die Haut spritzen zu lassen.

»Dort wird sie jetzt also – was haben Sie gesagt? – zehn bis fünfzehn Minuten sitzen?«, fragte Westman, nachdem sie sich in die Küche gesetzt und die Tür hinter sich geschlossen hatten.

»Ja, das kommt ungefähr hin«, antwortete Carina Persson ahnungslos.

»Und wie lange, sagten Sie, hat Eva-Lena hier gesessen, bevor sie verschwand?«

Carina Persson sah verunsichert aus, ihre Augen flackerten, und sie schien sich nicht entscheiden zu können, wie sie die Frage beantworten sollte.

»Wissen Sie was?«, sagte Westman. »Ich werde Ihnen auf die Sprünge helfen. Bengt Wetterhag haben Sie gesagt, dass Eva-Lena schon weg war, als Sie um halb zwei wieder in den Salon zurückkehrten. Aber Johnny sagt, dass er sie um Viertel vor zwei hier abgeholt habe. Was glauben Sie, wie spät es war, als Sie hierher zurückkehrten und entdeckten, dass Eva-Lena weg war?«

Carina Persson sah Westman resigniert in die Augen und seufzte.

»Es war zehn vor zwei.«

»Und das ist Ihr letztes Wort?«

Sie nickte betreten.

»Wie lange haben Sie sie also mit diesem brennenden Scheiß auf den Augen allein gelassen?«

»Vierzig Minuten.«

»Statt der zehn bis fünfzehn Minuten, die normal wären?«

»Ja. Aber das ist nicht gefährlich oder so«, fügte sie hastig hinzu. »Und sie hat es ja selbst weggemacht, bevor die vierzig Minuten um waren.«

»Die Frage ist nur, warum Sie sich so verhalten haben?«, hakte Westman nach. »Warum haben Sie sie einsam in der Kälte und dem Lärm sitzen lassen, obwohl sie noch nicht einmal etwas sehen konnte? Das kommt mir ziemlich hinterhältig vor, wenn Sie mich fragen.«

»So war das nicht geplant«, sagte Carina mit einem Ausdruck von Scham und Aufrichtigkeit im Blick. »Ich dachte, ich könnte dieses Inferno kurz verlassen, solange die Farbe einwirkt. Ich hatte etwas in der Bank zu erledigen und musste anstehen. Und als zwanzig Minuten vergangen waren und ich gleich dran sein sollte, dachte ich, dass es ja nicht schlimm wäre. Lass die Alte doch sitzen, sie ist ohnehin immer so mürrisch und langweilig. Das dachte ich.«

Und jetzt setzte sie eine trotzige Miene auf. Eine kleine Revolte, dachte Westman. Carina Persson war beim Anstehen ein bisschen aufmüpfig geworden und hatte beschlossen, sich das Leben nicht komplizierter zu machen, nur damit eine offensichtlich wenig geschätzte Kollegin nicht warten musste. Etwas Schlimmeres steckte also nicht dahinter. Aber immerhin hatten sie jetzt Eva-Lena Wetterhag ein bisschen besser kennenlernen dürfen.

»Danke«, sagte Westman, nicht ohne Ironie in der Stimme. »Sie sind sich im Klaren darüber, dass es die Sache erleichtert hätte, wenn Sie uns diese Informationen sofort gegeben hätten?«

Ein Achselzucken. Immer noch trotzig.

»Nicht die beste Grundlage für eine gute Partnerschaft, was?«, vermutete Westman, die weiterkommen wollte. »Erzählen Sie mir von Eva-Lena. Wie ist sie? Was haben Sie gegen sie?«

»Sie lächelt nicht, sie fragt mich nicht, wie es mir geht, erzählt nichts von sich selbst und antwortet kaum, wenn man sie anspricht. Reicht das?«

»Warum betreiben Sie dann den Salon mit ihr zusammen?«

»Ich habe allein angefangen. Das Geschäft lief gut, und ich wollte mich vergrößern. Wollte mich entlasten und Gesellschaft bekommen. Also annoncierte ich wegen einer Partnerin. Eva-Lena meldete sich, sie hatte gute Zeugnisse und machte einen angenehmen und seriösen Eindruck. Sie arbeitet auch wirklich gut.«

»Aber sie ist nicht besonders sympathisch?«

»Zu Anfang war sie das schon. Und manchmal blitzt das immer noch auf, obwohl es immer seltener wird.

Wie ich schon sagte: Ich glaube, sie ist ein bisschen deprimiert.«

»Würden Sie sagen, dass sie ein Mensch mit vielen Gesichtern ist?«, fragte Andersson, der jetzt das erste Mal während des ganzen Gesprächs den Mund öffnete.

Westman musste unwillkürlich mit einer gewissen Bewunderung zu ihm hinüberschielen. Er hatte zweifellos eine ganze besondere Art, die Welt und deren Bewohner zu betrachten. Wesentlich anders als ihre eigene, aber nicht weniger interessant.

»Ääh ... das könnte man vielleicht sagen«, antwortete Carina Persson. »Ein bisschen wie Dr. Jekyll und Mr. Hyde, könnte man vielleicht sagen.«

Es stellte sich heraus, dass es nicht mehr als drei Bauarbeiter waren, die den ganzen Lärm im Hinterhof verursachten. Ein grobschlächtiger Nordschwede mit Blumenkohlohren und hässlichen Narben auf den Händen. Obskurer Kampfsport, dachte Westman. Oder ein Arbeitsunfall. Ein magerer Stockholmer, der nach Bier roch. Ein Ersatzmann, dachte Westman. Jemand, der sich sofort nach Feierabend hinsetzt und noch in der Arbeitshose die Flasche ansetzt. Und ein normal gebauter Mann aus Östergötland, mit Händen so groß wie Bratpfannen, einem irren Blick und einer Snusportion, die den ganzen Mund zu füllen schien. Serienkiller, dachte Westman. Oder Handballspieler.

»Bist du am Freitag nicht früher gegangen, Göran?«, meinte das Gerippe, das Fredrik Lidberg hieß.

»Ja, könnte wohl stimmen«, antwortete der Handballspieler mit einem wütenden Blick auf den Kollegen.

»Haben Sie bewegliche Arbeitszeiten, oder wie funktioniert das?«, fragte Andersson, der ebenso wie Westman offensichtlich der Auffassung war, dass diesem Blick nachgegangen werden sollte.

»Na ja, wir sollten eigentlich bis halb drei arbeiten, aber ich konnte eine Stunde früher gehen«, antwortete Göran Göransson.

»So gegen halb zwei also?«

»Ja, oder vielleicht schon um eins.«

»Haben Sie diese Frau am Nachmittag gesehen?«, fragte Westman und hielt ein Foto von Eva-Lena Wetterhag hoch. »Als Sie gingen oder vorher?«

»Sie müsste sich in diesem Raum befunden haben«, verdeutlichte Andersson und zeigte in die entsprechende Richtung.

»Daran kann ich mich nicht erinnern. Ich glaube nicht, dass ich sie jemals gesehen habe.«

Eine Aussage, die durchaus zutreffen konnte, weil Eva-Lenas Arbeitsplatz in einem Zimmer zur Straße hin lag, und die Behandlung, die sie am Freitagnachmittag bekommen hatte, in Carinas Zimmer zum Hinterhof stattfand.

»Aber Sie betreten und verlassen das Grundstück durch das Tor direkt neben dem Eingang zum Schönheitssalon«, konstatierte Andersson. »Als Sie um eins, halb zwei gingen, haben Sie vielleicht ein Taxi gesehen, das da draußen parkte? Und eine Frau, die hineinstieg?«

Aber das hatte Göransson nicht, was auch unwahrscheinlich gewesen wäre, es sei denn, er wäre doch bedeutend später aufgebrochen.

»Und Sie beide haben bis zum Schluss gearbeitet?«, fragte Westman. »Bis halb drei?«

Das Gerippe Lidberg und der Kampfsportler, dessen Name Johan Borgström lautete, schauten einander an und einigten sich wortlos darauf, dass dies der Fall war. Keiner der drei Bauarbeiter hatte sich also um Viertel vor zwei auf der Straße befunden, was zu bedauern war.

»Und keiner von Ihnen hat die Frau bemerkt, die sich, sagen wir, zwischen ein und zwei Uhr in diesem Zimmer befand?«

»Wie hätte das gehen sollen? Man konnte ja noch nicht einmal durch dieses verdammte Zelt sehen, das wir aufgespannt haben, bis wir das Scheißfenster wieder einsetzen konnten«, sagte Borgström.

Nicht auf eine aggressive Art, nur in einer Sprache, die vielleicht übertrieben ungepflegt war. Abgesehen davon hatte er natürlich recht.

»Aber die andere Schnitte haben wir gesehen«, gluckerte das Gerippe. »Oft sogar. Mit der kann man sich gut unterhalten, und ein schöner Anblick ist sie auch.«

Eine Meinung, die sowohl der Kampfsportler als auch der Handballspieler teilten.

*

Bis jetzt war noch nichts passiert, aber es hing etwas in der Luft. Malin wusste nicht, was sie tun sollte, sondern schlich wie die Katze um den heißen Brei herum, tigerte durch die Wohnung und führte gedankenlos ihre sinnfreien Beschäftigungen aus. Sie wusch, hängte die Wäsche auf, legte die Wäsche zusammen, stapelte die saubere Wäsche in Schubladen. Kümmerte sich um die Blumen und räumte auf. Zu putzen brauchte sie nicht, denn Malin schaffte es nicht, alles richtig rein zu halten, und es war wichtig, dass es um die Familie herum sauber war. Sie hatte zwei linke Hände. Sie bereitete das Abendessen zu. Bereitete dieses seltsame Abendessen zu, das von verschiedenen Personen zu unterschiedlichen Zeiten in unterschiedlichen Gängen gegessen werden sollte. Fünf Minuten für die Energie vor dem Training, stehend vor der Arbeitsplatte in der Küche. Fünfzehn Minuten lang Nährstoffe und Proteine für die Erholung und den Muskelaufbau während der Hausaufgaben nach der doppelten Trainingseinheit. Jeweils nur für ein Kind, da sie zu unterschiedlichen Zeiten trainierten. Und dann noch für Stefan, der die Kinder zwischen Schule, Wohnung, Tennishalle und Laufstrecke herumchauffierte und niemals schon vorher sagen konnte, wann er essen wollte. Der von Malin aber trotzdem erwartete, dass sie es wusste, und deshalb musste sie am gedeckten Tisch strammstehen, wenn der Hunger sich meldete.

Der Pass. Ihr war immer noch kein besserer Ort eingefallen als Leonards Lego-Kiste, um den Pass zu verstecken. Leonard war zehn Jahre alt und hatte keine Zeit, mit Lego zu bauen. Er spielte Tennis. Wenn er nicht schlief oder in die Schule ging, spielte er Tennis. Sein Vater hatte beschlossen, dass er keine Zeit mehr hatte, ein Kind zu sein, dass alles, was er tat, dem Zweck dienen sollte, sich später damit seinen Lebensunterhalt verdienen zu können, einen Ball über ein Netz zu schlagen. Ein schwieriges und einsames Leben für einen Zehnjährigen. Ein Plan, der mit neunundneunzigkommaneunundneunzigprozentiger Wahrscheinlichkeit niemals Wirklichkeit werden würde.

Es gab allerdings die theoretische Möglichkeit, dass Leonard, wenn ihm sein Vater kurz den Rücken zuwandte, auf die Idee kommen könnte, sich ein Stückchen Kindheit zurückzuholen. Deshalb musste Malin ein sichereres Versteck für den Pass finden. Einen Ort, an dem Stefan niemals im Leben suchen würde. Da fiel es ihr ein.

Sie wühlte den Pass aus der Lego-Kiste heraus und stopfte ihn vorsichtig in die Unterhose, unter die Jeans. Sie zog den Pulli ordentlich herunter, um die kleine Ausbuchtung zu verdecken. Dann ging sie mit schnellen Schritten in den Flur, zog Schuhe an und lief die Treppen hinunter. Sie schloss die Kellertür auf, eilte eine weitere Treppe hinunter, steckte den Schlüssel ins Schloss, ging in den Vorratskeller. Bevor Malin das Licht einschaltete, schloss sie sicherheitshalber die Tür hinter sich. Falls Stefan wieder auftauchte. Was nie passieren würde. Er war um diese Uhrzeit mit anderen Dingen beschäftigt und hatte normalerweise keinen Grund, in den Keller zu gehen. Es war ihre Aufgabe, Sachen herunter und wieder hinaufzuschleppen; sie hatte ja sonst nichts Vernünftigeres zu tun, musste zum Wohlbefinden der Familie aber trotzdem irgendetwas beitragen. Wie Stefan es ausdrückte.

Jetzt stand sie hier, mitten im Vorratskeller, mit dem Pass in der Hand und hörte, wie jemand die Kellertür schloss. Trotzdem – es konnte ja unmöglich Stefan sein, der zum zweiten Mal innerhalb von zwei Tagen unerwarteterweise im Vorratskeller auftauchen würde – nahm sie sich die Zeit, den Pass zu öffnen, der Frau auf dem Bild in die Augen zu schauen und sich ihren Namen und ihr Alter einzuprägen. Erst danach klappte sie ihn wieder zu und drängte sich in die Ecke, in die Cassandras aussortierter rosa Koffer eingeklemmt war. Sie hörte Schritte auf der Treppe; schnelle, zielstrebige Schritte eines Mannes, der eine Aufgabe hatte. Malin beugte sich vor, stützte sich mit der Hand, die den Pass hielt, an der Wand ab, und versuchte den Koffer herauszuziehen. Er war festgeklemmt und widersetzte sich. Aus den Augenwinkeln sah sie etwas aus dem Pass fallen, das an der Wand entlang hinter die Koffer segelte. Etwas Flaches, Blaues, im Format einer Kreditkarte. Aber die Uhr tickte, sie hatte keine Zeit mehr, es wieder einzusammeln. Noch einmal Ziehen und der rosa Koffer löste sich. Hallende Schritte im Korridor, bedrohliche Schritte, die sich der geschlossenen Tür näherten. Schritte, die nicht zu Stefan gehören konnten, obwohl sie es besser wusste. Sie brauchte eine Entschuldigung für das, was sie gerade tat, eine Antwort, falls er sie zur Rede stellen würde. Aber die hatte sie nicht, sie konnte sich so schnell nichts ausdenken. Malin zog an dem Reißverschluss, und ein kleiner Spalt öffnete sich zum Inneren des Koffers. Groß genug, um den Pass hineinzustopfen. Die Schritte blieben vor der Tür stehen, Schlüssel klirrten. Sie zog den Reißverschluss zu, stellte den Koffer zurück auf die Lücke, in die er hineinpassen sollte, obwohl diese mit bloßem Auge nicht zu sehen war. Hörte, wie der Schlüssel ins Schloss gesteckt wurde. Sie drückte auf den Koffer, aber nicht fest genug. Der Schlüssel drehte sich, ohne Grund, da die Tür schon aufgeschlossen war. Sie hörte ihn fluchen, holte noch einmal Schwung und warf ihr ganzes Gewicht in die Waagschale. Der Koffer glitt in den Zwischenraum, und als die Tür aufgerissen wurde, lag sie auf dem Bauch über den Koffern.

»Was zum Teufel treibst du da?«, hörte sie in ihrem Rücken.

Nicht zornig oder überrascht. Stefans Stimme war eiskalt, als er das sagte; eher eine Feststellung als eine Frage. Der Tonfall machte klar, dass Malin kein Mensch war, der sich einen Platz auf der Erde verdient hatte, sie war eine Beleidigung der menschlichen Intelligenz, der Familie und sämtlicher Dinge, für die sie stand. Mit der Hand an der Wand schob sie sich hoch, bis sie stand; dick und aufgedunsen, blutrot im Gesicht, nass geschwitzt und zu Tode erschrocken.

»Was machst du denn zu Hause, Liebling?«, fragte sie und lachte.

Ein Lachen, das eigentlich ein Weinen war, ausgedrückt auf eine Weise, die der Hysterie unangenehm nahe kam.

»Ich wollte gerade einen neuen Koffer für Cassandra heraussuchen«, fuhr sie fort. »Was hältst du von diesem hier?«

Sie deutete auf einen Koffer, der direkt neben dem alten, rosafarbenen stand und viel zu groß und unpassend in jeder Beziehung war, aber was sollte sie machen? Irgendeinen Grund musste sie ja haben, ihren Nachmittag auf dem Bauch liegend und mit dem fetten Hintern in der Luft in ausgerechnet dieser Ecke des Vorratskellers zu verbringen, an ausgerechnet diesem Ende der zwei eng gestapelten Kofferreihen. Die Tränen traten ihr in die Augen, ihre Handlungen und Reaktionen mussten glaubwürdig sein.

»Letztes Mal habe ich ja keinen Koffer mitgenommen, wenn du dich erinnerst«, plapperte sie weiter, beinahe im Falsett. »Die Wäsche kam ja dazwischen, also dachte ich, dass ich jetzt schon einmal einen Koffer hole, damit er zur Hand ist, wenn sie das nächste Mal verreist. Die Zeit ist ja immer so knapp, mit der Schule und dem Training und all den Wettkämpfen, du weißt ja, ich dachte nur …«

Stefan betrachtete sie mit einem Blick, der so voller Verachtung war, dass ihr ganzes Wesen innerhalb der fleischigen Hülle zu einem kleinen, zerknüllten Papierball zusammenschrumpfte.

»Sie sitzen ja so furchtbar fest zusammen, diese verdammten Koffer«, schrie sie jetzt beinahe. »Ich werde noch verrückt! Und ich bin ja so untrainiert, und meine Arme und Beine sind so schwach, und dann tut mir der Rücken und alles Mögliche weh. Verdammt!«

Sie sank schluchzend auf dem Boden zusammen, verbarg ihr Gesicht in den Händen und war der festen Überzeugung, dass er ihr gleich etwas Hartes auf den Kopf schlagen würde. Malin spürte im ganzen Körper, wie der kraftvolle Schlag ihren Scheitel treffen würde, wie das Rückgrat zusammengedrückt wurde und eine Welle des Schmerzes durch den Körper fuhr, bevor sie spürte, dass das Leben aus ihr herausrann.

Aber es geschah nicht. Stattdessen hörte sie, wie er einen der Koffer in der hintersten Reihe herausriss und ihn mit einem vielsagenden Knall vor ihr abstellte.

»Du bist wirklich nicht normal«, sagte er. »Du solltest einen Dachklempner aufsuchen. Jetzt hoch mit dir.«

Mit schockartiger Erleichterung darüber, immer noch am Leben zu sein, streckte sie eine Hand aus, damit er ihr auf die Beine helfen konnte. Stefan hatte die Arme vor der Brust verschränkt und machte keine Anstalten, diese Haltung zu verlassen. Das sah sie durch ihre trüben, tränenden Augen, während sie aus eigener Kraft auf die Beine kam, elegant wie eine Schildkröte auf dem Rücken.

»Schau mal«, sagte Stefan und zeigte mit dem Finger. »Schau dir das Fenster an. Fällt dir etwas Besonderes auf?«

Malin wischte sich mit den Zeigefingern über die Augen. Hart und ohne Rücksicht; sie wollte nur so schnell wie möglich diese albernen Tränen loswerden. Sie holte tief Luft und klang dabei wie eine verweinte Dreijährige. Dann richtete sie den Blick auf das Kellerfenster zur Straße und sah, dass die Fensterhaken nicht eingehängt waren.

»Das Fenster ist geschlossen, aber nicht verriegelt«, antwortete sie kleinlaut.

»Genau«, sagte Stefan. »Du hast vergessen, es ordentlich zu schließen.«

Malin konnte sich gar nicht erinnern, jemals einen Grund gehabt zu haben, das Fenster zu öffnen, aber das sagte sie natürlich nicht. Dass Stefan die Schuld für seine eigenen Fehler immer auf andere abwälzte, war keine Neuigkeit.

»Begreifst du, was das bedeutet?«, legte Stefan los. »Jeder

hätte hier einsteigen können. Man muss nur von außen drücken, und dann steht es sperrangelweit offen. Sie hätten den ganzen Keller ausräumen können. Alles anzünden können.«

Oder schwarze Lacktaschen hereinwerfen können, dachte Malin.

*

Es dämmerte, als die flache schonische Landschaft an den Fenstern vorbeiflog. Abweisend und bedrohlich. Eine dünne Wolke aus Schneeflocken wurde über den Erdboden getrieben, und die ganze Landschaft wirkte sturmgepeitscht. Abgesehen von den vielen Windrädern, die auf bedeutend Schlimmeres vorbereitet waren. Unberührt vom Leiden der Natur standen sie mit geradem Rücken da und drehten sich unermüdlich um sich selbst.

Johnny beachtete es nicht weiter. Er saß tief versunken auf einem der Sessel neben dem Fenster und tippte auf seinem Handy herum. Neben ihm saß ein etwa sechsjähriger Junge, und gegenüber, auf der anderen Seite des Tisches, dessen kleine Schwester. Auch sie drehten sich unermüdlich um sich selbst, was ihre Mutter nicht weiter zu bekümmern schien, von der sie hin und wieder liebevolle, aber wirkungslose Ermahnungen bekamen.

Johnny mochte keine Kinder. Kinder sorgten bei ihm für körperliches Unwohlsein; er bekam Kopfschmerzen, und ihm wurde übel. Er mochte auch keine Erwachsenen. Am wenigsten sich selbst. Er wusste, warum, konnte aber nichts dagegen machen. Er verdiente die Liebe der anderen nicht, und trotzdem bekam er mehr, als er wert war. Von Bengt. Dem unbegreiflich loyalen Supermann Bengt, der sich freiwillig ins Kuckucksnest gesetzt und es niemals wieder verlassen hatte. Der die Reste einer Familie zusammengekehrt und versucht hatte, sie wieder zusammenzukleben. Bengt, der seinen Nächsten mit unerschöpflicher Energie Fürsorge und Liebe schenkte, ohne jemals etwas zurückzubekommen.

Johnny war sein direkter Gegensatz. Bengt war der einzige Mensch, den Johnny mochte, aber er schaffte es nicht, es ihm zu zeigen. Seine ganze Energie wurde von dem Bemühen weggefressen, die Nase seiner Mutter über Wasser zu halten – einer Mutter, die er liebte, aber nicht mochte. Einer Verrückten. Wie er selbst, aber nicht auf die gleiche Art. Er stellte sich seine Mutter immer als eine Abhängige vor. Sie missbrauchte Geld, Liebe und Vertrauen auf eine Weise, die sie und andere in Schwierigkeiten brachte. Ihre eiskalten Augen machten ihn elend, ließen ihn schrumpfen. Aber sie hatte niemals einen anderen Menschen verletzt. Im Gegensatz zu Johnny. Er schrieb ins Handy:

»Wenn ich einem Menschen begegne, überlege ich, wie er oder sie als Leiche aussehen würde. Mit einem Messer im Hals oder mit zerborstenem Schädel. In einer Blutlache liegend.«

Ein paar weniger ernst gemeinte Antworten tauchten in dem Internet-Forum auf. Wie immer. Aber warum auch nicht? Er war es ja kaum wert, besonders ernst genommen zu werden.

»Also wenn ich jemanden treffe, stelle ich mir vor, wie er scheißt.«

»Oder wie hässlich und faltig er in wenigen Jahren sein wird. Grauhaarig und mit Dackelohren.«

Der User *Agnes*, mit dem er seit einiger Zeit einen kontinuierlichen Dialog in dem Forum führte, tat seinen Beitrag allerdings nicht mit einem Scherz ab.

»Du musst den Schritt wagen und zu einem Psychologen gehen. Selbst wenn du deine Gewaltfantasien niemals in die Praxis umsetzt, musst du sie loswerden, um ein gutes Leben führen zu können. Und glaub mir – das kannst du.«

Das glaubte Johnny nicht. Diese Gewaltfantasien waren mit seinem Leben fast untrennbar verbunden.

»Ich sitze im Zug, und um mich herum sitzen Kinder. Ich mag keine Kinder, und was für Bilder ich jetzt im Kopf habe, möchte ich nicht erzählen. Aber glaub mir – es sind keine schönen Bilder. Für mich gibt es keine Hoffnung mehr. Krank im Kopf.«

Ganz ohne Zweifel krank im Kopf. Eine Gefahr für seine Umgebung. Eine Zeitbombe, wie es manchmal in der Zeitung stand. *Agnes* antwortete.

»Umso wichtiger ist es, das Problem in Angriff zu nehmen und mit jemandem zu reden. Man weiß inzwischen sehr viel über Zwangsstörungen oder OCD, wie es im Englischen heißt. Es gibt gut funktionierende Medikamente. Du darfst nicht aufgeben, nur weil die Ansprechperson, an die du zufällig geraten bist, unseriös war. Damit tust du dir keinen Gefallen. Du teilst dein Schicksal mit jeder Menge anderer Menschen, die jetzt ein gutes Leben führen, weil sie eine entsprechende Behandlung bekommen haben.«

Bullshit. Johnny teilte sein Schicksal mit niemandem. Das, was er getan hatte, konnte mit Therapie und Psychopharmaka nicht ungeschehen gemacht werden. Er wusste eigentlich gar nicht, warum er immer noch in diesem Forum herumhing. Er hatte sich doch schon entschieden.

»Dafür ist es zu spät. Der Untergang ist nahe. Heute Abend werde ich jemanden töten, aber keinen X-Beliebigen, keine Sorge also. Danach werde ich mein letztes Geld für Alkohol und Drogen verbraten. Danke und Tschüs.«

Das schrieb Johnny zum Abschied, bevor er sich aus dem Forum ausloggte und das Handy in die Hosentasche steckte.

»In wenigen Minuten erreichen wir Malmö Hauptbahnhof«, sagte die Lautsprecherstimme. »Der Ausstieg ist in Fahrtrichtung rechts.«

*

Niemand öffnete, als Westman und Andersson an der Tür von Heidi Richters und Ola Bergs Wohnung in Liljeholmen klingelten. Einen Durchsuchungsbeschluss hatten sie nicht erwirkt, was auch vollkommen in Ordnung war. Eine Person meldet eine Mitstudentin als vermisst, während die Vermisste selbst per SMS und Facebook behauptete, dass sie lediglich krank war. Und es war ja keinesfalls verboten, die Tür nicht aufzumachen, selbst wenn die Polizei anklopfte. Demzufolge gab es nur sehr schwache Gründe für einen Durchsuchungsbeschluss, das sah Westman genauso. Nachdem sie sich aber während der Fahrt nach Liljeholmen Anderssons Gründe dafür angehört hatte, warum er diese Anzeige sehr ernst nahm, hatte sie noch einmal darüber nachgedacht. War in ihre nicht allzu weit entfernte Vergangenheit zurückgekehrt.

Jung und alleinstehend, die Nabelschnur war durchschnitten, und es gab keine Freunde, die sie in den ersten Tagen schon vermisst hätten. Auf der Arbeit hätten sie sich vielleicht nach einer Weile gewundert, wie Sjöberg es vor ein paar Jahren getan hatte, als ihr alter Kollege Einar Eriksson nicht mehr auftauchte. Aber wie viel Zeit wäre bis dahin vergangen? Und hätte jemand an ihrer Stelle mit einer SMS geantwortet, wären sicherlich noch ein paar Tage mehr vergangen.

Mit anderen Worten: eine effektive und raffinierte Methode, eventuelle Verfolger auf Distanz zu halten. Die Tür nicht zu öffnen, nicht ans Telefon zu gehen, aber trotzdem irgendwelche Lebenszeichen von sich zu geben. Von ihr. Wenn es denn diese andere Person gab, die hinter Heidis Verschwinden und der knappen Kommunikation mit der Außenwelt steckte. Zum Beispiel ihr Lebensgefährte: ein eifersüchtiger Typ von der bedrohlichen Sorte, was man so hörte.

Westman ging in die Knie und blinzelte durch den Briefschlitz. Versuchte hineinzusehen, konnte aber in der Dunkelheit nichts erkennen. Hielt den Finger in die Luft und lauschte, während Andersson regungslos neben ihr stand. Nichts. Sie steckte die Nase durch den Schlitz und sog die Luft ein.

»Oh Mann, da stinkt es aber«, sagte Westman.

»Wirklich?«, fragte Andersson.

»Keine Frage«, antwortete Westman, lächelte schief und schüttelte vielsagend den Kopf.

»Oje«, spielte Andersson mit. »Dann sollten wir besser auf Nummer sicher gehen.«

Dann holte er sein Dietrichset aus der Tasche, während Westman den Briefschlitz mit einem Knall wieder zufallen ließ und sich erhob. Ein paar Minuten später waren sie in der Wohnung.

Vorsichtig zog Andersson die Tür hinter sich zu, und sie blieben fast eine Minute lang in der fensterlosen Diele stehen, bis Westman die Luft aus ihren Lungen entweichen ließ. Kein Laut war zu hören, und man konnte kaum irgendwelche Konturen in der Dunkelheit erkennen. Ganz einfach eine stille und dunkle Wohnung. Ola war wahrscheinlich noch nicht von der Arbeit gekommen, und ob Heidi im Krankenbett lag und schlief, würden sie gleich sehen. Schnarchen tat sie jedenfalls nicht. Westman holte das Handy aus der Tasche und schaltete die Taschenlampen-App ein. Ließ den Lichtkegel durch die Diele wandern, bemerkte einen Spiegel über einer niedrigen Kommode. Oberbekleidung an Kleiderbügeln, eine ansehnliche Anzahl Schuhe, sowohl Herren- als auch Damenmodelle, nichts Aufsehenerregendes.

Lautlos schlichen sie sich zu der offenen Tür an der linken Seite, durch die sie in einen großen Raum gelangten. Westman beleuchtete die Wände und die Einrichtung, sie befanden sich in einer geschmackvoll eingerichteten Wohnküche. Ein paar große Fenster ohne Gardinen, weiße Orchideen in weißen Töpfen auf den Fensterbrettern. Ein Esstisch mit Platz für vier Personen, mit einer Obstschale in der Mitte, moderne Schränke und Keramikkochplatten. Eine Eismaschine und ein Espressokocher. Iittala-Kerzenständer. Alles sauber und aufgeräumt, ein einsames Glas in der Spüle. Ein Plasmafernseher und ein beigefarbenes Ecksofa mit einem Glastisch. Ein Regal, das sich Bücher mit DVDs, Ordnern, Designkartons und Nippes teilten. Hübsch und gepflegt.

Sie fassten nichts an, öffneten keine Schränke oder Schubladen. Stattdessen kehrten sie in die Diele zurück und warfen einen Blick in das Badezimmer, das direkt gegenüber der Wohnungstür lag. Es war klein, aber gut ausgestattet. Toilette, Duschkabine und Waschbecken mit einem Schrank darunter und einem darüber. Sauber und glänzend und nach Seife duftend; alles genauso ordentlich wie in Küche und Wohnzimmer. Jetzt blieb noch ein Zimmer, nämlich das, was vom Eingang gesehen links lag und wahrscheinlich das gemeinsame Schlafzimmer des Paars war. Die Tür war geschlossen, was Westman etwas seltsam vorkam, wenn gerade niemand zu Hause war. Sie selbst würde an einem kalten Februartag wie diesem ihre Wohnung nicht bei offenem Schlafzimmerfenster verlassen. Demzufolge wäre es umso wichtiger gewesen, die Tür offen zu lassen, damit die Luft hindurchströmen konnte. Eine geschlossene Tür würde demnach bedeuten, dass sich jemand in dem Zimmer befand. Diese Einsicht ließ sie mit der Hand auf der Klinke innehalten.

»Warum ist die Tür verschlossen, wenn niemand im Zimmer ist?«, formte sie lautlos mit den Lippen, während sie das Licht auf ihr Gesicht lenkte.

»Jemand liegt im Bett und schläft«, gestikulierte Andersson als Antwort.

Mit dem halben Gesicht im Schatten sah er gespenstisch aus. Dann legte er die Hand hinter das Ohr und versuchte erneut, Geräusche aus dem Zimmer zu vernehmen; ein Schnaufen, das Rascheln von Bettwäsche, irgendein Laut, der verriet, dass in dem Zimmer jemand schlief. Westman ließ die Klinke los und tat dasselbe. Es war immer noch mucksmäuschenstill. Kein einziges Geräusch, das eine Mandelentzündung oder eine Erkältung bestätigen konnte.

Herzschlag, war ihr letzter Gedanke, bevor sie die Tür

aufdrückte. Würden in ihrem Schlafzimmer plötzlich zwei Personen auftauchen, würde sie einen Herzschlag bekommen. Und genau das bekam sie gerade, als die Tür aufglitt und der Lichtkegel den Körper traf.

»Oh, Scheiße«, stöhnte Andersson und legte die Hand vor den Mund.

Westman stand wie festgenagelt da und richtete das Licht direkt auf das Gesicht des Mannes, der in einer auf den ersten Blick höchst unnatürlichen Stellung an der Kleiderschranktür zu lehnen schien. Aber es waren nicht die Füße, die ihm anscheinend über den Boden entglitten waren, die ihn aufrechthielten, sondern das Seil, das um seinen Hals geschnürt war. Ein gelbes Abschleppseil aus Polypropylen, das durch zwei nebeneinanderliegende Türgriffe der oberen Schranktüren gezogen und, soweit Westman es anhand ihrer Erfahrungen als Pfadfinderin beurteilen konnte, mit einem Rundtörn mit zwei halben Schlägen daran befestigt worden war und unten in einem klassischen Henkersknoten endete, der mit übertriebener Deutlichkeit den Tod des Mannes verursacht hatte.

»Mach das Licht an!«, wies Westman Andersson an, lief zu dem Mann und drückte ihm zwei Finger gegen den Hals.

Er war definitiv tot, daran gab es keinen Zweifel. Sie trat ein paar Schritte zurück und verewigte die makabre Szene mit ein paar Klicks auf ihrem Handy. Der Tote, bei dem es sich mit aller Wahrscheinlichkeit um Ola Berg handelte, saß förmlich in der Luft, und nur seine Fersen berührten den Boden. Seine Augen waren halb geschlossen, und ein kleines Stück seiner leicht geschwollenen und fast schwarzen Zunge schaute zwischen den Zähnen heraus. Unter den Bartstoppeln sah die Haut wächsern aus, und die Gesichtsmuskulatur war schlaff, das Haar schien lange nicht mehr gewaschen worden zu sein. Sein Kinn lag auf der Brust, und das Seil drückte sich oberhalb des Haaransatzes auf eine Weise in den Nacken, die Schmerzen verursachen musste. Bei einem lebenden Menschen.

»Ruf in der Zentrale an«, sagte Westman, während sie selbst Hamads Nummer wählte und eine Runde durch das Schlafzimmer drehte.

Sie bemerkte, dass das Rollo heruntergezogen war. Dass das Doppelbett mit seiner modischen Lexington-inspirierten Bettwäsche ordentlich gemacht war. Dass in der Ecke des Schlafzimmers, die als Arbeitsplatz diente, pedantische Ordnung herrschte. Der Stuhl war unter den Schreibtisch geschoben und das Notebook zusammengeklappt. Ola Berg hatte seine Wohnung in einem Zustand hinterlassen, über den er sich nicht schämen musste, dachte Westman, als Hamad sich meldete.

»Ich muss für heute Abend absagen«, teilte sie ihm mit.

»Warum? Was ist passiert?«

»Loddan hat eine Vermisstenanzeige aufgenommen, und als wir uns Zugang zu der Wohnung verschafften, fanden wir die Leiche eines Mannes.«

»Oh, Mist. Muss ich auch kommen? Ist es ein Mord?«

»Selbstmord«, antwortete Westman müde. »Du kannst also ausschlafen. Er hat sich am Kleiderschrank erhängt. Aber es war nicht er, der vermisst gemeldet wurde, sondern seine Lebensgefährtin. Und sie ist immer noch verschwunden.«

»Oje. Ja, dann werden wir wohl ohne dich zurechtkommen müssen.«

»Es wird schon gut gehen«, sagte Westman und beendete das Gespräch.

Mit zwiespältigen Gefühlen. Es war kein Vergnügen, den Abend in Gesellschaft einer Leiche zu verbringen, aber auf der anderen Seite war es angenehmer als ein Abendessen bei Hamads Eltern. Sie hatten sie, einfach ausgedrückt, nicht gerade in ihr Herz geschlossen. *Eine* Frau war vollkommen ausreichend für ihren einzigen Sohn, und diejenige, die er hatte, war alles, was sie sich jemals gewünscht hatten. Süß, hilfsbereit, sanft und entgegenkommend. Westman war ein schlechter Ersatz für die perfekte Frau. Vor allem, glaubte sie, weil sie sich weigerte, nach einem solchen Abendessen, wie es für heute geplant war, beim Abwasch zu helfen. Aber warum sollte sie das tun? Zu Hause bei ihren eigenen Eltern war Jamal der Gast, es war ihm mehr oder weniger verboten, zu helfen. Und zu Hause bei seinen Eltern galt dasselbe. Für ihn. Während von Westman erwartet wurde, dass sie beim Abwasch half. Unter anderem. Während Jamal sich erholen durfte, wie man es eben nötig hatte nach einem langen Arbeitstag, nach einer harten Arbeitswoche.

Westman hielt sich im Grunde genommen für eine hilfsbereite Person. In ihr tobte ein lautloser Streit zwischen der natürlichen Hilfsbereitschaft und der prinzipiellen Überzeugung, dass man nicht die Aufgaben anderer Leute übernehmen sollte, schon gar nicht einfach nur deshalb, *weil man eine Frau war.* Zusammenfassend konnte man feststellen, dass diesen Kampf in der Regel der Teil in ihr gewann, der für die prinzipielle Überzeugung zuständig war. »Und wie geht es Lina?«, pflegte seine Mutter zu fragen, so sicher wie das Amen in der Kirche. »Ich weiß nicht, Mama, wir haben keinen Kontakt. Das weißt du doch«, antwortete Jamal trocken. »Ein so nettes Mädchen, ich vermisse sie wirklich«, fuhr seine Mutter mit der Sturheit einer Närrin fort, während Westman pubertär danebensaß und aus dem Fenster starrte oder mit dem Handy spielte.

Kurz gesagt, sie war in gewisser Weise erleichtert, dass

sie in Liljeholmen bleiben und auf die Techniker warten musste.

»Er hat sie umgebracht, die Leiche weggeschafft und am Ende den Mut gefunden, sich selbst umzubringen«, war Anderssons Analyse, als er seine Telefongespräche beendet hatte.

»Oder Heidi hatte genug von ihm, machte Schluss und haute ab«, argumentierte Westman. »Nach ein paar Tagen voller Qual nahm er sich das Leben – vielleicht, um sie zu bestrafen, wenn er solche Neigungen hatte. Aber ich würde gerne einen Abschiedsbrief sehen, um mir der Sache wirklich sicher zu sein.«

»Vielleicht hat er stattdessen eine SMS oder eine Mail geschickt. Wir sind nicht mehr jung, und andere Zeiten sind angebrochen, weißt du?«

Westman antwortete mit einem Lächeln. Sie war dreiunddreißig und fühlte sich nicht unbedingt reif fürs Altenteil. Aber sie fand, ein Abschiedsbrief sollte mit der Hand geschrieben und unterzeichnet sein, oder zumindest ausgedruckt und unterzeichnet. Sie warf einen sehnsüchtigen Blick auf das Notebook, hielt sich aber zurück. Beschloss, den Vorschriften zu folgen und Gabriella Hansson ihre Arbeit machen zu lassen, bevor sie in der Wohnung herumzuwühlen begannen.

Sie betrachtete ein letztes Mal die sterblichen Überreste des armen Mannes, und ein kalter Schauer lief ihr den Rücken hinunter. Es konnte durchaus sein, dass keiner der beiden Wohnungsinhaber noch am Leben war, was zutiefst tragisch wäre. Zwei junge Menschen, die kaum die Schwelle zum Erwachsensein überschritten hatten. Wie hatte ihr Leben in dieser gemütlichen Zweizimmerwohnung ausgesehen, wenn sie die Tür hinter sich geschlossen hatten? Was war schiefgelaufen? Ein gewalttätiger Eifersuchtsanfall und später die Gewissensqualen? Ja, wahrscheinlich, dachte Westman. Aber dann bremste sie sich. Frühere Fehler hatten sie klug gemacht, und sie beschloss, sich nicht von den eigenen Vorurteilen oder denen anderer Leute steuern zu lassen, sondern sich eine eigene Meinung zu bilden; eine Meinung, die nicht auf Gerüchten und Statistiken beruhte.

»Vielleicht ist Ola ja auch von Heidi umgebracht worden?«, spekulierte Westman. »Und dann ist sie abgehauen.«

»Laut Julia ist Heidi seit Freitag verschwunden. Ola allerdings hat sie gestern noch getroffen.«

»Wir rufen Heidi an«, schlug Westman vor. »Wenn Ola ihre Kommunikation mit der Umwelt gefakt hat, befindet sich das Handy hier in der Wohnung. Hast du ihre Nummer?«

Die hatte Andersson, und er tat bereitwillig, was von ihm verlangt wurde. Nichts passierte.

»Es ist ausgeschaltet, oder der Akku ist leer. Ein Signal, dann geht die Mailbox ran. Es liegt hier irgendwo.«

»Oder Heidi hat es, wo auch immer sie sich gerade befindet. Versuch es mal mit Olas Nummer.«

»Warum?«, fragte Andersson.

»Ich weiß nicht. Mach es einfach. Ich habe nirgendwo ein Handy gesehen.«

»Wahrscheinlich steckt es in einer Jackentasche oder so. Und ich kann dir versprechen, dass er es ausgeschaltet hat, bevor er sich aufgehängt hat. Er wollte in Ruhe gelassen werden, das leuchtet doch jedem ein.«

Andersson wählte trotzdem die Nummer – ohne Erfolg.

»Mailbox«, bestätigte er.

»Julia sagt also, dass Ola gestern Abend, als sie hier war, betrunken war und ungewaschene Haare hatte? Und er trug dieselbe Kleidung wie am Freitag?«

Andersson nickte.

»Siehst du irgendwelche Spuren davon?«

Andersson dachte nach, bevor er antwortete.

»Die Kleidung ist dieselbe, die Julia beschrieben hat. Er ist unrasiert und hat fettige Haare. Aber ich verstehe, worauf du hinauswillst. Wie kommt es, dass er die Wohnung so in Ordnung gehalten hat, wenn er sich noch nicht einmal um sich selbst kümmern konnte?«

»Genau«, sagte Westman. »Es müssten Flaschen herumstehen. Gläser. Und dreckiges Geschirr. Das eine oder andere wird er wohl im Laufe dieser Tage gegessen haben. Aber vielleicht hoffte er ja, dass sie zurückkommen würde, und wollte sie nicht auf einem Schlachtfeld willkommen heißen. Gleichzeitig dokumentiert er sein seelisches Leiden, indem er seine persönliche Hygiene vernachlässigt.«

»Du sagst, dass er sie nicht umgebracht hat?«

»Ich sage, dass die Ordnung in der Wohnung dagegenspricht. Und dass das Fehlen eines Abschiedsbriefs gegen einen Selbstmord spricht.«

»Es gibt keine Anzeichen von Kampf oder Abwehrspuren«, widersprach Andersson. »Heidi, oder wer auch immer, hatte keine Chance, den Typen aufzuhängen, ohne dass er heftigen Widerstand geleistet hätte.«

»Und wenn er betrunken war?«, schlug Westman vor.

»Wenn er *so* betrunken war, hätte er die Tür nicht für einen Fremden geöffnet. Ich habe Heidi zwar nie getroffen, aber ich habe enorme Schwierigkeiten, mir vorzustellen, dass sie nach drei Tagen unangekündigter Abwesenheit nach Hause kommt, ihren Lebensgefährten in einem Vollrausch vorfindet, zum Auto geht und das Abschleppseil holt, um anschließend seinen Selbstmord zu inszenieren. Nachdem sie zweieinhalb Jahre mit ihm zusammengelebt hat! Sie hätte ihn doch einfach verlassen können!«

Ein breites und ansteckendes Lächeln hatte sich in Anderssons Gesicht festgesetzt. Er gestikulierte mit den Armen und schüttelte den Kopf.

»Es ist nicht immer so einfach …«, versuchte Westman zu erwidern, wurde aber sofort unterbrochen.

»Was machst du hier gerade, Petra?«, fragte er mit einem Lachen.

»Ich versuche nur, ein bisschen über den Tellerrand zu schauen«, quietschte sie und begann ebenfalls zu lachen.

Das Geheul sich nähernder Sirenen war zu hören, und es fühlte sich ein bisschen wie eine Befreiung an, als sie den toten Mann im Schlafzimmer zurückließen und ins Treppenhaus gingen, um die Kollegen von der Kriminaltechnik in Empfang zu nehmen.

Dienstagabend

Als zu Hause wieder Ruhe eingekehrt war, hatte Sjöberg noch einmal Hunger bekommen. Am Esstisch wurde immer lebendig diskutiert, und mehrere Gespräche fanden gleichzeitig statt. Die sechsjährigen Zwillingssöhne – die das Ehepaar Sjöberg schon im Kreißsaal adoptiert hatte, nachdem die biologische Mutter an einer Überdosis gestorben war – waren im Laufe des vergangenen Jahres sehr viel ruhiger geworden. Früher waren sie unbezähmbar gewesen – Sjöberg hatte befürchtet, dass dies ein negatives Erbe ihres pränatalen Lebens war, während Åsa, seine Frau, es als Ungeduld infolge von überdurchschnittlicher Intelligenz gedeutet hatte. Trotz der Veränderungen zum Besseren standen ihre Münder nicht still, und ihre Stimmen versahen das Familienleben mit einer konstanten Geräuschkulisse, worauf die drei älteren Kinder ganz natürlich reagierten, indem sie noch lauter schrien, um verstanden zu werden. Das wiederum beantworteten Christoffer und Jonathan mit einer noch höheren Lautstärke. Sjöberg hatte viele Male versucht, ihnen zu erklären, dass sie durchaus mehrere Gespräche gleichzeitig führen könnten, wenn alle ganz normal reden würden. Der schlagfertige Jonathan hatte an diesem Abend zum Entzücken seiner Geschwister verkündet, dass dieses Prinzip bei jeder Lautstärke gleich gut funktionieren würde, und direkt noch eine Schippe draufgelegt. Worauf Åsa, die Lehrerin war, mit den Schultern gezuckt und mit einem mütterlichen Lächeln diesen Krach als Kindergartenschaden diagnostizierte. Damit gab sie ihnen freie Bahn, und

Sjöberg, der Lärm verabscheute, musste sich mit einem zunehmenden Tinnitus durch das Abendessen quälen und vergaß dabei, dass er eigentlich essen wollte.

Mittlerweile war es kurz nach acht, und sowohl die Zwillinge als auch die neunjährige Maja lagen in ihren Betten und schliefen. Sara, die elf Jahre alt war, saß ruhig vor dem Fernseher, während sich der dreizehnjährige Simon in seinem Zimmer hoffentlich über die Schulbücher beugte.

Nachdem ihn seine pedantische Ader wie gewöhnlich dazu getrieben hatte, die Verwüstungen, die der Tag hinterlassen hatte, wieder zu beseitigen, setzte sich Sjöberg mit drei Käsebroten und einem Glas Tee an den Küchentisch. Åsa zündete die Kerzen an und schaltete die Deckenlampe aus.

»Hast du Kopfschmerzen?«, fragte sie.

»Ja«, sagte Sjöberg.

»Möchtest du nicht lieber ein Glas Wein haben?«

»Doch«, sagte Sjöberg.

Und steckte sich das erste Brot in den Mund, wobei eine asymmetrisch geschnittene Tomatenscheibe von der glatten Käseoberfläche rutschte und auf seinem Knie landete, nicht ohne zuvor ihr ganzes schleimiges Kerngehäuse an seinem Hemd abzustreifen. Mit einem Seufzen sammelte er die Tomate ein und warf sie sich in den Mund, stopfte sich kurz nacheinander die restlichen Brote hinein und goss den Tee hinterher, ohne auch nur den geringsten Genuss dabei zu empfinden. All das schaffte er, bevor Åsa mit zwei Gläsern Wein und einer Flasche Brolio ihm gegenüber Platz nahm.

»Stopfst du dir alles nur rein?«, fragte Åsa.

»Ja«, sagte Sjöberg.

Åsa schaute ihn mit diesem listigen Ausdruck in ihren grünen Augen an, und er musste lächeln, obwohl er keine Ahnung hatte, was sie gleich sagen würde.

»Okay, jetzt weiß ich es«, sagte Åsa und begann Wein in sein Glas zu schenken.

»Was denn?«, lächelte Sjöberg verständnislos. »Bist du schwanger?«

Und jetzt kam das erwartete Lachen.

»Ob ich schwanger bin?! Was ist mit dir los, Conny?«

»Wieso? Was soll mit mir los sein?«, sagte Sjöberg und fiel in das Gelächter ein, obwohl er immer noch in seiner eigenen Welt war und keine Ahnung hatte, was sie ihm eigentlich hatte sagen wollen.

»Du sagst kaum ein Wort, du sitzt einfach hier und gibst einsilbige Antworten, schlingst anderthalb Stunden nach dem Abendessen Butterbrote in dich hinein!«

»Ich bin wohl gestresst. Es stresst mich, dass am Esstisch so ein verdammtes Unwesen herrscht. Du als Lehrerin könntest doch ...«

»Ja, ja«, winkte Åsa ab. »Daran hättest du vorher denken sollen.«

Ein Augenzwinkern, und damit war das Thema beendet. Er schüttelte den Kopf, trank einen Schluck Wein und ließ sich in den Stuhl sinken. Atmete im Schein der Kerzen die Atmosphäre ein, schaute seiner Frau lange in die Augen und spürte, wie sehr er sie liebte. Und die anderen Mitglieder seiner großen und lauten Familie. Einige von ihnen besonders dann, wenn sie schliefen.

»Was läuft auf der Arbeit?«, fragte Åsa.

»Nichts besonders Interessantes«, antwortete Sjöberg. »Wir suchen nach einer vermissten Frau. Oder nach zweien, um genau zu sein.«

»Das klingt doch wahnsinnig spannend«, fand Åsa. »Erzähl.«

»Eine ältere Frau, die auf der Arbeit krank wurde und sich von ihrem Sohn nach Hause fahren und ins Bett bringen ließ. Seitdem hat sie niemand mehr gesehen. Ihr Auto ist auch verschwunden.«

»Okay«, sagte Åsa mit diesem Glänzen in den Augen, das verriet, wenn sie Feuer und Flamme für etwas war. »Gab es irgendwelche Spuren von Gewalt bei ihr zu Hause?«

»Nein«, log Sjöberg. »Tut mir leid, wenn ich dich enttäuschen muss. Aber wahrscheinlich hatte sie einfach nur genug von ihrem Mann und hat sich aus dem Staub gemacht.«

»Oder Vater und Sohn haben sie gemeinsam erwürgt, sie in einen Teppich gerollt, in den Kofferraum ihres Autos gelegt und sie in einem alten, wassergefüllten Steinbruch versenkt.«

»Steinbruch?«, sagte Sjöberg und lachte. »Wo hast du das denn her?«

»So was habe ich mal in der Zeitung gelesen«, antwortete Åsa genüsslich. »Sie hatten einen See in einem alten Steinbruch entdeckt, der als Parkplatz für ausrangierte Autos diente. Versicherungsbetrug. Aber es kann ja auch andere Gründe geben, ein Auto loswerden zu wollen. Hat Bella sich das Haus schon angeguckt?«

»Noch nicht. Wir haben den Fall erst vorgestern bekommen, und das Haus war bereits durchsucht worden.«

»Aber nicht von Bella.«

»Nicht von Bella. Wir werden sehen, ob es einen Grund gibt, sie einzuschalten.«

»Natürlich solltet ihr Bella einschalten.«

»Nicht, wenn es keinen Grund dafür gibt.«

»Aber den gibt es doch. Mach einfach, was ich dir sage«, sagte Åsa und schaute ihn streng an.

Halb im Scherz, halb im Ernst. Sjöberg lächelte nachdenklich. Vielleicht hatte sie recht. Vielleicht auch nicht. Es war nicht umsonst, die Kriminaltechniker anzufordern; es ein zweites Mal am selben Ort zu tun, bedeutete, die Kompetenz derjenigen anzuzweifeln, die das erste Mal da waren. Sjöberg hob sein Glas, und sie stießen an. Es klingelte nicht mehr in seinen Ohren, und er begann sich langsam zu entspannen. Aber Åsa ließ nicht locker.

»Und der andere Fall?«, fragte sie neugierig.

»Liebling, ich versuche mich hier zu Hause ein bisschen von der Arbeit abzukoppeln«, antwortete er mit einem flehentlichen Gesichtsausdruck.

»Das stimmt doch gar nicht«, erwiderte Åsa mit einem selbstzufriedenen Lächeln. »Du lässt diese Fälle nicht einmal los, wenn du schläfst, das weißt du genauso gut wie ich. Du willst nur gerade nicht darüber sprechen, weil du mit deinem eigenen Einsatz nicht zufrieden bist. Alle ziehen und zerren an dir herum mit ihren eigenen Theorien, und du kannst dich nicht entscheiden, was du tun willst. Deswegen hast du das Gefühl, dass ihr nicht vorankommt, oder?«

Tja, da musste er ihr wohl recht geben. Er hatte bislang noch keinen Anhaltspunkt, demnach gab es eigentlich auch nichts zu besprechen. Also seufzte er und nickte. Leerte das Weinglas und schenkte beiden nach.

»Also, was ist mit dem anderen Fall?«, hakte Åsa nach.

»Der kam heute erst auf meinen Tisch, ich habe mich eigentlich noch gar nicht weiter damit befasst. Eine junge Frau hat sich mit ihrem Freund gestritten und wird seitdem vermisst. Der Freund hat Selbstmord begangen, aber die Frau ist immer noch weg.«

»Hat er sie als vermisst gemeldet?«

»Nein.«

»Er hat sie also ermordet?«

»Vielleicht. Oder sie hat ihn einfach verlassen. Wie gesagt: Ich habe mich eigentlich noch gar nicht damit auseinandergesetzt. Es ist Loddans Fall. Du kannst mich gerne später noch einmal danach fragen. In beiden Fällen.«

»Und Jens, woran arbeitet er gerade?«

Im Unterschied zu Sjöberg, der sich nur noch sehr wenig für das Schulwesen interessierte, seit er selbst es hinter sich gelassen hatte, wollte Åsa immer sehr detailliert auf dem Laufenden gehalten werden, wer in Sjöbergs Gruppe woran arbeitete und wie es ihnen allen ging. Wenn sie auf Jens Sandén zu sprechen kam, steckte allerdings noch mehr dahinter; die Familien standen einander nahe und trafen sich auch privat sehr oft.

»Er arbeitet an meinem Fall. Aber im Augenblick ist er nicht gerade in guter Verfassung.«

»Hat er wieder zugenommen?«

»Ja, und er sieht blass und geschafft aus. Das liegt an diesem verdammten Pontus Örstedt.«

»Aber es ist doch Jens' eigener Fehler, wenn er sich nicht um seine Gesundheit kümmert«, meinte Åsa. »Klar, man kann immer die Schuld auf andere schieben, aber die anderen können nicht für einen abnehmen. Oder trainieren.«

»Natürlich«, sagte Sjöberg. »Aber er kommt mir ein bisschen entmutigt vor und kann sich im Augenblick um kaum etwas anderes als die kleine Majken kümmern. Er ist zu alt, um für kleine Kinder noch den Vater zu spielen.«

»Look who's talking«, sagte Åsa schadenfroh. »Er ist nur zwei Jahre älter als du.«

»Und Majken ist über vier Jahre jünger als die Zwillinge«, antwortete Sjöberg, der die Situation nicht besonders lustig fand. »Das macht sechs. Und wir haben uns bewusst entschieden, noch einmal Eltern zu werden, im Gegensatz zu Jens.«

Åsa setzte wieder eine ernstere Miene auf.

»Es läuft nicht gut mit Pontus?«, fragte sie.

»Darüber möchte ich lieber nichts sagen. Aber man kann vielleicht festhalten, dass es mit Jenny nicht so gut läuft. Ich will nicht sagen, dass es ihr an Empathie fehlt ...«

»Daran fehlt es ihr auch nicht, Conny«, widersprach Åsa energisch. »So etwas darfst du nicht sagen. Jenny liebt Majken über alles in der Welt. Und ihre Familie. Und ihre Kollegen. Und so weiter.«

»Ich wollte eigentlich sagen, dass es ihr schwerfällt, sich in andere Menschen hineinzuversetzen. Wenn Majken etwas wehtut, hat Jenny vielleicht Schwierigkeiten, es von normalem Babygeschrei zu unterscheiden.«

»Wer hat das nicht? Deswegen reagieren wir auch ganz instinktiv auf Babygeschrei, weil nicht vorgesehen ist, dass wir uns erst eine Meinung bilden, sondern dass wir das Problem lösen.«

»Heute Morgen hat der Kindergarten angerufen und Jenny erzählt, dass Majken sich den Arm gebrochen hat. Jenny reagierte kaum darauf, lief auf der Arbeit herum und erzählte davon in irgendwelchen Nebensätzen. Als wäre es eine lustige Geschichte.«

Åsa atmete tief durch und runzelte die Stirn.

»Jens ist total ausgeflippt, als er davon hörte«, fuhr Sjöberg fort. »Versuchte ein ernstes Wort mit Jenny zu reden und sorgte dafür, dass sie und Sonja sich am Astrid Lindgren treffen würden. Majken lag im Krankenhaus, und die Einzige, die sich um sie kümmerte, war eine der Erzieherinnen.«

»Arme Jenny«, sagte Åsa. »Und Jens und Sonja können einem auch leidtun.«

»Jens glaubt, dass Pontus Majken misshandelt. Er sagt, dass sie immer schlechte Laune hat, wenn sie von ihm zurückkommt.«

»Das kann auch an der Umstellung liegen. Als Trennungskind ist es ja niemals leicht, zwischen dem einen und dem anderen zu Hause und unterschiedlichen Umgebungen hin und her geschoben zu werden.«

»Am Sonntagabend war sie offensichtlich ganz schlecht drauf, als sie von Pontus zurückkam. Gestern war sie den ganzen Tag mit Sonja zu Hause, aber heute fanden sie, dass sie wieder in den Kindergarten gehen konnte. Und plötzlich entdeckte dort jemand, dass ihr Arm gebrochen war. Jens glaubt, dass er schon seit Sonntag gebrochen sein könnte. Sie hätten es nur nicht bemerkt, weil Majken immer weinerlich war, wenn sie zurückkam. Er macht sich Sorgen, dass Pontus nicht auf sie aufpasst, wenn sie bei ihm ist, dass er sie vielleicht sogar alleine zu Hause lässt.«

»Das wäre in diesem Fall nicht besonders schlau.«

»Nein, genau. Deswegen habe ich da auch so meine Zweifel.«

»Wo wohnt er?«

»In der Surbrunnsgatan.«

»Aber Majken kann die Wohnung hoffentlich nicht auf eigene Faust verlassen?«, fragte Åsa. »Woran, sagtest du, hast du deine Zweifel?«

»Dass Pontus erst ein großes Theater um das Sorgerecht macht und dann das Kind misshandelt oder es ohne Aufsicht zu Hause lässt. Ich frage mich, ob nicht eher Jenny überfordert ist.«

»Und zuschlägt?«

»Ja. Oder Majken nicht im Auge behält. Sie klettert und springt ja herum wie ein kleines Äffchen.«

Plötzlich stand Simon in der Tür.

»Nein, Papa«, sagte er sauer. »Jenny tut Majken nicht weh. Sie ist das netteste Mädchen der Welt. Es ist dieser verdammte Pontus, der …«

»Du sollst nicht fluchen, Simon«, sagte Sjöberg.

»Aber du hast damit angefangen. Dass es ›an diesem verdammten Pontus Örstedt liegt‹, hast du gesagt.«

»Ja, aber jetzt hör bitte auf damit. Belauschst du uns heimlich?«

»Ich kann doch nichts dafür, dass ich alles höre, wenn ich im Zimmer nebenan sitze. Hör lieber zu, was ich dir sage: Jenny schlägt Majken nicht.«

»Das glaube ich allerdings auch nicht«, stimmte Åsa ihm zu. »Natürlich tut sie das nicht. Ich glaube, dass Jenny sehr gut auf Majken aufpasst. Und dass Jens und Sonja sehr gut auf Jenny aufpassen.«

Sjöberg hoffte, dass sie recht hatten. Dass Majken nicht jeden zweiten Sonntag weinen musste, weil sie ging, sondern weil sie kam. Denn Jenny war ein nettes Mädchen, aber nur bedingt geeignet, sich um ein Kind zu kümmern.

*

Im Treppenhaus roch es nach Essen; nach gebratenem Hähnchen, säuerlichem Eintopf, Kreuzkümmel und Sesampaste, klassische libanesische Düfte. Jamal Hamad war als Zehnjähriger mit seinen Eltern und drei großen Schwestern nach Schweden gekommen, auf der Flucht vor dem Bürgerkrieg im Libanon. In der Heimat war sein Vater Lehrer gewesen, musste sich in dem neuen Land aber als Taxifahrer verdingen, bis er vor sechs Jahren in Pension gegangen war. Hamad hatte nie gehört, dass er sich darüber beklagte; er hatte von Anfang an die Einstellung gehabt, dass die Familie dem Land gegenüber dankbar sein sollte, das sie aufgenommen hatte, dass man sich mit dem zufriedengeben sollte, was einem geboten wurde, und dass man sich der neuen Kultur besser anpassen sollte, anstatt sich mit anderen Menschen mit demselben Hintergrund in einem von Migranten geprägten Vorort zusammenzutun. Nach einer Weile waren sie im Stadtteil Midsommarkransen gelandet, aus dem einfachen Grund, weil es so hübsch klang, und aus demselben Grund hatte sich die Familie für die Oktobergatan entschieden, direkt neben dem Svandamms-Park.

Die eigene Küche hatte man allerdings nicht aufgegeben. Die Mutter hatte sich zwar bemüht, ihre Kinder genau wie alle anderen mit Pfannkuchen, Frikadellen und Salzkartoffeln großzuziehen, aber wenn eine Festmahlzeit anstand, dann war sie libanesisch. Wie an diesem Abend. Auf dem Herd stand ein Topf mit Hähnchen, das zusammen mit Tomaten, Koriander, Champignons in Olivenöl und Zitronensaft köchelte. Auf der Arbeitsplatte stand eine große Schüssel mit Taboulé und zog durch, das Brot war im Ofen und der Tisch war bereits mit einer Anzahl kleiner Schalen gedeckt, in denen Dips und Vorspeisen, Trockenkäse und einfach, aber hübsch angerichtetes frisches Gemüse lagen.

»Petra kann leider nicht kommen«, sagte Hamad. »Sie muss arbeiten. Ein toter Mann …«

»Ach so, wie schade«, sagte seine Mutter.

Und damit war das Thema erschöpft. Sie hatte ihm nicht verziehen, dass er sich von Lina getrennt hatte, Petra nicht verziehen, dass sie deren Rolle übernommen hatte. Sie weigerte sich, zur Kenntnis zu nehmen, dass Lina die Scheidung ebenfalls gewollt hatte. Warum seine Mutter sich das antat, war ein Rätsel, da vor allen Dingen sie selbst darunter litt. Petra kümmerte sich nicht weiter darum, nahm es mit einem verächtlichen Schnauben zur Kenntnis, quälte sich aber trotzdem durch die eine oder andere Familienfeier, um des lieben Friedens willen und in der Hoffnung, dass es in Zukunft vielleicht besser werden könnte. Aber irgendwie ging es hier wohl um alte Traditionen, dass man zusammenhalten und nicht so leicht aufgeben sollte.

Er steckte einen Finger in die Schüssel mit Baba Ghanoush, nahm sein Glas mit süßem Tee und ging zu seinem Vater ins Wohnzimmer, während er sorgfältig die Auberginencreme ableckte und feststellte, dass man sie nicht besser machen konnte; und dass es den Restaurants niemals gelang, diesen richtig rauchigen Geschmack einer gut gegrillten Aubergine hinzubekommen.

»Was habe ich gehört«, sagte sein Vater, der tief in dem grässlichen braunen Ledersofa versunken war. »Petra zieht es vor, den Abend mit einer Leiche zu verbringen statt mit ihren zukünftigen Schwiegereltern?«

Und dann lachte er. Ein Lachen, bei dem sich seine funkelnd braunen Augen zu schmalen Schlitzen zusammenzogen und das sofort in eine Hustenattacke überging. Der Rauch lag dicht in der Wohnung, und das seit dem Tag, an dem sie sie in Besitz genommen hatten. Der Vater rauchte wie ein Schlot, und Hamad rechnete damit, selbst eines Tages an Lungenkrebs zu sterben, weil er die ersten zwanzig Jahre seines Lebens in diesen ungesunden Schwaden verbracht hatte.

»Anscheinend ein Selbstmord«, antwortete Hamad, während er gleichzeitig neben seinem Vater auf dem Sofa Platz nahm. »Sie hatte wohl leider keine Wahl.«

»Dann sollten wir zusehen, dass du von dem guten Essen etwas mit nach Hause nimmst«, sagte er in seinem gebrochenen, aber ansonsten perfekten Schwedisch.

»Ja, danke, das wird sehr gut ankommen. Petra liebt Mamas Essen.«

Was absolut stimmte, aber Mama Maryam nicht milder stimmte. Er hoffte trotzdem, dass sie ihn gehört hatte.

Plötzlich klingelte es an der Tür. Hamad wollte aufstehen, um zu öffnen, als er sah, dass seine Mutter mit schnellen Schritten von der Küche in den Flur ging.

»Kommt eine von meinen Schwestern auch noch?«, fragte Hamad verwundert.

Es wohnte nämlich nur eine von ihnen in Stockholm, und sie und ihr Mann hatten drei Kinder und einen Terminkalender, der spontane Vorhaben wie Familienbesuche mehr oder weniger ausschloss. Sein Vater hob die Hände und schob die Unterlippe vor, als wollte er sich schon vorher für das entschuldigen, was er gleich sagte.

»Ich glaube, das ist Lina.«

»Lina? Was zum Teufel macht sie hier?«

Hamad fluchte normalerweise nicht vor seinen Eltern, aber sein Vater schien es ihm nicht übel zu nehmen. Er sah eher beklommen aus.

»Frag mich nicht«, antwortete er. »Frag Mama. Irgendwie hat Lina sich selbst eingeladen.«

»Sich selbst eingeladen? Mama hätte doch Nein sagen können. Ich habe keine Lust, hier mit Lina zu Abend zu essen, das ist euch doch wohl klar?«

»Jetzt komm, es wird schon gut gehen.«

»Gut? Hattet ihr geplant, dass Petra und ich den Abend damit verbringen, höfliche Konversation mit meiner Ex-Frau zu betreiben? Was habt ihr euch vorgestellt?«

»Nicht ich, das habe ich doch gesagt«, sagte der Vater, der immer noch mit den Armen fuchtelte. »Mama hat sich das ausgedacht. Ich habe versucht, sie davon zu überzeugen, wie unpassend das wäre, aber, du weißt ja ...«

Was weiß ich?, dachte Hamad. Dass Mama hier zu Hause das Sagen hat, oder dass sie den Verstand verloren hat? Nichts davon stimmte, was also war der Sinn dieser idiotischen Idee?

»Jetzt beruhige dich, mein Junge. Mama macht ihr jetzt die Tür auf, du solltest also respektvoll sein.«

Hamad spürte, wie es in ihm kochte. Er hatte nicht die

geringste Lust, »respektvoll« zu sein, was auch immer das bedeuten sollte. Und wer stalkte hier eigentlich wen? In diesem Moment beschloss er, zu gehen. Seiner Mutter und Lina gegenüber deutlich zu signalisieren, dass es jetzt genug war, dass er bei solchen Winkelzügen nicht auch noch mitmachte. Wenn sie den Kontakt zu Lina halten wollten, obwohl sie kein Teil der Familie mehr war, konnte er nichts dagegen tun, aber er wollte allen Beteiligten auf jeden Fall zeigen, wie er dazu stand.

Dann fiel ihm auf, dass es draußen im Flur absolut still war. Seine Mutter hatte die Tür geöffnet, so viel hatte er mitbekommen, aber warum hörte man jetzt nichts mehr? Keine Begrüßungsphrasen, überhaupt kein einziges Geräusch? Das war sehr seltsam. Auch sein Vater sah verblüfft aus; auch ihm musste der Gedanke gekommen sein, dass dort draußen im Flur nicht alles mit rechten Dingen zuging. Hamad spürte, wie der Zorn von ihm abfiel und von Neugierde ersetzt wurde. Also stand er auf und ging in den Flur. Die Tür war weit geöffnet, seine Mutter schien hinausgegangen zu sein.

»Jamal!«, hörte er sie aus dem Treppenhaus rufen. »Jamal, du musst hierherkommen!«

Er lief auf Socken hinaus und sah sie eine halbe Treppe tiefer, sie kniete neben einer Frau, die ausgestreckt auf dem Treppenabsatz lag. Einer Frau, die zweifelsohne Lina war; die Mutter verdeckte ihr Gesicht, aber den Mantel und die Stiefel erkannte er von gestern wieder.

»Was ist passiert?«, fragte er, während er die Stufen hinunterstürmte.

»Als ich öffnete, stand niemand vor der Tür, also schaute ich hinaus und entdeckte sie hier unten. Sie muss rückwärts die Treppe hinuntergefallen sein«, vermutete die Mutter.

Hamad ging in die Hocke und legte eine Hand auf Linas Nacken, als sie plötzlich die Augen aufschlug.

»Was ist passiert?«, fragte sie verwirrt und schaute von einem zur anderen. »Bin ich ohnmächtig geworden?«

»Ich glaube, du bist eine Weile bewusstlos gewesen«, bestätigte Hamad. »Wie fühlst du dich? Tut es irgendwo weh?«

»Im Kopf«, antwortete Lina, die jetzt ein Auge geschlossen hatte und leidend aussah.

»Nichts gebrochen?«

»Ich glaube nicht.

Mit Hamads Hilfe konnte sie sich aufsetzen, und sie sah so verloren und unglücklich aus, als sie in ihrer teuren Kleidung auf den kalten, schmutzigen Fliesen saß, dass er sich verpflichtet fühlte, einen Arm um sie zu legen.

»Soll ich einen Krankenwagen rufen?«, fragte er leise.

»Nein, ich glaube nicht, dass das nötig ist«, antwortete sie und fasste sich an den Hinterkopf.

Er half ihr auf die Beine, und an seinem und Maryams Arm ging sie zur Wohnung hinauf, in der Vater Iliyas sie mit aufgerissenen Augen empfing.

»Was ist passiert?«, fragte er.

»Sie ist die Treppe hinuntergefallen und hat sich den Kopf angeschlagen«, erklärte die Mutter, während sie Lina aus dem Mantel half. »Geh rein und setz dich, meine Liebe, dann helfe ich dir mit den Schuhen. Kannst du alleine gehen?«

Das konnte Lina, und sie ging auf unsicheren Beinen in die Küche, Hamad einen halben Schritt hinter sich. Mit einer gewissen Mühe ließ sie sich auf einen Stuhl am Esstisch sinken und begann sich selbst den ersten Stiefel auszuziehen. Bei dem anderen half ihr Hamad, mit einer Mischung aus Widerwillen, Zärtlichkeit und Verwirrung. Wie war er nur in diese seltsame Situation geraten?

Es gab viele Fragen, die er beantwortet haben wollte,

aber erst, als sich alle beruhigt hatten und gemeinsam am Esstisch saßen, wagte er, einen Testballon zu starten.

»Was ist da eigentlich genau passiert?«, fragte er.

»Mir ist das auch nicht so ganz klar, aber ich glaube, mir ist auf der Treppe jemand begegnet«, antwortete Lina zögerlich. »Wir sind irgendwie zusammengestoßen, und ich habe das Gleichgewicht verloren.«

»Nachdem du geklingelt hast? Du standst ganz ruhig vor der Tür und bist dann umgerannt worden?«

»Ich erinnere mich nicht richtig. Alles ist ein bisschen verschwommen. Vielleicht habe ich eine leichte Gehirnerschütterung.«

Ihre Hand wanderte wieder zu ihrem Hinterkopf. Hamad spürte den Impuls, selbst die Stelle abzutasten, nachzufühlen, ob sich dort eine Beule gebildet hatte.

»Darf ich sehen?«, sagte er, vielleicht ein bisschen schroffer als beabsichtigt.

Lina drehte sich von ihm weg, hob ihr blondes Haar und entblößte einen Nacken, den er damals geküsst und in den er mit großer Lust seine Nase gebohrt hatte. Ein Gedanke, den er erfolglos zu verdrängen suchte. Er streckte die Hand aus und fuhr vorsichtig mit zwei Fingern über den wunden Punkt, und tatsächlich, dort war eine kleine Beule. Mit der Betonung auf klein. So klein, dass sie sich die Verletzung auch selbst zugefügt und die ganze Ohnmachtsszene gespielt haben könnte, um einfach nur Aufmerksamkeit auf sich zu ziehen. Um Hamads Sympathien zu wecken und diese Stalkergeschichte glaubwürdig wirken zu lassen. Er wusste wirklich nicht, was er glauben sollte, und für Lina selbst waren die Erinnerungen »nicht klar genug«, um das Ereignis beurteilen zu können.

»Du wirst es überleben«, sagte er ohne übergroßes Mitgefühl. »Wie kommt es, dass du zum Abendessen hier bist?«

Lina sah ein bisschen verlegen aus, musste aber nicht antworten, weil Maryam es für sie übernahm.

»Weil wir sie eingeladen haben«, sagte sie hart. »Das haben wir schon oft getan, aber Lina hat jedes Mal abgelehnt. Aus Rücksicht auf dich.«

»Aha. Aber dieses Mal offensichtlich nicht.«

»Lina ist eine Freundin der Familie, wir mögen sie. Dagegen kannst du nichts machen, Jamal.«

»Nein, und dazu habe ich auch gar keinen Grund. Aber ihr könnt ja ein bisschen Rücksicht auf mich – und vor allem auf Petra – nehmen. Nicht ich habe mich von Lina getrennt, sondern wir haben uns voneinander getrennt. Also, was machst du hier, Lina?«

»Ich bin hier, weil ich mit dir sprechen wollte. Maryam hat mich heute Vormittag angerufen und gefragt, ob ich kommen wolle, und ich habe zum ersten Mal Ja gesagt.«

Die Mutter nickte zustimmend und mit einem selbstzufriedenen Lächeln. Auch der Vater bekräftigte Linas Antwort mit einer fast unmerklichen Kopfbewegung. Hamad kam sich wie ein ungezogenes Kind vor, das alle gegen sich hatte. Was hatte er getan, dass er so etwas verdiente?

»Wir haben gestern schon miteinander gesprochen«, bemerkte er zum offensichtlichen Erstaunen seiner Eltern.

»Ja, aber ich finde, wir sollten das Gespräch fortsetzen«, antwortete Lina. »Und als sich diese Gelegenheit anbot, dachte ich, dass die Anwesenheit von Petra und deinen Eltern die Situation entspannen könnte.«

Hamad mochte nicht, wie sie von Petra sprach, als ob sie einander kannten. Was an und für sich keine Katastrophe wäre, aber da sie es nun einmal nicht taten, fand er es unbehaglich, dass sie von ihr wie von einer alten Bekannten sprach. Das Ganze hatte etwas Aufdringliches, sie drang in seine Privatsphäre ein. Er kratzte mit dem Brot ein bisschen von dem Hähncheneintopf zusammen und steckte es in den Mund. Starrte auf den Teller und wiederholte die Prozedur. Die anderen aßen schweigend, aber er spürte ihre Blicke. Erst als Lina den Faden wieder aufnahm, schaute er hoch.

»Wie du mir empfohlen hast, Jamal, habe ich wegen der Belästigungen Anzeige erstattet. Ich wollte, dass du das weißt, weil die Polizei dich wahrscheinlich kontaktieren wird.«

»Gut«, sagte Hamad.

»Jemand verfolgt mich«, versuchte Lina die Situation für Maryam und Iliyas zu erklären, die wie zwei lebende Fragezeichen aussahen. »Ich bekomme jede Menge SMS, es hingen schon Blumen und einmal sogar eine Flasche Champagner an meiner Tür, als ich nach Hause kam. Alles liebevoll unterschrieben von Jamal. In letzter Zeit hat es sich in eine unangenehmere Richtung entwickelt. Bücher, Visitenkarten, Tintenpatronen, Elektroartikel, Staubsaugerbeutel und Gott weiß was alles sind in meinem Namen bestellt worden, an meine Adresse und auf meine Rechnung. Es kostet mich vor allem eine Menge Zeit, und manchmal habe ich tatsächlich auch für die Ware bezahlen müssen.«

»Aber dir ist doch klar, dass Jamal nicht dahintersteckt«, sprang der Vater seinem Sohn bei.

Was Hamad dankbar annahm, aber kaum nötig hatte. Er ging davon aus, dass seine ganze Erscheinung für ihn sprach, und hoffte, dass Lina es ebenso sah.

»Zu Anfang dachte ich natürlich, dass es nett von Jamal war, mich auf diese Weise zu umwerben«, fuhr Lina fort. »Auch wenn es ein bisschen verzweifelt wirkte. Aber was sollte ich glauben? Alle Karten waren von dir unterzeichnet. Aber dann, nach all diesen seltsamen Bestellungen … so kannte ich dich nicht.«

»Du kennst mich ja auch nicht.«

Das sagte Hamad kalt – warum er das tat, fragte er sich selbst schon in dem Augenblick, in dem es über seine Lippen kam. Sein Instinkt, Lina auf Abstand zu halten, schien stärker zu sein als sein Selbsterhaltungstrieb. Seine Eltern warfen ihm missbilligende Blicke zu.

»Im Übrigen denke ich, dass die anderen Dinge, von denen du erzählt hast, viel schlimmer klingen. Falls du die Wahrheit sagst«, fügte er mit einem forschenden Blick direkt in Linas Augen hinzu.

Was seine Mutter mit einem verächtlichen Schnauben quittierte.

»Natürlich sagt Lina die Wahrheit, was soll das dumme Gerede? Was ist denn sonst noch passiert?«

Aber Lina wich mit ihrem Blick nicht aus, sie sah so treuherzig wie nur möglich aus, als Hamad erwähnte, was er von ihr erfahren hatte.

»Ein aufgeschnittener Autoreifen und ein toter Vogel in der Post im Flur. Und wenn du wirklich hier im Treppenhaus über den Haufen gerannt worden bist, dann lässt das nichts Gutes ahnen. In dem Fall wäre die Schwelle zur Körperverletzung überschritten, und das hätte ja richtig schlimm ausgehen können. Du erinnerst dich immer noch nicht genau, wie es passiert ist?«

Lina schüttelte den Kopf und begann unglücklich auszusehen. Hamad war sich bewusst, dass er sie vielleicht verängstigte, aber wenn sie wirklich verfolgt wurde, war es wichtig, dass sie die Signale ernst nahm. Solche Angelegenheiten eskalierten meist in Gewalt und Schrecken. Die Alternative war natürlich, dass er selbst von Lina gestalkt wurde, und natürlich wäre es in diesem Fall bedauerlich, dass sie den Verstand verloren hätte, aber ihn selbst konnte das nicht schrecken. Vor allem, weil sie sich in diesem Fall nur selbst misshandelte, um einen Fuß in die Tür der Familie Hamad zu bekommen, und damit die Aufmerksamkeit, nach der sie trachtete. Total verrückt war es so oder so. Wie immer, wenn es um Stalking ging.

»Entweder hast du an der Tür geklingelt«, spekulierte Hamad, »und dann kam jemand von oben angelaufen, direkt auf dich zu, und hat dich mitgerissen, sodass du die Treppe hinuntergefallen bist. Oder du warst auf dem Weg die Treppe hinauf und bist gefallen, als jemand gegen dich lief. Derjenige müsste dann die Treppe wieder hinaufgegangen sein, nur um an der Tür zu klingeln. Aber bei dir klingelt immer noch keine Glocke?«

Die letzte Frage konnte er sich nicht verkneifen, obwohl ihm gar nicht nach Scherzen zumute war. Aber sein Vater, der die schwedische Sprache und all ihre idiomatischen Ausdrücke und Redewendungen liebte, begann unkontrolliert zu kichern, bekam ein Stück Brot in den falschen Hals und behauptete, dass er Hummus in die Nase bekommen hatte. Auch Lina entspannte sich und begann zu lachen, und Hamad beschlich der Verdacht, dass seine Mutter vor allem deswegen aus der Deckung kam. Und in der Fortsetzung auch er selbst.

*

Mittlerweile hatte die im doppelten Sinne belastete Cheftechnikerin Gabriella Hansson die Wohnung von Ola Berg und Heidi Richter mitsamt ihrer Mannschaft und der gesamten Ausrüstung erreicht, obwohl sie eigentlich mit anderem beschäftigt war. Mit etwas, das auf dem Papier schwerer wog als ein Selbstmord, aber Sjöberg hatte sie, nachdem Andersson darauf gedrängt hatte, überreden können, die andere Aufgabe kurz zu unterbrechen.

Einer von Hanssons Leuten hatte ziemlich schnell Ola

Bergs Brieftasche aus einer der Jacken im Flur gefischt, und gemeinsam hatten sie das Bild auf dem Führerschein mit dem Gesicht des Toten verglichen und festgestellt, dass es sich bei dem Mann im Schlafzimmer mit Sicherheit um Ola Berg handelte. Andersson und Westman hatten sich anschließend – aus der Überzeugung heraus, dass mit Heidis unangekündigtem Verschwinden etwas nicht in Ordnung war, und aus reiner Dankbarkeit gegenüber Hanssons Bereitschaft, sich für ihre Arbeit und für Sjöberg aufzuopfern – bemüht, sie so gründlich wie möglich über das wenige zu unterrichten, was sie über die möglichen Geschehnisse in dieser Zweizimmerwohnung wussten. Und sie unterstrichen, wie wichtig es sei, so schnell wie möglich die Handys zu untersuchen, die die Techniker hoffentlich hier finden würden. Wie auch den Computer, den sie bereits gesehen, aber nicht berührt hatten. Außerdem baten sie darum, ihnen am liebsten sofortigen Zugang zu den Schlüsseln, Papieren, Quittungen etc. des Paares zu gewähren.

Nach einer Weile wurden sie von einer sichtlich gestressten Cheftechnikerin gebeten, den Ort zu verlassen. Westman hatte daraufhin die weniger angenehme Aufgabe übernommen, die nächsten Angehörigen des Verstorbenen zu informieren, während Andersson beschloss, Julia Gustavsson zu besuchen, um sie von den Ereignissen zu unterrichten.

Sie war bereits bettfertig, als sie ihn empfing. Ihre Wohnungstür hatte weder einen Spion noch eine Sicherheitskette – trotzdem zögerte sie nicht, die Tür um zehn Uhr abends zu öffnen, obwohl sie lediglich einen Morgenrock trug.

»Du solltest um diese Uhrzeit nicht die Tür öffnen«, sagte Andersson.

»Du hättest anrufen sollen«, sagte Julia.

»Das hätte ich getan, wenn du nicht geöffnet hättest. Darf ich einen Augenblick hereinkommen?«

»Klar. Möchtest du ein Bier? Oder ein Glas Wein?«

Julia war schon auf dem Weg in die Wohnung. Andersson zog die Tür hinter sich zu und begann seine Winterstiefel aufzuschnüren.

»Eigentlich bin ich dienstlich hier«, sagte er zu ihrem Rücken. »Aber klar. Den Arbeitstag kann man wohl als abgeschlossen betrachten, wenn ich gesagt habe, was ich sagen muss.«

Julia antwortete nicht. Er dachte, dass sie dachte, dass er etwas Trauriges mitzuteilen hätte. Das hatte er auch, doch, mit ihren Augen betrachtet, nicht das denkbar Schlimmste.

»Wein wäre schön«, fügte er hinzu.

Es war wahrscheinlich das, was beide trotz allem im Augenblick brauchten. Er stieg aus den Stiefeln, hängte die Jacke auf und begegnete seinem eigenen Blick im Garderobenspiegel. Er fuhr sich mit der Hand durchs Haar und mit einem Finger unter der Nase entlang. Auf dem Weg zur Küche warf er einen Blick in das Schlafzimmer. Die Decke mit den großen Blumen lag dort, wo sie hingehörte. Die Milben vermehrten sich wie die Kaninchen darunter, dachte er. Und fühlte, wie er bei seinem nächsten Gedanken errötete. Er ging in die Küche, zog einen Stuhl unter dem Tisch hervor und setzte sich.

»Arschkalt da draußen«, sagte er.

Julia antwortete nicht. Sie stand auf einem Stuhl und holte eine Rotweinflasche herunter, die oben auf einem Schrank für eine Gelegenheit wie diese gewartet hatte. Er folgte ihren Bewegungen mit den Augen, konnte vage ihre Konturen unter dem viel zu großen weißen Frotteemantel erkennen. Er fragte sich, ob sie darunter nackt war, erinnerte sich aber nicht, wie sie nackt aussah. Graziös sprang sie auf den Boden, schob den Stuhl mit der Hüfte zum Tisch, setzte sich ihm gegenüber und schraubte den Verschluss ab. Sie sah verbissen aus, als sie den Wein einschenkte, das Glas hob und ihm in die Augen sah. Tiefer Ernst lag in der Luft, als sie tranken, und Andersson wusste, dass er jetzt etwas sagen musste. Etwas Wichtiges.

»Heidi war nicht in der Wohnung«, sagte er. »Wir waren heute Abend da, eine Kollegin und ich. Heidi war nicht dort.«

»Er hat euch also reingelassen? War er betrunken?«

»Es hat niemand geöffnet, also haben wir uns Zutritt verschafft«, gab Andersson zu. »Das machen wir natürlich nur in Ausnahmefällen, aber wir hatten das Gefühl, dass irgendetwas nicht stimmte.«

»War er dort? Was hat er über Heidi gesagt?«, fragte Julia, immer noch ernst, aber mittlerweile interessiert, sich Informationen für eigene Schlussfolgerungen zu holen.

Andersson seufzte und füllte den Mund mit Wein. Bewegte ihn eine Weile im Mund, bevor er ihn schluckte, ohne dabei den Blick von ihr zu wenden. Sie war ungeschminkt, sah ohne die schwarzen Ringe um die Augen weniger rotzig aus.

»Was ich zu erzählen habe, ist nicht besonders erfreulich, aber ich kann dich so weit beruhigen, dass wir immer noch nichts über Heidi wissen.«

Julia zog die Augenbrauen zusammen.

»Aber?«

»Aber wir haben Ola in der Wohnung gefunden. Tot.«

»Tot?«

Andersson nickte. Sah, wie ihre Augen aufgerissen wurden und sich mit Tränen füllten. Sie dachte weiter als einen Schritt, stellte sich bereits vor, wie ihre Freundin auf die

Nachricht reagieren würde. Julia hatte sich bestimmt nicht gewünscht, dass Heidis und Olas Beziehung so enden würde.

»Wie ist er gestorben?«, flüsterte Julia.

»Er hat sich das Leben genommen«, antwortete Andersson düster.

Er legte seine Hand vor Julia auf den Tisch. Sie griff danach. Umfasste sie kräftig mit beiden Händen.

»Es war also nicht Heidi, die ...?«, begann sie. »Da seid ihr sicher?«

»Julia, er hat sich erhängt.«

Sie sah verzweifelt aus. Die Tränen traten aus ihren Augen und liefen die Wangen hinunter.

»Hat er etwas geschrieben?«

Andersson schüttelte den Kopf.

»Wir haben nichts gefunden. Noch nicht. Es lag kein Brief dabei, aber er könnte etwas über seinen Computer verschickt haben.«

»Er muss etwas geschrieben haben. Ganz egal, was er getan hat, es muss doch nach seinem Tod herauskommen. Ein Selbstmord ist doch so eine Art Geständnis.«

Da musste ihr Andersson im Großen und Ganzen recht geben. Auf jeden Fall das Geständnis einer Niederlage, aber nicht notwendigerweise eines Verbrechens.

»Was hat er ... Wie hat er es gemacht?«

»Ich glaube, wir lassen die Details aus«, sagte Andersson sanft. »Aber um ihn herum war alles sauber und ordentlich, er sah friedlich aus.«

»Wir müssen uns doch darüber unterhalten, Odd, das verstehst du doch?«

Er zuckte zusammen, als sie seinen Namen sagte. Trotz der bedrückenden Situation wurde ihm ganz warm ums Herz. Er war nicht nur irgendein Polizist, er war Odd.

Obwohl ihn eigentlich niemand mehr so nannte. Er fragte sich, ob sie es genauso empfand. Wenn er sie Julia nannte. Aber warum sollte sie das tun? Schließlich hieß sie ja Julia.

»Man muss der Wahrheit ins Auge schauen, bevor man weitergehen kann. Und Heidi ist immer noch verschwunden. Ihr werdet doch jetzt nicht aufhören?«

Er spürte, wie eine Träne auf seine Hand tropfte. Julia schien es bemerkt zu haben, denn sie wischte sie sofort mit dem Daumen weg.

»Wir machen weiter, selbstverständlich«, versprach er ihr. »Ich hoffe, du hilfst uns. Wenn du es kannst.«

»Ich würde alles tun«, sagte Julia und ließ seine Hand los, um sich die Tränen mit dem Ärmel wegzuwischen. »Entschuldige, dass ich weine. Ich versuche, damit aufzuhören.«

»Du darfst so viel weinen, wie du willst«, sagte Andersson. »Ich mag es, wenn du weinst.«

Warum erzählte er so etwas? Julia hielt in ihrer Bewegung inne und schaute ihn mit einem traurigen Lächeln an, das er nicht deuten konnte. Aber sie sagte nichts, sondern wischte sich weiter die Tränen ab, und dafür war er dankbar, während er das Glas zum Mund führte. Um zu verhindern, dass er sich noch einmal verplapperte.

Julia stand auf und ging zum Küchenschrank. Ließ kaltes Wasser in das Spülbecken laufen und wusch sich Gesicht und Hände. Trocknete sich sorgfältig mit einem Geschirrtuch ab, bevor sie sich wieder setzte. In der Zeit hatte er sein Glas ausgetrunken, und er schenkte ihnen beiden ein bisschen nach.

»Danke, dass du gekommen bist, um es mir zu erzählen«, sagte Julia.

»Das ist mein Job«, sagte Andersson.

»Das bezweifle ich.«

Sie hatte aufgehört zu weinen, aber ihre Stimme klang ein bisschen nasal, als wäre sie erkältet.

»Du hast schließlich die Vermisstenanzeige erstattet. Wenn du nicht gewesen wärst, hätten wir nicht entdeckt, was passiert ist«, sagte Andersson wahrheitsgemäß. »Zumindest nicht so schnell. Ich dachte, du hättest das Recht, es zu erfahren.«

»Vielen Dank jedenfalls«, sagte Julia und lächelte. »Wie kann ich euch helfen?«

Andersson erwiderte das Lächeln.

»Ich meinte nicht, dass du uns direkt heute Abend helfen kannst. Aber es wäre schön, wenn du uns zum Beispiel sagen könntest, welche Kleidung in Heidis Kleiderschrank fehlt. Damit wir uns eine Vorstellung davon machen können, was sie dabeihatte, als sie verschwand.«

»Habt ihr nach den Sachen geguckt, die sie am Freitagabend getragen hat? Ein knallrotes Fünfzigerjahrekleid und ein Diadem in derselben Farbe. Und ein Paar schwarze Lackschuhe.«

»Die Techniker untersuchen gerade die Wohnung. Wenn sie fertig sind, bekommen wir Zutritt. Aber ich werde sie bitten, besonders nach diesen Dingen zu schauen.«

»Sie sollen auch nach ihrem Pass suchen. Falls sie ins Ausland gereist ist.«

»Das machen wir immer. Aber danke, trotzdem.«

Sie nippten noch eine Weile schweigend an ihrem Wein. Andersson sah sich zum ersten Mal gründlich in der Küche um. Es war gemütlich. Hübsch eingerichtet. Nichts Braunes mit großen Blumen, wie vielleicht zu befürchten gewesen war. Er konnte sich nicht erinnern, schon einmal hier gewesen zu sein. Was durchaus möglich war, wenn sie damals spät in der Nacht gekommen und direkt ins Bett getaumelt waren. Ein Gedanke, den er abschütteln wollte, was er aber nicht richtig konnte. Es fühlte sich unwürdig an, hier zu sitzen und mit einem alten One-Night-Stand über einen tragischen Selbstmord und das unheilschwangere Verschwinden einer Freundin zu sprechen. Das hätte er sich überlegen müssen, bevor er Hals über Kopf mit einer wildfremden Frau ins Bett gesprungen war. Aber auf der anderen Seite musste ja auch er ein Leben neben der Arbeit haben. Und er war eben, wie er war. Das wollte er auch nicht ändern.

Es war Zeit, an den Rückzug zu denken.

»Ich glaube, es ist Zeit für mich, zu gehen«, sagte Andersson.

»Willst du bei mir schlafen?«, fragte Julia.

Das wäre unpassend. Du bist Teil einer Ermittlung, für die ich im Augenblick verantwortlich bin. Also muss ich das Angebot höflich, aber entschlossen ablehnen.

»Ja«, sagte Andersson.

Mittwochvormittag

Es gab viel zu diskutieren, also wurde der Arbeitstag am Mittwoch mit einer Besprechung eingeleitet. Sjöberg schlug vor, dass sie alles zusammenstellen sollten, was sie über Eva-Lena Wetterhags Tun und Lassen während der kritischen Zeit am Tag ihres Verschwindens wussten oder zu wissen glaubten, also taten sie es.

Ab 13 Uhr saß sie also auf dem Behandlungsstuhl in Carina Perssons Raum im Salon an der Swedenborgsgatan. Das war der Raum, dessen Fenster zum Hof hinausging. In diesem Fenster war kein Glas, also hatte man stattdessen ein Schutzzelt aufgespannt, das weder die Kälte noch den Lärm fernhielt, aber vor Einsicht schützte. Im Hof waren drei Männer damit beschäftigt, die Fenster und die Fassade zu sanieren. Aufgrund des Zelts hatte keiner von ihnen die Möglichkeit, Eva-Lena während der Behandlung zu sehen. Einer von ihnen verließ den Arbeitsplatz ein bis anderthalb Stunden früher, das heißt zwischen eins und halb zwei am Nachmittag, doch er hatte kein Taxi vor dem Eingang zum Salon bemerkt. Die beiden anderen arbeiteten bis halb drei, deswegen hatten auch sie nicht gesehen, wie Johnny seine Mutter um Viertel vor zwei abgeholt hatte. Westman und Andersson war es nicht gelungen, überhaupt irgendeinen Zeugen für diesen Vorgang zu finden, folglich hatten sie allein Johnnys Aussage, dass es so gewesen war. Carina Persson hatte Eva-Lena um zehn nach eins verlassen, um etwas in der Bank zu erledigen, und war erst vierzig Minuten später zurückgekehrt, also gegen zehn vor zwei. Zu dem Zeitpunkt war Eva-Lena nicht mehr da, sondern saß im Taxi ihres Sohnes auf dem Weg zu ihrem Haus in Sköndal. Als Johnny sie dort um drei Uhr verließ, hatte sie Fieber und Halsschmerzen, und seitdem wurde sie nicht mehr gesehen und war auch nicht mehr ans Telefon gegangen. Ihr Ehemann Bengt hatte begonnen, sich Sorgen zu machen, als er um sechs Uhr von der Arbeit nach Hause kam. Als er deswegen Johnny anrief, erzählte ihm dieser, dass Eva-Lena krank sei. Dann war er mit dem Auto losgefahren, um sie zu suchen. Aber Eva-Lena war verschwunden, ebenso wie ihr Hyundai, den sie fünf Jahre zuvor in die Garage gestellt hatte. Abgesehen von dem Auto und den Kleidern, die sie trug, fehlte nur noch ihre Handtasche. In dieser hätte auch das Handy liegen sollen, das man am Dienstag unter dem Schnee vor einem Nachbargrundstück gefunden hatte.

»Es wäre schon fantastisch gewesen, wenn man einfach Informationen vom Verkehrsamt hätte anfragen können«, sagte Gerdin.

»Aber das geht nicht, wenn ich dich richtig verstehe?«, fragte Sjöberg.

»Nein, es ist mehr oder weniger unmöglich, die Daten der Mautstationen zu bekommen. Es gab ein großes Hallo, als ich nachgefragt habe, aber alles wird dem Schutz der persönlichen Daten untergeordnet. Ansonsten hätten wir Johnnys, Bengts und Eva-Lenas Fahrten am Freitag rekonstruieren können. Eine Flugreise hat sie jedenfalls nicht gebucht. Und ihr Pass liegt zu Hause.«

»Was habt ihr auf Bengts Arbeitsplatz erfahren?«, fragte Sjöberg. »Ist es plausibel, dass er um sechs Uhr nach Hause kam?«

»Das könnte stimmen«, bestätigte Sandén. »Das letzte Mal wurde er um fünf Uhr in der Schule gesehen. Was an und für sich allerdings auch bedeuten könnte, dass er schon um halb sechs zu Hause war.«

»Er ist unheimlich beliebt bei seinen Kollegen«, ergänzte Hamad. »Keiner konnte ein böses Wort über ihn sagen.«

»Im Unterschied zu Eva-Lena, die niemand wirklich zu mögen scheint«, bemerkte Westman.

»Habt ihr die Taxifirma erreicht?«, fragte Sjöberg.

»Ja, aber sie konnten uns keine Informationen darüber geben, was Johnny am Nachmittag gemacht hat«, antwortete Sandén. »Zwischen halb zwei und halb sechs übernahm er keine Fahrten und bekam auch keine zugeteilt. Danach fuhr er wieder bis ungefähr halb eins, mehr wissen wir nicht.«

»Das bedeutet praktisch, dass Johnny den ganzen Nachmittag Zeit hatte, seine Mutter umzubringen und die Leiche wegzuschaffen«, seufzte Sjöberg.

»Und nach halb sechs hatte dann Bengt dieselben Möglichkeiten«, warf Gerdin ein. »Aber dann können wir zumindest die Hypothese streichen, dass sie es zusammen gemacht haben.«

»Immerhin. Und wie war das jetzt mit dem Liebhaber in Örebro?«

»Dazu sind wir noch nicht gekommen«, erklärte Westman. »Es kam etwas dazwischen.«

»Ja, dazu kommen wir noch. Hast du noch mehr, Gäddan?«

»Ich kann noch hinzufügen, dass ich in unseren Registern nichts über sie gefunden habe«, antwortete Gerdin. »Alle drei haben eine weiße Weste. Allerdings hat Eva-Lena vor zwölf Jahren eine Tochter verloren. Johnnys kleine Schwester.«

»Das könnte vielleicht erklären, warum es ihr an manchen Tagen nicht so gut geht«, sagte Sjöberg. »Wie ist es passiert?«

»Sie ist durch das Eis gebrochen. Ihr Körper wurde nie gefunden. Sie war sechs Jahre alt, und Johnny war bei dem Unfall dabei. Er war damals zehn.«

»Und die Eltern?«

»Sie waren nicht in der Nähe. Der Vater wohnt nicht mehr in Schweden. Er ist im Jahr darauf nach Brasilien gezogen.«

»Hm«, sagte Sjöberg.

Und beschloss, dass dies als Ausdruck des Bedauerns angesichts des tragischen Schicksals eines Menschen gemeint war. Oder von vier Menschen, um genau zu sein.

»Wir haben eine weitere Vermisstenmeldung auf dem Tisch«, sagte er schließlich. »Es ist vielleicht am besten, wenn Loddan und Petra darüber berichten.«

Was sie taten.

»Und wir wissen mit Sicherheit, dass es sich um einen Selbstmord handelt?«, fragte Sandén nach der Zusammenfassung.

»Die Leiche ist ja noch nicht obduziert«, antwortete Andersson. »Aber es deutet alles darauf hin.«

»Aber kein Abschiedsbrief?«

»Wir haben jedenfalls nichts Handschriftliches gefunden. Wir hoffen aber, dass wir im Computer auf etwas stoßen.«

»Wie sah die Kommunikation zwischen Ola und Heidi aus, nachdem sie verschwunden war?«, fragte Gerdin.

»Darauf sind wir auch neugierig. Ich werde Bella nach der Besprechung anrufen und fragen, ob wir neben anderen Dingen auch schon Olas Handy haben können. Aber ich habe gestern Morgen schon bei Telia Druck gemacht und die Verbindungsdaten tatsächlich schon heute Morgen bekommen. Man kann zwar den Inhalt der Mitteilungen nicht sehen, die verschickt wurden, aber dass Heidi und

Ola einander SMS geschickt haben, wissen wir jetzt. Oder dass ein anderer an ihrer Stelle kommuniziert hat. Davon ist die Freundin, die die Anzeige erstattet hat, überzeugt.«

»Wenn Ola Heidi umgebracht hat – ist es dann glaubwürdig, dass er Pseudonachrichten hin und her schickt?«, fragte Sandén.

Westman war dieser Meinung.

»Wenn er es nicht getan hätte, hätte er sich ja ins eigene Bein geschossen. Dann wären wir sofort überzeugt davon, dass er hinter dem Verschwinden steckte, oder?«

»Tja. Aber wissen wir jetzt, wo sich die beiden befunden haben?«

»Ja«, antwortete Andersson. »Ola war jedes Mal zu Hause, wenn er versucht hat sie anzurufen oder wenn er ihr eine SMS geschickt hat. Was im Grunde nicht viel bedeutet. Wenn er sich auf irgendeine Weise schuldig gemacht hat, dann versuchte er bestimmt, den Eindruck zu erwecken, dass er seine Füße gar nicht vor die Tür gesetzt hat. Bei Heidi ist es anders. Sie ist in den letzten Tagen überall in der Stadt gewesen. Und gestern hat sie den Zug nach Kopenhagen genommen. Seit gestern Abend ist das Handy ausgeschaltet.«

»Das ist ja ein Ding«, sagte Gerdin.

»Laut den Angaben der Finanzpolizei wurde das Zugticket mit Heidis Karte an einem der Automaten im Stockholmer Hauptbahnhof bezahlt.«

»Na, dann macht sie bestimmt nur eine Vergnügungstour«, meinte Sandén.

»Das würde ich auch sagen, wenn Julia ... also, so heißt die Freundin ... sich ihrer Sache nicht so sicher wäre«, sagte Andersson. »Dass Heidi diese SMS nicht geschrieben hat. Oder dieses Status-Update auf Facebook.«

»Und warum ist sie so sicher?«, fragte Sjöberg.

»Es hat irgendwas mit dem Stil zu tun. Sie erkennt Heidis Stimme nicht wieder. Und dann war da so eine falsche Worttrennung. Solche sprachlichen Schnitzer macht sie offensichtlich nicht. Sie sind belesen, diese Mädchen.«

Sjöberg fragte sich, ob Andersson bei der letzten Bemerkung nicht ein bisschen verlegen aussah. Ob es sich dabei um einen kleinen, ehrenhaften Bildungskomplex handelte oder ob andere Gefühle im Spiel waren, konnte er nicht entscheiden, aber er neigte eher zu Letzterem. Er hoffte allerdings, dass es die Urteilskraft des Kollegen nicht beeinträchtigte.

»Was glaubst du, Petra?«, fragte er sicherheitshalber nach.

»Ich finde, wir sollten dieses Verschwinden aufklären, was auch immer letztlich dahintersteckt. Es ist ja offensichtlich schwierig, zu Heidi Kontakt aufzunehmen, und mir scheint es ein bisschen riskant, einfach davon auszugehen, dass sie freiwillig verschwunden ist.«

»Noch wissen wir ja auch nicht, wann Ola Berg gestorben ist«, sagte Sjöberg, »aber rein theoretisch könnte er seine Freundin ermordet und die Leiche weggeschafft haben. Dann hat er sich das ganze Wochenende Sorgen gemacht, eine Bahnfahrkarte mit ihrer Kreditkarte gekauft und das Handy mit dem Zug nach Kopenhagen geschickt, bevor er sich umbrachte. Angesichts der Aussicht, dass er früher oder später dafür ins Gefängnis gehen würde, zog er es vor, sich das Leben zu nehmen.«

»Er könnte es ja auch bereut haben«, spekulierte Hamad. »Und sich aus Trauer und Verlust das Leben genommen haben. Aber rein theoretisch könnte es auch so gewesen sein, dass Heidi genug von Ola hatte und das ganze Wochenende durch die Stadt gezogen ist. Vielleicht stand sie so unter Strom, dass sie sogar Wörter falsch trennte und beschloss, ihren Freund zu verlassen, nach Kopenhagen zu fahren und weiterzufeiern. Sie könnte sogar von Kastrup irgendwohin geflogen sein. Hat man ihren Pass gefunden?«

»Wie gesagt, ich werde gleich nach der Besprechung Bella anrufen«, sagte Andersson.

»Heidi könnte rein theoretisch auch von jemand anderem als Ola ermordet worden sein. Von jemandem, der in ihrem Namen SMS mit falschen Worttrennungen verschickt, um Zeit zu gewinnen, zum Beispiel gegenüber Ola, und der später mit ihrer Kreditkarte ein Ticket nach Kopenhagen kauft und das Handy mit dem Zug dorthin schickt. Jemand, der vielleicht sogar in Heidis Namen per SMS Schluss mit Ola macht, um zu erklären, warum sie nicht nach Hause kommt. Ola glaubt das alles, bricht zusammen und nimmt sich das Leben.«

»Und die Geheimzahl der Karte – woher hat er die?«, fragte Sandén.

»Sie hat sie bestimmt mit allen übrigen PINs auf dem Handy gespeichert«, sagte Westman.

Klug aus eigener Erfahrung – das wusste Sjöberg. Aber er fühlte sich nicht klüger. In keinem der beiden Fälle. Zwei Frauen mit ganz unterschiedlichem Hintergrund, die sich innerhalb weniger Stunden in Rauch aufgelöst hatten. Bei beiden lag es nahe, dass ihre nächsten Angehörigen hinter dem Verschwinden steckten, aber es könnten genauso gut außenstehende Personen gewesen sein. Obwohl es trotz allem am wahrscheinlichsten war, dass sie freiwillig aufgebrochen waren. Aber wie Åsa schon sagte, seine Kollegen und er bewegten sich auf der Stelle.

»Ich rufe beim Fernsehen an«, sagte er, »und hoffe, dass sie in der Sendung *Vermisst* noch heute Abend einen Beitrag über die beiden Frauen unterbringen können. Sie könnten ja beide noch am Leben sein, aber je mehr Zeit vergeht, desto geringer werden die Chancen, dass wir eine von ihnen noch lebend finden. Wenn sie freiwillig verschwunden sind, haben sie alle Möglichkeiten der Welt gehabt, sich zu melden und zu berichten, dass es ihnen gut geht. Petra und Loddan – ich möchte, dass ihr alle Mädchen zur Vernehmung vorladet, die mit Heidi am Freitagabend ausgegangen sind.«

»Sie sind schon hier«, sagte Andersson und schaute auf die Uhr.

»Super«, sagte Sjöberg. »Und dann rekonstruiert ihr, wie sich ihr Handy seit ihrem Verschwinden bewegt hat. Vielleicht findet ihr irgendwelche Muster oder andere Auffälligkeiten. Ihr seid vom Fall Eva-Lena abgezogen und übergebt alles, was ihr habt, an Jens und Jamal. Gäddan und ich helfen euch, wenn es nötig ist. Alle berichten direkt an mich, wenn irgendetwas Interessantes auftaucht.«

Damit war das Treffen beendet.

*

Nach der Besprechung folgte Hamad Sandén in sein Büro. Sie setzten sich einander gegenüber, und Sandén schwang mit einem Stöhnen und einer gequälten Miene die Füße auf den Tisch. Hamad folgte seinem Beispiel, allerdings mit weniger körperlicher Anstrengung.

»Wie machen wir weiter?«, fragte er.

Gleichzeitig hatte er das Gefühl, dass die Ideen eigentlich von ihm kommen sollten, weil sein Kollege seine Gedanken gerade ganz woanders hatte. Er befand sich in einer nervenaufreibenden und vielleicht sogar bedrohlichen Situation, während die weniger angenehmen Dinge, die sich in Hamads Leben abspielten, dagegen kaum ins Gewicht fielen. Seine Ex-Frau war verrückt geworden, möglicherweise aber auch in Schwierigkeiten geraten, aber das waren nicht seine Sorgen. Er hatte noch nicht einmal mit Petra darüber geredet. Am vorhergehenden Abend war sie spät nach Hause gekommen, nachdem sie zwei gebrochenen Eltern eine Todesnachricht überbracht hatte, und er hatte einfach keinen Sinn darin gesehen, sich über das seltsame Treffen mit Lina am Montag zu unterhalten. Es war einfach ein Nicht-Problem, nicht der Erwähnung wert. Aber Sandén sah mit jedem Tag, der verging, müder und erschöpfter aus, und die nassen Flecken auf seinem Hemd, die man jahrelang nicht mehr gesehen hatte, waren zurückgekehrt.

»Keine Ahnung«, seufzte Sandén. »Wahrscheinlich ist sie mit den Kötern nach Örebro gezogen und schwoft jetzt mit ihrem Liebhaber, oder sie vögeln, als gäbe es kein Morgen mehr. Während der arme Gatte zu Hause sitzt und glaubt, dass sie ermordet worden ist.«

»Apropos arm«, meinte Hamad. »Haben wir eigentlich schon die Informationen von der Finanzpolizei bekommen?«

»Nein«, antwortete Sandén. »Bislang noch nicht.«

Sie saßen eine Weile schweigend da wie zwei Großhändler mit über dem Bauch zusammengefalteten Händen. Es fehlten nur noch die Zigarren. Irgendetwas mussten sie tun, aber was? Der Fall war an sich schon schräg, und er wurde nicht besser davon, dass er gewissermaßen »aus zweiter Hand« kam, dass andere Polizisten daran gearbeitet hatten, bevor sie ihn übernahmen. Und wenn wichtige Informationen bei der Übergabe unter den Tisch gefallen waren? Oder wenn die technische Untersuchung des Hauses am Katalanvägen nicht mit ausreichendem Ernst durchgeführt worden war? Es gab viele Wenns. Vielleicht sollten sie noch einmal ganz von vorne anfangen. Alle Nachbarn noch einmal vernehmen, das Haus noch einmal durchsuchen, statt hier zu sitzen und Däumchen zu drehen, während sie auf das Ergebnis vom SKL warteten, auf die Informationen von der Finanzpolizei und den Fernsehbericht in TV3.

»Wo hast du denn das mit den Kötern her?«, fiel ihm plötzlich auf.

»Wieso, was meinst du?«

»Du sagtest so was wie, dass Eva-Lena mit den Kötern zu ihrem Liebhaber nach Örebro gefahren ist. Woher hast du das?«

»Köter – Hunde. Kennst du das Wort etwa nicht?«, fragte Sandén mit einem schiefen Lächeln.

»Doch, das kenne ich natürlich. Ich wusste nur nicht, worauf du damit hinauswolltest.«

»Dass die Familie Hunde hat, ist doch ganz offensichtlich«, sagte Sandén, der plötzlich ein bisschen verunsichert wirkte. »Und weil ich sie im Haus nicht gesehen habe, dachte ich, dass sie sie mitgenommen haben muss. Gibt es … hat kein anderer daran …?«

Hamad nahm die Füße vom Schreibtisch und setzte sich gerade auf seinen Stuhl. Er hatte kein Wort von irgendwelchen Hunden in den Akten gelesen, niemand hatte auch nur etwas von Haustieren gesagt. Ihm selbst war der Gedanke nie gekommen. Und anscheinend auch niemand anderem. Und hier saß Sandén, der alte Gauner, und wusste es, ohne zu wissen, dass sonst niemand es wusste.

»Das hätte ich nie gedacht«, sagte Hamad.

»Als wir uns in dem Haus umgesehen haben …«, sagte Sandén, der sich jetzt auch bemüßigt fühlte, die Füße vom Schreibtisch zu nehmen, »da konnte man den Hund irgendwie in den Wänden spüren, ist dir das nicht aufgefallen?«

Hamad schüttelte den Kopf.

»Und im Flur hingen zwei Halsbänder. Zwei Futternäpfe und zwei Wasserschüsseln standen unter der Spüle. Doppelte Ausführung bedeutet zwei Hunde, dachte ich. Aber ich hätte natürlich noch weiterdenken sollen«, sagte Sandén beschämt.

Hamad nickte nachdenklich.

»Ja«, sagte er, »das hättest du vielleicht tun sollen. Wo zum Teufel sind also die Hunde? Warum haben weder Bengt noch Johnny Wetterhag erwähnt, dass sie ebenfalls weg sind?«

»Sie können sie ja nicht in Johnnys Wohnung gebracht haben«, konstatierte Sandén jetzt mit mehr Konzentration. »Ohne es uns wissen zu lassen, meine ich. Denn wenn die Hunde zu Hause waren, als Eva-Lena verschwand, müssen wir sie ja untersuchen. Im Fell bleibt ja alles Mögliche hängen, um nur eine der denkbaren Möglichkeiten zu nennen.«

»Die Hunde sind dort, wo Eva-Lena ist«, sagte Hamad. »Wenn sie lebt, dann hat sie sie bei sich. Wenn sie tot ist, liegen sie mit in ihrem Grab, einfach nur, um damit mögliche Beweise aus dem Weg zu räumen.«

»Das Seltsame ist, dass Bengt und Johnny es uns verschweigen«, fasste Sandén zusammen. »Denn um ein Missverständnis kann es sich wohl nicht handeln.«

»Das finden wir gleich heraus«, sagte Hamad und wählte Bengt Wetterhags Handynummer.

Er ging direkt an den Apparat.

»Störe ich Sie auf der Arbeit?

»Ja, aber das ist kein Problem. Einen Augenblick, ich gehe nur kurz in den Korridor.«

Während er wartete, stellte Hamad fest, dass das Verschwinden seiner Frau Bengt Wetterhag anscheinend nicht so mitgenommen hatte, dass er nicht ganz normal zur Arbeit gehen konnte.

»Sie arbeiten also?«, fragte er, als sie das Gespräch wieder aufnahmen.

»Ja, was soll ich denn machen? Ich kann ja nicht einfach zu Hause sitzen und nichts tun. Die Arbeit lenkt mich zumindest ein bisschen ab.«

Das ist gut. Vielleicht.

»Die Hunde«, sagte Hamad.

Ohne den Satz zu vervollständigen. In der Hoffnung auf eine Reaktion.

»Ja?«, sagte Wetterhag. »Was ist mit ihnen?«

Klang er nicht ein bisschen zögerlich? Vielleicht sogar nervös?

»Das frage ich Sie«, sagte Hamad kühl. »Was ist mit ihnen?«

»Ich ... tut mir leid, was genau wollen Sie denn wissen?«

»Wo sie sind, zunächst einmal.«

»Woher soll ich das wissen? Eva-Lena hat sie mitgenommen, und ich weiß weder, wo sie ist, noch, wo die Hunde sind.«

Er klang aufgebracht. Vielleicht weil er dachte, dass er indirekt beschuldigt wurde, oder hatte es direkt mit den Hunden zu tun?

»Eva-Lena hat sie also mitgenommen, sagen Sie?«

»Sie liebt diese Hunde.«

Sie liebt die Hunde, nicht *wir*. Aber das musste jetzt nichts bedeuten.

»Wie kommt es, dass wir davon nichts wussten? Dass es überhaupt Hunde gab?«

»Darauf kann ich nicht antworten. Ich habe es der Polizei schon am Sonntag erzählt.«

Konnte das stimmen? Es gab die minimale Möglichkeit, dass davon die Rede gewesen war, dass Eva-Lena mit zwei Hunden unterwegs war, sie im Bericht aber nicht erwähnt wurden. Aber das schien ihm höchst unwahrscheinlich, weil die Hunde dann ein Teil der Personenbeschreibung waren. Ein mindestens genauso wichtiger Teil wie der Hyundai. Weil die Hunde Fressen brauchten und Gassi gehen mussten. Das Auto musste nur hin und wieder betankt werden.

»Aber seitdem haben Sie sie nicht mehr erwähnt?«, fragte Hamad hartnäckig weiter.

»Nein, wahrscheinlich nicht. Was vermutlich damit zu tun hat, dass ich mir über andere Dinge größere Sorgen mache. Die Hunde vermisse ich jedenfalls nicht.«

Er schlug sich wacker. Sagte weder zu viel noch zu wenig und schien gut vorbereitet zu sein. Unter der Voraussetzung natürlich, dass alles stimmte, was er sagte, nämlich dass er die Existenz der Hunde dem Polizisten nicht unterschlagen hatte, mit dem er zuerst gesprochen hatte. Was Hamad in Kürze herausfinden würde.

Ein handschriftlicher Zettel landete vor Hamads Nase. Eine Mitteilung von Sandén mit einer ziemlich naheliegenden Frage: »Warum hat er die Futternäpfe unter die Spüle gestellt, wenn er die Hunde und Eva-Lena bald zurückerwartete?« Aber Hamad beschloss, sich die Frage aufzuheben, bis er Bengt Wetterhag in die Augen schauen konnte. Als Ass im Ärmel.

»Welche Rasse haben die Hunde?«, fragte er stattdessen.

»Alaskan Malamute. Beide sind grauweiß. Polarhunde.«

Hamad begnügte sich damit und beendete das Gespräch. Er war sich höchst unsicher, was diese Informationen überhaupt wert waren und ob sie überhaupt eine Bedeutung für die Ermittlungen hatten. Aber es war wenigstens etwas Neues aufgetaucht. Etwas, mit dem man weiterarbeiten konnte. Als er seine Gedanken gerade mit Sandén teilen wollte, der wie ein begossener Pudel aussah, betrat Sjöberg das Zimmer.

*

Andersson und Westman teilten sich die Vernehmungen von Heidi Richters Freundinnen Lisen, Hanna, Anna und Sofia untereinander auf. Gleichzeitig saß Gerdin zusammen mit Julia in einem anderen Raum. Als diese Gespräche beendet waren, wurden ein weiterer Mann namens Sebastian Karlsson sowie drei Bartender aus der Cocktailbar des *Hotel Malmen* für den Nachmittag vorgeladen. Danach setzten sich die drei Polizisten in einen der Besprechungsräume, um die Informationen zusammenzutragen, die sie von den jungen Frauen erhalten hatten. Gerdin führte Protokoll:

»18.00–18.10 Uhr: Julia holt eine sichtlich nervöse Heidi zu Hause ab. Ola steht dabei und verhält sich sehr eifersüchtig. Er tritt Julia gegenüber ziemlich aggressiv auf, aber nicht gegenüber Heidi. Er befiehlt ihr, spätestens um eins wieder zu Hause zu sein, worauf sie nicht reagiert.«

»Julia war von Heidi gebeten worden, sie auf dem Weg zum Restaurant abzuholen«, sagte Gerdin. »Heidi erwartete also, dass Ola versuchen würde, sie dazu zu überreden, am Abend zu Hause zu bleiben. Oder sie vielleicht sogar daran hindern würde, zu gehen.«

»Eines der anderen Mädchen, Anna, schätzt Ola genauso ein wie Julia«, warf Westman ein. »Die anderen drei sind Ola niemals begegnet. Abgesehen von Julia scheint Anna diejenige der Freundinnen zu sein, die Heidi am nächsten steht.«

Gerdin schrieb weiter:

»18.10–18.30 Uhr: Heidi und Julia gehen zur U-Bahn

und fahren zum Medborgarplatsen. Julia fordert Heidi auf, mit Ola zu brechen und sich nach etwas Besserem umzusehen.«

»Arme Julia«, sagte Westman. »Sie hat wahrscheinlich ein unheimlich schlechtes Gewissen, weil sie das gesagt hat.«

»Das glaube ich nicht«, sagte Gerdin. »Das Mädchen scheint ziemlich taff zu sein, oder was meinst du, Loddan?«

Andersson nickte und zog nervös an dem Ring, den er im Ohr hatte. Julia hatte Gerdin ohne Umschweife verraten, warum sie sich mit der Vermisstenanzeige direkt an Andersson gewandt hatte. Gerdin hatte keine Pläne, es weiterzuerzählen, aber sie fand es grenzenlos amüsant, was für eine verlegene Person sich hinter der langhaarigen, tätowierten und gepiercten Hardrockfassade verstecken konnte, die ihr gegenübersaß.

»Stattdessen hatte sie vielleicht gehofft, dass etwas anderes als der Tod sie trennen würde«, fuhr sie fort. »Aber wir dürfen nicht vergessen, dass Heidi Julias Ermahnung ernst genommen haben könnte und an diesem Abend tatsächlich ein bisschen unternehmungslustiger war. Wir machen weiter.«

»18.30–21.00 Uhr: Im Restaurant wirkt Heidi nach übereinstimmender Aussage fröhlich und entspannt. Sie trinkt zwei Bier. Julia bemerkt bei mehreren Gelegenheiten einen grauen VW Golf, der auf der Straße vor dem Restaurant vorbeikriecht. Sie hat den Verdacht, dass es Ola sein könnte, der Heidi hinterherspioniert, ist sich aber nicht sicher. Keine der anderen hat Derartiges bemerkt.«

»Krank«, sagte Westman. »War er wirklich so eifersüchtig, dass er sie beschatten musste, wenn sie mit ihren Freundinnen ausging?«

»Das wissen wir ja nicht«, antwortete Gerdin. »Julia gab zu, dass es auch ihre eigenen Hirngespinste gewesen sein können. Aber sie fand ja, dass er einen sehr unberechenbaren Eindruck gemacht hatte.«

»*21.00–21.40 Uhr: Sie begeben sich zum* Hotel Malmen, *wo sie ihre Mäntel an der Garderobe abgeben. Sie kaufen Drinks – Heidi bestellt ein Bier – und stehen eine Weile in der Cocktailbar. Dies ist das letzte Mal an diesem Abend, dass alle sechs zusammen sind.*

21.40 Uhr: Heidi und Anna entdecken einen alten Schulkameraden, Sebastian Karlsson, und gehen zu ihm. Er ist in Begleitung zweier anderer Männer, und alle fünf stehen eine Weile zusammen und unterhalten sich. Sebastian Karlsson ist weiß, hat Rastazöpfe und trägt ein T-Shirt mit einem Bob-Marley-Motiv; darum ist er ziemlich auffällig, auch für diejenigen, die ihn nicht kennen.

21.50 Uhr: Heidi, Anna, Sebastian und seine beiden Freunde gehen in die Kleine Hotelbar, *wo es einen Live-Auftritt gibt.*

22.10 Uhr: Heidi und Sebastian verlassen die Kleine Hotelbar. *Anna bleibt mit Sebastians Freunden dort.*

22.30 Uhr: Julia sieht Heidi und Sebastian aus einiger Entfernung in der Cocktailbar ganz hinten am Tresen sitzen.

23.00 Uhr: Julia begegnet Sebastian und seinen Freunden, die sich darüber unterhalten, ob sie noch in eine andere Bar oder einen Nachtclub gehen sollten. Heidis Barhocker ist jetzt leer, und Julia sieht sie auch sonst nirgendwo in der Cocktailbar. Auf dem Hocker daneben sitzt ein Mann mit gut frisiertem Nacken.

00.00 Uhr: Julia trifft Heidi, die wieder auf demselben Barhocker sitzt, mit einem Dry Martini vor sich. Heidi ist gut gelaunt. Julia fragt, ob sie sich ein Taxi teilen sollten.

Heidi antwortet, dass sie doch in unterschiedliche Richtungen fahren müssten, dass sie nur noch diesen Drink austrinken und dann auch gehen würde, worauf Julia die Bar verlässt. Hier und jetzt hören die Spuren von Heidi auf.«

»Tat Heidi, was sie zu Julia gesagt hatte? Fuhr sie zu Ola nach Hause?«, fragte Westman. »Er könnte sie schon zu diesem Zeitpunkt getötet haben, aber auch später am Wochenende.«

»Sie könnte ein Taxi genommen haben«, schlug Gerdin vor. »Der Taxifahrer könnte sich an ihr vergriffen und sie anschließend umgebracht haben.«

»Sie könnte mit diesem Sebastian nach Hause gegangen sein«, sagte Andersson. »Oder mit jemand anderem. Es ist ja nicht sicher, dass sie nach Hause gefahren ist, nur weil sie Julia das gesagt hatte.«

»Ich habe die SMS-Kommunikation zwischen Heidi und Julia aufgeschrieben«, sagte Gerdin und legte ein Blatt Papier auf den Tisch.

Samstag, 16.17 Uhr, Julia: »Ciao. Hab versucht dich anzurufen, aber du bist wohl beschäftigt. Jetzt ein warmes Bad, Duftkerzen und ein Glas Roten. Ruf an, wenn du Zeit hast, ja? Küsschen, Julia.«

Samstag, 16.20 Uhr, Heidi: »Kann heute nicht mit dir sprechen, viel Spaß in der Badewanne. Küsschen.«

»Küsschen?«, sagte Andersson skeptisch.

»Heidi könnte zu Hause gewesen sein, wollte Ola aber nicht eifersüchtig machen, indem sie mit Julia telefonierte«, überlegte Westman. »Also beschloss sie, das Thema auf den nächsten Tag zu verschieben.«

»Ich finde, es klingt authentisch«, sagte Gerdin. »Aber wenn es eine Geisterstimme ist, liegt es nahe zu vermuten, dass sie sich am Stil des Gegenübers orientiert. Julia schreibt ›Küsschen‹, die Geisterstimme antwortet genauso.«

Samstag, 22.49, Julia: »Süßer Typ, mit dem du an der Bar gesessen hast. Wenn nichts daraus geworden ist, kannst du ihn vielleicht an deine alte Freundin abtreten, die noch keinen Mann abbekommen hat.«

»Danach hat Julia den Verdacht, dass es bei den beiden gekracht haben könnte«, sagte Gerdin. »Falls Ola diese Nachricht gelesen hatte. Deswegen hat sie tatsächlich ein schlechtes Gewissen.«

»Und es dauert eine Weile, bis ›Heidi‹ antwortet«, sagte Andersson. »Es vergehen mehr als vierundzwanzig Stunden bis zur nächsten Nachricht.«

»Ola hält die Konversation am Leben, äußert sich aber nicht häufiger als nötig«, sagte Westman.

»Oder Sebastian«, sagte Andersson.

»Oder der Taxifahrer«, sagte Gerdin.

Sonntag, 20.36 Uhr, Julia: »Heidi, meine Liebe, geht es dir gut? Ruf mich an. Ich bin noch bis Mitternacht wach.«

Sonntag, 22.11 Uhr, Heidi: »Kopfschmerzen, sonst alles gut. Ich melde mich.«

»Jetzt ist ihm eingefallen, dass er vielleicht eine Erklärung dafür braucht, dass Heidi immer noch nicht angerufen hat und nicht ans Handy geht«, sagte Andersson.

»Und dass es vielleicht mehrere Leute geben könnte, die erfahren möchten, wo sie geblieben ist«, spann Gerdin den Faden weiter. »Denn als Nächstes macht Heidi am Montagvormittag ein Status-Update auf Facebook: ›*Fieber, Hals Schmerzen und keine Stimme. Mandelentzündung ist eine bitch.*‹ Irgendwelche Gedanken dazu?«

»Dass Julia sich erst jetzt richtig Sorgen zu machen beginnt«, meinte Westman.

»Wegen der falschen Getrenntschreibung«, ergänzte Andersson. »Aber ist ›bitch‹ ein Wort, das Heidi benutzen würde?«

»Ich habe Julia danach gefragt«, erzählte Gerdin. »Und sie meinte, das könnte durchaus sein. Sie hat mir sogar ihre frühere SMS-Kommunikation gezeigt, wo Heidi diesen Ausdruck mehrere Male verwendet hat. Das bedeutet also, dass man Heidi nicht kennen muss, um zu wissen, dass sie eine Vorliebe für gerade diesen Ausdruck hat. Man muss nur in ihr Handy gucken.«

»Das heißt, wir stehen wieder ganz am Anfang«, seufzte Westman. »Ola, Sebastian oder irgendein Taxifahrer.«

»Oder natürlich Heidi selbst«, seufzte wiederum Gerdin. »Es gibt ja leider kein Gesetz gegen falsche Getrenntschreibung. Aber der Stil ändert sich. Hier, schaut mal.«

Montag, 18.22 Uhr, Julia: »Ich mache mir Sorgen um dich, Heidi. Ola lässt mich nicht zu dir, und ich habe kein gutes Gefühl. Kannst du mich bitte zurückrufen?«

Montag, 21.27, Heidi: »Mach dir keine Sorgen. Ich rufe dich an, wenn die Stimme wieder da ist.«

»Tja, ich weiß nicht«, meinte Andersson.

»Doch, das finde ich auch«, sagte Westman. »Es vergehen drei Stunden, bis ›Heidi‹ auf eine beinahe verzweifelte SMS antwortet ...«

»... und als sie es tut, dann mit den Worten ›Mach dir keine Sorgen‹«, ergänzte Gerdin. »Eiskalt.«

»Beinahe bedrohlich.«

»Triumphierend?«, schlug Andersson vor.

*

»Ich habe besorgniserregende Neuigkeiten vom SKL bekommen«, sagte Sjöberg und setzte sich auf eine Ecke von Sandéns Schreibtisch.

Sandén und Hamad starrten ihn an, ohne ein Wort zu sagen.

»Niemand hat auf Eva-Lenas Laken geschlafen. Es ist nicht benutzt worden, seit es das letzte Mal gewaschen wurde. Die Decke wiederum ist niemals gewaschen worden. Sie ist vollkommen unbenutzt. Das heißt neu. Genau wie die Kopfkissen.«

»Donnerwetter«, sagte Sandén. »Und bei Bengt? Hat man sein Laken auch untersucht?«

»Nein. Man dachte wohl, das wäre nicht nötig. Das Doppelbett besteht aus zwei zusammengeschobenen Einzelbetten. Jeder hat also eine eigene Matratze und ein eigenes Laken.«

»Haben die Techniker die Matratze nicht mitgenommen?«, fragte Hamad.

»Nein.«

»Genau das habe ich ja gesagt«, meinte Hamad verärgert. »Dieser Fall ist von Anfang an falsch angepackt worden. Du musst Bella hinschicken.«

»Das ist mir jetzt auch klar«, gab Sjöberg zu. »Ich schaue mal, ob ich sie heute Nachmittag schon dafür loseisen kann.«

»*Wir* müssen noch einmal dorthin fahren. Das Haus noch einmal mit einem unvoreingenommenen Blick durchsuchen. Jens fiel zum Beispiel gerade ein, dass zwei Hunde fehlen.«

»Was? Zwei Hunde?«, sagte Sjöberg bestürzt und sah Sandén ungläubig an, der ein wenig verschämt zurückschaute.

»Zwei Alaskan Malamutes. So eine Art Schlittenhund. Anscheinend haben weder Bengt noch Johnny etwas davon gesagt. Zu uns jedenfalls, aber wahrscheinlich haben sie es den Polizisten gegenüber erwähnt, die zuerst vor Ort waren.«

»Das ist auf jeden Fall ein Teil von Eva-Lenas Personenbeschreibung«, sagte Hamad sauer. »Ein ziemlich wichtiger sogar.«

»Dann werde ich es direkt der Redaktion von *Vermisst* mitteilen«, brummelte Sjöberg. »Es ist mir nämlich gelungen, die Fahndung in der Sendung von heute Abend unterzubringen.«

»Immerhin etwas. Aber um noch einmal auf dieses Laken zurückzukommen: Wenn Johnny Eva-Lena ins Bett gebracht hat, nachdem er sie nach Hause gefahren hatte, dann muss sie doch ...«, begann Hamad.

»Er hat sie nicht ins Bett gebracht«, unterbrach ihn Sjöberg. »Ich weiß nicht, wie dieses Gerücht entstanden ist, aber es ist falsch. Er selbst sagt, dass er sie nach Hause gefahren und sich im Flur von ihr verabschiedet habe. Aber sie habe ihm gesagt, dass sie krank sei, also ist sie vermutlich selbst ins Bett gegangen.«

»Oder sie hat die Hunde und die Bettwäsche ins Auto gepackt und sich aus dem Staub gemacht«, sagte Hamad.

»Oder sie ist ins Bett gegangen und wurde dort umgebracht«, konterte Sandén. »Vielleicht zusammen mit den Hunden. Der Mörder wickelte die Körper in die Bettwäsche ein und legte alles in den Kofferraum des Autos. Und das Auto steht ja irgendwo. Früher oder später wird es gefunden.«

»Wenn es nicht auf dem Boden eines alten wassergefüllten Steinbruchs liegt«, seufzte Sjöberg und schüttelte missmutig den Kopf. »Aber diese neuen Informationen werfen mehrere Fragen auf. Bengt Wetterhag hätte doch bemerkt, wenn die eine Hälfte des Betts plötzlich mit einem frischen Laken bezogen gewesen wäre?«

»Nicht, wenn das frische Laken genauso aussah wie das alte«, sagte Hamad.

»Es war natürlich er selbst, der das Bett frisch bezogen

hat«, sagte Sandén im Brustton der Überzeugung. »Denn er hat seine Frau umgebracht und das Bett in Blut getränkt.«

»In diesem Fall hätte es auch die Matratze erreicht«, sagte Sjöberg voller Überzeugung. »Wir müssen das SKL auch darauf ansetzen. Es ist dumm gelaufen; wäre das Auto nicht weg gewesen, wären wir von Anfang an mit den Ermittlungen beauftragt worden.«

»Wenn Bengt Wetterhag die Vermisstenanzeige anderthalb Tage früher aufgegeben hätte, wäre es ebenfalls ernster genommen worden«, stellte Sandén fest. »Aber dann hätte er nicht so schön hinter sich aufräumen können. Was für ein Kuddelmuddel.«

»Haben die vom SKL nichts über das Blut auf der Vortreppe gesagt, als sie anriefen?«

»Sie haben Probleme damit. Ich weiß nicht, ob es vielleicht zu wenig ist oder kontaminiert oder irgendetwas anderes. Außerdem hat der Fall erst jetzt eine höhere Priorität bekommen«, beklagte sich Sjöberg. »Nachdem wir ihn übernommen haben. Ich schlage vor, dass wir alle drei nach Sköndal hinausfahren und das Haus durchsuchen. Mit kritischem Blick und ohne vorgefasste Meinungen.«

Mittwochnachmittag

Malin hatte den Halt verloren, endgültig. An einem Freitag im vergangenen Monat hatte sie sich mit einer früheren Arbeitskollegin zum Mittagessen verabredet. Als Malin bereits am Tisch saß, kündigte die Kollegin an, dass sie sich eine Stunde verspäten würde, und Malin wusste, dass das Konsequenzen für die ganze Familie haben würde, wenn sie nicht absagte. Trotzdem hatte sie es nicht übers Herz gebracht, die Verabredung ausfallen zu lassen. Das Mittagessen bedeutete ihr etwas, die Kollegin war wichtig für sie. Sie war die Verbindung zu Malins altem Arbeitsplatz, und der spielte für sie eine große Rolle. Er stand für Hoffnung und Freiheit; der Gedanke, dass sie eines Tages wieder zurückkommen könnte, war unwiderstehlich. Der Gedanke, dass sie tagsüber wieder selbst über sich bestimmen und ihr eigenes Geld verdienen konnte. Deshalb hatte Malin geduldig im Restaurant gewartet, obwohl der wachsende Kloß im Bauch die harten Worte und den Hohn, die Drohungen und die Erniedrigung vor den Kindern bereits ankündigte. Als die Kollegin schließlich auftauchte, war es schon nach zwei, und die Katastrophe war bereits eine Tatsache, obwohl sie noch nicht eingetroffen war. Malin hätte sich in dieser Situation entscheiden können, nach den Wangenküsschen und den höflichen Begrüßungsfloskeln den Salat in sich hineinzuschaufeln und nach Hause zu eilen, um das Schlimmste zu verhindern. Aber stattdessen hatte sie sich an das gemächliche Tempo der Kollegin angepasst und war alles Wesentliche mit ihr durchgegangen, was seit ihrem letzten Treffen passiert war, während sie die Flasche Wein genossen hatten, die die Kollegin mit dem Hinweis auf das vor der Tür stehende Wochenende bestellt hatte.

Es war schön – nein, nicht schön, aber schöner. Mit einer halben Flasche Rotwein im Blut fiel es ihr leichter, in die kalten Fischaugen zu sehen, die Beleidigungen entgegenzunehmen und die scharfen Nägel an den Oberarmen zu ertragen, als er sie zur Vernunft schütteln wollte. Als er sie anbrüllte, dass sie nach Alkohol rieche und es ihr richtig schlecht gehen würde, wenn sie die Familie – die Kinder – vernachlässige, um sich nachmittags in der Stadt zu besaufen. Während Cassandra auf dem Hometrainer saß und mit ausdrucksloser Miene die Lautstärke auf ihren Kopfhörern aufdrehte. Während Leos Augen sich mit Tränen füllten, als er im Flur kniete und sich einen der Tennisschuhe zuschnürte.

Das war mittlerweile einige Wochen her. Jetzt fühlte sie sich schlechter als damals. Malin hatte jetzt auch mehr Angst. Sie hatte großen Bedarf nach etwas Beruhigendem und würde alles nehmen, was kam. Dass es ernst war, wusste sie mit hundertprozentiger Sicherheit. Das, was passieren würde, und das, was sie getan hatte. Obwohl sie nicht so richtig verstand, welchen Fehler sie begangen hatte oder welche Konsequenzen er haben würde. Außer, dass sie verhängnisvoll wären. Auf irgendeine Weise.

Deshalb hatte sie sich erlaubt, zur Mittagszeit ein Glas Rotwein aus dem chilenischen Karton einzuschenken, der seit Weihnachten geöffnet in der Speisekammer stand. Und noch eines. Und ein weiteres. Vielleicht lag es an ihrem nicht besonders geglückten, aber trotzdem ernsthaften Versuch, mit der Glyx-Diät abzunehmen, dass der Wein stärker wirkte als sonst. Vielleicht hatte sie aber auch nur mehr Wein getrunken, als sie gewohnt war und als sie beabsichtigt hatte. Wie auch immer, Malin schlief im Sessel in der Diele ein, und als sie schockartig davon geweckt wurde, dass Stefan und Leonard hereinplatzten, war die beabsichtigte Wirkung des Weins durch das direkte Gegenteil ersetzt worden. Panikartige Verwirrung statt fröhlicher und entspannter Ruhe.

»Sitzt du hier und schläfst.«

Stefans Stimme, hart wie Granit.

»Glaubst du etwa, dass du für so etwas Zeit hast.«

Zwei kurze, sorgfältig artikulierte Sätze ohne Fragezeichen – ein Roman aus Vorwürfen. Wo war sie überhaupt? Wie spät war es?

»Hallo Mama!«

In der Diele. Aber warum?

»Hallo Leo! Wie war es?«

»Er. Heißt. Leonard.«

Auf die Beine. Die Pflicht. DIE PFLICHT. Was musste sie tun? Was hätte sie tun sollen?

»Entschuldige. Leonard. Wann müsst ihr los?«

»Es ist Mittwoch.«

Leonard hatte sich in sich selbst zurückgezogen. Stefan nahm den ganzen Raum für sich ein. Mittwoch. Mittwoch? Was bedeutete das jetzt noch mal? Wer musste wann wohin? Das Essen. Hatte sie etwas vorbereitet? Nein, sie war eingeschlafen. Hatte Wein getrunken und war im Sessel in der Diele eingeschlafen.

»Hat Cassandra etwas gegessen? Wir fahren jetzt.«

Malin spürte, wie ihr der Schweiß auf die Oberlippe trat. Sie hatte es versäumt, den Kindern Brote zu schmieren. Was hatte sie sonst noch versäumt?

»Cassandra ist noch nicht zu Hause. Ich rufe sie an.«

Die Zunge klebte am Gaumen. Das Handy. Wo war es?

»Cassandra!«

Ein zorniger Schrei von Stefan, und plötzlich stand Cassandra in der Diele. Der Zorn richtete sich gegen Malin, nicht gegen die Zwölfjährige. Daran zweifelte niemand, Cassandra wusste, dass ihr Vater nicht sie anschrie.

»Bist du zu Hause, meine Große? Ich habe gar nicht gemerkt, dass du gekommen bist.«

Malin schenkte ihrer Tochter ein liebevolles Lächeln. Fröhlicher Mund, ängstliche Augen. Stefan ging zu ihr und nahm Malins Kopf zwischen seine Hände. Wollte er sie küssen? Wie früher? Aber sein Blick sagte etwas anderes. Der war schwarz und nach innen gerichtet, und er sandte starke Kräfte durch die Hände in ihren Kopf hinein. Die Ohren wurden gegen den Schädel gedrückt, es rauschte. Einmal tief einatmen, dann fiel das Urteil.

»Du hast getrunken.«

Cassandra spielte die Gleichgültige und begann sich ihre Uggs anzuziehen. Aber Malin konnte die Verachtung in ihrem Blick erkennen, bevor er im Teppich verschwand. Leonard war am Fußboden festgefroren, und der Schrecken war ihm ins Gesicht gemalt. Das brachte Malin ihren Kindern bei: Schrecken und Verachtung, Trauer und Trübsal. Stefan hielt Malins Kopf noch ein paar Sekunden länger fest, obwohl die Wahrheit bereits heraus war. Als er sie losließ, geschah dies mit einer Abscheu, die sich in Form einer Druckwelle äußerte, und um ihren Kopf gleichsam wieder einzufangen, musste sie einen Schritt zurücktreten, einen taumelnden und unkontrollierten Schritt, der sie ins Stolpern brachte. Als er wieder sprach, richtete er sich an die Kinder, aber ohne Malin auch nur für einen Augenblick aus den Augen zu lassen. Seine Worte trafen sie wie Hagelkörner.

»Leider passiert das in letzter Zeit immer häufiger, das habt ihr ja mitbekommen, Kinder. Dass eure Mutter viel zu sehr an sich selbst und ihre Bedürfnisse denkt. Sie ist blind für das Wohl der Familie, für euer Wohl, obwohl dies die wichtigste Aufgabe der Eltern ist. Und die einzige Aufgabe, die eure Mutter hat, weil sie keine richtige Arbeit hat. Sie muss dafür sorgen, dass ihr etwas zu essen bekommt, damit ihr trainieren und in die Schule gehen könnt. Aber schon seit Längerem hatte sie keine Zeit für dich, Leonard, oder für dich, Cassandra. Denn Mama hat genug damit zu tun, den ganzen Tag hier herumzusitzen und zu saufen. Sie muss sich jede Menge Wein hinter die Binde kippen, statt Essen für euch zu kochen. Am Mittwochnachmittag betrunken durch die Wohnung zu wanken, ohne sich darum zu kümmern, ob es euch gut geht. Wie ein Alki im Sessel einzupennen, sodass sie nicht einmal bemerkt, wie du von der Schule nach Hause kommst, Cassandra.«

Alki, dachte Malin. Bin ich das geworden?

»Mehr seid ihr eurer Mutter nicht wert«, fuhr die rasierklingenscharfe Stimme fort. »Ihr habt Glück, dass ihr wenigstens ein Elternteil habt, der sich für euch einsetzt. Ansonsten hätte das Jugendamt davon erfahren, und dann wärt ihr irgendwo in einem Heim gelandet oder in einer Pflegefamilie. Aber zu eurem Glück habt ihr einen Vater, dem ihr am Herzen liegt, also wird sich das alles lösen, und alles wird gut werden. Heute kauft euch euer Vater zwischen den Fahrten ein Fertiggericht, macht euch also keine Sorgen. Und ich werde mich darum kümmern, dass wir das mit Mama auch wieder in Ordnung bringen. Wir müssen sie in Behandlung schicken, ungefähr so wie ein Auto, das man in die Werkstatt fährt. Es gibt etwas, das Entwöhnungsklinik heißt. Dort muss Mama ein paar Wochen bleiben, oder ein paar Monate, und wenn wir sie zurückbekommen, ist sie wieder gesund. Denn Mama ist krank, versteht ihr? Alkoholismus ist eine Krankheit. Aber man kann sie heilen. Mit Rehabilitation, so heißt das. Nicht wahr, Malin?«

Am Ende seines Monologs hatte sich Stefans Stimme verändert, auch sein Blick war nicht mehr derselbe. Er war nicht mehr böse und enttäuscht; er war der fürsorgliche, aufmerksame, verantwortungsbewusste Familienvater. Die Kinder beruhigten sich, die Familie war wieder vereint. Mama tat ihnen leid. Gemeinsam würden sie ihr helfen und sie unterstützen. Doch nicht ohne die erzieherische Herablassung, die jemand erfährt, der von dieser peinlichen Schwäche heimgesucht worden ist. Sie waren eine starke Familie, in der jeder nach demselben Ziel strebte. Malin war ein Teil der Wohnungseinrichtung, das kaputtgegangen war und wieder repariert werden musste. Da waren sich alle einig. In einem Beschluss, der über ihren Kopf hinweg gefasst worden war. Mit gebührender Verachtung.

Malin war für unmündig erklärt worden.

Während Stefan die Telefongespräche führte, die aufgrund der neuen Situation nötig waren, redete ihr Cassandra ins Gewissen. Leonard stand daneben und wiederholte dieselben Phrasen. Mama war krank und musste die Behandlung bekommen, die sie brauchte. So lange, wie es nötig war. Sie spürte, wie sich die Schlinge um ihren Hals immer enger zusammenzog, wie die ängstlichen Schläge ihres Herzens und all diese Worte in ihren Ohren dröhnten. Worte, die alle zu demselben Schluss führten.

Malin würde auf unbestimmte Zeit verschwinden, und niemand würde einen Grund haben, sie zu vermissen.

*

Sobald sie ins Haus im Katalanvägen gekommen waren, nahm Sjöberg den Geruch nach Hund wahr. Als er das letzte Mal hier war, liefen überall Leute herum, Schnee schmolz auf den Teppichen und auf dem Fußboden, und es gab jede Menge neuer Eindrücke. Er wäre nie auf den Gedanken gekommen, dass es nach Hund roch. Aber jetzt war es auch für ihn ganz offensichtlich. Allerdings erinnerte sich keiner der Polizisten, die sich am Sonntag mit dem Fall beschäftigt hatten, daran, dass die beiden Hunde erwähnt worden waren. Weder von Bengt noch von Johnny Wetterhag. Hatte die Schutzpolizei in diesem Punkt recht, wäre es vollkommen unbegreiflich, warum diese im Grunde ziemlich offensichtliche Wahrheit vor der Polizei verheimlicht worden war.

Es hatte auch keine mechanischen Einwirkungen auf Türen und Fenster gegeben. So stand es im ersten Bericht, und das konnte Sjöberg jetzt bestätigen. Es kamen immer mehr Indizien zusammen, und sie richteten sich gegen den anscheinend sympathischen Bengt Wetterhag und den melancholischen Johnny. Dass sie nichts mit dem Verschwinden von Eva-Lena Wetterhag zu tun hatten, war immer schwerer zu glauben. Mit ihrem Schweigen behinderten sie die Ermittlungen, so viel war sicher. Aber was brachte sie dazu, wichtige Fakten totzuschweigen, etwa, dass Eva-Lena zwei Hunde dabeihatte, als sie verschwand? Wollten sie ihr beim Untertauchen helfen, damit sie bei einer Fahndung nicht so leicht erkannt wurde? Aber warum, welchen Grund könnte Eva-Lena haben, zu verschwinden? Oder wollten sie ihre eigene Beteiligung auf diese rätselhafte Weise verheimlichen? Auf der anderen Seite – wenn Bengt und Johnny den Verdacht in eine andere Richtung lenken wollten – warum hatten sie es dann nicht so aussehen lassen, als hätte jemand versucht, in das Haus einzubrechen?

Die Tatsache, dass Eva-Lenas Auto weg war, nachdem es fünf Jahre in der Garage gestanden hatte, konnte auf unterschiedliche Weise gedeutet werden. Zum Nachteil der beiden Männer, aber auch zu ihrem Vorteil. Wer würde sein eigenes Auto opfern, um eine Leiche verschwinden zu lassen? Oder: Eva-Lena verschwand aus freiem Willen und brauchte ein Auto. Ihr eigenes war das, was zur Verfügung stand. Oder: Ein Fremder brauchte ein Auto, um die Leiche wegzuschaffen, und fand ein passendes Fahrzeug in der Garage.

Das machte Sjöberg auch nicht klüger. Er wühlte sich durch die Kleiderschränke in dem Teil des Kellergeschosses, der Johnny zur Verfügung stand und einen eigenen Eingang hatte. Ein Partykeller, der auch als Schlafzimmer dienen konnte, mit einem Couchtisch, ein paar alten Drehsesseln und einem Schlafsofa, einer Stereoanlage älterer Bauart sowie einem Fernseher mit dazugehörigem DVD-Spieler. Eine Spüle und ein leerer, kleiner Kühlschrank. Sjöberg hatte die Kleidung und alles mögliche andere aus zwei Kleiderschränken herausgeräumt; schnell, aber ohne dabei nachlässig zu sein, und vorsichtig – respektvoll gegenüber der Ordnung, die der Besitzer ursprünglich im Sinn gehabt hatte, obwohl sowohl die Kleider als auch die Gegenstände schon ein gewisses Alter hatten. Jetzt wandte er sich dem dritten und letzten Schrank zu. Und dort, hinter dicht gedrängten Kleiderbügeln mit ausgewaschenen Hemden und zu klein gewordenen Bademänteln – entdeckte er einen Safe. Einen abgeschlossenen Safe, den man nicht bewegen konnte, vermutlich war er am Boden oder an der dahinterliegenden Wand verankert. In diesem Augenblick hörte er plötzlich Rufe von oben.

»Conny!«, rief Sandén. »Komm her, das musst du dir anschauen!«

Sjöberg stürmte die Kellertreppe mit drei langen Schritten hinauf und erreichte den kleinen Flur zwischen Schlafzimmer und Küche. Von dort ging er ins Schlafzimmer, wo sich die Kollegen aufhielten und sich mit erregten Stimmen unterhielten.

»Schau mal, hier«, sagte Hamad, der die Decken umgeschlagen und das Laken vom Fußende des hinteren Bettes abgezogen hatte – das Bengt Wetterhag gehörte.

»Die Matratzenauflagen sind unterschiedlich«, sagte Sandén. »Wie wahrscheinlich ist es, dass man zwei unterschiedliche Matratzenauflagen für zwei gleiche Betten hat? Vergleich mal, wie die beiden riechen.«

Sjöberg tat es, während die beiden Kollegen ihn mit gespannter Erwartung beobachteten.

»Diese hier ist neu«, sagte Sjöberg und zeigte auf die andere Matratzenauflage. »Eva-Lenas Matratzenauflage ist genauso neu wie ihre übrige Bettwäsche.«

»Ist es glaubwürdig, dass sie ihre Matratzenauflage ebenfalls mitgeschleppt hat, wenn sie Hals über Kopf aufgebrochen ist?«, fragte Sandén rhetorisch.

»Kaum«, stimmte ihm Sjöberg zu. »Wir müssen sie abnehmen und schauen, ob wir etwas auf dem Boxspringbett finden. Am besten Blut.«

Jeder packte an einer Ecke an, und sie hoben die Matratzenauflage auf den Boden. Die Luft im Zimmer stand still, als die drei Polizisten das schwarz gesprenkelte frotteeartige Material, das den federnden Boden bedeckte, untersuchten. Sie glitten mit den Fingerspitzen darüber, ohne irgendetwas zu spüren, das nicht dorthin gehörte. Die Farbe arbeitete ihnen entgegen, also nahm Hamad eine Taschenlampe und beleuchtete systematisch jede Stelle der 90 x 200 Zentimeter großen Oberfläche. Ohne einen einzigen Fleck zu entdecken. Er hielt die Nase an das Bett.

»Ich glaube jedenfalls nicht, dass das hier neu ist«, stellte er fest. »Ich finde, es riecht sowohl nach Mensch als auch nach Hund. Und nach Essen.«

»Und die beiden Boxspringmatratzen sind gleich«, seufzte Sandén. »Er hatte ein verdammtes Glück, der Kerl, dass das Blut nicht durchgesickert ist. Sonst hätte er auch ein neues Bett kaufen müssen.«

»Jetzt warte mal ein bisschen«, sagte Sjöberg, der spürte, dass sie wieder weitergaloppierten, ohne innezuhalten und nachzudenken. »Wie können wir sicher sein, dass es hier überhaupt irgendwelches Blut gab? Vielleicht wurde sie erwürgt?«

»Die Kissen sind neu«, sagte Hamad. »Wenn die Matratzenauflage und die Decke verwendet wurden, um den Körper wegzuschaffen, würden die Kissen immer noch hier liegen. Aber das tun sie nicht. Also: Alles war voller Blut.«

»Okay. Dann arbeiten wir mit der Theorie Stichwaffe. Aber wer sagt uns, dass der Ehemann dahintersteckt? Der Sohn hatte den ganzen Nachmittag Zeit, alles wegzuräumen und das Bett neu zu beziehen. Eine neue Decke, neue Kissen und eine neue Matratzenauflage zu kaufen. Und es wäre durchaus möglich, dass nicht einmal Bengt es gemerkt hätte, oder?«

»Oder Johnny, wenn Bengt das Bett neu bezogen hat«, beharrte Sandén.

Aber er hatte natürlich recht. Auch Johnny hätte nicht bemerkt, dass das Laken frisch gewaschen oder dass die Decke, die Kissen und die Obermatratze neu waren. Dagegen ..., dachte Sjöberg und kniete sich auf den Dielenboden aus Kiefernholz. Er war zwar verschrammt, aber das war vielleicht ganz natürlich, wenn Hunde im Haus waren? Davon hatte er eigentlich keine Ahnung, aber als er seine

Finger über die Planken gleiten ließ, war es ziemlich offensichtlich, dass einige der Schrammen ein bisschen tiefer und ein bisschen frischer waren. Ein paar offene Wunden im Holz, die von etwas anderem als einer alltäglichen Berührung durch Hundepfoten mit scharfen Krallen zeugten. Schäden, die vielleicht eine täuschende Platzierung der Möbel verrieten. Sandén und Hamad beobachteten ihn verwundert, wollten gern an seinen Gedanken teilhaben.

»Jemand hat die Betten vertauscht«, sagte Sjöberg im Brustton der Überzeugung und stand auf. »Bengts Bettwäsche liegt auf Eva-Lenas Boxspringbett.«

»Aber warum …«, begann Hamad.

»Warum wurden nicht einfach nur die Matratzenauflagen vertauscht?«, beendete Sandén die Frage.

»Weil sowohl Bengt als auch Johnny wissen, wer in welchem Bett schlief«, antwortete Sjöberg. »Derjenige, der die Betten vertauscht hat, wollte verbergen, was in Eva-Lenas Bett zu finden ist, indem er es zu Bengts Bett gemacht hat. Vor dem anderen und vor der Polizei. Kommt jetzt, wir ziehen das Bett ab.«

Es war immer noch nicht besonders einfach, das Blut vor dem schwarz gemusterten Hintergrund auszumachen, aber im Licht der Taschenlampe konnten sie es alle erkennen. Der große dunkle Fleck, der vom Bezug des Federkerns aufgesaugt worden war. Was sie dagegen nicht sehen konnten, sondern erst entdeckten, als sie die Finger über das Material gleiten ließen, waren die zwei kleinen Löcher, die in dem elastischen Stoff fast wieder verheilt zu sein schienen.

»Das hier, meine Freunde, sind keine Schäden, die durch ein Messer verursacht worden sind«, verkündete Sandén feierlich.

»Das sind Einschusslöcher«, bestätigte Hamad. »Er hat sie erschossen.«

»Wer hat sie erschossen, was meinst du?«, wollte Sandén wissen.

»Johnny«, antwortete Sjöberg an Hamads Stelle. »Weil er derjenige ist, der die ganze Zeit geleugnet hat, dass er seine Mutter ins Bett gebracht hat. Trotz der schlauen Idee, die Betten im Anschluss noch zu vertauschen. Doppelt gemoppelt. Bengt war dagegen nicht so erpicht darauf, die Aufmerksamkeit der Polizei vom Schlafzimmer abzulenken. Was er hätte sein müssen, wenn er der Schuldige wäre. Außerdem glaube ich, dass Johnny Zugang zu Schusswaffen hat. Es gibt einen Safe unten in seinem Kleiderschrank.«

»Das ist ja ein Ding«, sagte Hamad. »Und das hat vor uns niemand entdeckt?«

»Es hilft nichts, sich über vergangene Fehler aufzuregen, Jungs«, meinte Sandén. »Lasst uns stattdessen versuchen, die Kugeln zu finden. Da könnten noch zwei Stück hier irgendwo in diesem Zimmer stecken.«

»Fangt ihr schon mal an«, sagte Sjöberg. »Am besten auf dem Fußboden unter dem Bett. Ich muss erst noch telefonieren.«

Während er die Nummer suchte, hoben Hamad und Sandén das Bett mit den Einschusslöchern an beiden Enden hoch und trugen es zum Fenster, das zum Garten hinter dem Haus hinausging.

»Jetzt habt ihr euch, glaube ich, geirrt«, warf Sjöberg ein, als sich Gerdin auf seinem Handy meldete.

Sandén kratzte sich am Kopf, und Hamad schlug sich die Hand an die Stirn und stieß einen milden Fluch aus.

»Kannst du mir helfen und herausfinden, ob Johnny Wetterhag einen Waffenschein hat?«, bat Sjöberg, während er gleichzeitig wegen seiner leicht verwirrten Kollegen demonstrativ mit den Augen rollte. »Ich glaube, er bewahrt eine Handfeuerwaffe hier im Haus auf.«

Die beiden Kollegen trugen jetzt das zweite Bett zur Seite und stellten es so ab, dass es beinahe die Schlafzimmertür blockierte. Hamad schaltete die Taschenlampe wieder ein und ging auf alle viere.

»Gibt es irgendwelche Anzeichen dafür, dass sie in letzter Zeit benutzt wurde?«, fragte Gerdin.

»Ja, leider«, antwortete Sjöberg.

»Das verheißt nichts Gutes.«

»Nein. Wir haben Blut und Einschusslöcher im Boxspringbett gefunden.«

Auch der bedeutend ungelenkere Sandén war inzwischen auf den Knien.

»Und eine Kugel zwischen den Fußbodendielen«, fügte er hinzu, während er das kleine Projektil ohne Schwierigkeiten herauspulte und es zwischen Daumen und Zeigefinger hielt. »Neun Millimeter, würde ich sagen. Parabellum.«

»Hast du das gehört?«, fragte Sjöberg ins Telefon.

»Ja. Hat er sie unter dem Bett gefunden? Das ging ja schnell.«

»In der Tat«, bestätigte Sjöberg.

»Aber keine Patronenhülse?«

»Keine Hülse.«

»Also ein Revolver. Warum hätte der Täter die Hülsen einsammeln, aber die Kugeln nicht vom Boden kratzen sollen, wenn es so einfach war?«, fragte Gerdin.

Darauf hatte Sjöberg keine Antwort.

»Zeitmangel?«, schlug er vor.

»Sowohl Bengt als auch Johnny hatten ausreichend Zeit, hinter sich aufzuräumen.«

»Natürlich. Aber in einer solchen Stresssituation geht

man vielleicht davon aus, dass so eine Kugel mehr oder weniger unauffindbar bleiben würde …«

»Hier ist die andere«, sagte Hamad mit einem Lächeln. »Sah aus wie ein Astloch. Mission beendet.«

»Zwei Kugeln«, berichtete Sjöberg.

»Schlimme Sache«, sagte Gerdin. »Im Bett also. Da war jemand wirklich entschlossen.«

Sjöberg konnte ihr nur recht geben. Auch wenn Gerdin Gedanken angestoßen hatte, die ihm nicht richtig gefielen. Er fragte sich, ob genau das ihre Absicht gewesen war, oder ob sie einfach nur alles kreativ infrage stellte, auf diese typisch gerdinsche und etwas lästige Art, die jedem von ihnen Grillen in den Kopf setzte.

»Ich habe einen Anruf von der Finanzpolizei bekommen«, sagte sie anschließend. »Es hat sich herausgestellt, dass das Ehepaar Wetterhag finanzielle Probleme hat. Was Eva-Lena mit dem Salon verdient, zerrinnt ihr wie Sand zwischen den Fingern. Bengts Lehrergehalt muss für fast alles reichen, was mit dem Haus, dem Auto und der Lebenshaltung zu tun hat. Wohin Eva-Lenas Geld verschwindet, kann man nur vermuten.«

»Und was vermutest du?«

»Der Liebhaber vielleicht? Spielsucht?«

»Worauf gründet sich diese Vermutung? Mit dem Spielen?«

»Laut der Finanzpolizei ist mehrere Male Geld von ihrem Konto im Casino *Cosmopol* abgebucht worden. Wetterhags pfeifen förmlich auf dem letzten Loch. Das muss nichts bedeuten, aber diese Art von Sorgen können durchaus zur Flucht anregen.«

»Oder zum Mord«, ergänzte Sjöberg. »Wir haben hier gerade zwei Kugeln unter dem Bett gefunden, wie du dich vielleicht erinnerst.«

»Ja, natürlich. Außerdem wusste unser Mann bei der Finanzpolizei noch etwas zu erzählen, was dich interessieren könnte. Folgende Transaktion wurde am Freitag im Kassensystem der IKEA-Filiale in Kungens Kurva registriert: Zwei Kissen, eine Decke sowie eine Matratzenauflage wurden um 19.14 Uhr für preiswerte siebenhundertzweiundneunzig Kronen erstanden, von …«

»Bengt Wetterhag«, ergänzte Sjöberg. »Er war also nicht mit dem Auto unterwegs und suchte nach seiner geliebten Frau. Na, dann los. Lass sie beide festnehmen. Bengt und Johnny.«

*

Nachdem Gerdin zusammen mit Westman und Andersson nicht weniger als drei Barkeeper aus der Cocktailbar vom *Hotel Malmen* gesprochen hatten, vernahmen sie den Rastamann Sebastian Karlsson. Auf den ersten Blick ein angenehmer Zeitgenosse, der laut eigener Aussage lediglich das Pech gehabt hatte, an jenem Freitagabend ein paar Stunden zusammen mit der anschließend vermissten Heidi Richter verbracht zu haben. Was er später zurückzunehmen und durch eine geschmackvollere Formulierung zu ersetzen versuchte. Ja, er hatte sich zwischen halb zehn und elf mit Heidi unterhalten. Und weil Heidi eine sehr attraktive Frau sei … eine sehr attraktive *Person*, hatte er das *Glück*, ihr im Laufe dieses Abends öfter Gesellschaft leisten zu dürfen. Aber natürlich war es *Pech*, dass er deswegen jetzt als potenzieller Verbrecher betrachtet werde. Sebastian war auf jeden Fall der Ansicht, dass Heidi in guter Stimmung gewesen war, und räumte ein, dass er mehrere Bier zusammen mit ihr getrunken hatte, was durchaus bei ihnen beiden zu einem gewissen Rausch geführt haben konnte. Er wusste auch zu berichten, dass Heidi ziemlich deutlich damit war, dass sie – genau wie in der Schulzeit – nur Freunde seien. Sebastian selbst hatte zwar zurzeit keine Herzensdame, aber Heidi – die in der Tat auf ihre besondere Weise eine sehr attraktive Frau war – betrachtete er doch eher wie eine Schwester. Sie hatte wohl auch erwähnt, dass sie im Augenblick gebunden sei, aber nur in einem Nebensatz.

Sebastian hatte sich kurz vor elf, aufgrund einer SMS, die er von einem seiner Freunde erhalten hatte, von Heidi verabschiedet, war vom Barhocker aufgestanden, um anschließend mit seinen beiden Freunden das *Hotel Malmen* zu verlassen. Sie hatten dann die wenigen Schritte zu der populären Skybar *Och Himlen Därtill* im alten Finanzverwaltungshochhaus zurückgelegt. Dort war es Sebastian allerdings zu laut und zu voll gewesen, was – in Kombination mit der Tatsache, dass er sich sehr müde und vielleicht auch ein bisschen betrunken gefühlt hatte – ihn zu dem Entschluss geführt hatte, nach Hause zu gehen und zu schlafen. Das alles, außer dass er nach Hause ging und sich schlafen legte, konnte von seinen Freunden bestätigt werden.

Daran zweifelte Gerdin nicht, aber das entfernte ihn auch nicht von der Liste der Verdächtigen. Nichts sprach dagegen, dass er ins *Malmen* zurückgekehrt war und mit Heidi in der Cocktailbar gesessen hatte. Denn die drei Barkeeper, die sich alle an Heidi erinnerten, hatten auch bemerkt, dass sie sich in Gesellschaft eines Mannes mit Rastazöpfen befunden hatte. Angesichts der Arbeitsbelastung an einem solchen Freitagabend konnte keiner von ihnen irgendwelche Zeitangaben machen, aber es konnte sich auch niemand erinnern, sie dort am hinteren Ende der Bar in Gesellschaft einer anderen Person gesehen zu haben.

Was Gerdin nach diesen Aussagen verblüffte, war, wie es dazu hatte kommen können, dass Heidi, die nach einer höchst glaubwürdigen Quelle ihren Barhocker gegen elf Uhr verlassen hatte, eine Stunde später wieder auf demselben Stuhl saß. Wie groß war die Wahrscheinlichkeit, dass genau dieser Stuhl in einer angesagten und überfüllten Bar, in der es bei Weitem nicht genug Sitzgelegenheiten für alle Gäste gab, eine Stunde lang darauf wartete, dass sie zurückkehrte? So gut wie null, dachte Gerdin. Also war sie die ganze Stunde dort sitzen geblieben. Aber so konnte es auch nicht gewesen sein, denn laut Aussage von Julia Gustavsson hatte sie um elf Uhr nicht dort gesessen. Vielleicht musste sie auf die Toilette? Sehr wahrscheinlich, nachdem sie laut übereinstimmender Aussagen etliche Flaschen Bier in der Bar getrunken hatte. Sehr wahrscheinlich, weil sie der Liveauftritt in der *Kleinen Hotelbar* nicht gelockt hatte, weil sie nicht rauchte und weil keine ihrer Freundinnen sie während dieser Stunde irgendwo gesehen hatte. Allerdings war es nicht besonders wahrscheinlich, dass ihr Barhocker leer auf sie gewartet hatte, selbst wenn der Toilettenbesuch nur einen Wimpernschlag dauerte, wie Andersson es ausgedrückt hätte.

Es sei denn, jemand hätte ihr den Platz freigehalten. Jemand, der nicht zu Heidis Freundeskreis gehörte, jemand, der nicht zu Sebastians Gruppe gehörte. Jemand, dem Julia nie zuvor begegnet war und den sie deshalb nicht mit Heidi in Verbindung gebracht hatte, obwohl sie bemerkt hatte, dass er auf dem Stuhl saß, auf dem Sebastian vorher gesessen hatte. Jemand, der sich nicht im selben Ausmaß wie Sebastian mit seiner Rastafrisur hervorhob, oder wie Heidi in ihrem roten Fünfzigerjahrekleid. Eine ziemlich alltägliche Person also, die nicht viel Aufhebens von sich machte. Aber die vielleicht einen raffinierteren Geschmack als

Heidi hatte, wenn es um Alkohol ging. Reifer vielleicht. Oder einfach nur kostspieliger.

Weil Heidi unerwarteterweise um Mitternacht immer noch auf demselben Hocker saß, plötzlich mit einem Dry Martini vor sich auf dem Tresen, statt eines Biers, wie den ganzen Abend zuvor.

Dieses wohlbekannte Kribbeln im Bauch sagte Gerdin, dass sie etwas Interessantem auf der Spur war. Nichts, was zwangsläufig der Theorie entgegensprach, dass Sebastian wiederaufgetaucht war. Später, im Laufe der Nacht oder vor dem *Hotel Malmen*. Oder vor dem Haus, in dem Heidi wohnte. Nichts, was der Theorie entgegensprach, dass Ola hinter Heidis Verschwinden steckte. Denn Heidi könnte auch spät in der Nacht nach Hause gekommen sein, oder vielleicht auch erst am nächsten Tag, und hätte dann ihr Fett wegbekommen. Eigentlich sprach nichts gegen die Möglichkeit, dass Heidi einfach die Nase voll von allem hatte und nach Kopenhagen gefahren war. Sogar die Idee mit dem Taxifahrer könnte noch funktionieren.

Aber es war weder Sebastian noch Ola oder ein diensthabender Taxifahrer, der neben Heidi an der Bar saß und einen Dry Martini trank. Und einsam wird sie dort kaum gesessen haben.

Und es war auch nicht sicher, dass ein Mann, der älter war als sie, mit einem Aussehen, das nicht so viel Aufmerksamkeit weckte wie ihres, und einer Brieftasche, die ein bisschen dicker war als ihre, die auffällige vierundzwanzigjährige Heidi Richter entführt oder ermordet hatte. Aber Gerdin war vollkommen davon überzeugt, dass dieser Mann dort mit Heidi an der Bar gesessen hatte. Er hatte ihren Stuhl freigehalten, als sie gegen elf auf der Toilette war. Sie hatte seinen Stuhl freigehalten, als er gegen Mitternacht auf der Toilette war.

Oder, dachte Gerdin mit zunehmender Erregung, als Julia sie zum letzten Mal gesehen hatte, hatte Heidi vielleicht ein klassisches Ablenkungsmanöver inszeniert: Sie hatte zehn Minuten gewartet, damit er brav aufbrechen konnte, damit er brav nach Hause kommen oder brav in ein Hotel einchecken konnte. Alles nur, damit niemand sah, wie sie das Hotel gemeinsam verließen oder das nächste Ziel der Reise gemeinsam erreichten. Denn angesichts des unschuldigen Ratschlags, sich ihre Freiheit zurückzuholen, den die von ihrem schlechten Gewissen geplagte Julia ihrer besten Freundin gegeben hatte, und angesichts ihrer eigenen Natur, dachte Gerdin, dass es alles andere als undenkbar war, dass Heidi an diesem unglückseligen Freitagabend ihre Tür ein bisschen geöffnet hatte. Und dass sie sie, falls der Richtige auftauchte, vielleicht auch ganz aufgerissen hatte.

*

»Wo ist Johnny?«, fragte Sjöberg einen offensichtlich trauernden und verwirrten Bengt Wetterhag.

Der mit den Achseln zuckte und einen sehnsuchtsvollen Blick auf die abgeschlossene und bewachte Tür des Verhörraums warf. Wenn er sich das nächste Mal auf der anderen Seite befand, würden ihm Handschellen angelegt werden. Für die Weiterbeförderung ins Gefängnis Kronoberg, wo er auf die Haftprüfungsverhandlung wegen eines hinreichenden Verdachts auf Mord, alternativ wegen Beihilfe zum Mord oder wegen Strafvereitelung warten musste.

»Sie wissen also nicht, wo sich Johnny befindet?«, wiederholte Sjöberg die Frage.

»Nein, das weiß ich nicht«, antwortete Bengt Wetterhag. »Wahrscheinlich arbeitet er gerade.«

»Wann haben Sie zuletzt von ihm gehört?«

»Am Montag.«

»Er ist seit zwei Tagen nicht mehr auf der Arbeit erschienen. Wussten Sie das?«

»Nein.«

»Wie fühlen Sie sich dabei?«

»Bei allem Respekt«, sagte Bengt Wetterhag mit einer gewissen Verzweiflung im Blick, »aber ich bin bestimmt nicht hier, um über meine Gefühle zu reden, oder? Also, was wollen Sie wissen?«

»Oh, eine ganze Menge«, meinte Hamad mit einem klanglosen Lachen. »Halten Sie Johnny den Rücken frei?«

»Nein, das tue ich nicht. Johnny hat nichts mit dieser Sache zu tun, das kann ich Ihnen versichern.«

»Und was genau meinen Sie mit ›dieser Sache‹?«

»Ich vermute, dass ich hier bin, um mit Ihnen über Eva-Lenas Verschwinden zu diskutieren.«

»Wir würden es nicht Diskussion nennen«, unterrichtete Hamad ihn säuerlich. »Sie sind wegen eines schweren Verbrechens verhaftet worden, und das hier ist das von der Verfassung garantierte Verhör, in dem Sie über das Ihnen vorgeworfene Verbrechen unterrichtet werden und Stellung dazu beziehen können. Von hier aus wandern Sie direkt weiter in Untersuchungshaft, und dort können Sie dann darüber schlafen.«

»Mord«, murmelte Bengt Wetterhag und schüttelte den Kopf, ohne einem der beiden Polizisten in die Augen zu sehen.

»Etwa nicht?«, sagte Sjöberg. »Dann erzählen Sie mir, was Ihrer Meinung nach passiert ist.«

»Das habe ich doch schon getan. Eva-Lena ist mit ihrem Leben nicht richtig zufrieden. Sie hat eine Auszeit genommen.«

»Wenn es so wäre, ist es dann nachvollziehbar, dass sie nichts von sich hören lässt? Jetzt schon seit fünf Tagen?«

»Nachvollziehbar oder nicht; ganz offensichtlich ist es eben so. Sie ist mit dem Auto und den Hunden weggefahren.«

»Lustig, dass Sie die Hunde erwähnen«, sagte Hamad mit einem schiefen Lächeln. »Die haben Sie vorher noch mit keinem Wort erwähnt.«

»Weder uns gegenüber noch gegenüber den Polizisten, die den Fall zuerst bearbeitet haben«, ergänzte Sjöberg. »Das wissen wir, also versuchen Sie nicht noch einmal, uns etwas vorzumachen.«

Bengt Wetterhag wand sich in seinem Stuhl, fuhr sich mit der Hand durch eine bereits ordentlich gekämmte Frisur. Irgendetwas an diesen Hunden machte ihm zu schaffen, er verschloss sich wie eine Muschel. Sjöberg hatte eine ganze Weile darüber nachgedacht, ohne der Lösung dieses Rätsels einen Schritt näher gekommen zu sein.

»Ich vermisse die Hunde nicht so sehr, wie ich Eva-Lena vermisse. Ich glaube, das hatte ich schon einmal erwähnt.«

Ein Funken Ironie; Bengt Wetterhag blieb sich treu. Aber Hamad wollte nicht zurückstehen.

»Sie erwarten Eva-Lena also zurück?«, fragte er.

»Natürlich. Ich möchte nichts mehr, als dass sie nach Hause zurückkommt.«

»Und Sie *glauben*, dass sie zurückkommt?«

»Ich *hoffe*, dass sie zurückkommt. Mehr kann ich nicht tun.«

Schön formuliert, bemerkte Sjöberg. Bei Bengt Wetterhag klang es so, als könnte seine Frau selbst darüber entscheiden.

»Sie haben die Hundenäpfe in den Schrank unter der Spüle gestellt. Sie sehen ein, dass man es so deuten könnte, dass Sie die Hoffnung darauf aufgegeben haben, dass Eva-Lena nach Hause kommen wird?«

Hamad sagte dies mit einem bösartigen Lächeln auf den Lippen. Allerdings brachte er Bengt Wetterhag damit weder aus dem Gleichgewicht noch konnte er ein Leck in seine Verteidigung schlagen.

»Da interpretieren Sie mich falsch. Ich habe sie ja nicht weggeworfen. Ich versuche nur Ordnung um mich herum zu halten.«

Er sagte es, ohne einen einzigen Millimeter mit dem Blick zur Seite zu weichen. Diese Köter gingen Sjöberg langsam auf die Nerven. Aber vielleicht war es jetzt an der Zeit, sie für eine Weile aus dem Spiel zu nehmen und sich den Dingen zu widmen, die auf dem Papier viel wichtiger waren. Obwohl er das Gefühl hatte, dass diese Hunde des Pudels Kern waren. Sozusagen.

»Sie haben finanzielle Schwierigkeiten«, sagte er stattdessen.

Als wäre es ein Faktum. In der Hoffnung, dass es interessante Informationen hervorlocken würde.

»Wir kommen zurecht«, antwortete Bengt Wetterhag knapp.

»Aber nur gerade so. Sie haben die größte Last zu tragen.«

»Ja.«

»Aber Eva-Lena ist Miteigentümerin eines Unternehmens, das eine ganze Menge einbringt, und außerdem zahlt sie sich noch ein großzügiges Gehalt aus.«

Bengt Wetterhag nickte müde.

»Wo geht dieses ganze Geld hin?«

»Sie möchte nicht darüber sprechen.«

»Und damit geben Sie sich zufrieden?«

»Ich bin nicht zufrieden, wenn Sie das meinen. Ich habe es etliche Male zur Sprache gebracht, aber ich stelle sie deswegen nicht zur Rede.«

Sjöberg und Hamad schauten einander an. War Bengt Wetterhag ein Heiliger? Wahrscheinlich nicht. Bestenfalls ein Pantoffelheld.

»Eva-Lena ist eine empfindliche Seele«, erklärte Bengt Wetterhag. »Sie kann Kritik nicht so gut vertragen.«

»Ich finde, dass Eva-Lena eine ziemlich anstrengende Person zu sein scheint, wenn man mit ihr zusammenlebt«, sagte Hamad. »Vielleicht ist es ja so, dass Sie von ihrer dunklen und etwas deprimierten Seite genug hatten? Dass Sie es satthatten, mit ihr nicht über die Dinge reden zu können, die in Ihrer Beziehung nicht funktionierten? Dass es Ihnen bis oben stand, dass sie nichts zur Haushaltskasse beizutragen hatte.«

Jetzt lächelte Bengt Wetterhag zum ersten Mal.

»Meinen Sie, ich hätte meine Frau für ein bisschen Geld ermordet? Dann hätte ich mich auch scheiden lassen können.«

»Ja?«, fragte Sjöberg provozierend. »Warum haben Sie es dann nicht getan?«

»Weil Johnny mich braucht. Weil Eva-Lena immer wieder auch eine wunderbare Person ist. Und ich habe ihr Treue in guten und in schlechten Tagen versprochen.«

»Soweit wir gehört haben, ist sie dagegen vielleicht nicht immer so treu gewesen«, sagte Sjöberg mit einem Hauch von schlechtem Gewissen.

Er wusste gar nicht, warum, es musste ja gesagt werden. Und der Mann war ja mit größter Wahrscheinlichkeit zumindest am Mord an seiner Frau beteiligt. Bengt Wetterhag seufzte.

»Ich hatte da schon meine Vermutungen. Aber ich weiß, dass ich Eva-Lena sehr viel bedeute. Also muss ich damit zufrieden sein.«

Keine Gefühlsausbrüche, nicht einmal irgendwelche Gegenfragen. Seltsamer Mann, dachte Sjöberg.

»Sie hat jeden Dienstag ihren freien Tag, wissen Sie das?«, fragte er.

Bengt Wetterhag schloss die Augen und schüttelte den Kopf.

»Sie holt die verlorenen Stunden an den anderen Tagen nach. Wissen Sie, warum?«

»Ich vermute, dass sie in dieser Zeit den anderen trifft«, antwortete Bengt Wetterhag und öffnete die Augen erst wieder, als er den Satz beendet hatte.

Er sah betrübt aus, aber nicht wütend. Er ließ sich nichts anmerken.

»Das ist mein längster Tag. Am Dienstag fange ich früh an und höre spät auf.«

»Sie fährt die Familie also wirtschaftlich an die Wand, sie betrügt Sie regelmäßig, und sie ist eine mürrische und unangenehme Person, die keine Kritik vertragen kann. Was für ein Fang«, sagte Hamad zynisch. »Kein Wunder, dass Sie sie loswerden wollten.«

Aber es war schwer, Bengt Wetterhag aus der Ruhe zu bringen.

»Ich mag es nicht, wenn Sie so über Eva-Lena reden. Und ich wollte sie auch nicht ›loswerden‹.«

Einen Funken Temperament hatte Hamads Ausfall hervorgelockt, aber jetzt galt es, das Feuer am Köcheln zu halten.

»Wann haben Sie am Freitag die Schule verlassen?«, fragte Sjöberg.

»Um halb sechs.«

»Niemand hat sie nach fünf Uhr gesehen.«

»Das beweist nicht, dass ich nicht bis halb sechs geblieben bin.«

Selbst wenn er gelogen hatte, seine Geistesgegenwart hatte er auf jeden Fall behalten.

»Wir haben ein seltsames Ergebnis aus dem Labor bekommen«, fuhr Sjöberg fort. »Es hat sich herausgestellt, dass niemand auf Eva-Lenas Laken geschlafen hatte. Wie kommt das?«

Bengt Wetterhag verzog keine Miene.

»Dann hat sie wohl das Bett neu bezogen, nachdem sie darin geschlafen hatte.«

»Das Seltsame ist, dass sie in diesem Fall auch das Kissen und die Bettdecke ausgetauscht hat. Ist das nicht verwunderlich?«

»Allerdings«, gab Bengt Wetterhag zu. »Aber Eva-Lena kümmert sich um solche Dinge, also kann ich Ihnen keine Erklärung liefern.«

Immer noch keine sichtbare Reaktion. Bengt Wetterhag war selbst noch im Haus gewesen, nachdem die Techniker ihre Arbeit getan hatten – was im Nachhinein betrachtet ja nicht so viel war. Er wusste, dass sie Eva-Lenas Bettwäsche mitgenommen hatten, und auf dieser Grundlage spielte er seine Karten gut aus. Aber jetzt.

»Sie haben unterschiedliche Matratzenauflagen, Eva-Lena und Sie – wie kommt das?«

Ein Anflug von Unsicherheit huschte durch Bengt Wetterhags Gesicht.

»Keine Ahnung. Wie ich schon sagte, das Bettenmachen ist nicht meine Aufgabe.«

»Das Lustige ist, dass sowohl die Matratzenauflage als auch die Kissen und die Decke ganz neu sind.«

Sjöberg ließ die Bombe mit erhabener Ruhe fallen.

»Und Sie, Bengt, haben diese Dinge gekauft. Genauer gesagt am Freitagabend im IKEA in Kungens Kurva.«

Er sah, wie sich Bengt Wetterhags Kiefermuskulatur anspannte, wie er Luft holte, bevor er antwortete.

»Eva-Lena hatte ihre Bettwäsche mitgenommen. Ich wollte, dass alles wie immer aussieht, mit schön gemachtem Bett, wenn sie nach Hause kommt.«

»Beinhaltete das auch, die Bettgestelle gegeneinander auszutauschen?«

Bengt Wetterhag log. Sjöberg sah, dass er log. Aber er antwortete schnell.

»Ich habe die Betten nicht vertauscht.«

»Doch, wir haben es an den Schrammen auf dem Fußboden gesehen.«

»Ich weiß nicht, wovon Sie sprechen. Ich habe keine Betten verschoben.«

Hamad konnte sich nicht länger zurückhalten.

»Sie lügen, Bengt«, sagte er mit einem triumphierenden Lächeln und hielt Bengt Wetterhag einen ausgestreckten Finger vor das Gesicht. »Sie haben verschwiegen, dass die Hunde und die Bettwäsche fehlen. Jetzt spinnen Sie eine aus der Luft gegriffene Geschichte zusammen, dass Sie Eva-Lena mit einem frisch gemachten Bett zu Hause empfangen wollten, weil sie ja ihre Bettwäsche mitgenommen hatte. Obwohl Sie kurz zuvor noch behauptet haben, dass sie selbst das Bett gemacht habe. Sie sagten aus, dass Sie losgefahren seien, um Eva-Lena zu suchen, während Sie in Wirklichkeit bei IKEA waren und neue Bettwäsche kauften. Sie machten uns vor, dass Sie gegen sechs Uhr angefangen hätten, sich Sorgen zu machen, und anschließend nach ihr gesucht hätten, obwohl es zu dieser Zeit noch gar nichts gab, worüber man sich Sorgen machen konnte. Es sei denn, Sie wussten schon längst, was passiert war, und spielten nun die Rolle des besorgten Ehemannes. Leider ein bisschen zu früh – schlechtes Timing, Bengt. Und Sie haben die Betten gegeneinander ausgetauscht; es sind frische Schrammen auf dem Holzboden, die genau verraten, was Sie vorhatten, als Sie das eine Bett mit der frisch gekauften Wäsche bezogen.«

Sjöberg sah, wie der Puls an Hamads Schläfe pochte, und beschloss, wieder das Kommando darüber zu übernehmen, wie die Beweise vorgelegt wurden. Es musste in kontrollierter Form geschehen, damit er die Reaktionen wahrnehmen konnte. Deshalb brachte er seinen Kollegen mit einem erhobenen Finger zum Schweigen. Hamads Stimme hallte noch in Sjöbergs Ohren, und Bengt Wetterhag schien den Tränen nahe zu sein, vollständig überrascht von diesem überaus berechtigten Schwarm von Vorwürfen.

»Warum haben Sie es getan, Bengt?«, fragte Sjöberg sanft. »Warum haben Sie neue Bettwäsche gekauft und Eva-Lenas Bett neu bezogen? Und warum haben Sie diesbezüglich gelogen?«

Bengt Wetterhags Blick wurde unruhig, und er kratzte sich im Nacken; schaute mit unglücklicher Miene von einem zum anderen. Er hatte keine Ausflüchte mehr, er war durchschaut. Aber dann schien er einen Beschluss zu fassen. Er nahm sich zusammen und räusperte sich, bevor er den Mund wieder öffnete.

»Diese Frage werde ich nicht beantworten.«

Was sehr vernünftig war, dachte Sjöberg. Aber warte nur.

»Es ist uns zur Kenntnis gekommen, dass Johnny einen Waffenschein für eine Glock 17,9mm Parabellum besitzt«, sagte er, ohne eine direkte Frage anzuschließen.

»Ja«, antwortete Bengt Wetterhag, ohne seine Stimme

oder Haltung groß zu verändern. »Er ist Sportschütze. Zwar nicht mehr aktiv, aber er war ein guter Junior.«

»Eine imposante Waffe«, stellte Sjöberg fest.

Bengt Wetterhag nickte.

»Gibt es mehrere Schlüssel zu dem Waffenschrank?«

Eine kleine Furche, die Sjöberg vorher nicht bemerkt hatte, vertiefte sich über Bengt Wetterhags einer Augenbraue.

»Es gibt zwei«, antwortete er. »Einen hat Johnny. Den anderen hat Eva-Lena an ihrem Schlüsselbund. Für alle Fälle. Falls Johnny seinen Schlüssel verliert.«

»Aha«, sagte Sjöberg zurückhaltend. »Ich glaube, das ist nicht ganz nach den Vorschriften. Aber das bedeutet auf jeden Fall auch, dass Sie Zugang zu dieser Waffe hatten. Falls Sie zum Beispiel auf die Idee gekommen sein sollten, Ihre Frau zu erschießen.«

Bengt Wetterhag verschränkte jetzt die Arme vor seiner Brust und runzelte die Stirn noch kräftiger. Er betrachtete Sjöberg mit großem Misstrauen, aber ohne auf die Vorwürfe zu reagieren. Ein Königreich für seine Gedanken, dachte Sjöberg.

»Eine letzte Frage nur noch«, sagte er ruhig. »Wie kommt es, dass Sie nicht nach den Kugeln gesucht haben, wenn Sie die Hülsen hinter sich eingesammelt haben? Also, nachdem Sie Eva-Lena erschossen hatten, meine ich. Es war ganz einfach, die Kugeln aus den Kieferndielen unter dem Bett zu kratzen.«

Das Gesicht, das Sjöberg jetzt beobachtete, reagierte ganz anders, als er erwartet hatte. Bengt Wetterhag riss die Augen auf und musste immer wieder schlucken. Er sah zu Tode erschrocken aus.

*

Als Bella Hansson sich endlich meldete und erzählte, dass die Techniker die Untersuchung von Heidi Richters und Ola Bergs Wohnung abgeschlossen hatten, fuhren Andersson und Westman dorthin, um sich ein eigenes Bild zu machen. Gerdin hatte noch einiges auf der Station zu tun, aber Julia, die nichts lieber wollte, als behilflich zu sein, durfte sie zu der Wohnung ihrer Freundin begleiten. Hansson hatte sie vorher schon darüber informiert, dass das rote Fünfzigerjahrekleid, das Heidi zuletzt getragen hatte, fehlte. Julia konnte nur bekräftigen, dass dies stimmte. Desgleichen fehlten ihr ebenso rotes Diadem, ihre schwarzen Pumps und die schwarze Lacktasche, die unter anderem ihren knallroten Lippenstift enthielt, der ebenfalls nicht zu finden war. Der Mantel, das Halstuch, die Winterstiefel und die Handschuhe fehlten ebenfalls; allerdings konnte sich Julia nicht daran erinnern, ob etwas anderes in Heidis Kleiderschrank fehlte. Heidi war also ohne Zweifel direkt verschwunden, nachdem sie am Freitagabend ausgegangen war. Das musste Julia betrübt feststellen, bevor die Polizisten sich bei ihr für die Hilfe bedankten und sie nach Hause schickten. Andersson – Westman hatte ihr bereits den Rücken zugewandt – strich ihr sanft über das Haar, während er ihre weiße Wange mit den Lippen berührte. Zu wissen, dass er sich am Rande dessen befand, was die Dienstvorschriften zuließen, rief ein kitzelndes Gefühl in ihm hervor, das sich in seinem Bauch eingenistet hatte. Es war gleichzeitig angenehm und irritierend, aber er wollte es nicht missen.

Ebenso wenig hatte man Heidis Schlüssel, Brille, Brieftasche oder Handy gefunden, was in diesem Zusammenhang logisch war, allerdings war es weitaus interessanter, dass sich auch Heidis Pass nicht in der Wohnung befand.

»Aber sie muss doch einen Pass haben?«, meinte Andersson.

»Auf jeden Fall«, stimmte ihm Westman zu. »Sie ist ja viel gereist, also hat sie auch einen Pass. Im Übrigen haben sie für Ostern eine Reise nach China gebucht. Heidi und Ola. Die Flugtickets liegen im Schlafzimmer.«

»Braucht man nicht ein Visum, wenn man nach China möchte?«, fragte Andersson.

»Das braucht man bestimmt. Ich schaue mir Olas Pass an, er liegt bei den Reiseunterlagen.«

»Seltsam, dass Ola keinen Abschiedsbrief an seine Eltern verfasst hat«, sagte Andersson, der ihr ins Schlafzimmer gefolgt war und sich an das Notebook setzte.

»Seltsam, dass sein Handy nicht gefunden wurde«, sagte Westman.

»Könnte er es irgendwo draußen verloren haben?«

»Schau mal. Ola hat das Visum für China am Freitag bekommen. Sie haben ihre Visa bestimmt gemeinsam beantragt, wo sie doch angeblich solche Turteltäubchen waren.«

»Am Freitag? Dann könnte Heidi den Pass am Abend dabeigehabt haben.«

»Aber sie taucht doch nicht mit dieser kleinen schwarzen Lacktasche in der chinesischen Botschaft auf?«, wandte Westman mit Recht ein. »Sie war doch nachweislich zwischendurch zu Hause und hat sich für den Abend fertig gemacht.«

Andersson dachte nach. Was hatte Julia noch gesagt? Sie hatte die Atmosphäre im Flur als feindselig beschrieben, als sie dort war, um Heidi abzuholen. Alle drei waren gestresst, jeder auf seine Weise. Heidi wollte so schnell wie möglich von der unbehaglichen Situation wegkommen, rutschte aber mit dem Lippenstift ab und ließ zwischendurch Sachen zu Boden fallen. Am Ende hatte sie einfach irgendwelche Sachen von der einen Tasche in die andere gestopft. Ja, genau so hatte Julia es beschrieben. Irgendwelche Sachen. Irrtümlich konnte also auch der Pass dabei gewesen sein. Als er den Computer weiter durchsuchte, teilte er seiner Kollegin seine Überlegungen mit.

»Oder Heidi hatte vorher schon den Plan, aus dem Land zu verschwinden«, wandte Westman ein. »Kein Abschiedsbrief?«

»Nicht, soweit ich es sehen kann«, antwortete Andersson. »Es ist schon sehr seltsam, dass er sich nicht verabschiedete, bevor er sich umbrachte.«

»Und auch das Handy ist verschwunden«, stimmte ihm Westman zu. »Also wird er damit auch nichts verschickt haben.«

»Laut Bella lag ein Abschleppseil in seinem Auto. Vollkommen unbenutzt.«

»Warum sollte er sich ein neues Abschleppseil kaufen, wenn er sich aufhängen wollte?«

»Vielleicht hatte er vergessen, dass dort eines lag?«, schlug Andersson vor, obwohl er selbst fand, dass es ein ziemlich schlechter Versuch war, kreativ zu denken.

»Hm«, sagte Westman, die wohl der gleichen Meinung war, und verließ den Raum.

Während Westman die anderen Zimmer durchsuchte, schaute Andersson ein Dokument nach dem anderen an, ohne etwas zu finden, das wie ein Abschiedsbrief aussah oder auch sonst irgendwie von Interesse war. Als er fast fertig war, klingelte sein Handy. Es war Gerdin.

»Erstens«, sagte Gerdin, »starb Ola Berg zwischen achtzehn Uhr und Mitternacht am Montagabend. Zweitens kann ich berichten, dass man bei der Obduktion auf eine ansehnliche Menge Jägermeister gestoßen ist sowie auf eine Substanz namens Zolpidem. Das ist der entscheidende Wirkstoff in einem Präparat namens Stillnoct. Was so viel heißt wie ›Stille Nacht‹ auf Ausländisch, wenn man so will. Es ist ein Schlafmittel, das man sich bei Schlafschwierigkeiten ohne Probleme von jedem Arzt verschreiben lassen kann.«

»Du meinst, es war kein Selbstmord?«, fragte Andersson mit aufflammendem Interesse. »Dass er schon tot war, als er aufgehängt wurde?«

»Ich meine gar nichts, sondern präsentiere die Fakten. Nach Ansicht des Rechtsmediziners war er noch am Leben, als er gehängt wurde. Allerdings war er dabei kräftig betäubt; bewusstlos oder kurz vor der Bewusstlosigkeit. Anscheinend ist das bei dieser Art von Selbstmord ziemlich üblich. Dass man sich betrinkt oder Drogen nimmt oder beides zusammen, bevor man den entscheidenden Schritt tut. Um die Schmerzen zu lindern und sich abzustumpfen.«

»Aber es könnte auch sein, dass er von jemand anderem unter Drogen gesetzt wurde?«, fragte Andersson hartnäckig nach. »Von jemandem, der ihn dann aufhängte und die Szene so arrangierte, dass es wie ein Selbstmord aussah?«

»Theoretisch ja. Aber bei der Dosis, die der Rechtsmediziner auf sechs bis sieben Tabletten schätzt, könnte es über eine Stunde gedauert haben, bis Ola hinüber war. Das setzt also voraus, dass sie bis dahin etwas zu besprechen hatten. Er hatte nämlich keine Verletzungen, die darauf hindeuten, dass er versucht haben könnte, sich zu verteidigen.«

»Er könnte bedroht worden sein. Mit einem Messer oder einer Schusswaffe.«

»Das ist denkbar. Wie auch immer, Jägermeister schmeckt ziemlich bitter, wie du bestimmt weißt. Was den nicht ganz so angenehmen Geschmack dieser Schlaftabletten in, sagen wir, pulverisierter Form überdecken kann.«

»Schau mal, ob im Badezimmerschrank Schlafmittel liegen!«, rief Andersson Westman zu, während er die Hand auf das Mikrofon an der Unterseite des Handys legte. »Stillnoct – Stille Nacht! Du glaubst auch nicht an einen Selbstmord, Gäddan?«, fragte er dann die Kollegin am Telefon in normaler Lautstärke.

»Immer noch kein Abschiedsbrief?«, fragte Gerdin zurück.

»Nein. Und kein Handy. Außerdem liegt ein unbenutztes Abschleppseil im Kofferraum seines Autos.«

»Die Indizien häufen sich.«

»Du denkst wie ich?«

»Ja, das muss ich wohl zugeben.«

»Aber worüber könnten sie sich bis zu eine Stunde lang unterhalten haben, ohne dass Ola misstrauisch geworden ist?«

»Vergiss nicht, dass auch Heidi diesen Selbstmord inszeniert haben könnte«, erinnerte Gerdin ihn eindringlich. »Die hatten bestimmt eine ganze Menge zu besprechen.«

»Ich denke daran, versprochen. Aber ich glaube nicht, dass sie dahintersteckt.«

»Warum nicht?«

»Bauchgefühl.«

»Dein eigenes oder von jemand anderem?«

Andersson hätte darauf schwören können, dass sie auf etwas anspielte.

»Mein eigenes. Und das von Julia Gustavsson«, antwortete er durchsichtig.

»Süßes Mädchen«, sagte Gerdin.

Sie ließ ihn wie einen Idioten dastehen. Und sich selbst wie eine Fünfundachtzigjährige.

»Und drittens?«, sagte Andersson in dem Versuch, das Gespräch von Julia abzulenken.

»Was Julia betrifft, wollte ich dich noch um eine Sache bitten«, fuhr Gerdin ungerührt fort. »Mir ist aufgefallen, dass Heidi den Stuhl, auf dem sie um elf und um zwölf Uhr saß, normalerweise gar nicht so lange hätte behalten können, gerade wenn so viele Leute in der Bar waren. Ich glaube, jemand hat ihn für sie freigehalten, während sie um elf, als Julia gerade nach ihr schaute, möglicherweise auf der Toilette war. Außerdem hatte sie um Mitternacht einen Dry Martini in der Hand, als Julia mit ihr gesprochen hat. Heidi war ja eigentlich ein Biermädchen, also bekomme ich das nicht so richtig zusammen. Falls du zufällig ein paar Worte mit Julia wechseln solltest, könntest du sie vielleicht fragen, ob sie sich an die Person erinnern kann, die bei diesen beiden Gelegenheiten neben Heidi saß?«

»Das werde ich machen«, versprach Andersson und beendete das Gespräch.

Ein bisschen verlegen, aber er hoffte, dass Gerdin es nicht bemerkt hatte. Obwohl er fest davon überzeugt war, dass sie ihn absichtlich in Verlegenheit hatte bringen wollen. Na ja, solange sie ihn nicht mit heruntergelassenen Hosen erwischten, war kein großer Schaden passiert.

Neben dem nicht besonders beweiskräftigen Ergebnis der toxikologischen Untersuchungen hatten ihm diese Informationen neue Energie gegeben, den Wunsch, endlich weiterzukommen. Sie konnten Ola Bergs Tod nicht länger als Selbstmord abfertigen. Die ganzen Umstände des Falls warfen viel zu viele Fragezeichen auf, um ihn einfach auf sich beruhen zu lassen.

*

Julia fühlte sich bedrückt, als sie mit dampfendem Atem auf mangelhaft geräumten Bürgersteigen durch ein düsteres, nachmittagsmüdes Sundbyberg nach Hause strebte. Es fühlte sich gut an, der Polizei helfen zu können, und in Heidis und Olas Wohnung war es ihr ziemlich gut gelungen, das Tragische, das passiert war und immer noch passierte, zu verdrängen. Stattdessen hatte sie sich auf ihre Aufgabe und Odds Nähe konzentriert. Die Art, wie er sie berührte, als sie sich voneinander verabschiedeten, hatte eine Gänsehaut auf ihrem ganzen Körper hervorgerufen. Sie hatte immer noch Gänsehaut, sobald sie daran zurückdachte. Was sie etwa alle dreißig Sekunden tat. Als sie sich ihrem eigenen Viertel näherte, begann sie sich Sorgen zu machen, dass sich diese süße Erinnerung deshalb vielleicht zu schnell abnutzen könnte, bis nichts als ein fader Nachgeschmack von der eigentlichen Erinnerung zurückblieb. Deshalb versuchte sie sich davon fernzuhalten, sie stattdessen aufzusparen, bis es Zeit war, ins Bett zu gehen. Sie hatte allerdings das Gefühl, diese Zeit wäre jetzt schon gekommen. Es war bereits dunkel, und das Wetter war schrecklich, und obwohl sie den ganzen Tag nicht an der Uni gewesen war, fühlte sie sich bettreif. Was für ein furchtbarer schwedischer Winter. Wo man doch auf Reisen sein könnte, von einem asiatischen Paradiesstrand zum nächsten oder in Sydney eine Runde durch die Bars drehen könnte.

Doch zu diesen Erinnerungen gehörte Heidi; Julia kam sich beinahe treulos vor, wenn sie an Australien ohne Heidi dachte. Was war eigentlich passiert? Wo steckte sie? Julias großartige beste Freundin, mit ihrer Integrität und all ihren verrückten Ideen? Über alles außer Cocooning und Beziehungen in pathetischen, spießbürgerlichen Formen. Und ihr schrecklicher Männergeschmack. Vielleicht stimmte es ja, was Julia neulich im Fernsehen gehört hatte, dass alle Frauen die Männer, in die sie sich verliebten, mit ihren Vätern verglichen. Denn Heidis Vater war ein versoffener

Idiot, der immer zur Gewalt gegriffen hatte, wenn ihm nichts mehr zu sagen einfiel. Und mehrere der Männer, mit denen sich Heidi während der Reise eingelassen hatte, gingen ein bisschen in diese Richtung. Wie Ola. Dominante, anspruchsvolle, erdrückende Typen, die immer nur an sich selbst dachten. Was Julia selbst betraf, war sie möglicherweise die Ausnahme, die die Regel bestätigte. Odd war das genaue Gegenteil von ihrem Vater. Aber das war ja auch ein Vergleich. Niemand hatte gesagt, dass man als Frau eine Kopie des eigenen Vaters suchte.

Was für sinnlose Gedanken. Gestern noch hatte Ola leblos am Kleiderschrank gehangen, und ganz egal, wie wenig sie ihn mochte, er hatte Besseres verdient. Niemand verdiente ein solches Ende. Das alles war so schrecklich traurig, und Julia bekam einen Kloß im Hals, sobald sie dieses Bild vor Augen hatte. Ola mit einer Schlinge um den Hals. Einsam, traurig, bestimmt auch reumütig. Ganz egal, was passiert war. Und Julia kannte ihn eigentlich gar nicht. Schon bei der ersten Begegnung hatten sie sich aneinander gerieben, und Julia, die stur sein konnte wie ein alter Bock, hatte sich geweigert, ihm eine Chance zu geben. Vielleicht stimmte ja, was Heidi sagte, und Ola war die personifizierte Aufmerksamkeit, wenn sie unter sich waren? Wie konnte Julia sich da zur Richterin aufschwingen?

Ihre fruchtlosen Überlegungen wurden vom Vibrieren ihres Handys in der Jackentasche unterbrochen. Sie zog sich die Fausthandschuhe aus und nahm das Handy heraus, warf einen Blick auf das Display. Es war Odd. Etwas zog in ihrem Bauch, wirbelte unter der Daunenjacke herum. Sie hatte ihn in ihr Telefonbuch aufgenommen und fragte sich, ob er dasselbe getan hatte. Sollte sie sich zu erkennen geben oder weiterhin ein Spiel spielen? War sie nicht mittlerweile zu alt für so etwas? Spielte es überhaupt eine Rolle?

»Hier ist Julia«, sagte sie.

Wie kindisch.

»Hier ist Odd«, sagte Odd. »Wie geht es dir?«

Tja, ungefähr wie eben, dachte Julia frech. Aber sie fühlte sich nicht besonders frech. Hör auf, so schnoddrig zu sein, sagte sie sich selbst.

»Einigermaßen«, antwortete sie. »Ich muss viel an Ola denken. Und an Heidi natürlich.«

Und an dich, wollte sie sagen, tat es aber nicht.

»Verstehe. Du, Gerdin, mit der du gesprochen hattest, hat noch ein bisschen nachgedacht. Das macht sie oft. War es am Freitag nicht unheimlich voll im *Malmen*?«

»Klar, ist es doch immer.«

»Als du gegen elf in der Cocktailbar warst und nach Heidi geschaut hast, war die doch nicht da, oder? Und Sebastian auch nicht – dieser Rastatyp?«

»Stimmt.«

»Und du sagst, dass Heidis Stuhl leer war, aber dass du sie um Mitternacht wieder auf demselben Stuhl angetroffen hast?«

»Genau.«

»Findest du, das klingt logisch?«

Ihre Wangen erhitzten sich, als sie sich wie ein Polarabenteurer durch den eisigen Wind vorwärts arbeitete. Julia verstand, worauf er hinauswollte, worüber Gerdin gestolpert war. Es war nicht vorstellbar, dass der leere Barhocker auf Heidi gewartet hatte, wenn sie ihn auch nur für eine Minute verlassen hatte. Die Leute hätten sich wie Geier von allen Seiten darauf gestürzt. Aber nur, wenn niemand ihn für sie freigehalten hätte. Die Frage war also: Wer saß um elf auf dem Stuhl des Rastamanns? Um zwölf Uhr – als Julia von hinten kam und die Hände auf Heidis Augen legte – saß dort eine Frau, daran erinnerte sie sich. Eine Frau um die dreißig mit einem seltsamen Kunstpelzkragen saß mit dem Rücken zu Heidi und unterhielt sich in einer fremden Sprache mit zwei, vielleicht auch drei Männern, die vor ihr standen. Auf Französisch vielleicht? Aber um elf ...? Es war wichtig, das war Julia klar.

»Hallo, bist du noch da?«

»Ja, entschuldige. Ich verstehe, worauf du hinauswillst, ich denke darüber nach. Nein, es wirkt nicht logisch. Überhaupt nicht. Dort saß ein Mann. Mit dem Rücken zu mir, das Gesicht also auf Heidis leeren Stuhl gerichtet. Gut frisiert. Braunes Haar. Wie bei dir ungefähr. Im Nacken kurz. Er trug ein Hemd. So ein Börsenmaklerhemd oder wie man so etwas nennt. Blau-weiß gestreift, aber mit einem weißen Kragen. Ich hasse diese Dinger.«

Sie hörte Odd ins Telefon lachen.

»Dry Martini?«, fragte er. »Glaubst du, ein Dry Martini ist das alkoholische Gegenstück zum Börsenmaklerhemd?«

»Definitiv«, sagte Julia und lächelte.

Sie waren auf derselben Wellenlänge. Aber die Situation war alles andere als lustig. Heidi war von einem Typen an der Bar aufgerissen worden. Sein Alter war unmöglich einzuschätzen, wenn man nur den Nacken und das Hemd gesehen hatte; er konnte irgendetwas zwischen zwanzig und fünfzig sein. Auf jeden Fall war er ein Yuppie. Und wahrscheinlich lag es nur an Julias Rat, dass Heidi sich für seine Annäherungsversuche interessiert hatte.

»Er muss aufgetaucht sein, kurz nachdem Sebastian Heidi verlassen hatte«, überlegte Odd. »Vielleicht hatte er sie schon eine Weile ins Auge gefasst.«

»Heidi fällt auf«, bestätigte Julia. »Entweder man mag, was man sieht, oder man mag es nicht. Aber sie ist unübersehbar.«

»Der Pass«, sagte Odd. »Weißt du, ob sie ihren Pass am Freitagabend dabeihatte?«

»Warum sollte sie?«, sagte Julia verwundert. »Und woher sollte ich das wissen? Fehlt er etwa?«

»Ich habe eigentlich nicht das Recht, dich über solche Details zu informieren, das verstehst du sicher. Aber der Pass war nicht in der Wohnung. Du hast doch danebengestanden, als sie ihre Sachen von einer Tasche in die andere packte. Ein bisschen willkürlich, wie du sagtest. Ich dachte, dass du vielleicht den Pass bemerkt hast ...«

»Du hast recht«, unterbrach ihn Julia und blieb auf dem Bürgersteig stehen. »Ich sehe noch vor mir, wie der Pass in die kleine, schwarze Tasche gewandert ist. Ich dachte, dass sie nicht darüber nachdachte, als sie es tat, sondern dass es einfach schnell gehen sollte, damit wir endlich loskamen. Er lag in einem Lederetui, so eins, das von vorne wie ein Pass aussieht. Heidis ist braun, das weiß ich. Ich habe ein ähnliches, nur in Schwarz.«

Julia legte ihr Handy von ihrer mittlerweile steif gefrorenen rechten Hand in ihre linke und pustete ein bisschen körperwarme Luft auf die armen Fingerspitzen.

»Heidi und Ola waren am Nachmittag in der chinesischen Botschaft gewesen, um sich ihre Visa zu holen«, fuhr sie fort. »Deswegen hatte sie den Pass überhaupt dabei.«

»Wir können auch nicht ausschließen, dass sie den Pass am Abend mitgenommen hat, weil sie tatsächlich geplant hatte, sich ins Ausland abzusetzen«, fügte Andersson der Vollständigkeit halber hinzu.

»Das hätte sie doch an jedem beliebigen Werktag machen können«, wandte Julia ein. »Wenn Ola auf der Arbeit war. Dann hätte sie sich bequemere Kleidung ausgesucht und außerdem einen Koffer gepackt.«

»Eine spontane Eingebung?«

»Nein, niemals. Dass sie den Pass an dem Abend mitnahm, war ein Irrtum, nichts anderes.«

Julia weigerte sich, an dem Punkt nachzugeben. Sie kannte Heidi. Anscheinend nicht gut genug, um gegen Mitternacht ihre Pläne an der Bar zu durchschauen, aber dass sie eine Auslandsreise im Sinn hatte, als sie dort mit ihrem Martini saß, daran konnte sie einfach nicht glauben.

»Und die Schlüssel?«, fragte sie. »Habt ihr Heidis Schlüssel in der Wohnung gefunden?«

»Darauf kann ich nicht antworten, Julia. Ich habe schon mehr gesagt, als ich darf.«

Verdammter Mist. Natürlich waren die Schlüssel weg, wenn die Handtasche weg war. Dann musste sie zu so einer Schlüsselfirma und einen neuen Ersatzschlüssel machen lassen, für Geld, das sie nicht hatte. Sie schob es auf die steif gefrorenen Finger. Wie konnte sie nur an Geld denken, wenn Heidi verschwunden war und Ola tot?

»Willst du bei mir schlafen?«, zwang sie sich selbst zu sagen, als Strafe für ihre Gedankenlosigkeit.

Eine Frage, die sie eigentlich nicht zu stellen wagte und definitiv auch nicht stellen wollte. Es blieb eine Weile still im Telefon, und sie schämte sich.

»Ich glaube nicht, dass das eine gute Idee wäre«, antwortete Odd schließlich.

Nur das. Mehr nicht. Sie lief am ganzen Körper rot an. Mein Gott, wie peinlich sie war. Trotzdem konnte sie jetzt nicht aufhören und einfach die Klappe halten.

»Selber schuld. Ich schalte jetzt mein Handy aus und lege mich mit schöner Musik in den Ohren in die Badewanne. Dann gibt es kein Zurück mehr. Haha.«

Ein raues Lachen, um unerschütterlich selbstsicher zu wirken, aber im Augenblick war sie alles andere als das. Julia fühlte sich klein und allein, verfroren und sogar ein bisschen ängstlich. Angst vor der Kälte und der Dunkelheit und der Einsamkeit. Vor all dem, was sie mit dem Bild verknüpfte, mit dem sie sich das Ende des armen Ola vorstellte.

Mittwochabend

Andersson setzte sich wieder an Heidis und Olas Notebook und fühlte sich nach dem Gespräch mit Julia ein bisschen jämmerlich. Warum hatte er die Einladung eigentlich abgelehnt, obwohl er nichts lieber wollte, als bei ihr zu übernachten? Nun ja, weil er sich professionell verhalten wollte. Was ziemlich billig klang, wenn man bedachte, dass er letzte Nacht dort geschlafen hatte. Und wenn er daran dachte, wie er sie von Liljeholmen nach Hause geschickt hatte, mit einer Liebkosung, die als Versprechen für morgen oder als Dank für gestern gemeint war. Er wusste es selbst nicht genau, fühlte sich plötzlich zerrissen. Er hoffte, dass er sie nicht verletzt hatte, dass sie sich nicht benutzt fühlte.

Er wurde in seinen Gedanken unterbrochen, als plötzlich Musik aus den Lautsprechern im Wohnzimmer zu strömen begann. Freddie Mercurys beneidenswerte Stimme riet ihm, nicht aufzugeben. *»Don't stop me now«*, sang er. *»Yes, I'm having a good time, I don't wanna stop it all.«* Darüber sollte er vielleicht einmal nachdenken, dachte er, als er das Notebook zuklappte, aufstand und das Schlafzimmer verließ, um zu sehen, was Westman da draußen machte.

»Ich wollte nur herausfinden, was sie sich zuletzt angehört haben«, erklärte sie, woraufhin die Musik wieder verstummte. »Welchen Musikgeschmack sie hatten.«

»Keinen verkehrten jedenfalls«, meinte Andersson. »Nach ihm ist mein Junge benannt. Freddie Mercury von Queen.«

»Cool«, sagte Westman, aber Andersson war sich nicht sicher, ob sie es wirklich so meinte. »Irgendetwas Neues?«

»Heidi scheint einen Mann in der Bar kennengelernt zu haben, nachdem dieser Rastatyp gegangen war. Beschreibung: braunes, kurz geschnittenes Haar und ein blau-weiß gestreiftes Hemd mit weißem Kragen. Zwischen zwanzig und fünfzig Jahre alt.«

»Das ist ja sehr informativ. Können wir uns morgen darüber unterhalten? Es ist schon nach sechs. Gestern ist es ziemlich spät geworden, weil ich die Angehörigen noch unterrichten musste und das alles, und ich bin verdammt müde. Ist es okay, wenn ich die Biege mache?«

»Na klar. Ich muss auch nach Hause. Ich mach dann hier alles hinter mir zu, und wir sehen uns morgen wieder.«

Im selben Augenblick, als die Tür ins Schloss fiel, rief sein Kontakt bei der Finanzpolizei an und berichtete, dass am Nachmittag mit Heidis Kreditkarte in Kopenhagen zweitausend dänische Kronen an einem Bankautomaten abgehoben worden waren. Aha, dachte Andersson. Das Handy war tot, aber Heidi Richter lebte auf irgendeine Weise trotzdem weiter. Entweder war Heidi in Kopenhagen oder nur ihre Handtasche. Er wusste wirklich nicht, was er glauben sollte, aber solange es Leben gab, gab es zweifellos auch noch Hoffnung.

Er steckte das Handy zurück in die Tasche und koppelte das iPad ab, das eben noch Queen über die Dockingstation gespielt hatte. Genau wie bei allen anderen Leuten, war er auch gespannt, welchen Musikgeschmack dieses Paar hatte. Eigentlich hatte er keinen besonderen Grund dafür, er beurteilte Menschen nicht nach so unzuverlässigen Merkmalen wie ihrem Musikgeschmack. Jedenfalls nicht zum Negativen. In der anderen Richtung konnte es durchaus passieren.

Hier war allerdings überhaupt kein besonderes Interesse zu erkennen. Lauter Zusammenstellungen mit *various artists*; *Best of dies* und *Absolute das*. Nichts, was ihn ansprach, mit anderen Worten. Die Frage war, ob es Heidis Ding war, oder ob Ola für die Musikunterhaltung zu Hause verantwortlich war. Er wusste nicht genug über Heidi oder Julia, um entscheiden zu können, ob Musik ein wichtiger Faktor in ihrer Freundschaft war. Vermutlich aber nicht. Weil Julia auf Rock stand und Heidi ... tja, auf was? Die Fünfzigerjahre? Oder konnte man sich wie Heidi anziehen und trotzdem nicht auf Bill Haley, Rockabilly und die Filmmusik von *Grease* stehen? Wenn er Gäddan gefragt hätte, wäre die Antwort ganz einfach gewesen. Es war natürlich absolut zulässig, eine widersprüchliche Persönlichkeit zu haben, auch wenn nur wenige dies in demselben Ausmaß schafften wie Gerdin.

Aber die Frage blieb: War es die Musikanlage des dominanten Ola oder gehörte sie beiden? Spielte es überhaupt eine Rolle? Andersson würde den Besen fressen, den er nicht besaß, wenn nicht Ola der Herr und Meister dieser kostspieligen technischen Vorrichtung war, ganz egal, wie viel Ingenieur jetzt schon in Heidi steckte. Und wenn es so war, dass dieses iPad mit etwas ausgestattet war, von dem Andersson erst in diesem Jahr überhaupt gehört hatte, dann könnte es tatsächlich so sein, dass ... Mit galoppierendem Puls klickte er auf das kleine, knallgelbe Quadrat mit den Achtelnoten, um sich die anderen Apps auf dem Display anzeigen zu lassen. Und da war es, und warum sollte es nicht dort sein? Das kleine, grüne Rechteck mit der Sprechblase; der Messenger, mit dem man SMS und MMS schicken und empfangen konnte wie auf einem iPhone. Unter der Voraussetzung natürlich, dass das Gerät mit der entsprechenden Technik ausgerüstet war, dass es sich um ein iPad 3G handelte, dem darüber hinaus jemand eine SIM-Karte spendiert hatte – bestenfalls sogar eine MultiSIM.

Warum hatte noch niemand daran gedacht? Er selbst zum Beispiel? Die Antwort war einfach, auch wenn sie seine in diesem Fall unzureichende Kreativität nicht entschuldigte. Weil er ein iPad als Tablet betrachtete, als eine Spielkonsole oder eben als Musikmaschine; weil ihm nie der Gedanke gekommen wäre, dieses verhältnismäßig unförmige Ding wie ein Handy zu verwenden. Dasselbe galt mit Sicherheit auch für Petra, während Bella und ihre Leute sich damit begnügt hatten, darauf nach interessanten Flecken oder Fingerabdrücken zu suchen.

Als er sich durch den Messenger klickte, zeigte sich, dass die Person, die Olas Handy nach dem vermeintlichen Selbstmord, der aller Wahrscheinlichkeit nach ein Mord war, aus der Wohnung entfernt hatte, ebenso wenig über die Fähigkeit dieses Geräts informiert war, es als Handy benutzen zu können. Weil Olas versammelte SMS-Kommunikation hier lag und darauf wartete, gelesen zu werden. Und die Tatsache, dass der Mörder das Handy mitgenommen hatte, musste ja etwas bedeuten. Es müsste, genauer gesagt, bedeuten, dass es irgendwo in diesen Nachrichten irgendetwas gab, das mehr über ihn verriet, als die Polizei seiner Meinung nach erfahren durfte. Vielleicht sogar seinen Namen.

Andersson packte Ola Bergs iPad ein und sicherheitshalber auch die Dockingstation, für den Fall, dass der Akku irgendwann leer war. Dann verließ er die Wohnung und ging nach Hause.

*

Westman ging durch den Eingang des Hauses an der Katarina Bangatan, in dem Jamals und ihre gemeinsame Wohnung lag. Sie trampelte sich den Schnee auf der Türmatte ab und stellte fest, dass die automatische Treppenhausbeleuchtung wie gewohnt nicht ansprang. Nicht einmal, als sie auf den rot leuchtenden Schalter drückte. Es störte sie nicht besonders, aber es gab ältere und ängstlichere Bewohner, bei denen sie sich vorstellen konnte, dass sie Schwierigkeiten hätten, ohne Licht überhaupt den Fahrstuhl zu finden. Damit sie keinen Streusand oder Dreck in die Wohnung schleppte, zog sie erst den einen, dann den anderen Stiefel über die Bürsten des Schuhabstreifers. Als die Tür hinter ihr ins Schloss fiel, nahm sie aus den Augenwinkeln eine Bewegung schräg hinter sich wahr. Instinktiv drehte sie sich um, während sie den Fuß immer noch im Abstreifer hatte.

»Scheiße«, fluchte sie, als ihr der Schmerz ins Knie fuhr.

»Habe ich Sie erschreckt?«

Eine Frau, vermutlich eine Obdachlose.

»Nein«, antwortete Westman wahrheitsgemäß und griff sich an das schmerzende Knie. »Warum treiben Sie sich hier herum?«

»Ich warte auf jemanden.«

Die Augen begannen sich an die Dunkelheit zu gewöhnen; schick, damenhaft, definitiv keine Obdachlose.

»Auf wen?«

»Petra.«

Was war das?

»Warum rufen Sie sie nicht vorher an? Sie können doch nicht hier herumstehen und die Leute zu Tode erschrecken.«

»Sie sagten doch, Sie hätten keine Angst bekommen.«

Wollte sie Streit? Petra begann neugierig zu werden.

»Ich bin nicht so der schreckhafte Typ. Aber Frau Forsén im vierten Stock, sie wäre aus den Pantoffeln gekippt, wenn

Sie so aus dem Dunkeln aufgetaucht wären. Hat sie auch einen Nachnamen, diese Petra?«

»Vermutlich. Aber ich nehme an, dass Sie diese Petra sind, oder?«

Okay, ausgespielt.

»Und wer sind Sie?«

»Ich bin Lina.«

WTF. Dann sollte man sich wohl von seiner besten Seite zeigen, denn jetzt wurde es wirklich interessant.

»Okay«, sagte Westman, zog sich die Handschuhe von den Fingern und streckte die Hand aus. »Hallo, Petra.«

»Hallo.«

Innerhalb weniger Sekunden bewertete Westman den ganzen Eindruck neu, den sie von der Frau gewonnen hatte. Jetzt, da sie wusste, wer sie war. Jamal hatte nie ein schlechtes Wort über sie gesagt, und Westman hatte keinen Grund, anderes über sie zu denken. Lina sah freundlich aus, hübsch und feminin, mit einem braven, kleinen Lächeln.

»Äh … Möchtest du vielleicht auf einen Kaffee mit nach oben kommen?«, fragte Westman höflich und hoffte auf eine ablehnende Antwort.

»Danke, das ist freundlich, aber ich glaube nicht, dass das gut wäre. Jamal würde es nicht wollen.«

Nee. Sie selbst hatte eigentlich keine Meinung zu dieser Sache, aber wenn Lina es so sagte …

»Worüber wolltest du mit mir sprechen?«, fragte Westman liebenswürdig.

Manche Menschen hatten diese Wirkung auf sie. Tiere, Kinder, Rentner und übertrieben feminine Frauen. Solche, die mit ihrem ganzen Wesen darum flehten, freundlich behandelt zu werden, die das Bedürfnis ausstrahlten, unterstützt zu werden. Sie brachten sie ein wenig aus dem Gleichgewicht, sie war sich nicht sicher, wie sie sich verhalten sollte. Obwohl sie gar nichts gegen sie hatte – im Gegenteil. Es war wohl eher so, dass sie diese eher sensuelle Seite an sich selbst manchmal vermisste, diese Sanftheit, die sie nur selten an die Oberfläche ließ.

»Ich wollte mich eigentlich nur vorstellen. Und mich schon im Vorfeld entschuldigen. In meinem Leben passieren gerade ziemlich aufreibende Dinge, und das könnte auch euch einen gewissen Kummer bereiten. Das war nicht meine Absicht, aber ich kann auch nichts dagegen tun. Jamal hat bestimmt schon davon erzählt, aber ich wollte auch dich um Entschuldigung bitten. Ich dachte, dass es gut wäre, wenn ich für dich ein Gesicht bekomme, damit du nicht glaubst, ich würde euch mit Absicht in Schwierigkeiten bringen.«

Westman begriff gar nichts. Aber ihre Nackenhaare sträubten sich angesichts dieser vielen Entschuldigungen und schonend vorgetragenen Worte. Wie konnten Linas Probleme das Leben von Jamal und ihr beeinflussen? Hatten sie ein gemeinsames Kind, dass Jamal vergessen hatte zu erwähnen? Hatte Jamal für Lina gebürgt? Gab es während ihrer Ehe finanzielle Unregelmäßigkeiten, und jetzt war ein Urteil gefallen?

»Das tut mir leid, Lina«, sagte sie sanft. »Willst du mir erzählen, was passiert ist?«

»Jamal hat also nichts gesagt?«

Ein Nadelstich. Ganz klein, aber er tat trotzdem weh. Wollte Lina andeuten, dass Jamal Geheimnisse hatte, von denen Westman nichts wusste? Natürlich nicht, Lina deutete gar nichts an, sie informierte. Sie hatte keinen Grund, Westman wehzutun. Ihre Ehe war ein längst abgeschlossenes Kapitel. Wenn Jamal ihr irgendetwas vorenthielt, was er ihr vielleicht hätte erzählen sollen, dann würde sie es mit ihm besprechen. Aber vermutlich war es ohnehin nichts Erwähnenswertes.

»Tja, also, ich weiß nicht«, sagte sie unsicher. »Erzähl mir deine Version.«

Lina holte Luft und sah plötzlich ungeheuer müde und traurig aus. Westman hatte schon Mitleid mit ihr, bevor sie überhaupt angefangen hatte zu erzählen.

»Jemand verfolgt mich«, begann sie.

»Verfolgen? Wie in Stalking?«

Ach du scheiße, dachte Westman. So was kann richtig böse enden.

»Ja. So nennt Jamal es auch. Es begann irgendwie ganz lustig, mit Blumen und Champagner, die ununterbrochen an meine Tür geliefert wurden. Jede Menge Liebes-SMS. Aber danach sind ziemlich umfassende Bestellungen bei Versandhändlern in meinem Namen vorgenommen worden. Zerschnittene Autoreifen. Ein toter Vogel in der Post. Gestern wurde ich im Treppenhaus von jemandem umgerannt, und ich verlor für eine Weile sogar das Bewusstsein. Ja, das war vor Iliyas' und Maryams Wohnung. In Midsommarkransen. Sie hatten mich zum Abendessen eingeladen, aber das weißt du bestimmt.«

Westman wollte ihren Ohren nicht trauen. Hatte Jamals Bitch von Mutter die feine Lina zusammen mit Jamal und ihr zum Abendessen eingeladen? Das war mehr, als sie ertragen konnte, aber das war ja nicht Linas Fehler. Und für dieses Gespräch war es auch nicht relevant, also vergiss es für einen Augenblick, ermahnte sie sich selbst.

»Das alles klingt ganz schön unbehaglich«, sagte Westman und meinte es auch so. »So etwas kann ziemlich eskalieren und richtig hässlich werden. Ich geh davon aus, dass du die Belästigungen angezeigt hast?«

»Das habe ich jetzt. Aber erst hatte ich Jamal gefragt.«

Warum hatte er nichts davon erzählt? Dass er den juristischen Ratgeber für seine Ex-Frau spielte und sie gemeinsam beim Abendessen waren? Westman wurde wirklich traurig, als sie daran dachte. Verletzt. Aber das war nichts, was sie mit Lina besprechen würde, also musste sie die Maske noch aufbehalten.

»Weil er derjenige ist, der überall als Absender draufsteht«, fügte Lina hinzu.

Mit einem Blick, der nicht anders gedeutet werden konnte als aufrichtig und betrübt. Westman lief es kalt den Rücken hinunter. Deswegen waren sie also davon betroffen.

»Auf dem Vogel?«, fragte Westman.

Lina lächelte traurig.

»Nein, nicht auf dem Vogel. Bei diesen heftigeren Sachen, die erst in letzter Zeit passiert sind, gab es keinen Absender. Aber es soll natürlich so aussehen, als würde Jamal auch hinter diesen Dingen stecken. Deswegen habe ich auch gezögert, Anzeige zu erstatten. Ich wollte nicht, dass er Schwierigkeiten bekommt. Oder ihr. Es tut mir leid.«

Und jetzt sah Westman in dem schwachen Schein, der von der Straße hereindrang, dass es in Linas Augen glänzte. Auf Linas Wangen. Und egal, wie sauer sie auf Jamal war, der diese Dinge nicht mit ihr besprochen hatte, ihr Mitgefühl mit der armen Lina war enorm. Die sich nicht mehr an den ruhigen, sicheren, starken, wunderbaren Jamal lehnen konnte, als der Sturm kam. Darum ging sie einen Schritt auf die bis vor Kurzem ganz unbekannte Frau zu und umarmte sie. Gab ihr ein bisschen menschliche Wärme, während sie weinte.

Denn Lina war ja ohne Zweifel die Verliererin von ihnen beiden. Was auch immer passierte.

*

Es dauerte noch ein paar Stunden, bis Andersson auf seinem Bett mit Ola Bergs iPad in den Händen zur Ruhe kam. Aufgrund von Verkehrsbehinderungen hatte es gedauert, bis die U-Bahn kam. Als er endlich Slussen erreichte, ging er einkaufen, bevor er die ganzen ungestreuten und unter diesen Umständen lebensgefährlichen Treppenstufen zwischen der Hornsgatan und der Bastugatan hinunterging, wo er wohnte. In einer gemütlichen Zweizimmerwohnung, fand er selbst, in vollem Bewusstsein, dass die meisten seiner Besucher eher der Meinung waren, dass seine Junggesellenhöhle dem pittoresken Kopfsteinpflasterviertel am Söder Mälarstrand ziemliche Schande machte. Andersson fand schlicht und ergreifend, dass die Lage zentral und gut war, während der Rest der Menschheit der Ansicht zu sein schien, dass sein Viertel einen einzigartigen historischen und kulturellen Wert hatte, dass es trotz seiner zentralen Lage nah am Meer war und darüber hinaus einen unheimlichen Charme besaß. Sein Interesse für Inneneinrichtung war in keinerlei Hinsicht übertrieben; er begnügte sich mit dem Notwendigsten. Tisch, Stühle und Bett, wie er zu sagen pflegte, obwohl einer der Stühle ein Sofa war und in Wirklichkeit die Stereoanlage den Großteil des Wohnzimmers einnahm. Aber wie es in seiner Wohnung aussah, sollte doch seine Angelegenheit sein, selbst wenn es draußen vor den Fenstern auf eine andere Weise wirklich idyllisch war.

Als er es trotz der Glätte schließlich unbeschadet bis in seine Wohnung geschafft hatte, beschäftigte er sich zunächst mit eiligeren Aufgaben, etwa der Zubereitung des heutigen Abendessens, dessen Verzehr sowie den nötigen Spül- und Waschvorgängen. Danach schaute er sich *Vermisst* an und verfolgte mit großem Interesse nicht nur die Reportage über die beiden verschwundenen Frauen – in der Sjöberg noch einen Aufruf an Johnny untergebracht hatte, sich bei der Polizei zu melden –, sondern auch den Rest des Programms. Danach fühlte er sich inspiriert genug, Ola Bergs Kommunikation mit seiner Umwelt in Angriff zu nehmen.

Erst jetzt fiel ihm ein, dass der Abschiedsbrief statt auf dem Computer natürlich auch auf diesem Gerät verfasst worden sein könnte. Noch ein Versäumnis von seiner und Petras Seite, daran gab es nichts zu rütteln, aber andererseits waren noch nicht so viele Stunden vergangen, seit sie Zugang zu der Wohnung bekommen hatten. Es stellte sich allerdings bald heraus, dass Olas iPad nicht für den Empfang und Versand von E-Mails eingerichtet war. Auch bei den Dokumenten fand er nichts von Interesse. Also blieb die SMS-Kommunikation, und die war umso umfangreicher. Allerdings war ihm bewusst, dass in erster Linie die mögliche Kommunikation zwischen Ola und Heidi in den letzten Tagen von Interesse war. Oder zwischen Ola und der Person, von der er immer mehr überzeugt war, dass sie sich als Heidi ausgegeben hatte. Also begann er damit.

Freitag, 19.41 Uhr, Ola: »Wie geht es dir, Schatz?«

Freitag, 19.45 Uhr, Heidi: »Super. Leckeres Essen im Noodle House. *Küsschen!«*

Wenn Julias Verdacht richtig war, saß er zu dem Zeitpunkt im Auto vor dem Restaurant und beobachtete sie. Was für eine Niete, musste Andersson denken, obwohl der Typ tot war.

Freitag, 21.19 Uhr, Ola: »Seid ihr noch im Restaurant? Ich kann dich abholen kommen, wenn du möchtest.«

Falls Ola immer noch mit dem Auto umherfuhr, wusste er, dass sie im *Malmen* waren. Er fragte, um Heidi auf die Probe zu stellen.

Freitag, 21.45 Uhr, Heidi: »Wir sind im Malmen. *Ich bleibe noch ein bisschen mit den Mädels hier.«*

Gut so, Heidi, halte ihn kurz. Fast eine halbe Stunde zwischen Frage und Antwort, und keine Küsschen.

Freitag, 22.36 Uhr, Ola: »Bald zu Hause? Oder willst du abgeholt werden? Küsschen.«

Keine Antwort. Heidi ist womöglich genervt. Oder mit einem braunhaarigen Mann mit Börsenmaklerhemd beschäftigt. Vermutlich beides.

Freitag, 23.34 Uhr, Ola: »Hallo?«

Ola wird langsam ungeduldig. Oder sauer. Heidi antwortet nicht.

Samstag, 00.42 Uhr, Ola: »Bist du auf dem Weg nach Hause?«

Keine Antwort. Sitzt Heidi noch in der Bar? In einem Taxi? Oder hat das Maklerhemd sie mitgenommen?

Samstag, 01.15 Uhr, Ola: »Jetzt mache ich mir langsam Sorgen, Schatz. Kannst du dich nicht melden? Küsschen.«

Auch jetzt keine Antwort. Heidi hat sich entschieden, dachte Andersson. Sie scheißt auf Ola und sein Genöle. Oder die Katastrophe ist schon ein Faktum. Wenn es sich denn aus Heidis Sicht um eine handelt.

Samstag, 02.01 Uhr, Ola: »Ich gehe jetzt schlafen. Willkommen zu Hause, wenn du denn kommst.«

Resigniert? Drohend? Denn danach kam nichts mehr. Vielleicht war Heidi schließlich nach Hause gekommen. Vielleicht hatte er sie grün und blau geschlagen, denn weder Ola noch Heidi hatten einander in dieser Nacht noch etwas zu sagen gehabt. Erst am Samstagvormittag nahm Ola die Kommunikation wieder auf. Vielleicht tat er aber auch nur so. Andersson versuchte für alle Möglichkeiten offen zu bleiben.

Samstag, 11.23 Uhr, Ola: »Auch wenn etwas dazwischengekommen ist, kannst du doch von dir hören lassen, Heidi. Ich mache mir Sorgen und bin traurig. Ich liebe dich, Ola.«

Mittlerweile ein anderer Tonfall. Er unterzeichnet mit seinem Namen und versichert Heidi, dass er sie liebt. Ein Täuschungsmanöver oder echte Not? Bald ist es Zeit für Heidi oder die Geisterstimme, sich zu melden.

Samstag, 15.49 Uhr, Ola: »Wenn du dich nicht bald meldest, muss ich die Polizei anrufen. Aber du sollst wissen, dass ich dich liebe, egal, was passiert ist.«

Und jetzt, endlich, eine Antwort. Hör genau hin – ist es Heidi, die spricht?

Samstag, 16.16 Uhr, Heidi: »Tut mir leid, Ola. Kann jetzt nicht mit dir sprechen. Melde mich später.«

Unmöglich zu entscheiden. Aber es ist dieselbe eigenschaftslose Stimme, die ungefähr zur selben Zeit mit Julia spricht. Mit dem Versprechen, sich später zu melden. Eine Stimme, die insgeheim mitzuteilen versucht, dass Heidi am Leben ist, dass ihre Abwesenheit selbst gewählt ist und dass es keinen Grund gibt, die Polizei einzuschalten. Während der Dialog von Olas Seite einen höchst glaubwürdigen Eindruck hinterlässt. Er ist voller widersprüchlicher Gefühle, und seine Stimmungen schwanken.

Samstag, 16.18 Uhr, Ola: »Wo bist du denn?«

Keine Antwort. Ola meldet sich mehrere Stunden nicht. Andersson konnte vor sich sehen, wie er, die Hände ringend, durch die Wohnung tigerte und weder aus noch ein wusste. Er war überzeugt, dass Heidi ihn für einen anderen verlassen hatte. Aber er sagte nichts, was in die Richtung ging, wollte seine Liebste mit dem ewigen Eifersuchtsgenöle nicht verschrecken; er wusste, wie sie es verabscheute, und er wusste, dass das Problem bei ihm lag. Vermutlich griff er jetzt zur Flasche.

Samstag, 22.30 Uhr, Ola: »Komm zu mir zurück. Pliiiuiise.«

Ein naiver Tonfall, der ihm nicht so richtig stand. Ein Tippfehler, den er hätte sehen und korrigieren müssen, der ihm nüchtern gar nicht unterlaufen wäre. Ein Daumen, der ein bisschen ausrutscht und das Ziel verfehlt. Ola versuchte noch ein paar Stunden länger, seinen Schmerz zu betäuben.

Sonntag, 00.52 Uhr, Ola: »Kann ohne dich nicht leben komm nach Hause, bittte!!! Ich liebe dich bis in den Tod.«

Andersson sah vor sich, wie er auf dem Sofa wegdämmerte. Außerstande, sich zum Bett zu bewegen oder sich auszuziehen. Er schlief seinen Rausch aus; viele Stunden lag er unbeweglich und beinahe bewusstlos da. Erwachte am Vormittag, ging zur Toilette und wieder zurück. Es hämmerte im Schädel, er wollte sich nicht erinnern, vielleicht war ja alles nur ein böser Traum. Schlief weiter, bis in den Nachmittag hinein, an dem er wieder anfing zu saufen, immer noch mit höllischen Kopfschmerzen. Der Schnaps half nicht gegen den Kater, auch nicht gegen den Verlust seiner Heidi. Ihr Schweigen. In seinem Inneren war er frustriert, zornig, rasend. Niemand hatte das Recht, ihn auf diese Weise zu behandeln. Er wollte ihr Zuhause kurz und klein schlagen, ihren Traum von einer gemeinsamen Zukunft. Nein, eigentlich wollte er gar nichts zerschlagen; er wollte, dass alles wieder so wurde wie vorher, also räumte er auf. Bereitete alles für Heidis Rückkehr vor, denn morgen musste sie ja wieder zur Uni – sie brauchte doch ihre Kleider, ihre Bücher. Er trank noch mehr Schnaps, um den Schmerz zu betäuben, den Zorn, aber es half nicht. Am Ende musste er einfach loswerden, was ihm die ganze Zeit auf der Zunge gelegen hatte, aber was er aus Rücksicht auf Heidi und sich selbst zurückgehalten hatte. Aber dann war Sonntagabend, und sie war immer noch nicht zu Hause, und das machte ihn verrückt.

Sonntag, 20.33 Uhr, Ola: »Verlässt du mich? Gibt es einen anderen? Dieser verdammte Lackaffe, mit dem ich dich am Freitag in der Bar gesehen habe? Ja, ich habe dich gesehen, ich bekomme alles mit, nur damit du es weißt. Du kannst mich mal, du!«

Andersson hatte keine Probleme, sich vorzustellen, wie der Satz enden sollte, aber Ola riss sich zusammen, einigermaßen jedenfalls, vergaß im Suff jedoch, ein einziges Wort zu löschen, das verriet, was er dachte, aber nicht sagen wollte. Andersson konnte Olas Leiden nachvollziehen, seine Enttäuschung darüber, wie ihm alles unter den Füßen wegbrach. Aber kurz nach zehn bekam er seine lang ersehnte Antwort.

Sonntag, 22.05 Uhr, Heidi: »Es ist nicht so, wie du denkst. Ich komme morgen Abend nach Hause. Dann erzähle ich dir alles, okay?«

Und Ola wird plötzlich ganz nüchtern, bereut alles, was er vor einer Weile geschrieben hat.

Sonntag, 22.07 Uhr, Ola: »Bitte verzeih mir! Ich sehne mich so nach dir. Versprich mir, dass du kommst. Küsschen!«

Und jetzt, zum ersten Mal, eine direkte Antwort desjenigen, der sich als Heidi ausgibt.

Sonntag, 22.08, Heidi: »Ich komme.«

Die Küsschen waren schon lange verbraucht. Kalt, gefühllos und mit einer einzigen Botschaft. Bleib morgen Abend zu Hause, denn dann komme ich. Es war nicht Heidi, die das sagte, aber Ola glaubte es. Es beruhigte ihn. Aber er spürte, dass der Ton unversöhnlich war, deswegen soff er weiter. Er hatte ohnehin keine Lust, morgen zur Arbeit zu gehen.

Andersson legte das Tablet neben sich auf das Bett und faltete die Hände hinter dem Nacken. Er überlegte, ob seine Deutung richtig war. Am besten wäre es, wenn Gäddan morgen den Dialog durchlesen und ihre eigenen Schlussfolgerungen ziehen würde. Sie hatte ja diese Sensibilität, die ihm fehlte. Wenn es um sprachliche Details und Rechtschreibfehler ging. Er hielt sich allerdings durchaus für fähig, sich in Stimmungen einzulesen. Und danach fühlte er sich überzeugt, dass Ola Ola war und Heidi jemand anderes. Klar, theoretisch hätte Heidi am Montagabend nach Hause kommen und ihren Lebensgefährten ermorden oder in den Selbstmord treiben können, um anschließend nach Kopenhagen zu fliehen. Aber dann hätte sie auch ihre Kleidung gewechselt und einen Koffer gepackt. Deshalb war er überzeugt, dass jemand anderes hinter Olas Tod steckte, bei dem er mittlerweile sicher war, dass es sich um einen Mord handelte. Und dass dies dieselbe Person war, die für Heidis Verschwinden verantwortlich war. Ein Mann, der zwar am Sonntagabend etwas anderes zu tun hatte, aber am Montagabend die Gelegenheit hatte, Ola um die Ecke zu bringen.

Aber warum? Vielleicht, weil Ola ihn beschreiben konnte? Vielleicht wollte er auf Nummer sicher gehen und die Person loswerden, die behauptete, ihn mit Heidi an der Bar gesehen zu haben, kurz bevor sie von der Erdoberfläche verschwand. Aber woher konnte das Maklerhemd wissen, dass Ola ihn meinte und nicht den Rastatypen? Das konnte er nicht. Aber vielleicht hatte er auch gar nicht bemerkt, dass Heidi vor ihm mit dem Rastatypen an der Bar gesessen hatte. Und wie gesagt, er war ein Mann, der auf Nummer sicher ging. Und Ola Berg musste in seinem heruntergekommenen Zustand eine sehr leichte Beute gewesen sein. Er hatte ihm die Tür geöffnet und ihn hereingelassen, nachdem er gesagt hatte, dass er mit einer Nachricht von Heidi käme. Mehr Schnaps konnte man ihm vermutlich auch sehr leicht aufschwatzen, und warum sollte Ola glauben, dass eine Flasche Jägermeister etwas anderes enthalten könnte als einfach nur Jägermeister.

Eine Weile später hing er an einem Abschleppseil. Im Übrigen kurz nachdem Julia vor seiner Tür gestanden hatte.

Und wenn Ola Julia nicht abgewiesen, sondern hereingelassen hätte? Wenn sie ihren Willen durchgesetzt hätte und bei Ola gesessen und sich mit ihm unterhalten hätte, als das Maklerhemd auftauchte? Wie wäre er dann zuwege gegangen? Hätte er sich zurückgezogen oder hätte er beide getötet? Denn auch Julia hatte das Maklerhemd in der Bar gesehen. Aber das konnte er ja nicht wissen ... Andersson biss sich in die Lippe und richtete sich im Bett auf. Doch, er wusste es, dachte er. Julia hatte in einer SMS an Heidi einen Scherz über den Mann gemacht, mit dem sie an der Bar saß. Süß hatte sie ihn genannt. Und gefragt, ob Heidi ihn nicht an ihre arme Freundin abtreten könne, die noch keinen abbekommen habe. Julia hatte bestimmt den Rastatypen gemeint, oder? So hatte Andersson es jedenfalls gedeutet. Aber das konnte das Maklerhemd ja nicht wissen. Und Julia war de facto die Person, die ihnen eine Beschreibung des Mannes gegeben hatte. Eines Mannes, der anscheinend lieber auf Nummer sicher ging.

Andersson lief es kalt den Rücken herunter. Was für ein Schreckensszenario fantasierte er sich hier zusammen? Dass das Maklerhemd einen nach dem anderen ausschalten würde – die beiden Zeugen, die Heidi per SMS mitgeteilt hatten, dass sie den Mann an der Bar bemerkt hatten? Großer Gott, konnte das möglich sein? Nein, nicht Julia – bei ihr war es ernst. Heidi und Ola waren nur Statisten in einem Fall, den er bearbeitete. Oder? Er beschloss, ein Mann zu sein, der auf Nummer sicher geht, sprang aus dem Bett und eilte in die Küche, wo das Handy lag. Rief die zuletzt gewählte Nummer noch einmal an und wartete. Wartete und wartete, bis er beim Anrufbeantworter landete. Wiederholte die Prozedur, während ihm der Schweiß auf die Stirn trat. Hörte ihre letzten Worte. »Ich schalte jetzt mein Handy aus und lege mich mit schöner Musik auf den Ohren in die Badewanne.« Julia antwortete also nicht, weil sie das Handy ausgeschaltet hatte und mit Musik in den Kopfhörern in der Badewanne lag. Er wollte so gerne, dass es tatsächlich so war. Wie spät war es jetzt? Zwanzig nach zehn.

In dem Fall hatte Julia über vier Stunden gebadet.

In diesem Moment ging ihm plötzlich auf, warum Julia wissen wollte, ob sie Heidis Schlüssel in der Wohnung gefunden hätten. Sie hatte nach den Schlüsseln gefragt – nicht nach dem Handy oder der Brieftasche. Warum? Tja, weil Heidi Julias Ersatzschlüssel am Bund hatte. Weil man das eben macht, man tauscht die Schlüssel mit jemandem, den man häufig sieht, dem man nahe ist, geografisch und gefühlsmäßig. Schreckliche Bilder flatterten an seinem inneren Auge vorbei, winterblasse Haut unter stillem Wasser. Er versuchte sie zu verscheuchen, klar und vernünftig zu denken, davon auszugehen, dass alles schon in Ordnung kommen würde.

Aber das hing von ihm selbst ab, verdammt noch mal!

Ein atemloses Gespräch mit dem diensthabenden Beamten, Holster und Stiefel an, die Jacke über die Schulter geworfen, die Tür hinter sich zugeschlagen, ohne abzuschließen. Wie sollten sie bei ihr hereinkommen, wenn sie nicht ans Telefon ging, die Tür nicht öffnete? Das Dietrichset – du bist doch Polizist, denk wie ein Polizist. Er hätte es nicht passieren lassen dürfen, hätte sich nicht mit einer wichtigen Zeugin einlassen sollen, sich nicht emotional engagieren sollen, wie es so schön hieß. Er stürmte nach unten, nach draußen, voran; die zwar charmante, aber auch spiegelglatte Treppe hinauf, drei Stufen mit einem Schritt. Idiotisch, dachte er im selben Augenblick, als er den Halt verlor und zurück hinunterglitt. Schlug sich das Kinn an drei Stufen hintereinander, bevor er einen Pfosten des Treppengeländers erwischen konnte. Er zog sich wieder auf die Beine, tastete mit der Hand das Kinn ab und stellte fest, dass er blutete. Stieg den Rest der Treppe vorsichtiger hinauf, lief auf die Hornsgatan und warf sich in den bereitstehenden Streifenwagen, der mit Blaulicht und Sirenen losfuhr.

»Selber schuld«, hatte sie gesagt. »Haha.« Ihr Lachen schallte noch in seinen Ohren, ihr wunderbar selbstsicheres und sehr entzückendes Lachen. Ein Rabaukenlachen, das aus einer kleinen Puppe kam. Er gab sich selbst die Schuld. Er verfluchte sich selbst für seine Lahmarschigkeit. Er hätte jetzt bei Julia sein können, sie gegen einen Mann beschützen können, der in seiner Vorstellung immer größer, immer stärker wurde. Ein böser und berechnender Mann, der keine Mittel scheute, um die Welt um sich herum so zu formen, wie er sie haben wollte. Einer weg, zwei weg, drei weg. Aber Julia, versuchte er sich zu überzeugen, war keine leichte Beute. Sie war schlau und auf der Hut, würde keinen Fremden in die Wohnung lassen nach all dem, was passiert war, nachdem er sie noch ermahnt hatte, als er gestern bei ihr zu Besuch war. Sie würde doch nicht ohne Weiteres die Tür öffnen, wenn es klingelte? Aber wenn sie es tat und der Mann eindrang, würde sie Widerstand leisten, treten und schlagen, schreien – da war er sich sicher. Dann sah er sie wieder in der Badewanne, schläfrig, wehrlos und mit Kopfhörern, die sie daran hinderten, Geräusche aus der Wohnung zu hören. Die Geräusche eines Mannes, der die Tür ganz normal aufschloss, mit Julias Ersatzschlüssel, und sich hineinschlich, während sie ahnungslos in der Badewanne lag.

Der Streifenwagen brauchte zehn Minuten bis zu Julias Wohnung in Sundbyberg. Als sie ankamen, standen bereits zwei Wagen vor dem Eingang. Andersson rannte die Treppen hinauf und durch die offene Tür hinein. Ohne ein Wort mit einem der Polizisten vor Ort zu wechseln, ging er weiter bis zum Badezimmer, das voll erleuchtet war. Die Badewanne war leer, in dem Raum gab es keine Spuren eines Handgemenges.

»Wo ist Julia?«, fragte er atemlos einen der Polizisten in der Küche.

»Nicht hier«, bekam er als Antwort.

»Die Wohnung war leer, als ihr gekommen seid?«

Der Mann nickte.

»Niemand hier. Aber seltsamerweise war die Tür nicht abgeschlossen. Und das Handy lag zum Laden auf der Fensterbank in der Küche.«

Nicht gut. Aber bedeutend besser als die Bilder, die er sich in der letzten halben Stunde ausgemalt hatte. Das Handy steckte er in die Tasche. Wenn etwas darauf passierte, wollte er der Erste sein, der es erfuhr.

Man fand keine Anzeichen dafür, dass etwas Gewalttätiges in der Wohnung geschehen war, aber das beruhigte ihn nicht besonders. Wenn Julia in der Badewanne gelegen oder vielleicht sogar geschlafen hatte, als der Mann kam, hätte er leichtes Spiel gehabt, sie außer Gefecht zu setzen. Und Julias Daunenjacke hing noch im Flur; ein unzweideutiges Zeichen, dass sie die Wohnung bei dieser Kälte nicht freiwillig verlassen hatte.

*

Jamal war schon zu Hause, als Westman in der Tür auftauchte.

»Wie war dein Tag, mein Schatz?«, fragte er, nachdem er sie geküsst und ihr aus der Jacke geholfen hatte.

»Gut, danke, und bei dir? Irgendetwas Besonderes?«

Etwas Besonderes gab es tatsächlich, aber das hatte mit Eva-Lenas Verschwinden zu tun, nicht mit Lina Hamad. Wie sie immer noch hieß. Westman ließ sich nichts anmerken.

Jamal wärmte die Reste des »Familienessens« auf, deckte den Tisch und zündete die Kerzen an. Als sie sich gesetzt hatten und aßen, warf sie noch einmal einen Köder aus.

»Wie war es gestern Abend, habt ihr mich vermisst?«

»Du weißt, dass ich dich vermisst habe. Und Papa auch. Mama ist eben, wie sie ist.«

Er schien unsicher zu werden. Rang er möglicherweise gerade mit sich selbst?

»Ist irgendetwas Besonderes passiert?«

Ein dunkler Schatten zog über sein Gesicht.

»Es war wie immer. Verqualmt und grässlich.«

Sollte sie wirklich gezwungen sein, ihn zur Rede zu stellen? Sie hatte gehofft, dass er selbst damit herausrücken würde.

»Aha. Verqualmt und grässlich«, sagte Westman kühl und schob sich ein Stück Fladenbrot mit Maryams Hähncheneintopf in den Mund. Immerhin kochte sie gutes Essen, die Madam. Das konnte ihr niemand streitig machen. Jamal saß da wie immer, wenn er mit Brot statt Besteck aß; wie ein Fernfahrer mit Geiernacken und dem ganzen Unterarm als Stütze vor dem Teller. Er musterte das Essen, das er vor sich stehen hatte, sie beobachtete, wie sich seine Oberarmmuskeln spannten und entspannten. Wie sich die Kerzenflammen in seinen braunen Augen spiegelten, und wie das Grübchen in seinem Kinn sich nicht veränderte, obwohl der Mund die ganze Zeit arbeitete. Er war alles, was sie sich jemals gewünscht hatte; aufmerksam und ehrlich. Und vieles mehr. Aber warum war er es jetzt nicht? Aufmerksam und ehrlich? Ihr kam der Gedanke, dass *er* vielleicht traurig war und Unterstützung brauchte. Dass er sie nicht mit dem beunruhigen wollte, was passiert war, oder einfach nicht die Kraft hatte, darüber zu sprechen. Dass sie, wie üblich, vor allem an sich selbst dachte. Schließlich war Jamal Gegenstand der Polizeiuntersuchung. Er war gezwungen gewesen, mit seiner Ex-Frau zu Abend zu essen. Wahrscheinlich hatte er vorher nichts davon geahnt; vielleicht war sie plötzlich einfach aufgetaucht.

»Du beobachtest mich«, sagte er plötzlich und schaute sie mit seinen glitzernden Augen und einem kleinen Lächeln an, das auf seinen Lippen spielte.

»Irgendetwas bedrückt dich.«

»Ach, das ist nichts Wichtiges«, antwortete er, und sein Blick wanderte zu den flackernden Kerzen.

»Doch, das ist es. Wir haben seit Sonntag nicht mehr zusammengesessen und uns unterhalten. Ich möchte, dass du mir erzählst, was dich bedrückt.«

»Du willst es nicht wissen. Es bedeutet auch nichts.«

»Komm, wir nehmen die Kerzen mit und setzen uns aufs Sofa.«

»Du willst mich nur verführen.«

Glitzernde weiße Zähne in einem Lächeln, das von einem Ohr zum anderen ging.

»Durchaus möglich, aber erst musst du beweisen, dass du es verdienst«, sagte Westman mit einem Augenzwinkern, stand auf und verließ die Küche mit einem Kerzenständer in jeder Hand. Sie spürte, wie er ihr nachschaute, und hoffte, dass er den Anblick genoss. Ihr Verstand sagte ihr, dass er es tat, aber sie wagte es trotzdem niemals wirklich zu glauben. Dass er sie erwählt hatte, war eines der größten Geheimnisse ihres Lebens und würde es immer bleiben.

»Lina hat mich am Montag angerufen«, begann Jamal zu erzählen und ließ sich mit einem tiefen Seufzer neben ihr aufs Sofa sinken.

Dann folgte die ganze Geschichte über ihren unbehaglichen Spaziergang und den seltsamen Abend in der Wohnung seiner Eltern.

»Hat sich die Polizei schon gemeldet?«, fragte Westman, als er fertig war.

»Nein, aber das wird bestimmt nicht mehr lange dauern. Das müssen sie ja, wenn sie ihren Job ordentlich machen.«

»Nichts davon kann mit dir in Verbindung gebracht werden.«

»Nein, die fragliche Person soll ihre Mitteilungen ja von einem Prepaid-Handy geschickt und die Blumen in bar bezahlt haben. Aber damit können sie mich auch nicht abschreiben.«

»Es muss ja jemand sein, der genauso sehr hinter dir her ist wie hinter Lina«, meinte Westman. »Oder noch mehr.«

»Ich glaube nicht, dass wir uns darüber so viele Gedanken machen müssen«, sagte Jamal. »Ich bin mehr und mehr überzeugt davon, dass Lina selbst dahintersteckt. Dass sie auf so eine kindische Weise versucht, an mich heranzukommen. Die Frau ist ein bisschen verrückt geworden.«

»Das fand ich aber nicht, als ich vorhin mit ihr gesprochen habe.«

»Petra, wenn sie sich bei dir gemeldet hat, dann steigt die Wahrscheinlichkeit, dass Lina geisteskrank ist, von, sagen wir, fünfundsiebzig Prozent auf neunzig. Du machst Witze, oder?«

Er sah plötzlich ganz besorgt aus. Die Augenbrauen zogen sich zusammen und forderten eine Antwort. Westman schüttelte den Kopf.

»Ich mache keine Witze. Sie stand unten und wartete auf mich, als ich durch die Tür kam.«

»Und jetzt sind wir bei hundert Prozent«, sagte Jamal und schlug die Hände zusammen.

Er ließ sich auf dem Sofa zurückfallen und stieß einen trockenen Laut aus, der an ein Lachen erinnerte.

»Das ist jetzt echt nicht wahr. Wir haben eine verdammte Stalkerin am Hals. Zwar vollkommen ungefährlich, aber trotzdem. Das wird richtig anstrengend werden, Petra. Vor allem, weil sie meine Eltern auf ihrer Seite hat.«

Westman dachte nach. Drehte die ganze Sache von links nach rechts, weil schlechte Erfahrungen sie gelehrt hatten, dass man es so machen sollte.

»Können wir nicht versuchen, es aus einer anderen Perspektive zu sehen?«, schlug sie vor. »Stell dir vor, alles, was Lina erzählt, ist wahr.«

»Das ist es nicht«, sagte Hamad im Brustton der Überzeugung. »Diese dämliche Treppengeschichte passt überhaupt nicht zusammen. Entweder stand sie an der Tür und klingelte, während gleichzeitig jemand von oben kam und sie buchstäblich die Treppe hinunterschleppte. Oder sie war auf dem Weg nach oben und wurde umgerannt, worauf der Übeltäter die Freundlichkeit zeigte, wieder nach oben zu gehen und zu klingeln, bevor er verschwand. Das erklärt sich doch von selbst, dass ...«

»Beide Szenarien sind absolut vorstellbar, wenn jemand es auf sie abgesehen hat«, unterbrach ihn Westman. »Oder ein drittes: dass der Stalker erst an eurer Tür klingelte und sie dann auf der Treppe über den Haufen lief. Schließlich steht Hamad an der Tür.«

»Es könnte sein, dass Lina das alles in Szene gesetzt hat. Oder dass es gar nicht passiert ist, dass sie einfach alles erlogen hat, weil sie mit mir in Kontakt kommen möchte.«

»Und warum möchte sie das, was glaubst du?«

»Sie ist vielleicht immer noch in mich verliebt, was weiß denn ich«, sagte Jamal und breitete die Hände aus.

»Sah es denn so aus?«, fragte Westman mit einem Ernst, der nichts mit ihren eigenen Gefühlen zu tun hatte, sondern mit Linas.

»Nein, nicht einmal während des letzten Jahres, das wir zusammen waren. Und nach der Scheidung hat sie nie ein Lebenszeichen von sich gegeben, ich schwöre.«

»Ist sie vielleicht sehr allein?«

»Keine Ahnung. Sie hat keine enge Familie, so viel weiß ich. Außerdem ist sie verdammt unselbstständig – deswegen hatte ich irgendwann auch die Nase voll von ihr, falls du dich das fragst. Also ich kann mir, ehrlich gesagt nur sehr schwer vorstellen, wie sie ohne einen Mann durchs Leben kommen soll.«

»Und deswegen hast du dich in sie verliebt?«, zog ihn Westman auf.

»Anscheinend«, antwortete Jamal ohne zu lächeln. »Auf der anderen Seite ist sie hübsch und nett, also sollte es kein großes Problem für sie sein, sich einen an Land zu ziehen.«

»Und wenn ihr etwas zustoßen sollte. Etwas richtig Schlimmes. Damit musst du dann auch leben können, Jamal. Vergiss das nicht.«

»Es wird ihr nichts passieren, weil das alles nur Unfug ist. Ein schlampig zusammengeschusterter Vorwand, um sich wieder in die begehrenswerte Familie Hamad einzuschleichen. Und das wird ihr nie gelingen. Nicht in dieser Hälfte der Familie jedenfalls.«

»Du hast ihr versprochen, in guten und schlechten Tagen ...«

»Ein Vertrag, der von beiden Seiten offiziell zerrissen

wurde. Es klingt beinahe so, als wolltest *du* sie zurück in der Familie haben.«

»Natürlich will ich das nicht. Aber sie ist ein Mensch. Sie hat dort unten im Treppenhaus geweint.«

»Sie hat geweint?«

»Ja. Und ich habe sie getröstet.«

»Sie hat dich an der Nase herumgeführt.«

»Das glaube ich nicht. Ich glaube, dass sie sich sehr einsam fühlt und vor allem Angst hat. Wir sollten sie wie einen Menschen behandeln. Mit Respekt und Wärme. Ohne sie der Lüge zu bezichtigen. Wir sollten nichts tun, was wir später bereuen könnten.«

Jamal musterte sie eine Weile unter Schweigen. Nachdenklich und mit einem zärtlichen Blick.

»Ich liebe dich, Petra. Komm her, damit ich dich berühren kann.«

»Ich glaube, dass Lina die Wahrheit sagt und dass sie traurig ist und sich dieser belastenden Situation ausgeliefert fühlt.«

»Du sagst es. Komm her.«

Er versuchte, sie zu sich heranzuziehen, aber Westman war noch nicht ganz fertig.

»Ich finde, wir sollten sie unterstützen, wenn sie Hilfe braucht. Wir sind ja trotz allem Polizisten.«

»Wir?«

»Ja, ich bin schließlich auch Polizistin, falls du dich erinnerst.«

»Und *wir* sollen sie unterstützen? Du hast doch überhaupt nichts damit zu tun.«

»Stimmt, du solltest mich nicht in unsere Beziehung hineinziehen.«

»Jetzt kommst du her, Frau. Das ist ein Befehl. Ich bin dein Vorgesetzter.«

»So was kannst du machen, wenn ich interessiert bin«, sagte Westman mit gespielter Unlust.

»Das bist du doch. Ich weiß, wie sehr dich dieses Eichenlaub auf meiner Uniform anmacht.«

Und wie durch einen Zauber waren Spaß und Ernst verschwunden; ihr Körper schmolz zu Gelee, während er langsam auf dem Sofa an sie herankroch, mit seinen großen, warmen Händen, die ihre Beine hochwanderten und unter den Pullover, und mit diesem verschwommenen und in sich gekehrten Blick, der sie allein schon bis zum Äußersten treiben konnte.

*

Es war schon nach eins, als Andersson wieder zu Hause war. Er war total am Ende, hatte keine Ideen mehr und das drängende Gefühl, dass alles schiefgegangen war. Dass es sein Fehler war, dass er nicht weiter als bis zu seiner eigenen Nasenspitze dachte und dass sein ganzes Handeln im Fall der verschwundenen Heidi Richter von Anfang an undurchdacht und amateurhaft gewesen war. Er war nicht in der Lage, angemessene Schlussfolgerungen aus dem zu ziehen, was er sah, weil seine Urteilskraft ganz offensichtlich von seinen Gefühlen für Julia getrübt war. Wenn er klar im Kopf gewesen wäre, hätte er die Gefahr kommen gesehen. Bevor es passierte. Aber jetzt war es passiert, und er war am Boden zerstört.

Er steckte den Schlüssel ins Schloss, drehte ihn um und öffnete die Tür. Machte einen Schritt in den Flur und hielt in der Bewegung inne. Irgendetwas stimmte nicht. Er schaltete sämtliche Sinne ein und stellte fest, dass es seltsam roch. Nicht schlecht, aber falsch. Während sich die Augen an die Dunkelheit gewöhnten, sperrte er die Ohren auf. Es war mucksmäuschenstill, abgesehen von dem hartnäckigen Summen des Kühlschranks in der Küche. Warum war es überhaupt dunkel? Hatte er seine Wohnung nicht panikartig verlassen? Die Tür hinter sich zugezogen, ohne sich vorher Gedanken um die Stromrechnung zu machen? Es müssten eigentlich noch mehrere Lampen eingeschaltet sein, aber so war es nicht. Die Tür hätte nicht abgeschlossen sein dürfen, weil er sich nicht damit aufgehalten hatte, sie abzuschließen.

Seine Hand bewegte sich zum Holster, und vorsichtig zog er seine P 226 und lud sie durch. Machte ein paar behutsame Schritte in den Flur, richtete die Waffe erst nach links, wo die Küche und das Wohnzimmer lagen, und dann schräg nach vorne rechts zum Schlafzimmer. Er hielt inne und lauschte, meinte ein kaum hörbares Geräusch aus dem Schlafzimmer zu vernehmen. Mit kurzen, schnellen Schritten ging er hinein, ließ seinen Blick und die Sig Sauer durch den Raum schweifen. Da war es wieder: ein leises Knacken, das man hin und wieder von der Holzkonstruktion des Kleiderschranks hören konnte. Aber nicht ohne Grund. Im Licht der Straßenlaternen, die durch das Fenster hereinschienen, bewegte er sich auf den Kleiderschrank zu, ohne zu stolpern oder irgendwo anzustoßen. Er blieb stehen und sammelte sich ein paar Sekunden, holte tief Luft und riss die Tür auf. Zuerst sah er nichts, aber als er den Blick ein wenig senkte, gelang es seinen Augen, die Konturen eines Menschen in der Dunkelheit auszumachen. Auf dem Boden zusammengekrümmt und mit dem Gesicht nach unten und den Händen und Armen krampfhaft um den Kopf geschlossen. Es dauerte ein paar Sekunden, bis der Groschen fiel und sein Gehirn registrierte, dass sich dort unten eine zu Tode erschrockene Julia versteckte.

Julia – Andersson wurde von einer unbeschreiblichen

Freude durchströmt und entfernte instinktiv die Patrone aus dem Lauf, während er neben dem zitternden Wesen am Grund des Kleiderschranks auf die Knie sank.

»Julia«, flüsterte er. »Ich bin es nur.«

Erst da kroch sie aus ihrem Versteck und schaute zu ihm auf, und mit einem Ausdruck vollkommener Erleichterung warf sie sich in seine Arme. Obwohl er die Pistole noch in der Hand hielt, drückte er sie ganz fest an sich und bedankte sich bei den höheren Mächten, an die er nicht glaubte, dafür, dass sie ihm dieses schwarzhaarige Mädchen mit einem Hufeisen mit Titankonus in der Unterlippe geschenkt hatten. Lebendig.

»Wolltest du mich erschießen?«, fragte sie mit einem schwachen Lächeln, als er ihr ein wenig später auf die Beine geholfen hatte und das, was er sah, mit dem blassen Gesicht verglich, das er sich ausgemalt hatte, mit den toten Augen, die ihn aus den Tiefen des stillen Badewassers leblos angestarrt hatten.

Andersson schüttelte den Kopf, sicherte die Pistole und steckte sie in ihr Holster zurück, bevor er sie erneut in die Arme nahm. Sie zitterte bedenklich.

»Ich bin Pazifistin, aber das hier war irgendwie ziemlich sexy«, murmelte sie in seine Armbeuge.

»Erzähl mir, was passiert ist.«

»Hast du die Tür abgeschlossen?«, fragte sie.

»Das mache ich sofort«, sagte er und schob sie sanft von sich weg.

Verließ sie mit einem Herzen, das in seiner Brust rotierte. Was für ein unfassbares Glück hatte ich, dachte er, als er die Tür schloss und sorgfältig beide Schlösser verriegelte. Was für ein vollkommen unwahrscheinliches Ende einer unwahrscheinlichen Geschichte.

Dann fiel ihm ein, dass er es melden musste. Er musste

die Operation abblasen, die er in Gang gesetzt hatte, mit landesweitem Alarm und dem ganzen Programm. Erst als er das getan hatte, kehrte er ins Schlafzimmer zurück, das immer noch nur schwach vom Licht der Straßenlaternen erleuchtet war. Julia hatte sich mittlerweile ins Bett gelegt, und er sah, dass sie unter der Decke kräftig zitterte. Sie sah ein bisschen verlegen aus, als würde sie sich für ihre Aufdringlichkeit schämen, dafür, dass sie in seine Privatsphäre eingedrungen war.

»Mir ist so kalt«, entschuldigte sie sich bibbernd.

»Das ist der Schock«, sagte Andersson sanft, setzte sich auf die Bettkante und streichelte ihr über das Haar. »Entschuldige, dass ich dich erschreckt habe.«

»Das hast du nicht«, antwortete Julia. »Ich wusste, dass du gekommen warst.«

Andersson schaute sie an, ohne ein Wort zu sagen. Er glaubte, dass er sie verstand, war sich aber nicht sicher.

»Ich bin auf Nummer sicher gegangen«, erklärte sie.

Jetzt konnte er ein kleines, trauriges Lachen nicht mehr zurückhalten.

»Das bin ich auch«, sagte er und nahm ihr Gesicht zwischen seine Hände. »Das bin ich auch«, wiederholte er ganz leise und drückte seine Lippen auf ihre Stirn.

Er schloss die Augen und nahm ihr Zittern mit seinem Körper auf. So blieb er eine Weile sitzen, unfähig, sich wieder zu erheben, sie aus seinem Griff zu entlassen. Unfähig, an irgendetwas anderes zu denken als an ihren wunderbaren Duft. Und dass er versuchen musste, diese Hormone wieder zu regulieren, die in einem wahnsinnigen Tempo durch seinen Körper zirkulierten.

»Kannst du nicht zu mir unter die Decke kommen?«, flüsterte Julia. »Es ist so kalt.«

Der Puls hämmerte ihm in den Ohren, der Körper fühlte

sich an wie eine Kernschmelze. Die Hose war so eng, dass es wehtat. Es wäre so leicht, sich einfach hinzulegen und geschehen zu lassen, was geschehen musste. Er ließ sie los und richtete sich auf.

»Das geht nicht, Julia. Ich kann das nicht. Erst musst du mir erzählen, was passiert ist.«

War das seine Stimme, die diese Worte sprach? Sie schaute ihn verwundert an, seufzte, tat aber, worum er sie gebeten hatte. Hatte er sie verletzt?

»Ich wollte gerade ins Bett gehen«, sagte Julia. »Ich hatte das Licht ausgemacht und alles. Da fiel mir ein, dass ich vergessen hatte, Brötchen fürs Frühstück zu kaufen. Also zog ich mir Jeans an und ein T-Shirt, schnappte mir das Portemonnaie und die Schlüssel, um zum 7Eleven unten an der Ecke zu gehen.«

»Ohne Jacke?«

»Du weißt ja, wie es aussieht, es sind nicht mehr als fünfzig Meter bis dahin. Das Handy hatte ich zum Laden angestöpselt, also nahm ich es nicht mit.«

Andersson nickte aufmerksam.

»Ich war vier Minuten weg, vielleicht fünf. Es war sonst niemand im Laden, nur ich. Dann lief ich zurück, ich spürte nicht einmal, wie kalt es war. Als ich den Schlüssel ins Schloss steckte, merkte ich, dass die Tür bereits aufgeschlossen war. Ich würde die Wohnung niemals verlassen, ohne abzuschließen, das ist undenkbar. Und ich *wusste,* dass ich abgeschlossen hatte, bevor ich ging. Ich hatte zwei Gedanken. Der erste war, dass Heidi meinen Ersatzschlüssel hat – vielleicht war Heidi ja aufgetaucht? Der andere war, dass Ola tot ist und Heidi vielleicht auch. Und wer Heidi hat, hat auch ihre Schlüssel und meinen Ersatzschlüssel. Da lief ich. So schnell ich konnte, die Treppen hinunter und raus auf die Straße, den ganzen Weg bis zur U-Bahn, die nicht kommen wollte. Ich blieb in der Nähe anderer Menschen, versuchte mich unsichtbar zu machen, was nicht so leicht ist, wenn man nur ein T-Shirt trägt und vor Kälte zittert. Am Ende kam jedenfalls der Zug, und ich fuhr in die Stadt und weiter nach Slussen und dann zu dir nach Hause.«

»Woher hast du meine Adresse?«

»Ich hatte ... vorher schon im Internet danach gesucht«, sagte Julia verlegen. »Ich hing sabbernd vor dem Computer und fand dich im Telefonbuch. Ich bin wohl ... ein bisschen verliebt, muss ich gestehen.«

Da bist du nicht allein, dachte Andersson und spürte, wie er in der Dunkelheit rot anlief. Du wunderbarer kleiner Mensch, wenn du wüsstest, was du mit mir machst. Ich platze gleich.

»Hast du ihn gesehen?«, fragte er.

»Du glaubst also nicht, dass es Heidi war?«

»Leider nicht. Ich glaube, dass es der Mann war, den du in der Bar gesehen hast. Ich möchte dich nicht erschrecken, aber du hast den Gedanken bestimmt auch selbst gehabt.«

»Ich habe eine ganze Weile schon darüber nachgedacht«, sagte Julia. »Und ich erinnere mich, dass ich einem Mann begegnete, als ich zum Laden an der Ecke lief. Er kam die Straße herauf, aber ich habe nicht gesehen, wie er aussah. Ich glaube, er trug eine Canada-Goose-Jacke oder so etwas Ähnliches, was alle haben. Mit Pelz an der Kapuze. Dunkel. Schwarz vielleicht. Oder ein dunkleres Blau. Die Kapuze war hochgeschlagen, das Gesicht lag im Schatten.«

»Ist er dir bis in die Stadt gefolgt?«

»Ich weiß nicht. Vielleicht. Ich habe überall Männer in dunklen Parkas gesehen, vielleicht war er einer von ihnen. Wenn er gehört hat, dass ich den Schlüssel ins Schloss steckte ... Ich habe mich nicht mehr umgedreht, nachdem ich losgelaufen war.«

Andersson seufzte und schüttelte den Kopf. Das Schicksal hatte ihnen auf eine beinahe unwirkliche Weise in die Hände gespielt.

»Begreifst du, was für ein Glück du gehabt hast?«

»Weil du vergessen hast, die Tür abzuschließen?«, antwortete Julia mit einem Lächeln.

»Weil du nicht mehr in der Bäckerei arbeitest«, sagte Andersson und erwiderte das Lächeln.

Worauf Julia in Lachen ausbrach. Ein lautes, schallendes Rabaukenlachen, das die ganze Wohnung mit Freude erfüllte.

»Du bist wunderbar«, piepste sie.

»Du auch«, murmelte Andersson und errötete erneut in der Dunkelheit.

Aber er konnte sie nicht berühren, es ging einfach nicht.

»Er hat vielleicht gesehen, dass es in der Wohnung dunkel war«, sagte Andersson stattdessen. »Vielleicht ist er draußen eine Weile hin und her gegangen und hat darauf gewartet, dass du dich schlafen legst. Und wenn du noch in der Bäckerei gearbeitet hättest, hättest du keine Brötchen für morgen früh holen müssen. Als du beschlossen hast, noch einmal rauszugehen, entschied er sich, in deine Wohnung zu gehen. Er wusste ja nicht, wie du aussiehst. Aber er wusste, wo du wohnst und wie du heißt, denn diese Informationen hatte er in Heidis Handy gefunden.«

»Warum lässt du die Tür offen, wenn du rausgehst?«, fragte Julia.

»Das mache ich nur unter ganz speziellen Umständen«, antwortete Andersson.

»Und welche sind das?«

»Wenn mir plötzlich aufgeht, dass jemand, den ich sehr mag, in großer Gefahr ist.«

Julias Augen glänzten in der Dunkelheit.

»Was ist mit deinem Kinn passiert?«, fragte sie.

Das hatte er ganz vergessen. Sie ließ vorsichtig einen Finger über die Wunde gleiten, und er zuckte zusammen vor Schmerz. Der Rest seines Körpers reagierte noch heftiger.

»Sieht es schlimm aus?«

»Ziemlich böse, aber du siehst nicht wie ein Penner aus, falls du das wissen wolltest. Was ist passiert?«

»Ich bin auf blöden, nicht gestreuten Treppenstufen ausgerutscht, als ich zur Hornsgatan hinauflief, wo ein Streifenwagen wartete.«

»Hätte ich mit zurückfahren können, wenn ich es nicht so eilig gehabt hätte?«, fragte Julia.

Andersson schaute sich um, zögerte mit der Antwort. Lauschte ihren Atemzügen. Nahm ihre Hand und knetete sie zwischen seinen Händen.

Sie zitterte jetzt weniger, nachdem sie eine Weile unter der Decke gelegen hatte. Er spürte, wie kochendes Blut durch seine Adern schoss.

»Nein, dann wärst du Leichenwagen gefahren«, antwortete er ernst.

In diesem Augenblick war er davon überzeugt, dass er recht hatte. Dass sie es mit einem kontrollierten Verrückten zu tun hatten. Einem eiskalt berechnenden Psychopathen, der über so viele Leichen ging wie nötig, um seinen Willen zu bekommen. Julia schaute ihn mit glänzenden Augen an.

»Du hast eine ganze Einsatzstaffel mobilisiert, um mich zu retten?«

»So ungefähr«, antwortete Andersson betrübt. »Aber viel zu spät. Du kannst dir gar nicht vorstellen, wie erleichtert ich bin, dass du dich selbst in Sicherheit bringen konntest.«

Sie streckte ihre freie Hand nach seinem Gesicht aus, ließ

drei Fingerspitzen über sein Kinn gleiten. Er wollte die Augen schließen, konnte seinen Blick aber nicht von ihr losreißen. Er spürte, wie seine Lippen sich öffneten und sein Atem schwerer wurde. Das Gefühl, das er im Bauch hatte, war so stark, dass es schmerzte.

»Sei nicht traurig, Odd«, flüsterte sie.

»Das bin ich nicht«, flüsterte er zurück. »Ich glaube, ich bin nie glücklicher gewesen.«

»Du hast traurige Augen«, sagte Julia, während ihre Fingerspitzen über seinen Hals hinunter in den Kragen wanderten.

»Sie sehen nicht klar, Julia. Ich ... ich verschwinde jetzt. Ich kann nicht ...«

Er atmete schon stoßweise, sah, wie ihre Augen schmaler wurden, spürte, wie seine Brustwarzen steif wurden, wie ihre Hand sich aus seinen befreite und den Knopf seiner Hose suchte, den Reißverschluss, der mit großer Mühe heruntergezogen wurde, weil hinter ihm etwas Wildes, Aufsässiges kämpfte, das so hart und lange dafür gearbeitet hatte, sich zu befreien, dass dieser Eifer selbst zum Hindernis geworden war. Aber Julia besiegte jeden Widerstand, keuchte in kurzen, weichen Atemzügen durch einen Mund, der jetzt weit geöffnet war. Mit einem fiebrigen Blick trat sie die Decke zur Seite und zog ihn über sich.

»Komm«, sagte sie.

»Ich bin hier«, stöhnte er. »Was machst du ... mit mir ...«

Er war vollkommen in ihrer Gewalt, folgte ihren kleinsten Bewegungen, seine Zunge war auf einer unendlichen Irrfahrt durch ihren Mund und ihre in seinem. Am Ende hatte er die Kontrolle über seinen Körper abgegeben, der jetzt sein eigenes Leben führte: keuchend, gleitend, wimmernd, pumpend, jubelnd, bebend drang er in sie ein und arbeitete, bis der Schweiß unter dem Hemd auf der Haut perlte, im Gesicht, in Julias Gesicht, auf Julias Bauch. Er wollte, dass es niemals endete, aber nach wenigen Minuten war es vorbei, als sie sich in einem erstickten Schrei vereinigten. Anschließend blieben sie keuchend liegen, mit seinem kompakten Gewicht auf dem kleinen Wesen, dass er befürchtete, er würde das Leben aus ihr herauspressen.

»Was machst du … mit mir …«, wiederholte er, bevor er von ihr herunterrollte und wie ein Stein auf dem Rücken einschlief, mit heruntergelassenen Hosen und einem Hemd, das an seinen Schultern klebte.

Donnerstagvormittag

Sjöberg trommelte monoton mit dem Bleistift auf die Schreibtischunterlage, während er sich ernst und mit großem Interesse Odd Anderssons Bericht über die Ereignisse des gestrigen Nachmittags und der Nacht anhörte. Loddan war anscheinend jederzeit für eine Überraschung gut. Er beanspruchte nicht übermäßig viel Raum, sprach nicht mehr als absolut notwendig und verabscheute es, wenn alle Augen auf ihn gerichtet waren. Was vielleicht der Grund dafür war, dass er den Mund nicht unnötig aufmachte, wenn sich die gesamte Gruppe zur Besprechung traf. Trotzdem hatte er sich ein Aussehen zugelegt, das alle Blicke auf sich zog. Zumindest bei der Polizei, wo er ein schräger Vogel war mit seinem langen Haar, das er zu einem Pferdeschwanz gebunden hatte, mit dem Piercing (wenn auch nur im Ohr, soweit Sjöberg wusste) und mit seinen zahlreichen Tätowierungen. Er sah aus wie der Rockstar, zu dem er hätte werden können, wenn er nicht an jenem Freitag im Herbst 2008 aus der Talentshow *Idol* geflogen wäre. Worüber alle anderen in der Gruppe in gewisser Weise dankbar waren, weil er, statt auf eine Künstlerkarriere zu setzen, von der City-Fahndung zur Abteilung für Gewaltverbrechen in Hammarby wechselte. In der aufsehenerregenden und – nach Sjöbergs Geschmack – ziemlich abstoßenden äußeren Schale wohnte ein großer Teddybär, den man einfach nur umarmen wollte. Eine Meinung, die Sjöberg allem Anschein nach mit der großen Mehrheit der weiblichen Bevölkerung Schwedens teilte.

»Mach mit mir, was du willst«, sagte Andersson, als er fertig war. »Zieh mich von dem Fall ab, schmeiß mich raus oder mach sonst irgendwas. So ist es eben, und ich bitte um Entschuldigung dafür, dass ich mich vorschriftswidrig verhalten habe.«

»Wer weiß von dieser Beziehung?«, fragte Sjöberg und legte den Stift zur Seite.

»Niemand«, antwortete Andersson. »Das heißt, ich weiß nicht. Ich habe vielleicht schon die eine oder andere Anspielung gehört. Ich glaube, ich bin kein großer Schauspieler, aber niemand hat etwas Konkretes gesagt. Niemand *weiß* etwas. Die Beziehung, wie du es nennst, ist gerade sechsunddreißig Stunden alt.«

Sjöberg wusste nicht, ob er lachen oder weinen sollte. Nach der Vermisstenanzeige hatte es nur zwölf Stunden gedauert, bis Andersson mit der Hauptzeugin und Anzeigenerstatterin ins Bett gehüpft war.

»Und ich kann nicht damit aufhören«, sagte Andersson, ohne mit dem Blick auszuweichen. »Ich habe so etwas noch nie erlebt. Dieses Mädchen ist etwas ganz Besonderes.«

Was er mit einer solchen Aufrichtigkeit und Überzeugung sagte, dass Sjöberg ganz warm ums Herz wurde. Er wurde von Anderssons Augen gefangen, ließ sich von seinem unerschütterlichen Glauben an das, was er für rein und echt hielt, mitreißen und erinnerte sich an seine Erfahrungen mit einer Liebe, die unüberwindlich ist, die sich niemandem beugt, die einen aufbaut und zu einem besseren und vollständigeren Menschen macht.

»Ich weiß davon nichts«, sagte er schließlich und lehnte sich in seinem Stuhl zurück. »Sie ist zu dir geflohen, weil du Polizist bist und weil sie dich von früher kennt. Deshalb hatte sie dich ja auch aufgesucht, als sie anfing, sich um

Heidi ernsthaft Sorgen zu machen. Aber du solltest den Ball flach halten.«

Andersson nickte andächtig.

»Aber du hast etwas vergessen«, fuhr Sjöberg fort. »Wenn du nicht gewesen wärst, hätte sie vielleicht noch ein wenig länger mit der Anzeige gewartet. Und darüber hinaus wäre die Anzeige nicht ernst genommen worden – beziehungsweise erst viele Tage später, nachdem die Handykommunikation aufgehört hatte. Das heißt frühestens heute. Sie hätte niemals über den Ersatzschlüssel oder die unheilvolle SMS nachgedacht. Ola Berg würde immer noch an diesem Abschleppseil hängen. Wenn du nicht gewesen wärst, Odd, hätte Julia tot in ihrem Bett gelegen. Obwohl du gestern zu spät gekommen bist, ist es immer noch dein Verdienst, dass sie am Leben ist. Vergiss das nicht.«

Andersson sah nicht komplett überzeugt aus, aber wenn Sjöberg sich nicht irrte, war ein bisschen Anspannung von ihm abgefallen.

*

Nach dem Gespräch mit Andersson und der darauffolgenden Besprechung klingelte Sjöbergs Telefon mehr oder weniger ununterbrochen den ganzen Vormittag. Das meiste waren Reaktionen auf die zwei Beiträge in *Vermisst* am vorhergehenden Abend, die allerdings keine neuen Erkenntnisse brachten. Von der Taxifirma bekam er allerdings die Nachricht, dass Johnny Wetterhag immer noch nicht zur Arbeit erschienen war und dass er sich weder krankgemeldet noch Urlaub genommen hatte. Es war sehr bedauerlich, dass niemand wusste, wo er sich befand, weil er eigentlich aus denselben Gründen wie sein Vater in Untersuchungshaft sitzen sollte. Außerdem konnten sie den Waffenschrank ohne Schlüssel nicht öffnen, und eine Sprengung wollten sie aus praktischen Gründen vermeiden, solange es möglich war. Sjöberg fragte sich für einen Augenblick, ob er sich wegen des jungen Mannes vielleicht Sorgen machen sollte, aber er ging diesen Gedanken nicht nach, weil es am wahrscheinlichsten war, dass Johnny sich schlicht und einfach dem Arm des Gesetzes entzog.

Vom Casino *Cosmopol* kam, über Sjöbergs Kontakt bei der Finanzpolizei, die Information, dass Bengt Wetterhag sich selbst auf die schwarze Liste des Casinos hatte setzen lassen. Sjöberg hatte keine Ahnung, dass so etwas möglich war, aber es kam ihm typisch schwedisch vor, dass einem nicht nur das Casino, sondern auch man selbst ein Hausverbot erteilen konnte. Diese Maßnahme war vor mehr als acht Jahren umgesetzt worden und konnte daher nicht erklären, warum es jetzt so schlecht um die Haushaltskasse der Wetterhags stand, aber sie erzählte ihnen trotzdem einiges über Bengt Wetterhag, was sie bislang nicht wussten. Eine Information, die Sjöberg für das Verhör am Nachmittag im Gefängnis Kronoberg auf die Tagesordnung setzte.

Die Polizei in Kopenhagen hatte anhand der Aufnahmen der Überwachungskamera feststellen können, dass es nicht Heidi Richter war, die am vergangenen Nachmittag zweitausend Kronen aus dem Geldautomaten geholt hatte. Stattdessen hatte es ein nicht zu identifizierender junger Mann mit einer Schirmmütze, einer Kapuze und einer Sonnenbrille getan. Aus dieser Information konnte man verschiedene, sehr widersprüchliche Schlussfolgerungen ziehen. Heidi könnten in Kopenhagen oder während der Zugfahrt ihre Wertsachen gestohlen worden sein. Heidi könnte schon in Stockholm von einem Mann bestohlen worden sein, der ihr Geld jetzt in Kopenhagen auf den Kopf haute. Heidi könnte Angst haben, von einer Überwachungskamera erfasst zu werden, und hatte deshalb jemanden vorgeschickt, um das Geld zu holen. Oder – wie sie schon vorher spekuliert hatten – Heidi könnte sich immer noch in Stockholm befinden, aber derjenige, der für ihr Verschwinden verantwortlich war, hatte sich entweder selbst nach Kopenhagen begeben oder ihre Handtasche dorthin geschickt, um die Polizei zu verwirren. In dem Fall könnte es der Täter selbst sein, der auf den Überwachungsbildern zu sehen war. Oder einfach nur ein junger Mann, der nach dem Motto »Gelegenheit macht Diebe« gehandelt hatte. Wie auch immer es sich mit dieser Sache verhielt, Sjöberg fand es aufgrund der Umstände, die seit der Anzeige vor achtundvierzig Stunden eingetreten waren, angemessen, eine internationale Fahndung nach Heidi Richter zu veranlassen. Vielleicht ein bisschen spät, aber es war ihm ja auch erst jetzt zur Kenntnis gekommen, dass Heidis Pass fehlte. Allerdings hatte er seine Zweifel, ob diese Fahndung irgendetwas bringen würde, weil Heidi mit aller Wahrscheinlichkeit genauso tot war wie der Mann, mit dem sie zusammengelebt hatte.

Die Beiträge in *Vermisst* brachten eine ganze Menge Tipps, sowohl im Fall Eva-Lena Wetterhag als auch im Fall Heidi Richter. Während er selbst am Telefon gesessen hatte, hatte der Rest des Teams die Stunden nach der Morgenbesprechung damit verbracht, die Tipps auszuwerten, was zu einer einzigen konkreten Maßnahme geführt hatte. Ein Taxifahrer war zur Vernehmung bestellt worden, und er nahm jetzt gegenüber Sjöberg Platz. Ein freundlich aussehender Mann im Pensionsalter, der leicht humpelte und einen småländischen Dialekt sprach.

»Ich bin mir ganz sicher«, behauptete er. »Sie war ein bisschen älter als zwanzig, brünett, mit so einer Art Schneewittchenfrisur. Ja, das ganze Mädchen erinnerte an Schneewittchen. Sie war unheimlich süß, mit einem roten Diadem und einem roten Kleid. Sie saß auf der Rückbank, aber ich konnte es nicht lassen, sie hin und wieder im Rückspiegel anzuschauen. Sie schien in eine andere Zeit zu gehören. Sah aus wie die Mädchen damals, als ich jung war. Sie war auch sehr freundlich, gab mir zwölf Kronen Trinkgeld. Hier ist eine Kopie der Quittung. Achtundachtzig Kronen. Und dazu noch das Trinkgeld, das steht aber nicht drauf. Sie hat bar bezahlt.«

»Und sie war allein?«, fragte Sjöberg und stellte gleichzeitig fest, dass die Fahrt zwölf Minuten nach Mitternacht stattgefunden hatte.

»Ja, also außer mir natürlich.«

»Sagte sie, wohin sie wollte?«

»Zum Mosebacke Torg 16. Das steht ja auch auf der Quittung.«

»Ich meine, hat sie erwähnt, ob sie jemanden besuchen wollte oder ob sie auf dem Weg nach Hause war? Haben Sie sich mit ihr unterhalten?«

»Nicht direkt. Nein. Aber ich bin mir sicher, dass sie es war. Diese Heidi.«

»Und sie trug keine Jacke?«

»Doch, natürlich. Es war ja Schneesturm. Sonst hätte sie für diese kurze Strecke wohl kaum ein Taxi genommen, denke ich. In ihrem Alter.«

»Sie sagten, dass sie ein rotes Kleid trug. Wie konnten Sie das sehen, wenn sie eine Daunenjacke trug?«

»Sie trug keine Daunenjacke, sondern einen schwarzen Mantel. Aber den hatte sie nicht ordentlich zugeknöpft. Handschuhe hatte sie auch, das habe ich bemerkt. Und ein Halstuch.«

»Hatte sie sonst irgendetwas dabei? Einen Koffer oder so etwas?«

»Nein, nicht mehr als eine Handtasche, glaube ich. Vielleicht noch eine Plastiktüte. Doch, ich glaube tatsächlich, dass sie eine Plastiktüte dabeihatte. Mit den Ausgehschuhen vielleicht.«

»Jetzt spekulieren Sie?«

»Ich glaube, sie hatte eine Plastiktüte dabei. Aber ganz bestimmt keinen Koffer.«

»Und wie sah die Handtasche aus? Erinnern Sie sich?«

»Nein, ich interessiere mich nicht für solche Dinge. Accessoires. Aber ich glaube, es war so eine glänzende Geschichte. Schwarz.«

»Aus Plastik?«

»Nein, man nennt es wohl Lack. Aber vielleicht ist das ja auch Plastik.«

Sjöberg bedankte sich und entließ den Mann. Definitiv eine Zeugenaussage, die man ernst nehmen sollte. Mit entschlossenen Schritten ging er zum Kleiderhaken an der Innenseite der Tür und zog sich seine Jacke an. Endlich mal jemand, der irgendetwas wusste in diesen hoffnungslosen Ermittlungen.

*

Stefan Schmidt war um die vierzig und wohnte im sechsten Stock in einer großen, herrlichen Wohnung mit einem Eckbalkon, der auf den Mosebacke Torg und die Östgötagatan hinauszeigte. Eine Wohnung, in der auch Sjöberg mit seiner großen Familie gerne gewohnt hätte, aber mit einem Polizisten- und einem Lehrergehalt waren ihre Möglichkeiten weit davon entfernt. Schmidt sah gut aus; er war schlank, trainiert und mit einem Dreitagebart, dazu lässig, aber durchaus geschäftsmäßig gekleidet. Schwarze Jeans, ein kariertes Hemd mit Button-down-Kragen und ein Jackett in diesem modernen Schnitt, durch den es etwas zu klein aussehen sollte. Er war nur ganz kurz zu Hause, um sich einen kleinen Lunch einzuwerfen, wie er es ausdrückte, aber er nahm sich trotzdem die Zeit, sich mit den drei Polizisten hinzusetzen, bot ihnen sogar einen Kaffee an, den sie ablehnten.

»Wir suchen nach einer verschwundenen Person«, eröffnete Sjöberg die Befragung.

»Oje«, sagte Schmidt. »Jemand aus diesem Haus?«

»Nein, aber sie muss eine gewisse Verbindung zu dieser Adresse haben. Ich möchte Sie bitten, einen Blick auf diese Fotografie zu werfen und mir zu sagen, ob Sie die Frau schon einmal gesehen haben.«

Sjöberg legte die Vergrößerung von Heidi Richters Passfoto vor Stefan Schmidt auf den Tisch, der das Bild sorgfältig, fast eine Minute lang studierte.

»Nein«, sagte er schließlich mit einem bedauernden Kopfschütteln. »Tut mir leid, aber ich glaube nicht. Das ist doch nicht etwa die Enkeltochter der Augustssons im zweiten Stock? Sie haben eine Enkelin in dem Alter. Wie alt ist diese Frau überhaupt? Dreißig? Achtzehn? Es fällt mir schwer, das Alter jüngerer Menschen einzuschätzen.«

Und dann feuerte er ein Lächeln ab, das alle drei erwiderten. Wem ging es nicht so? Ja, in dem Fall vielleicht Petra, die selbst dreißig war, aber auch sie lächelte höflich zurück.

»Sie ist vierundzwanzig«, sagte Sjöberg. »Sie ist zuletzt in der Nacht von Freitag auf Samstag kurz nach Mitternacht an dieser Adresse gesehen worden. Waren Sie da vielleicht noch wach?«

Stefan Schmidt dachte nach.

»Nein, ich bin schon eine Weile vor zwölf ins Bett gegangen.«

»Wie haben Sie den Abend ansonsten verbracht?«, fragte Westman.

»Ich war mit Kunden unterwegs. Wir waren im *Gondolen* und haben zu Abend gegessen. Ich schätze, das dauerte bis Viertel nach elf. Dann bin ich nach Hause gefahren und bin so um Viertel vor zwölf eingeschlafen, denke ich.«

»Sie haben Familie?«, fuhr Westman fort.

»Ja, das stimmt. Eine Frau und zwei Kinder. Meine Tochter ist zwölf und mein Sohn zehn.«

»Sie sind nicht zu Hause? Wie Sie sicher verstehen, würden wir auch gerne mit ihnen reden.«

»Die Kinder sind in der Schule. Aber wenn es nur um diese Nacht geht, dann kann ich Ihnen sagen, dass die Kinder das ganze Wochenende in einem Trainingslager in Finnland waren, sodass sie Ihnen wohl kaum helfen können. Sie spielen beide Tennis.«

»Tatsächlich?«, sagte Westman mit einem Interesse, von dem Sjöberg sagen konnte, dass es garantiert nur gespielt war. »Spielen sie gut?«

»Sie sind nicht unbedingt die Überflieger, aber es macht ihnen viel Spaß. Und wir finden es gut, dass sie sich bewegen und etwas haben, womit sie ihre Freizeit verbringen können. Also lassen wir sie spielen, solange sie noch Lust haben.«

Ein vernünftiger Sportvater, wie angenehm. Darauf wollte Westman mit ihrer Frage sicherlich auch hinaus.

»Und Ihre Frau? War sie auch mit in Finnland?«

»Nein, sie war in Uppsala und hat ihren Vater besucht. Sie ist heute auch wieder dort. Er hat Krebs. Es geht leider zu Ende.«

»Sie haben also niemanden, der Ihre Aussage bestätigen kann?«, fragte Andersson, als Sjöberg gerade seinem Mitgefühl Ausdruck verleihen wollte.

Ein bisschen zu direkt vielleicht, aber man wusste nie, was man von Andersson zu erwarten hatte. Aber Schmidt nahm es auf die richtige Art und lachte unbekümmert.

»Ich wusste ja nicht, dass ich Zeugen brauche, als ich ins Bett gegangen bin. Aber Spaß beiseite; ich habe Musik gehört, als ich an dem Abend nach Hause kam. Wenn hier im Haus eine Party war, dann wollte die Frau vielleicht dorthin. Es könnte allerdings auch vom Nachbarhaus gekommen sein.«

»Wir werden das überprüfen«, sagte Sjöberg. »Kunden, sagten Sie. In welcher Branche arbeiten Sie?«

»Immobilien. Ich besitze ein paar Immobilien in der Stadt, die ich auch verwalte.«

»Und Ihre Frau arbeitet ebenfalls in der Immobilienverwaltung?«

»Nein, Malin möchte gern so lange wie möglich zu Hause bleiben und die Zeit mit den Kindern genießen. Darf ich fragen, wer diese Frau hier in dieser Nacht gesehen hat? Und wo?«

»Darauf können wir Ihnen leider keine Antwort geben. Aber gestern gab es einen Beitrag zu diesem Fall in *Vermisst*, und wir gehen einigen Hinweisen nach, die daraufhin eingegangen sind. Sie haben es vielleicht gesehen?«

»Nein, das habe ich verpasst. Ich habe den Abend damit verbracht, die Kinder kreuz und quer durch die Gegend zu fahren. Wir finden, dass sie immer noch ein bisschen zu klein sind, um sich allein in der Stadt zu bewegen. Besonders in dieser Jahreszeit, wenn es so dunkel ist.«

»Das klingt vernünftig«, pflichtete Sjöberg ihm bei. »Aber sie werden so schnell groß. Bald dürfen Sie sie nicht mehr fahren, ganz egal, wie sehr Sie es wollen.«

Schmidt lachte.

»Ich weiß«, sagte er. »An den Kindern sieht man, wie schnell die Zeit vergeht.«

»Wir werden Sie jetzt nicht länger aufhalten«, sagte Sjöberg und stand auf. »Danke, dass Sie sich die Zeit genommen haben.«

»Kein Problem. Tut mir leid, dass ich Ihnen nicht helfen konnte. Schlimm, wenn Menschen einfach so in Rauch aufgehen. Ich hoffe, Sie finden sie bei guter Gesundheit.«

Sie gaben einander die Hand und verließen den sympathischen Mann. Stefan Schmidt hatte einen kräftigen Händedruck.

•

Donnerstagnachmittag

Bengt Wetterhag sah müde und traurig aus, als Sjöberg und Sandén ihn in Gegenwart seines juristischen Beistands im Untersuchungsgefängnis Kronoberg trafen. Er wirkte beinahe krank; zusammengesunken, blass und hohläugig. Er begrüßte sie mit einer schwachen und spröden Stimme, die ständig zu brechen drohte. Sjöberg vermutete, dass er kaum geschlafen hatte und dass er sich in der Gesellschaft in Kronoberg nicht besonders wohlfühlte. Aber eine solche mentale und körperliche Schwäche konnte in einem Verhör wie diesem von Vorteil für die Polizei sein. Bengt Wetterhag würde nicht mehr lange Widerstand leisten können, und etwas raffiniertere Lügen und Ausflüchte konnte er sich vermutlich nicht mehr ausdenken. Auf der anderen Seite bestand das Risiko, dass er überhaupt keine Fragen mehr beantworten wollte.

»Sie sehen mitgenommen aus«, eröffnete Sjöberg das Verhör mit einem Mitgefühl, das zu einem Teil echt war.

»Ich habe nicht besonders gut geschlafen«, meinte Bengt Wetterhag mit dieser spröden, kaum noch wiederzuerkennenden Stimme.

Hatte er geweint?

»Ich glaube, Sie würden sich besser fühlen, wenn Sie uns erzählen, was passiert ist. Hören Sie auf, sich herauswinden zu wollen, und sagen Sie einfach, was Sache ist. Das wäre das Beste für alle.«

»Das werde ich«, sagte Bengt Wetterhag und wechselte einen Blick mit seinem Anwalt, der mit einem deutlichen

Nicken zu verstehen gab, dass er einverstanden war. »Ich sehe jetzt ein, dass ich es von Anfang an hätte tun sollen.«

Sjöberg und Sandén warteten schweigend ab, hofften, dass er von selbst anfangen würde.

»Ich weiß nicht so recht, wo ich anfangen soll.«

Er schaute Sjöberg mit rot umrandeten Augen an.

»Beginnen Sie am Freitagnachmittag um fünf Uhr«, meinte Sandén.

Ein Vorschlag, der Bengt Wetterhag nach kurzer Denkpause nicht zu gefallen schien. Er holte tief Luft und begann zu erzählen.

»Am vierten Januar 1999 brach Simona durch das Eis. Simona war Eva-Lenas Tochter und Johnnys kleine Schwester. Sie war sechs Jahre alt. Er war zehn und stand auf dem Rasen und spielte mit den Hunden. Warf Stöcke, die sie ihm zurückbrachten. Gleichzeitig passte er auf Simona auf. Rief ihr zu, dass sie nicht zu nahe ans Wasser gehen sollte und nicht auf den Steg. Aber Simona war ein lebhaftes und neugieriges Kind. Sie wollte ausprobieren, ob das Eis trug, und als Johnny ihr den Rücken zuwandte, lief sie in die zugefrorene Bucht hinaus. Nur um herauszufinden, ob sie wirklich nicht Schlittschuh laufen konnte wie im letzten Jahr. Das Eis brach, und Simona schrie. Johnny lief zum Ufer und versuchte ihr zuzurufen, wie sie wieder auf das Eis kommen könne. Er schickte die Hunde zu ihr, aber das nützte nichts. Simona verschwand und wurde niemals wiedergefunden. Das war auf Värmdö, und die Fahrrinne der Finnlandfähren verlief direkt vor der Bucht. Sie wühlten das Wasser und das Bodensediment auf und verursachten starke Strömungen. Eva-Lena stand in der Küche und bereitete das Abendessen vor. Sie merkte nichts davon.«

Bengt Wetterhag griff nach dem Glas und trank ein

Schlückchen Wasser. Sjöberg fragte sich, ob dies die wahre Geschichte war oder ob Johnny sie zu seinem eigenen Vorteil zurechtgebogen hatte. Vielleicht hatte er seine Schwester auf das dünne Eis gelockt? Hatte die Hunde zum Apportieren hinausgeschickt, und Simona lief ihnen hinterher?

»Die Familie war zerstört. Der Vater verließ sie und zog nach Brasilien. Eva-Lena reagierte aggressiv, zog zunächst Johnny zur Verantwortung, beruhigte sich aber nach einer Weile wieder. Ging ganz in der Pflege ihrer Hunde auf. Widmete ihnen all ihre Zeit und hatte den armen Johnny ständig an ihrem Rockzipfel. Er wollte in Gnaden wiederaufgenommen werden, wollte genauso geliebt werden wie vor dem Unfall und nicht verdächtigt und infrage gestellt werden. Das wurde er zwar irgendwann nicht mehr, aber in seine alte Rolle durfte er auch nicht zurückkehren. Sie wissen ja, es ist niemals die Schuld eines Kindes, wenn einem anderen Kind etwas zustößt.«

Er warf beiden einen fragenden Blick zu, suchte nach Bestätigung in ihren Augen. Sjöberg nickte.

»Es ist ja die Verantwortung der Erwachsenen, auf ihre Kinder aufzupassen«, fuhr Bengt Wetterhag fort. »Es ist falsch, die Verantwortung für das Leben einer Sechsjährigen in die Hände eines Zehnjährigen zu legen. Ich habe Eva-Lena in einem Casino kennengelernt. Ich habe damals sehr viel gespielt und Eva-Lena auch. Sie war fröhlich und ausgelassen, als wir uns begegneten. Ein bisschen wild und verrückt. Grenzüberschreitend. Deswegen habe ich mich in sie verliebt. Nur ein Jahr nach dem Unfall zogen sie bei mir ein. Und ich schloss Johnny in mein Herz. Einen traurigen Jungen, der sich von der Katastrophe niemals richtig erholt hat. Ich sah, dass Eva-Lena ihm nicht die Wärme und die Fürsorge geben konnte, die er brauchte, aber ich schob es auf den Unfall und übernahm stattdessen selbst die Verantwortung. Ich liebe diesen Jungen, als wäre er mein eigener Sohn. Und ich liebe auch Eva-Lena, trotz ihrer Fehler und Schwächen. Also glauben Sie, was Sie wollen. Sie braucht einfach ihren Spielraum. Freiheit. Ich weiß, dass sie manchmal verrückte Sachen macht, dass sie hin und wieder Liebhaber hat. Wenn sie mich verlässt, dann muss ich es eben hinnehmen, aber ich hoffe immer, dass sie wieder zur Vernunft kommt und an meine Seite zurückkehren wird. Aber Johnny werde ich niemals loslassen. Ich bin die Sicherheit in seinem Leben, was auch immer passiert.«

»Wir müssen mit Johnny sprechen«, sagte Sjöberg. »Aber er ist immer noch verschwunden. Haben Sie eine Ahnung, wo er sein könnte?«

Bengt Wetterhag schüttelte betrübt den Kopf.

»Glauben Sie mir, ich weiß es wirklich nicht. Er ist ganz außer sich nach dem, was passiert ist; es könnte ihn zu allem Möglichen getrieben haben.«

»Okay«, sagte Sandén. »Jetzt haben wir den Hintergrund. Jetzt erzählen Sie uns bitte, was am Freitag passiert ist.«

Bengt Wetterhag seufzte. Stützte sein Gesicht auf die Hände und rieb sich die Augen. Sjöberg fragte sich, ob er den Tränen wirklich so nahe war, wie es aussah, oder ob er nur müde und erschöpft war.

»Ich bin um fünf von der Schule aufgebrochen«, sagte Bengt Wetterhag, als er wieder aufschaute. »Genau, wie Sie vermutet hatten. Ich war um halb sechs zu Hause. Alle Lichter waren ausgeschaltet, Eva-Lena war nicht da. Aber daran war auch nichts Besonderes.«

»Sie haben sie bereits um Viertel nach drei angerufen«, warf Sandén ein.

»Ja, aber da ist sie nicht ans Handy gegangen. Ich wollte

sie fragen, ob ich für das Abendessen einkaufen sollte. Nichts Besonderes also. Ich ging davon aus, dass sie mit einer Kundin beschäftigt war. Wie auch immer; als ich nach Hause kam, ging ich ein bisschen durchs Haus, wie man es manchmal macht. Im Schlafzimmer wollte ich mir ein paar bequemere Sachen anziehen, und da ...«

Seine Stimme brach, und er stockte in seiner Erzählung. Rieb sich wieder die Augen. Wenn er Theater spielte, dann war er richtig gut, dachte Sjöberg.

»Eva-Lenas Bett war leer«, sagte Wetterhag mit seiner gebrochenen Stimme. »Laken, Bettdecke und Kopfkissen waren weg. Mein erster Gedanke war, dass sie mich schließlich doch verlassen hatte. Auf ihre launische Art. Einfach abgehauen, ohne mir auch nur den kleinsten Hinweis zu geben. Dann sah ich, dass das Bett total blutig war. Es war sehr viel Blut, und es war schon dabei, zu trocknen. Mir war klar, dass am Nachmittag irgendetwas passiert sein musste. Dann fiel mir auf, dass die Hunde nicht gekommen waren und mich begrüßt hatten, wie sie es sonst immer machten. Und da ging mir auf, was passiert sein musste.«

Jetzt begann es spannend zu werden. Was würde er ihnen jetzt verkaufen wollen?

»Eva-Lena hatte schon mehrere Male in der letzten Woche davon gesprochen, dass sie die Hunde einschläfern lassen wolle. Johnny und ich begriffen gar nichts. Sie lebte doch für diese Tiere, und sie waren zwar alt, aber immer noch gesund und munter. Weder Johnny noch ich haben besonders viel für sie empfunden, aber wir wussten beide, dass ihr Tod das Leben für Eva-Lena noch viel schwerer machen würde, als es schon war. Wir glaubten, dass es ihr den Rest geben würde, und versuchten, sie von diesen destruktiven Gedanken abzubringen. Aber am Freitag wurde mir klar, dass sie es trotzdem getan hatte. Dass sie die

Nerven verloren und die armen Hunde trotz allem umgebracht hatte. Ich hatte keine Ahnung, warum, aber es hatte ja irgendwie in der Luft gelegen. Mir war klar, dass Eva-Lena sich in einem miserablen Zustand befinden würde, wenn sie zurückkam, also beschloss ich aufzuräumen. Es unter den Teppich zu kehren, wenn Sie so wollen. Um den Schmerz zu lindern. Ich rief sie immer wieder an, schickte ihr eine SMS nach der anderen. Währenddessen stopfte ich die Matratzenauflage in den Kofferraum und schrubbte die Blutspritzer vom Boden und von den Wänden. Und genau, wie Sie gesagt haben, vertauschte ich die beiden Betten, legte meine eigene Matratze auf Eva-Lenas Bett. Alles nur, damit sie nicht als Allererstes die blutige Matratze sehen würde, wenn sie nach Hause kam. Um sechs Uhr rief ich Johnny an, um ihn zu fragen, ob er wusste, wo Eva-Lena war. Natürlich machte ich mir Sorgen. Sie hatte schließlich ihre geliebten Hunde ermordet. Ich weiß immer noch nicht, ob das ein Verbrechen ist oder nicht, aber gesund ist es auf keinen Fall. Wenn sie sie töten wollte, hätte sie sie ja zu einem Tierarzt bringen können.«

»Wie stellen Sie sich vor, dass sie die Hunde ermordet hat?«, wollte Sandén wissen. »So haben Sie es ja ausgedrückt.«

Unnötig hart, dachte Sjöberg. Wenn diese Geschichte stimmte, gab es ja keinen Grund, so mit dem Mann umzugehen. Er war schließlich nur loyal gegenüber seiner Frau, auch wenn sie verrückt war.

»Mit dem Messer natürlich, an die Pistole hätte ich nie gedacht. Ich stellte mir vor, dass Eva-Lena die Hunde auf irgendeine Weise betäubt hatte, damit sie nicht leiden mussten. Dass sie friedlich in ihrem Bett lagen und schliefen, als sie ihnen die Kehle durchgeschnitten hat. Ich hatte …«

Und jetzt begann er wirklich zu weinen.

»Ich hatte wirklich keine Ahnung, dass sie so etwas Schreckliches in sich hatte«, sagte er mit kaum hörbarer Stimme. »Sie hätte doch auch einfach zum nächsten Tierarzt fahren können, der ihnen eine Spritze gegeben hätte. Ich verstehe es nicht ... Ich verstehe gar nichts ...«

Er machte eine Pause, wischte sich die Tränen mit einem Taschentuch ab, das ihm der Anwalt gereicht hatte, und trank einen Schluck Wasser.

»Dann fuhr ich zu IKEA und kaufte neue Bettwäsche«, fuhr Bengt Wetterhag fort, nachdem er sich gesammelt hatte. »Fuhr wieder nach Hause und bezog die Betten neu. Wartete darauf, dass Eva-Lena nach Hause kam. Aber sie ist nicht gekommen.«

»Was war Ihre Überlegung, als Sie sie bei der Polizei als vermisst gemeldet haben?«, fragte Sjöberg. »Als Sie es zwei Tage lang hinauszögerten, ihr Verschwinden zu melden.«

»Ich war ja davon überzeugt, dass sie wiederkommen würde, nachdem sie die Kadaver losgeworden war. Wenn sie sich erholt hatte. Aber am Sonntag hatte ich das Gefühl, dass ich die Polizei einschalten sollte. Zum einen, weil es ansonsten tatsächlich komisch aussähe, falls sie nicht zurückkam. Zum anderen begann ich mich wirklich zu fragen, wo sie abgeblieben war. Sie hätte ja auch in einen Autounfall verwickelt sein können.«

»Hatte sie Winterreifen am Auto?«

»Nein. Sie hat es seit Mai 2006 nicht mehr gefahren.«

»Und warum haben Sie das nicht alles von Anfang an erzählt?«, fragte Sandén säuerlich. »Sie wissen schon, dass man die Polizei nicht anlügen darf.«

Bengt Wetterhag seufzte.

»Ich wollte nicht, dass Eva-Lena wegen eines Verbrechens angeklagt wird. Soweit es ein Verbrechen ist, seine eigenen Hunde mit dem Messer umzubringen. Ich wollte nicht, dass die Polizei, die Medien und die Menschen in unserem Umkreis erfahren, dass Eva-Lena psychisch labil ist. Denn das, fand ich, hatte sie jetzt zweifellos offenbart. Ich wollte nicht, dass sie Menschen begegnete, die sie schief anschauten, wenn sie zurückkam. Und von den Hunden erzählte ich nichts, weil sie ja tatsächlich nichts mehr mit der Personenbeschreibung von Eva-Lena zu tun hatten. So viel wusste ich ja. Ich war skeptisch gegenüber dem Vorgehen der Polizei, dass sie die Gegend durchkämmten und Ähnliches, weil ich zu Anfang ja noch davon überzeugt war, dass sie zurückkommen würde. Und weil sie mit dem Auto losgefahren war. Was hatte es denn für einen Sinn, die nähere Umgebung zu durchkämmen, wenn sie die toten Hunde ins Auto gepackt hatte und losgefahren war, um sie irgendwo verschwinden zu lassen?«

»Und als Sie von den Einschusslöchern in der Matratze und den Kugeln zwischen den Holzdielen unter dem Bett hörten«, hakte Sandén hartnäckig und mit schneidender Stimme nach. »Wie haben Sie da reagiert?«

Jetzt stiegen wieder Tränen in Bengt Wetterhags Augen.

»Da dachte ich, dass irgendetwas nicht stimmte«, antwortete er mit einer Stimme, die kaum zu hören war. »Eva-Lena hat Angst vor Schusswaffen. Sie würde niemals eine Pistole anfassen.«

»Und was glauben Sie jetzt? Was ist passiert?«

»Jetzt glaube ich nichts mehr. Ich weiß weder ein noch aus.«

»Ich werde Ihnen erzählen, was wir denken«, fuhr Sandén fort. »Wir denken, dass entweder Sie oder Johnny Eva-Lena mit Johnnys Sportpistole erschossen haben. Vielleicht auch die Hunde, aber das ist von untergeordneter Bedeutung. Ist Ihnen nie der Gedanke gekommen, dass es Eva-Lenas Blut gewesen sein könnte?«

»Erst gestern, als Sie von den Kugeln erzählt haben. Da ging mir auf, dass es vielleicht nicht so gewesen ist, wie ich geglaubt habe. Dass ich Ihre Arbeit behindert habe, um Eva-Lena zu schützen, obwohl es vielleicht ihr Blut im Bett war.«

»Na ja, das werden wir ja bald herausbekommen. Tatsache ist, Eva-Lena ist weiterhin verschwunden, und ihr Bett ist voller Blut. Wenn das Blut von Eva-Lena stammt und das, was Sie hier erzählen, wahr ist, dann bleiben zwei Möglichkeiten. Entweder hat Johnny Eva-Lena im Bett erschossen oder ein Außenstehender. Sie stehen am finanziellen Abgrund, und Sie haben eine Vergangenheit als Spielsüchtiger. Glauben Sie, dass Ihnen irgendjemand eine Nachricht zukommen lassen möchte?«

»Wir stehen nicht am Abgrund«, sagte Bengt Wetterhag entgeistert. »Ich sorge dafür, dass wir über die Runden kommen. Ich habe in den letzten acht Jahren keine einzige Krone verspielt. Eva-Lena spielt bestimmt immer noch, das würde mich nicht wundern. Schulden habe ich jedenfalls keine.«

»Aber vielleicht Eva-Lena?«, schlug Sjöberg vor. »Möglicherweise hat jemand ihre Hunde erschossen und sie als Nachricht im Bett hinterlassen?«

»Und jetzt ist sie auf Raubzug gegangen«, ergänzte Sandén. »Überfällt Banken, um ihr Leben zu retten.«

»Dann wäre sie wohl erst zu mir gekommen und hätte um Hilfe gebeten«, winkte Bengt Wetterhag ab. »Eva-Lena ist vielleicht labil, aber eine Bankräuberin ist sie bestimmt nicht.«

Sjöberg wusste, dass Sandén es nicht ernst gemeint hatte. Aber er trieb Bengt Wetterhag in die richtige Richtung.

»Tja«, sagte Sandén. »Dann bleibt wohl nur noch Johnny übrig.«

Sandén lehnte sich in seinem Stuhl zurück und verschränkte die Arme vor der Brust. Sie beobachteten den gebrochenen Mann, der das Gesicht in den Händen versenkt hatte und kaum noch zu atmen schien. Schließlich legte der Anwalt eine Hand auf seine Schulter und fragte ihn freundlich, ob sie darum bitten sollten, das Verhör abzubrechen. Da legte er die Hände wieder auf den Tisch, holte tief Luft und öffnete die Augen.

»Johnny geht es nicht besonders gut«, sagte er. »So ist es eigentlich schon, seit ich ihn kennengelernt habe. Er liebt seine Mutter mehr als alles andere. Er kämpft mit allen Mitteln darum, dass sie ihn sieht, dass es ihr gut geht. Ich glaube wirklich, dass sich Johnnys ganzes Leben nur darum dreht, das Leben seiner Mutter so angenehm wie möglich zu machen. Dafür zu büßen, dass er an diesem einen Nachmittag vor zwölf Jahren nicht aufgepasst hat. Ich tue mein Bestes, damit es Johnny gut geht, aber er steckt in diesem Dilemma. Er ist voller Selbstverachtung. Und Eva-Lena interessiert sich mehr für die Hunde als für ihn. Ich habe versucht, Johnny zu helfen, ihm gesagt, dass er mit jemandem reden sollte, aber daran ist er nicht interessiert. Aber ich glaube nicht, dass er seiner Mutter jemals wehtun würde.«

»Vielleicht ist er durchgedreht«, sagte Sandén. »Und hat seine Mutter abgeknallt.«

Sjöberg lächelte nicht. Auch sonst niemand.

»Das glaube ich nicht. Dagegen ist es nicht ganz undenkbar, dass er die Hunde erschossen hat. Er konnte sie nicht ausstehen. Wahrscheinlich erinnern sie ihn zu sehr an den Unfall. Und weil er glaubt, dass seine Mutter sie mehr liebt als ihn. Was ich im Grunde genommen nicht glaube, allerdings kann sie es nur schwer zeigen.«

Es war kaum Zeit gewesen, nach dem Schneesturm alles zu räumen, als es auch schon wieder losging. Schon seit dem frühen Morgen hatte es kräftig geschneit. Dieses Mal fiel der Schnee jedoch leise und sehr hübsch, wie in einem Disney-Film. Als die beiden Polizisten durch den Pulverschnee vom Gefängnis Kronoberg zum U-Bahn-Eingang am Rathaus stapften, erreichte Sjöberg die Nachricht von Gerdin. Sie war kurz gefasst, hatte aber einen revolutionären Inhalt: »Tipp von *Vermisst*: HR verließ *Malmen* mit einem Taxi, Kennzeichen XCX243. Auto zugelassen auf JW.« Zuerst begriff er nicht, was damit gemeint war. Als der Groschen schließlich fiel, traute er seinen Augen nicht.

*

Die Zeit war gekommen, dass Hamad wegen dieses verdammten Stalkings vernommen werden sollte. Oder wegen der »Nachstellung«, wie es juristisch so schön hieß. Und es war niemand Geringerer als der Vollidiot Holgersson in höchst eigener Person, der den Fall übernommen hatte. Normalerweise hätte dies bedeutet, dass die Anzeige nicht ernst genommen wurde und ganz unten in einem riesigen Stapel auf einem Schreibtisch landete, um nach einer Weile wegen Mangels an Beweisen abgeschrieben zu werden. Aber gerade in diesem Fall würde sie wahrscheinlich eine ganze Menge Zeit in Anspruch nehmen, weil Holgersson ein sadistisches Schwein war und die Kollegen in der Abteilung für Gewaltverbrechen verabscheute, nachdem er mit seiner Bewerbung dort abgeblitzt war. Um seiner einstweiligen Autorität Nachdruck zu verleihen, hatte er Hamad in einen der Vernehmungsräume im Keller bestellt. Als hätte ein Gespräch unter vier Augen in Holgerssons Büro nicht gereicht. Aber Hamad widersetzte sich nicht, sondern fand sich ohne Murren zu der angegebenen Zeit ein.

Holgersson begann damit, sorgfältig die Kontaktdaten und Angaben zur Person seines Vernehmungsobjekts zu notieren, und er ließ sich so viel Zeit damit, dass Hamad bereits jetzt begann, eine gewisse Irritation zu verspüren, obwohl er sich vorgenommen hatte, dies unbedingt zu vermeiden. Obwohl er beschlossen hatte, ihm so viel Zeit zu geben, wie er brauchte, und Holgersson eher damit zu ärgern, dass er höflich und kooperativ war, ja geradezu zuvorkommend, so unter Kollegen.

»Nun ja, Hamad«, sagte Holgersson, nachdem er abgeschlossen hatte, was eine kalligrafische Niederschrift von Hamads Daten gewesen sein musste. »Es fällt dir also schwer, deine Ex-Frau loszulassen?«

»Haha. Eher andersherum. Ich habe sie seit vier Jahren nicht mehr gesehen. Erst am Montag hat sie von sich hören lassen und mir von all dem erzählt.«

»Wovon erzählt?«

»Was ihr passiert ist. Und dass alle diese Blumen und SMS und was sie sonst noch bekam von mir signiert waren.«

Ein Grinsen spaltete Holgerssons Gesicht in zwei brutale Hälften.

»Bist du etwa nicht zufrieden mit der neuen Braut?«, stichelte er. »Vielleicht fehlt ihr etwas, das die alte hatte? Nette Dame übrigens, die Ex. Hat Stil und Klasse. Nicht so wie diese geschlechtslosen Wesen, die hier im Haus herumlaufen.«

Hamad lächelte stoisch.

»Wie läuft es denn bei dir so?«, fragte er im Wissen, dass Holgersson frisch geschieden war.

»Danke der Nachfrage. Tja, es ist wie mit dem Auto,

weißt du. Man holt sich ein neues, wenn das alte nicht mehr so läuft. Raus mit dem alten und her mit dem neueren Modell. Solange es glänzt und anspringt, wenn man die richtigen Knöpfe drückt, darf es in der Garage bleiben. Aber jetzt zur Sache. Was sagt denn Westman dazu, dass du der Ex neuerdings Blumen schickst?«

»Ich glaube nicht, dass wir sie in diese Angelegenheit hineinziehen sollten«, sagte Hamad, ohne mit seiner Miene zu verraten, was er dachte. »Im Übrigen streite ich ab, meiner Ex-Frau jemals Blumen oder andere Dinge geschickt zu haben.«

»Aha, du leugnest es. Das werde ich notieren«, sagte Holgersson und schrieb irgendetwas in seinen Collegeblock, was so viel Zeit in Anspruch nahm, dass Hamad schon den Verdacht schöpfte, dass er stattdessen seinen Lottoschein ausfüllte.

»Und diese ganzen SMS«, sagte Holgersson, als er schließlich wieder aufschaute. »Kannst du die erklären?«

»Nein. Und zwar, weil ich sie nicht geschickt habe. Sie sind ja anscheinend nicht von meiner Nummer gesendet worden. Aber das hast du vielleicht noch gar nicht überprüft. Bei deinem Arbeitstempo.«

Er biss sich auf die Lippen. Das war es dann mit der Gelassenheit.

»Du findest, dass ich langsam arbeite?«, sagte Holgersson mit einem diabolischen Grinsen im Gesicht. »Ich bin nur gründlich, verstehst du? Dieser Fall hat Priorität, gerade weil ein Kollege darin verwickelt ist. Es ist ja wichtig, dass es innerhalb des Polizeikorps nicht zu Vetternwirtschaft kommt. Auch bei der Polizei gibt es natürlich Mitarbeiter mit psychischen Problemen, genau wie in allen anderen Berufen.«

»Das ist sehr ehrenwert, dass du so denkst, Holgersson.

Aber ich hoffe, dass du den Fall genauso ernst nimmst, wenn sich herausstellt, dass ich damit nichts zu tun habe. Solche Sachen haben die Eigenschaft, dass sie am Ende ziemlich hässlich werden können. Vergiss das nicht.«

»Versuchst du mir gerade zu erzählen, wie ich meine Arbeit zu machen habe?«

»Ganz und gar nicht. Ich wollte nur darauf hinweisen, dass man durchaus auch andere Möglichkeiten ins Auge fassen kann. Damit die Sache nicht außer Kontrolle gerät, nur weil du es so stimulierend findest, mich zu schikanieren.«

So. Jetzt herrschte offener Krieg. Aber so war es immerhin lustiger, auch wenn es Kraft kostete.

»Schade, dass du dich schikaniert fühlst, Hamad. Bei Homosexuellen und Einwanderern ist das ja ziemlich populär. Und bei Frauen. Aber das ist vielleicht gar nicht so seltsam in dieser harten Gesellschaft, in der wir leben. Dass ihr ein bisschen übersensibel werdet. Aber ich kann dir garantieren, Bruder, dass ich in diesem Fall alle denkbaren Möglichkeiten untersuchen werde.«

Bruder?!

»Vergiss nicht, dir die Möglichkeit anzuschauen, dass es in Wirklichkeit Lina sein könnte, die mich verfolgt«, sagte Hamad und biss sich im selben Augenblick auf die Zunge.

Warum hatte er das gesagt? Das konnte er doch selbst herausfinden, wenn es weiterging.

»Oh«, sagte Holgersson und klatschte seine Pranken auf eine Weise vor sich zusammen, die seine anabole Oberarmmuskulatur zu einem Umfang anschwellen ließ, die einem bulgarischen Gewichtheber Ehre gemacht hätte. »Möchtest du vielleicht selbst eine Anzeige erstatten?«

»Nein, danke, das ist nicht nötig.«

»Du zweifelst an der psychischen Gesundheit deiner Ex-Frau?«

»Ich kenne sie nicht mehr. Ich möchte dich nur darauf hinweisen, dass auch diese Möglichkeit denkbar ist. Dass sie diese ganze Stalkinggeschichte inszeniert hat.«

»Haha. Tja, Angriff ist die beste Verteidigung, Hamad, das werde ich auf deiner Habenseite notieren.«

Und so ging es weiter. Das Gespräch drehte sich von Beginn an im Leerlauf. Hahnenkampf und Kabbeleien. Lange Zeiten des Schweigens, in denen Holgersson sich seiner mutmaßlichen Papierarbeit widmete. Während der zwei mehr oder weniger unerträglichen Stunden, die das Verhör dauerte, wurde kein einziges vernünftiges Wort gesagt. Jedenfalls nichts, was Lina oder ihm helfen konnte, falls die Lage irgendwann ernst wurde.

Donnerstagabend

»Hallo, wir sind jetzt zu Hause!«

Leonard war die Treppen hinaufgelaufen, mit Cassandra direkt auf den Fersen. Der Aufzug war nicht für Leute gedacht, die Tennismillionäre werden wollten, selbst wenn man im sechsten Stock wohnte. Die Kinder waren stets schneller als der Aufzug, der Kopf seines Vaters tauchte erst auf, als Leonard an der Tür geklingelt und »Mama« durch den Briefschlitz gerufen hatte.

»Es ist schon spät, ihr stört die Nachbarn. Beruhige dich ein bisschen, Leonard«, zischelte sein Vater.

Dann stieg er aus dem Aufzug, schickte ihn zurück ins Erdgeschoss und ließ die Kinder in die Wohnung. Es war dunkel im Flur, nirgendwo brannte Licht.

»Mama?«, rief Leonard.

»Mama ist nicht zu Hause«, sagte der Vater und schloss die Tür hinter sich.

»Auch heute Abend nicht?«, fragte Cassandra erstaunt.

»Sie ist bei Opa. Ihm geht es wieder schlechter. Mama wird eine Weile nicht nach Hause kommen.«

»Wird er bald sterben?«, fragte Leonard.

»Nein, mein Junge. Noch lange nicht.«

»Warum ist sie dann die ganze Zeit da?«, fragte Cassandra. »Sie hat doch gestern schon dort geschlafen?«

»Hör jetzt auf zu meckern, Cassandra. Geh duschen.«

Cassandra hörte auf zu meckern, stieg aus ihren Uggs und hängte die Jacke auf.

»Wenn Opa stirbt, möchte ich auch zu ihm fahren und

ihn besuchen«, sagte Leonard, während er sich die Schuhe auszog.

»Das darfst du. Aber jetzt geht bitte erst unter die Dusche, bevor ihr eure Hausaufgaben macht. Ich wärme euch solange das Essen auf.«

»Ich habe keine Hausaufgaben auf«, sagte Leonard. »Ich will jetzt zu Opa fahren. Bevor er stirbt.«

»Er stirbt nicht«, sagte sein Vater, mittlerweile mit einer leicht verärgerten Stimme.

Leonard ignorierte seine Antwort und nölte weiter herum, wie sein Vater es nannte. Cassandra war ebenfalls stehen geblieben; auch sie wollte dieses Thema geklärt haben, ließ aber Leonard die Arbeit machen.

»Warum schläft Mama dann zwei Tage hintereinander dort? Mitten in der Woche? Sie fährt doch sonst nur am Wochenende?«

»Weil euer Großvater Gesellschaft haben möchte. Ihr sollt jetzt duschen gehen, habe ich gesagt.«

Sein Vater sprach jetzt mit großen Buchstaben. Aber Leonard hatte keine Angst. Er bewegte sich jetzt auf dünnem Eis, aber er gab trotzdem nicht nach.

»Warum durfte Mama den Audi nehmen? Sie fährt doch wie eine Frau.«

Das wusste Cassandra noch gar nicht. Dass Mama den Audi nehmen durfte. Es gab kein Netz dort unten, also stieg Cassandra immer vor der Garage aus dem Wagen und traf sich auf Facebook mit ihren Freundinnen, während ihr Vater das Auto einparkte. Mama durfte noch nie den Audi fahren, sie musste sich immer mit dem kleinen Wagen begnügen.

»Weil ich euch mit dem Firmenwagen gefahren habe und weil der Audi bei diesem Wetter besser auf der Straße liegt! Jetzt geht endlich duschen, verdammt noch mal!«

Papas Gesicht war jetzt rot angelaufen, er sprach sehr schnell und mit lauter Stimme. Bald würde es Leonard schlecht ergehen, wenn er nicht aufhörte zu nölen. Aber da fiel Cassandra plötzlich ein, in welchem Zustand sich ihre Mutter befunden hatte, als sie sie zuletzt gesehen hatte. Das beunruhigte sie so sehr, dass es einfach aus ihr herausflutschte.

»Aber Mama war doch gestern gar nicht nüchtern, Papa! Hast du sie fahren lassen, obwohl sie betrunken war?«

»Ich habe sie nicht fahren *lassen*, Cassandra. Sie hat das Auto genommen, ohne zu fragen.«

Er sprach sehr langsam und fauchte die Worte förmlich. Cassandra wusste, dass sich der Zorn ihres Vaters in erster Linie gegen ihre Mutter richtete und in zweiter gegen Leonard. Trotzdem erschreckte er sie mit dieser Stimme. Und mit diesem Blick. Aber Leonard konnte man so leicht keine Angst einjagen. Stattdessen brachte er seinen Vater mit Absicht auf die Palme; wie ein Stierkämpfer hielt er ihm das rote Tuch vor die Augen, zeterte mit einer Stimme, die schriller und giftiger war als gewöhnlich. Er bettelte um Schläge, schlicht und ergreifend.

»Du hast doch gesagt, dass sie das Auto nehmen durfte, weil es besser auf der Straße liegt! Das hast du gesagt! Warum hast du das gesagt, Papa? Warum hast du das gesagt, wenn Mama das Auto geklaut hat? Wieso? Warum hast du das gesagt?«

Und dann wich er ein paar Schritte zurück, während sich die Hände seines Vaters zu Fäusten ballten, seine Kiefer sich anspannten. Dann begann Leonard zu laufen. Er wusste, wie es enden würde, aber auf irgendeine Weise nahm er es nur zur Hälfte ernst. Die Jagd durch die Wohnung – von der Leonard wusste, dass er sie verlieren würde – war nur der Auftakt zu etwas, das den gewaltsamen Spielen auf dem Schulhof, die die Lehrer verabscheuten und die Schüler liebten, zum Verwechseln ähnelte.

Als Leonard am Ende eingefangen war, schlich sich Cassandra heran und sah, wie ihr Vater Leonard zu Boden warf, sich mit gespreizten Beinen auf ihn setzte und ihn am Hals packte. Leonard kicherte halb hysterisch, bis sich die Hände seines Vaters so hart um seine Kehle spannten, dass er keinen Laut mehr herausbekam. Leonards Gesicht wurde immer röter; er schaute seinen Vater mit ängstlichen Augen an, hatte aber immer noch dieses freche Grinsen auf den Lippen.

»Jetzt hörst du auf, mich infrage zu stellen, du fettes, kleines Ekel«, knurrte er mit zusammengebissenen Zähnen, während Leonard nach Luft schnappte. »Wenn ich sage, dass etwas so ist, dann ist es so, verstanden?«

Als er Leonards Hals schließlich losließ und aufstand, war Leonards Lächeln verschwunden. Er kam auf die Beine, massierte sich seinen schmerzenden Hinterkopf und trollte sich ins Badezimmer, um zu duschen. Aber er weinte nicht. Leonard wusste, was man sich eingebrockt hat, das muss man auch auslöffeln.

*

Sandén hatte wirklich lange über die Situation nachgedacht. Er konnte nicht sicher wissen, dass Majken sich den Arm bei Pontus gebrochen hatte. Es konnte genauso gut im Kindergarten oder sogar zu Hause bei ihm selbst passiert sein. Pontus war ein Arschloch, aber er war erwiesenermaßen Majkens Vater, obwohl Sandén ihm vor dreieinhalb Jahren fünfzigtausend Kronen gezahlt hatte, damit er sich von Jenny fernhielt. Und Majken war jetzt fünfzehn Monate alt, mathematisch passte das also nicht so richtig zusammen. Nun ja, es war, wie es war, und die Sorgerechtsfrage war nicht verhandelbar. In einem Land wie Schweden war es außerdem so, dass ein bisschen Drogenkonsum und Kleinkriminalität nicht ausreichten, um Pontus das Sorgerecht für das Kind entziehen zu können. Es gehörte schon sehr viel dazu, damit es so weit kam, vorzugsweise ein Verbrechen, das eine lange Gefängnisstrafe mit sich brachte, oder Gewalt, die direkt gegen Majken gerichtet war. Deshalb war Sandén zu dem Schluss gekommen, dass das einzig Richtige in dieser Situation war, die Waffen niederzulegen. Sich auszusprechen und Frieden zu schließen; sich zu vergewissern, dass sie auf dasselbe Ziel hinarbeiteten. Um so gut wie möglich die Katastrophe zu verhindern, die er jederzeit hinter der nächsten Ecke befürchtete.

»Na, hallo Jensi! Wir haben uns ja lange nicht mehr gesehen!«, sagte Pontus, nachdem er die Tür geöffnet hatte.

Er wirkte betrunken oder high, vermutlich beides. Sah nicht mehr so geleckt aus wie bei ihrer letzten Begegnung, eher etwas heruntergekommen. Ein bisschen aufgedunsen im Gesicht, blauschwarze Halbkreise unter den Augen. Sandén streckte die Hand aus und versuchte so freundlich auszusehen wie möglich.

»Hallo, Pontus. Ich dachte, wir könnten uns mal zusammensetzen und ein paar Worte wechseln?«

Pontus zögerte ein wenig mit der Antwort, warf einen Blick auf etwas Unbestimmtes hinter sich.

»Klar. Warte einen Augenblick. Ich muss nur gerade ...«

Sandén lächelte entgegenkommend.

»Kein Problem«, sagte er, worauf die Tür wieder geschlossen wurde.

Er sah vor sich, wie die Linien gezogen wurden und der Tisch von all dem gereinigt wurde, was ein Polizistenauge nicht zu sehen bekommen sollte. Ein Großvaterauge. Als er ein paar Minuten später eintreten durfte, wurde er in die Küche gebeten. Im Wohnzimmer saßen zwei Typen in Pontus' Alter, also um die dreißig. Einer sah gefährlich aus, der andere war total weggetreten. Keiner von ihnen war die passende Gesellschaft für ein fünfzehnmonatiges Mädchen. Oder für ihre Mutter, dachte er traurig, aber er schüttelte den Gedanken ab, da dieser unweigerlich zu widerwärtigen Bildern führte, die er am liebsten verdrängte.

»Diese Sache mit Majken, was denkst du darüber?«, fragte er.

»Ein herrliches Kind. Oder dachtest du an den Arm?«

»Tja, beides eigentlich.«

»Traurige Geschichte. Aber sie ist jetzt zu Hause, oder?«

»Sie ist zu Hause.«

»Eigentlich hätte ich sie ja heute Abend nehmen müssen. Vielleicht kann sie stattdessen ja am Sonntag kommen?«

»Das lässt sich bestimmt einrichten. Aber du solltest nicht so denken, dass du sie an den dir zustehenden Tagen haben *musst*. Wir haben sie gerne so lange bei uns, wie es möglich ist, das weißt du.«

»Was meinst du damit? Drohst du mir etwa?«

»Nein, nein. Ich wollte nur sagen, wenn du beschäftigt bist oder es vielleicht nicht schaffst, dann stehen wir immer zur Verfügung.«

»Ich schaffe das.«

»Dann ist ja gut. Ich dachte nur, dass du als junger Mensch am Wochenende vielleicht lieber ausgehst, als auf die Kleine aufzupassen.«

»Jenny ist noch jünger als ich.«

»Das stimmt. Aber Sonja und ich kümmern uns um Majken, wenn Jenny etwas anderes vorhat. Diese Möglichkeit würden wir gerne auch dir anbieten. Aber vielleicht hast du ja schon jemanden, der dir hilft.«

»Du, am Wochenende sind hier so viele Leute, dass Majken mehr Babysitter hat, als sie braucht.«

»Aber die sind nicht alle unbedingt nüchtern.«

»Was geht dich das denn an?«

»Im Grunde nichts, da hast du vollkommen recht. Ich mache mir nur Sorgen, dass es für Majken vielleicht nicht so gut ist. Zu viele Köche verderben den Brei, weißt du? Ich wollte dich eigentlich nur bitten, möglichst keine Partys zu veranstalten, wenn Majken hier ist.«

»Ich bin ihr Vater, ich entscheide, was gut für sie ist.«

»Und ich bin ihr Großvater und denke, dass wir uns vielleicht darauf einigen können, was gut für sie ist.«

»Das ist doch total bescheuert, soll ich hier sitzen und ein verdammtes Entwicklungsgespräch mit Majkens Großvater führen? Verstehst du nicht, wie krank das ist?«

»Die Dinge sind nun mal, wie sie sind, Pontus. Das hast du doch von Anfang an gewusst, oder?«

»Was? Dass Jenny eine Idiotin ist?«

»Dass Jenny eine Behinderung hat, ja.«

»Dann sollte ich vielleicht das alleinige Sorgerecht bekommen?«

»Ich finde, das wäre nicht besonders gerecht. Und ich glaube, du hättest auch keine Lust darauf. Ich glaube, du brauchst auch gewisse Freiheiten, um das eine oder andere zu tun.«

»Ja, darauf kannst du Gift nehmen. Und das mache ich, ganz egal, ob Majken gerade bei mir ist oder nicht.«

»Ja, genau das ist das Problem.«

»Du wagst es, hierherzukommen und mir zu sagen, dass ich ein schlechter Vater bin?«

»Das tue ich nicht, Pontus. Ich erzähle dir nur, dass wir

dich jederzeit entlasten können, wenn du das Gefühl hast, dass es nötig ist.«

»Du versuchst mir das Sorgerecht abzuschwatzen.«

»Ganz im Gegenteil. Für Jenny und Majken ist es sehr wichtig, dass du da bist. Und dass du dich sicher in deiner Vaterrolle fühlst.«

»Du klingst genau wie so eine blöde Sozialtante.«

»Haha. Ja, vielleicht ist das so.«

»Du versuchst mir das Sorgerecht abzuschwatzen.«

»Nein, das habe ich doch schon gesagt.«

»Doch, du wirst bestimmt gleich versuchen, es mir abzukaufen. So wie du es immer machst.«

»Letztes Mal hat das ja nicht so gut geklappt.«

»Nicht? Ich bin schließlich ausgezogen.«

»Mag sein. Aber wenn du deinen Teil der Absprache eingehalten hättest, wärst du nicht der Vater von Majken geworden.«

»Willst du dein Geld zurück, oder was? Bist du deswegen hier?«

»Ganz und gar nicht. Behalt es ruhig, Pontus. Wie ich schon sagte, ich bin hier, um dich einzuladen, dass du dich jederzeit an uns wenden kannst, wenn du Probleme mit Majken hast.«

»Nur dann?«

»Du kannst jederzeit Kontakt zu mir aufnehmen, ganz egal, welche Art von Problemen du hast.«

»Meine Probleme gehen dich einen Scheißdreck an.«

»Okay, dann weiß ich Bescheid.«

»Du bist hier, um mich zu überreden, das Sorgerecht abzugeben.«

»Das sagst du jetzt schon das dritte Mal, Pontus. Und auch dieses Mal sage ich wieder Nein.«

»Du bist ein widerlicher Scheißbulle.«

»Sei nicht so hitzköpfig. Können wir stattdessen nicht ruhig und besonnen miteinander reden? Es wäre schön, wenn wir ein gutes Verhältnis zueinander hätten, du und ich. Wegen Majken zumindest.«

»Ein gutes Verhältnis! Du hast mir damals in die Fresse geschlagen!«

»Und du mir. Und Jenny. Aber das ist doch schon Ewigkeiten her. Ich hoffe nur, dass du Majken nicht auf dieselbe Art behandelst. Ich finde, wir sollten jetzt Frieden schließen.«

»Ich scheiß auf dich.«

»Okay. Dann entschuldige, dass ich gestört habe. Meine Absicht war es, ein nettes und entspanntes Gespräch mit dir zu führen, sonst nichts.«

»Na klar.«

»Und du bleibst dabei, dass du Majken am Sonntag haben willst?«

»Darauf kannst du Gift nehmen.«

»Dann halten wir das so fest. Danke, dass du dir die Zeit genommen hast.«

»Fahr zur Hölle.«

Pontus war nicht mehr derselbe. Der schleimige, selbstzufriedene, arrogante und geleckte Stureplan-Yuppie mit seinem Gequatsche über Investitionsmöglichkeiten und lukrative Geschäftsprojekte, schnelle Autos, Champagner und exklusive Bars war verschwunden. Sogar sein endloses Geseier war wie fortgeblasen. Er wirkte ausgezehrt und reizbar, sah nicht einmal mehr besonders gut aus. Die Frage war, welche Substanzen mittlerweile durch seine Adern gepumpt wurden. Oder ob es immer noch dieselben Drogen waren, nur dass sie mittlerweile ein bisschen länger zirkulierten, als es gesundheitlich verträglich war?

Wie edel seine Absichten auch gewesen sein mochten, dieser Besuch hatte sein schlechtes Verhältnis zu Pontus Örstedt noch weiter verschlechtert, fasste Sandén das Fiasko zusammen, als er nach Hause fuhr. Noch niedergeschlagener als zuvor, wenn das überhaupt möglich war.

Freitagvormittag

Gerdin betrachtete ihre Kollegen, als sie sich um den Konferenztisch im blauen, ovalen Besprechungsraum versammelt hatten, einige sahen müder aus als die anderen. Hamad und Westman wirkten wie immer munter, während der Wildfang Sandén von Tag zu Tag immer weniger wild war. Und Andersson sah aus, als hätte er die ganze Nacht kein Auge zugetan. Sie hatte so ihren Verdacht, warum. Sjöberg sah energiegeladen aus, diese Besprechung würde seit langer Zeit die interessanteste werden.

»Ich beginne mit guten Nachrichten«, sagte er. »Bella hat heute Morgen von sich hören lassen und mitgeteilt, dass das Blut, das wir in Eva-Lenas Bett gefunden haben, nicht menschlich ist. Es gibt den Verdacht, dass es sich bei dem Fleck auf der Haustreppe ebenso verhält, aber da sind sie sich noch nicht sicher. Es ist also nicht Eva-Lena, die im Schlafzimmer erschossen wurde, sondern mit aller Wahrscheinlichkeit sind es die Hunde. Genau wie Bengt Wetterhag geglaubt hat.«

»Vielleicht hat auch jemand ein Rinderfilet im Bett vergessen«, warf Sandén ein, worauf alle lachten.

Sogar Sjöberg, obwohl er nur schwer verbergen konnte, dass er schnell weiterkommen wollte.

»Ja, das ist nicht so dumm, wie es sich anhört. Aber die Analysen sagen, dass es Hundeblut ist; die Rasse hat man zwar noch nicht feststellen können, aber ich denke, dass wir uns ziemlich sicher sein können, dass es ihre Hunde waren. Bengt Wetterhag ist daraufhin aus der Untersuchungshaft entlassen worden. Was die Patronenhülsen angeht, hat Bella eine von ihnen in einem Blumentopf auf der Fensterbank des Schlafzimmers gefunden, im Zwischenraum zwischen dem Topf und dem Übertopf. Laut ihrer Einschätzung kann die andere durchaus in der Bettwäsche gelandet und mit ihr zusammen weggebracht worden sein. Aber die Frage bleibt, von wem die Hunde getötet wurden und warum. Eva-Lena hat in letzter Zeit oft davon gesprochen, sie einschläfern zu lassen, aber warum? Diese Fragen stellen wir uns natürlich, weil Eva-Lena nach wie vor verschwunden ist. Ebenso wie ihr Sohn Johnny. Aber«, sagte Sjöberg mit erhobenem Zeigefinger, »die Finanzpolizei hat sich mit neuen Erkenntnissen gemeldet, die Johnnys Verbleib betreffen. Johnny befindet sich im Augenblick in Kopenhagen, wo er Geld von seinem Konto abgehoben hat. Erwähnenswert ist auch, dass Johnny sein Bahnticket nach Kopenhagen am Dienstag gekauft hat, an einem dieser Automaten am Hauptbahnhof. Und er fuhr nicht mit irgendeinem Zug ...«

... sondern mit demselben Zug wie Heidis Handtasche, dachte Gerdin.

»... sondern mit demselben Zug wie Heidi«, sagte Sjöberg. »Oder zumindest wie ihre Handtasche. Sicher wissen wir zumindest, dass ihr Handy mit im Zug war und dass mit ihrer Kreditkarte später in Kopenhagen Geld abgehoben wurde, sodass auch sie sich mit aller Wahrscheinlichkeit im Zug befunden haben muss. Außerdem ist im Anschluss an den Beitrag zu Heidi in *Vermisst* ein interessanter Hinweis eingegangen. Laut einer anonymen Quelle soll sie das *Malmen* in einem Taxi mit dem Kennzeichen XCX243 verlassen haben. Ein Wagen, der auf niemand anderen als Johnny Wetterhag zugelassen ist.«

Diese Information erforderte eine kleine Denkpause.

»Unglaublich«, sagte Hamad.

Eine Meinung, die Gerdin teilte.

»Aber das war nicht der einzige interessante Tipp«, warf Westman ein.

»Nein, ganz und gar nicht«, bestätigte Sjöberg. »Ich habe gestern Besuch von einem sehr glaubwürdigen Zeugen bekommen. Ein Taxifahrer, der behauptete, Heidi kurz nach Mitternacht zu einer Adresse am Mosebacke Torg gefahren zu haben. Er lieferte eine ausführliche Beschreibung, unter anderem ihrer Oberbekleidung, die in *Vermisst* nicht erwähnt worden war. Zusammen mit Petra und Loddan habe ich sämtliche Bewohner verhört, die wir in dem Haus angetroffen haben. Und ihr habt, wenn ich es richtig verstanden habe, auch diejenigen kontaktieren können, die zu dieser Tageszeit nicht zu Hause waren?«

»Das stimmt«, sagte Andersson. »Wir haben mindestens eine Person aus jedem Haushalt befragt, und keiner von ihnen hat Heidi bemerkt.«

»Alle konnten sich erinnern, was sie zur Zeit des Verschwindens getan haben, und keiner schien etwas zu verbergen zu haben«, ergänzte Westman.

»Und diejenigen, die ihr nicht erwischt habt?«, fragte Sjöberg.

»Wir haben doch alle erwischt«, sagte Andersson fragend.

»Du hast gesagt, dass ihr mindestens eine Person pro Haushalt befragt habt. Nicht alle.«

Sjöberg war pingeliger als gewohnt, er war auf etwas Bestimmtes aus. Gerdin beobachtete fasziniert, wie sich die Ereignisse entwickelten.

»Ach, so meinst du das«, sagte Andersson. »Diejenigen, die wir nicht erreichen konnten, waren während Heidis Verschwinden auch nicht zu Hause. Das gaben die

Familienmitglieder an, mit denen wir in Kontakt waren. Worauf willst du hinaus?«

»Bella untersucht gerade einen Autounfall auf der Halbinsel Farstanäset, draußen am See Magelungen. Es handelt sich wahrscheinlich um einen Unfall ohne Fremdeinwirkung. Das Auto steht vor einem Baum in einem ziemlich tiefen Graben und ist vorne ziemlich tief eingedrückt. Es ist außerdem dick mit Schnee bedeckt, was darauf hindeutet, dass sich der Unfall in der vorletzten Nacht ereignet haben muss – das heißt, bevor es angefangen hat zu schneien – und erst heute Morgen entdeckt wurde, nachdem es aufgeklart war.«

»Es saß also eine tote Person im Auto?«, nahm Hamad an. »Weil Bella darauf angesetzt wurde?«

»Nein«, antwortete Sjöberg. »Auf dem Fahrersitz wurde jede Menge Blut gefunden, aber dort saß niemand. Der Fahrer muss ausgestiegen sein und den Ort verlassen haben. Vermutlich zu Fuß.«

»Du meinst, dass irgendwo dort in der Umgebung eine Leiche liegen muss?«

»Das wirkt wahrscheinlich«, antwortete Sjöberg. »Weil der Unfall nicht gemeldet wurde und auch die Person nichts von sich hören ließ.«

Jetzt konnte Gerdin sich nicht länger zurückhalten, sie wusste ja, dass es etwas mit ihren Ermittlungen zu tun haben und irgendwie mit dem Haus am Mosebacke Torg zusammenhängen musste.

»Komm schon, Conny«, sagte sie. »Auf welchen der Hausbewohner ist der Wagen zugelassen?«

»Stefan Schmidt«, antwortete Sjöberg.

»Was?«, rief Westman aus und legte ihr ganzes Gesicht in Falten. »Ist das nicht dieser Tennisvater? Das ist ja furchtbar.«

Auch Andersson sah erschüttert aus.

»Dann muss es sich um seine Frau handeln«, sagte er. »War sie nicht in Uppsala, um ihren krebskranken Vater zu besuchen?«

»Richtig«, bestätigte Sjöberg. »Aber ihr Mann schien falsch informiert gewesen zu sein. Denn Farstanäset liegt ganz bestimmt nicht auf dem Weg von Stockholm nach Uppsala.«

Danach wurde es ganz still. Gerdin dachte nach, dass es im Gebälk knarrte, aber als sie alles gegeneinander abwog, was Sjöberg gesagt hatte, wurde daraus nur eine trübe Suppe aus widersprüchlichen Informationen. Aber sie schien nicht die Einzige zu sein, die von einem Gehirnstillstand heimgesucht wurde; auch sonst schien niemand etwas zu sagen zu haben.

»Wir machen eine Viertelstunde Pause«, teilte Sjöberg mit. »Schnappt ein bisschen frische Luft und trinkt eine Tasse Kaffee oder Tee. Danach gehen wir hier wieder frisch ans Werk.«

»Johnny hat seine Schwester unter tragischen Umständen verloren, als er zehn Jahre alt war«, sagte Sjöberg, nachdem sich alle wieder versammelt hatten. »Seitdem scheinen sowohl er als auch seine Mutter unter Depressionen zu leiden, beide auf ihre eigene Weise. Aus irgendeinem Grund hat Johnny am Freitag die Kontrolle verloren. Er fuhr nach Hause und erschoss die Hunde, nahm Eva-Lena im Auto mit und beseitigte sie irgendwo. Später am Abend hielt Heidi zufällig sein Taxi an, er tötete sie und brachte es fertig, bis Dienstag den Eindruck aufrechtzuerhalten, dass sie noch am Leben war, als er sich in den Zug nach Kopenhagen setzte, wo er jetzt ihr Geld verprasst. Weil die

Beschreibung des Mannes, der am Automaten Geld mit ihrer Karte abhob, auf Johnny passen könnte. Seitdem hält er sich versteckt. Was sagt ihr zu diesem Szenario?«

»Es könnte sogar sein, dass Johnny seine Schwester absichtlich in den Tod gelockt hat«, schlug Sandén vor. »Er kann es die ganze Zeit in sich getragen haben.«

»Und Ola Berg hat Selbstmord begangen«, spekulierte Hamad weiter. »Weil es dem Taxifahrer Johnny egal war, mit wem Heidi in der Bar gesehen worden war. Julia Gustavssons Erlebnisse am Mittwoch waren die reine Autosuggestion.«

Gerdin fragte sich, was Andersson darüber dachte, aber er nahm es wie ein Mann.

»Das ist ein absolut denkbares Szenario«, meinte Andersson. »Aber wie kommt Mosebacke Torg ins Bild? Und der Unfall auf Farstanäset?«

»Der Unfall muss nichts damit zu tun haben«, sagte Westman. »Der Taxifahrer, mit dem Conny gesprochen hat, war total auf dem Holzweg. Das Auto von diesem Schwarz ist in einen Unfall verwickelt. An und für sich ...«

»Schmidt«, sagte Andersson.

»Schmidt, entschuldige. An und für sich ein seltsamer Unfall, der aber nichts mit Heidi Richters Verschwinden zu tun hat.«

»Oder«, philosophierte Gerdin, »der anonyme Anrufer war auf dem Holzweg. Ich mag keine anonymen Tipps, by the way. Heidi nahm ein Taxi zum Mosebacke Torg, wo sie sich mit dem zwanzig- bis fünfzigjährigen Mann mit den kurz geschnittenen braunen Haaren und dem Börsenmaklerhemd verabredet hatte. Er brachte sie um – später auch Ola und beinahe Julia – und hielt bis Dienstag den Anschein aufrecht, dass sie noch lebte, bevor er ein Zugticket von ihrem Geld kaufte und ihre Handtasche in den

Zug nach Kopenhagen legte. Dass Johnny Wetterhag zufällig im selben Zug saß wie Heidis Tasche, gehört nicht hierher.«

»Und wie kommt der Unfall auf Farstanäset ins Spiel?«, fragte Andersson erneut.

»Keine Ahnung«, sagte Gerdin. »Vielleicht ist es nichts anderes als ein Unfall. Aber ich würde trotzdem gerne wissen, ob es nicht eine kleine Möglichkeit gibt, dass dieser Stefan Schwarz … heißt so nicht auch ein Fußballspieler?«

»Keinen Schimmer. Im Übrigen heißt er Schmidt«, sagte Andersson.

»Ich würde trotzdem gerne wissen, ob ihr, die ihr diesem Schmidt begegnet seid, ihn euch als potenziellen Träger eines gestreiften Hemds mit einem weißen Kragen vorstellen könnt? Ich gehe mal davon aus, dass er zwischen zwanzig und fünfzig ist, wenn ihr ihn den Tennisvater nennt?«

»Doch«, sagte Westman. »Obwohl ich seine Haarfarbe eher dunkelblond als braun nennen würde. Aber er wirkte sehr angenehm. Hat so liebevoll von der Frau und den Kindern erzählt.«

»Sehe ich auch so«, sagte Sjöberg. »Ich habe mir trotzdem vorgenommen …«

»Hat er ein Alibi?«, fragte Gerdin hartnäckig nach.

»Er war bis Viertel nach elf mit Kunden essen«, antwortete Andersson, der immer neugierig auf Gerdins Gedankengänge war. »Dann ging er nach Hause und legte sich schlafen. Die Kinder waren im Tennistrainingslager und die Frau in Uppsala.«

»Da auch schon?«

»Da auch schon.«

»Aber er war nicht der Einzige im Haus, der Julias

Beschreibung des Mannes in der Bar entsprechen würde«, bemerkte Westman.

»Aber er war vielleicht der Einzige, der ein blutiges Auto draußen im Wald hat und eine Frau, die verschwunden ist«, sagte Gerdin.

»Du willst uns sagen, dass es zwei verschwundene Frauen in seinem Umkreis gibt?«, sagte Hamad.

»Genau wie in Johnnys«, sagte Westman.

»Genau«, sagte Gerdin. »Kommt drauf an, wie man es sieht. Denn es heißt entweder – oder, denn einer der beiden Zeugen muss lügen. Oder hat sich zumindest gewaltig geirrt, oder? Denn Heidi kann nicht in zwei verschiedenen Taxis zur selben Zeit vom *Malmen* aufgebrochen sein.«

»Trotzdem seltsam, dass einer der Zeugen ausgerechnet Johnny Wetterhags Auto gesehen haben will«, sagte Hamad nachdenklich.

»Ja, das sollte man im Hinterkopf behalten«, sagte Sjöberg. »Ich habe mir trotzdem vorgenommen, Stefan Schmidt von diesem Unfall zu erzählen. Es wäre vielleicht eine gute Idee, wenn auch du dieses Mal mitkommen würdest, Gäddan.«

»Auf jeden Fall. Jetzt sofort?«

»Jetzt sofort.«

»Ich werde nur noch kurz Telia bitten, uns die Verbindungen von Frau Schmidts Handy zu übermitteln. Hat sie einen Namen?«

»Wir können sie ja der Einfachheit halber Mr and Mrs Schmidt nennen«, sagte Sandén.

»Sie heißt Malin«, sagte Sjöberg.

*

Stefan Schmidt war sehr entgegenkommend und stellte einen vereinbarten Termin ein, um die vier Polizisten in seiner Wohnung empfangen zu können. Nichts Böses ahnend tauchte er mit dem Aufzug auf, kurz nachdem die Beamten zum dritten Mal an seiner Tür geklingelt hatten. Ganz außer Atem bat er sie um Entschuldigung für sein verspätetes Eintreffen und gab allen die Hand, bevor er sie in eine große und geschmackvoll eingerichtete Diele einließ. Nachdem sie ihre Jacken aufgehängt hatten, führte er sie ins Wohnzimmer, von dem man eine fantastische Aussicht auf schneebedeckte Hausdächer und einen knisternd schönen Mosebacke Torg hatte. Er gab sich bescheiden und erklärte Gerdin, dass er nur wegen seiner guten Kontakte in der Immobilienbranche, in der er selbst tätig war, das Glück gehabt habe, für seine Familie eine solch angenehme Wohnung finden zu können. Sie beschloss, Mitleid mit ihm zu haben, bis das Gegenteil bewiesen war, verfolgte aber sehr aufmerksam alles, was er sagte und wie er es sagte.

»Sind Sie wieder wegen der verschwundenen Frau hier?«, fragte er. »Haben Sie sie immer noch nicht gefunden?«

»Das haben wir tatsächlich noch nicht«, gab Sjöberg zu, »aber das ist dieses Mal auch nicht der Grund, warum wir mit Ihnen reden wollen. Darf ich fragen, wann Sie das letzte Mal Kontakt zu Ihrer Frau hatten?«

»Oh«, sagte Stefan Schmidt und sah sehr verwundert aus. »Das war am Mittwochnachmittag, kurz bevor sie nach Uppsala fuhr.«

»Sie sind sich sicher, dass sie nach Uppsala fuhr?«

»Absolut. Das hat sie gesagt, und ich habe keinen Grund, daran zu zweifeln.«

Er wirkte glaubwürdig. Aber dann machte er einen Scherz, was normalerweise die Stimmung auflockerte, aber in diesem Zusammenhang Gerdin dazu bewegte, besonders aufmerksam zu sein.

»Hat Malin eine Bank ausgeraubt? Worum geht es hier eigentlich?«

Er bekam nicht die Reaktionen, die er erwartet hatte, was am Hintergrund der Frage lag. Es hätte ihn stutzig machen sollen, aber er wirkte unbeeindruckt.

»Haben Sie seit Mittwoch Kontakt zu ihr gehabt?«, fragte Sjöberg.

Stefan Schmidt schien nachzudenken, meinte, sich zu erinnern, dass dies nicht der Fall gewesen war.

»Nein, das hatte ich tatsächlich nicht«, antwortete er. »Ich hatte mit den Kindern und der Arbeit so viel zu tun, dass ich es einfach nicht geschafft habe. Wenn sie im Krankenhaus sitzt, ist ihr Handy ja auch ausgeschaltet. Wollen Sie mir nicht erzählen, worum es geht?«

Sehr freundlich, sehr bescheiden. Dieser Mann kommandierte die Polizei nicht herum.

»Es tut mir leid, aber ich muss Ihnen mitteilen, dass Ihr Auto in einen Unfall verwickelt war«, sagte Sjöberg. »Wir haben die Befürchtung, dass Malin sich während des Unfalls im Wagen befunden hat.«

Stefan Schmidt runzelte die Stirn. Seine Miene wechselte von verwirrt zu besorgt, er blies die Wangen auf und atmete aus.

»Normalerweise fährt Malin nicht den Audi. Manchmal nimmt sie den Firmenwagen, der ist ein bisschen kleiner. Sie findet den Audi groß und schwerfällig. Ich hatte ihr geraten, mit dem Zug nach Uppsala zu fahren, aber sie wollte lieber das Auto nehmen.«

»Sie waren zu Hause, als sie losfuhr?«, fragte Gerdin.

»Nein, ich fuhr die Kinder im Shuttleverkehr zwischen Schule, zu Hause und Tennishalle hin und her. Genau wie an jedem anderen Tag«, fügte er mit einem kleinen Lächeln hinzu, dass weder Verbitterung noch Selbstgefälligkeit ausstrahlte. »Sie *glauben*, dass Malin sich im Auto befand? Was meinen Sie damit?«

»Das Auto war leer, als wir es gefunden haben«, erklärte Sjöberg. »Es war in einen Graben gefahren und gegen einen Baum geprallt. Es ist leider ziemlich stark beschädigt, was uns ein bisschen Sorgen macht.«

»Sie meinen, Malin könnte ausgestiegen sein und sich verirrt haben?«

»Etwas in die Richtung.«

»Aber dann hätte sie angerufen. Oder sie hätte sich an die Straße gestellt und um Hilfe gewunken. Sie kann doch nicht einfach verschwunden sein?«

»Wir wissen ja nicht, in welchem Zustand sie sich befunden hat. Unsere schlimmste Befürchtung ist, dass sie ein Stück gegangen und dann zusammengebrochen ist. Draußen ist es ja ziemlich kalt, und seit dem Unfall hat es kräftig geschneit. Das Auto war von Schnee bedeckt, als es gefunden wurde, also glauben wir, dass der Unfall sich spätestens gestern Morgen ereignet haben muss.«

Stefan Schmidt sagte eine lange Zeit nichts. Gerdin dachte, dass er ziemlich gut auf die magere Beschreibung passte, die sie bekommen hatten. Er könnte durchaus ein Mann sein, der einen Dry Martini trinkt, wenn er ausgeht. Aber bis jetzt hatte sie noch keine Anzeichen dafür entdeckt, dass er eine unheilbare Persönlichkeitsstörung hatte.

»Wo ist das passiert?«, fragte er schließlich. »Und haben Sie etwas im Auto gefunden, das darauf hindeutet, dass Malin sich verletzt hat?«

»Auf dem Fahrersitz war eine Menge Blut, aber es ist immer schwer, die Art der Verletzung allein danach zu beurteilen. Der Unfall ereignete sich in einem Waldgebiet in

Farsta. Was ein bisschen verwunderlich ist, wenn man daran denkt, dass Malin sich in Uppsala befinden sollte.«

Ein dunkler Schatten flog über Stefan Schmidts Gesicht. Das mit dem Blut mochte er nicht. Wenn er es nur spielte, dann war er sehr begabt. Aber Gerdin war auch vorher schon sehr begabten Psychopathen begegnet.

»Und Sie haben natürlich versucht, sie anzurufen?«, fragte er.

»Ja. Ohne Erfolg«, sagte Sjöberg.

»Dann darf ich wohl hoffen, dass es sich einfach nur um einen Diebstahl handelt«, sagte Stefan Schmidt, und seine Miene hellte sich auf. »Ich werde das *Akademiska Krankenhaus* anrufen und fragen, ob sie dort gesehen wurde.«

»Dort war sie nicht«, sagte Sjöberg. »Aber könnten Sie vielleicht so freundlich sein und uns erzählen, wo sie in Uppsala zu übernachten pflegt?«

»Bei Opa«, sagte Schmidt. »Also ihrem Vater. Rutger Johansson in der Svartbäcksgatan 2. Dort ist sie bestimmt. Ich weigere mich, etwas anderes zu glauben.«

Opa, sagte er. Aus der Perspektive der Kinder, irgendwie niedlich. Es könnte aber auch eine Masche sein, genau diesen Eindruck zu erwecken. Dass er niedlich und kinderlieb war.

»Das Auto«, sagte er schließlich. »Kann ich es bergen?«

»Noch nicht. Es ist Gegenstand einer kriminaltechnischen Untersuchung. Wie Sie sicher verstehen, würden wir gerne herausfinden, was passiert ist.«

»Ja, natürlich. Das sehe ich ein.«

Er trommelte mit dem Zeigefinger auf dem Tisch und richtete seinen Blick auf den klarblauen Februarhimmel. Er schien in eigene Gedanken versunken zu sein.

»Wir brauchen etwas, das Malin gehört«, sagte Sjöberg.

»Eine Haarbürste oder Zahnbürste oder so etwas. Es könnte auch etwas von den Kindern sein.«

»Ja, sicher, das bekommen Sie«, sagte Schmidt und stand mit einem höflichen, aber etwas geistesabwesenden Lächeln auf.

Nicht mehr diese betont nette und kooperative Ausstrahlung. Eher höflich und ein bisschen nachdenklich, falls Gerdin sich nicht irrte.

Freitagnachmittag

Johnny konnte kaum gehen. Er hatte das meiste von dem erledigt, was er sich vorgenommen hatte, allerdings noch nicht das Wichtigste. Den Grund für seine Reise und das, was er eigentlich als Erstes hatte tun wollen. Stattdessen hatte er sich, sobald er aus dem Zug gestiegen war, ein bisschen dänisches Geld abgehoben und eine Flasche Wodka gekauft, sich ein billiges Hotel direkt außerhalb von Christiania genommen, den Schnaps in sich hineingegossen und war auf dem Bett im Hotelzimmer eingeschlafen. Als er am nächsten Morgen aufwachte, erinnerten ihn nur noch Kopfschmerzen an den vorhergehenden Abend, die fast alles übertrafen, was er bis dahin erlebt hatte. Nach zwei schnellen Tuborg begab er sich in die Freistadt Christiania, um nach Cannabis und Streit zu suchen. Cannabis fand er ziemlich schnell, und er zog es sich in einem eher betagten Kreis von friedlichen Drogenromantikern und Gewaltgegnern rein. Er verstand nicht viel von dem, was sie sagten, aber sie waren sehr freundlich und fürsorglich und brachten ihn dazu, seine alltäglichen Sorgen für eine Weile zu vergessen. Er war so erfolgreich dabei, dass er mit einer mindestens zwanzig Jahre älteren Frau im Bett landete, die Bitte hieß und ihn »Kleiner Prinz« nannte. Dort blieb er anderthalb Tage mit nur kurzen Unterbrechungen für Essen, Bier und noch mehr Cannabis. Danach war er so fertig, dass er sich ins Hotel zurückschleppte, in dem er wegpennte und erst nach fünfzehn Stunden wieder aufwachte.

Jetzt war es also schon Freitag, und als er sein Handy einschaltete, machte sich auch die Wirklichkeit wieder bemerkbar. Die Arbeit, auf der man sich fragte, wo er steckte; die Polizei, die ihn aufforderte, sich zur Vernehmung einzufinden, und Bengt, der ihn anflehte, sich endlich zu melden. Kein Wort von seiner Mutter und kein Wort darüber, dass sie wieder nach Hause gekommen war. Was bewies, dass sie immer noch nicht zur Vernunft gekommen war, dass sie es anscheinend auch gar nicht wollte. Sie hatte die Hoffnung auf Johnny aufgegeben, und das konnte er ihr nicht zum Vorwurf machen. Aber sie hatte Bengt für einen anderen verlassen, und sie hatte nicht einmal das Rückgrat, ihm davon zu erzählen. Bengt, der immer für sie da war, der sie unter seine Fittiche genommen hatte, als es ihnen am schlechtesten ging. Bengt, der seiner Mutter nie Vorwürfe machte wegen ihrer Launen, ihrer manchmal lieblosen Umgangsformen, ihrer Spielerei und ihrer Art, alles, was er ihr gab, für selbstverständlich zu nehmen. Johnny hatte Mitleid mit Bengt, der nicht einmal gemerkt hatte, dass seine Frau es mit einem anderen trieb. Trotzdem hatte er es nicht übers Herz gebracht, ihm davon zu erzählen. Zum Teil wegen dieser unheilbaren und eigentlich vollkommen unsinnigen Loyalität, die er gegenüber seiner Mutter verspürte, vor allem aber, weil er Bengt nicht traurig machen wollte. Seine Mutter war deprimiert, er selbst war zornig – Bengt durfte nicht traurig sein. So war es eben. Wenn Bengt zusammenbrach, würde die ganze Welt zusammenbrechen. Darum hatte er Bengt nie verraten, was er selbst herausgefunden hatte.

Dass seine Mutter seit vielen Jahren einen Liebhaber hatte. Einen Mann, der früher in Mjölby gewohnt hatte, aber unlängst nach Kopenhagen gezogen war. Das hatte Johnny entdeckt, als er vor gut vier Jahren zufällig eine SMS auf ihrem Handy gelesen hatte. Ein Missgeschick seiner Mutter, denn sonst löschte sie die Nachrichten, die sie mit ihrem Liebhaber austauschte, immer sofort. Johnny konnte ihr ansehen, wenn sie gerade mit ihm kommunizierte; er sah, wie es in ihren Augen glänzte und wie sie schnell alles wieder löschte. Und er hatte ein bisschen herumgeschnüffelt und entdeckt, dass sie sich jede Woche einen Tag freinahm. An Bengts längstem Arbeitstag widmete sich seine Mutter ihrem Liebhaber. Sie fuhr gleichzeitig mit Bengt los und kam zur selben Zeit nach Hause wie er. Aber jetzt hatte sich dieser Bursche in Dänemark angesiedelt, das hatte seine Ex-Frau erzählt, als Johnny sie angerufen hatte. Raymond, so hieß er, war nach Kopenhagen gezogen, und Bengts längster Tag reichte nicht mehr aus, um ihn zu besuchen und wieder zurückzufahren. Darum hatte sie sie verlassen. Sie hatte ihre Hunde umgebracht und das Leben mit Bengt und Johnny hinter sich gelassen. Einfach so. Sie hatte sich die Scheuklappen aufgesetzt und ihre Familie verlassen. Genau wie sein Vater es damals getan hatte.

Es war höchste Zeit, sie aufzusuchen. Ihr die Meinung zu sagen und diesem verdammten Raymond die Fresse zu polieren. Vielleicht hätte Johnny besser nüchtern sein sollen, wenn er es tat, aber der Alkohol machte ihn aggressiver und mutiger. Deswegen hatte er ein paar Stunden in einer Bar in Nørrebro verbracht, bevor er sich bereit fühlte, seine Aufgabe in Angriff zu nehmen. Und jetzt konnte er kaum noch auf den Beinen stehen. Er hatte sich einen Tequila nach dem anderen hinter die Binde gegossen, ohne dass er irgendetwas spürte. Sein Kopf war immer noch ganz klar, aber als er aufstand, merkte er, dass ihn seine Beine kaum trugen. Aber scheißegal, es war ja direkt um die Ecke.

Er taumelte aus der Bar und um die Ecke herum, wo er ein Fahrrad umrempelte, das an der Wand lehnte. Die Leute blieben stehen und glotzten ihn an, aber er verpasste dem Drahtesel einen ordentlichen Tritt und torkelte weiter den Bürgersteig entlang. Als er die richtige Tür erreichte, musste er das eine Auge zukneifen, um auf dem Schild lesen zu können, in welches Stockwerk er musste. Das vierte. Als er im Fahrstuhl war, setzte er sich auf den Boden, verschränkte die Arme vor den angezogenen Knien und legte das Gesicht in die Armbeuge.

Er musste eingeschlafen sein, denn plötzlich tätschelte jemand leicht seinen Arm. Er schreckte hoch und starrte in die Augen eines etwa fünfzigjährigen Mannes, der sich mit einem wachsamen Blick aus der Fahrstuhlkabine zurückzog.

»Ist alles okay?«, fragte der Mann.

»Sind Sie Raymond?«, fragte Johnny.

»Ja, der bin ich«, antwortete der Mann erstaunt.

Worauf Johnny einen Schritt auf ihn zumachte und eine Faust direkt in seinen Magen rammte. Der Mann sah jetzt noch erstaunter aus, handelte aber instinktiv, knallte Johnny die Aufzugtür ins Gesicht und blockierte sie mit dem Fuß. Johnny taumelte nach hinten, bis die Wand ihn bremste.

»Ich kann die Polizei rufen, wenn Ihnen das lieber ist«, sagte der Mann durch das Gitter. »Oder Sie erzählen mir, was Sie von mir wollen.«

»Ich werde dich umbringen, du Schwein!«

»Also die Polizei? Signe!«, rief er über seine Schulter nach hinten.

»Ich bring dich um.«

»Ja, das haben Sie schon gesagt. Könnte man auch erfahren, warum?«

»Du bumst meine Mutter, du Arschloch!«

»Sie schauen sich zu viele ausländische Filme an, aber so

sagt man das nicht. Sie sehen ziemlich betrunken aus, junger Mann. Holen Sie mal tief Luft und erzählen Sie mir, worum es hier geht. Kenne ich Sie?«

Johnny näherte sich wieder der Aufzugtür, versuchte sie aufzudrücken. Raymond hielt dagegen, und Johnny wurde erneut zurückgeworfen.

»Ich habe dich so satt«, lallte er.

»Wir haben uns doch gerade erst kennengelernt«, sagte Raymond und konnte ein Lächeln nicht unterdrücken.

Johnny war pathetisch – das wusste er selbst. Aber er war zornig und hatte alles und jeden so verdammt satt, es war ihm egal, was die Leute von ihm dachten. Die Frau namens Signe tauchte an Raymonds Seite auf. Sie sah noch erstaunter aus, und im Gegensatz zu Raymond sprach sie Dänisch.

»Was ist hier los? Wer ist das?«

»Keine Ahnung, aber er will mich umbringen, sagt er.«

»Soll ich die Polizei anrufen?«

»Du kannst ja das Telefon in Bereitschaft haben.«

»Er bumst meine Mutter«, sagte Johnny zu Signe.

Mit einem fiesen Grinsen, das keinen der beiden zu erschrecken schien.

»Tust du das, Raymond?«, fragte Signe mit einem Lächeln.

»Ich glaube eher nicht. Wer sind Sie überhaupt, junger Mann?«

Johnny hatte keine Lust mehr herumzutaumeln und ließ sich an der Wand hinunter auf den Boden sinken.

»Ich suche nach meiner Mutter«, seufzte er. »Ich dachte, sie wäre hier.«

»Ich kann Ihnen versprechen, das sie hier nicht ist«, antwortete Raymond. »Wie heißt sie denn?«

»Eva-Lena. Wetterhag.«

»Ich kenne keine Eva-Lena.«

»Ich weiß, dass ihr vor vier Jahren was miteinander hattet. Als Sie in Mjölby wohnten.«

»Vor vier Jahren?«, sagte Raymond überrascht. »Seitdem ist sehr viel Zeit vergangen. Damals war ich noch verheiratet.«

»Ich weiß«, sagte Johnny. »Ich habe mit Ihrer Ex-Frau telefoniert. Sie hat mir auch diese Adresse gegeben.«

»Das hätte sie vielleicht nicht tun sollen«, sagte Raymond mit einem schiefen Lächeln. »Wenn man bedenkt, dass Sie mich umbringen wollen.«

»Vielleicht hat sie ja damit gerechnet«, sagte Signe, zwinkerte und stieß ihm einen Ellenbogen in die Rippen.

»Haben Sie ein Bild von ihr?«, fragte Raymond.

Das hatte Johnny. Er zog sein Portemonnaie aus der Hosentasche und nahm das Foto heraus, das seine Mutter, ihn selbst und Simona an einem lange vergangenen Sommertag zeigte.

»Es ist alt«, sagte Johnny. »Das ist schon mehr als zwölf Jahre her.«

»Kann ich es wagen, die Tür jetzt zu öffnen?«

»Probieren Sie es doch aus«, sagte Johnny und streckte ihm das Foto entgegen.

Raymond tat es. Er nahm das Foto und betrachtete es eine Weile. Signe schlich sich hinter ihn und schaute es ebenfalls an.

»Das ganz rechts sind Sie, oder?«, fragte Raymond und gab ihm das Bild zurück.

»Ja, und links meine kleine Schwester. Sie ist gestorben.«

»Tut mir leid.«

»Und ich war schuld«, sagte Johnny.

Er wusste nicht, warum. Wahrscheinlich, weil er betrunken war. Raymond und Signe schauten einander an.

»Daran glaube ich keinen Augenblick«, sagte Raymond. »Aber Sie haben recht. Ich kenne Ihre Mutter. Ich kannte sie, sollte ich eher sagen. Zumindest glaubte ich es. Ich mochte sie sehr. Ihretwegen habe ich mich von meiner Frau getrennt.«

»Vor vier Jahren?«

»Ja. Aber dann wollte sie mich plötzlich nicht mehr haben. Eva. So hieß sie, dachte ich. Eva Johansson.«

Raymond sah ein bisschen traurig aus, als er erzählte. Johnny spürte, wie er langsam nüchterner wurde. Wie es manchmal war, wenn wichtige Dinge geschahen. An dieses Gespräch würde er sich später erinnern, das wusste er.

»Hat sie von uns gesprochen, von mir?«

»Nein, sie sagte, dass sie keine Kinder bekommen konnte. Tut mir leid, mein Junge, aber sie hat mich anscheinend ganz schön an der Nase herumgeführt.«

»Da geht es Ihnen mit Signe besser«, sagte Johnny, und er meinte es auch so.

Plötzlich sah er sich selbst mit ihren Augen, wie beklemmend die Ansicht eines zusammengesunkenen Säufers auf dem Fahrstuhlboden sein musste. Er schämte sich. Für seine Mutter und für sich selbst.

Raymond schien seine Gedanken zu lesen. Er streckte die Hand aus und half ihm auf. Johnny war jetzt deutlich sicherer auf den Beinen.

»Eva ist also verschwunden? Eva-Lena?«

Johnny nickte.

»Seit letztem Freitag.«

»Ich hoffe, dass sich alles aufklärt. Darf ich fragen, ob Sie einen Vater haben?«

»Den habe ich«, antwortete Johnny. »Einen richtig guten.«

»Das freut mich, zu hören. Grüßen Sie ihn von mir und bitten Sie ihn für mich um Verzeihung. Und dann sehen Sie zu, dass Sie zusammen alles wieder auf die Reihe bekommen.«

Johnny nickte und streckte die Hand aus, Raymond nahm sie und schloss die Aufzugtür wieder vor ihm.

»Und jetzt immer mit der Ruhe«, sagte er. »Denken Sie daran, dass Eva-Lena auch sehr viele gute Seiten hat«, fügte er hinzu, als der Fahrstuhl schon halb im Stockwerk darunter war.

Worte, die Johnny nicht so richtig an sich heranlassen konnte. Obwohl er den ganzen Weg zurück zur Pusher Street und zu Bittes warmer Umarmung daran arbeitete.

*

»Mir ist etwas eingefallen, und ich dachte, es ist besser, wenn ich es Ihnen erzähle«, hörte man Carina Persson aus Westmans Telefon. »Das war wenige Minuten, nachdem ich am letzten Freitag von der Bank zurückgekommen war.«

»Das heißt kurz nach zehn vor zwei?«

»Genau«, sagte Carina Persson, und Westman hoffte, dass sie sich ein bisschen schämte, nachdem sie sie an ihre frühere Lüge erinnert hatte.

»Tagsüber höre ich immer Radio hier im Salon, und als ich jetzt gerade die Sportnachrichten hörte, kam ich ins Grübeln. Sie sprachen von einem Basketballspieler namens Jonas Jerebko, der drüben in den USA anscheinend sehr berühmt ist.«

»Okay«, sagte Westman, die keine Ahnung hatte, was dieser Basketballstar mit Eva-Lenas Verschwinden zu tun haben könnte.

»Jerebko, dachte ich«, fuhr Carina Persson fort. »Da war so eine Art Déjà-vu-Gefühl, das ich nicht so richtig greifen konnte, aber irgendwie mit Eva-Lena in Verbindung brachte. Dann fiel mir ein, dass das Telefon klingelte, als ich gerade in den Salon zurückgekehrt war und festgestellt hatte, dass Eva-Lena nicht mehr da war. Ob es ein Mann oder eine Frau war, weiß ich nicht, denn die Stimme war sehr seltsam. Ein bisschen piepsig und schwach, wie bei einem alten Menschen. Oder eher wie jemand, der so eine vergreiste Stimme parodiert.«

»Es klang also nicht echt?«

»Nein, aber davon konnte ich ja nicht ausgehen. Wenn ein Kunde oder ein potenzieller Kunde anruft, muss ich am Telefon ja freundlich sein, das verstehen Sie sicher.«

»Und was wollte diese Person von Ihnen?«

»Er oder sie wollte wissen, ob Eva-Lena da war. Eva-Lena Jerebko.«

»Und was haben Sie geantwortet?«

»›Jemand mit diesem Namen arbeitet nicht in unserem Salon. Meinen Sie vielleicht Eva-Lena Wetterhag?‹ Aber das verneinte die Person, und damit war das Gespräch beendet.«

»Aha«, sagte Westman. »Ich verstehe, worauf Sie hinauswollen. Ich danke Ihnen für diese Information, Carina. Vielen Dank.«

Nachdem sie kontrolliert hatte, dass Eva-Lena Wetterhag mitsamt ihrer Adresse im Online-Telefonbuch stand, sammelte sie Sandén und Hamad ein und nahm sie mit zu Sjöberg. Im selben Augenblick, als sie in sein Büro kamen, klingelte sein Festnetztelefon, sodass sie zunächst geduldig warten mussten. Währenddessen kam Gerdin herein und stellte fest, dass alle außer Andersson im Raum waren, also rief sie ihn mit einem Pfiff in den Korridor herbei.

»Das war ein Kollege der Kopenhagener Polizei«, erklärte Sjöberg, als das Gespräch beendet war. »Sie haben einen jungen Mann wegen Diebstahls festgenommen, und unter seinen Besitztümern hat man Heidis Kreditkarte und ihr Handy sichergestellt. Die SIM-Karte hatte er weggeworfen und eine neue eingesetzt. Als ihm klar wurde, dass es ernst war, gestand er, dass er am Dienstag auf einer Zugfahrt von Stockholm eine kleine, schwarze Lacktasche im Gepäckfach gefunden hatte. In der Tasche, so erinnerte er sich, befanden sich ein paar Schminksachen, ein Schlüsselbund, eine Brille, eine Brieftasche und ein Handy. Er steckte das Handy, das Geld und die Kreditkarte ein und warf die Tasche anschließend in einen Mülleimer auf dem Hovedbanegården. Das heißt, dem Hauptbahnhof. Das Geld hat er ausgegeben, das Handy und die Kreditkarte sind auf dem Weg zu uns.«

»Also kein Pass?«, fragte Andersson.

»Die Polizei in Kopenhagen stellte dieselbe Frage, aber an einen Pass konnte er sich nicht erinnern. Im Zug hatte es gar keinen Ärger gegeben, was diesen Kleinkriminellen ein wenig verwunderte. Er hatte die Handtasche am Boden seines eigenen Reisegepäcks verstaut und erwartet, dass irgendwann mit einer Lautsprecherdurchsage nach ihr gesucht würde oder dass zumindest jemand durch den Zug gehen und nach ihr fragen würde. Aber das geschah nicht.«

»Das sagt uns eigentlich gar nichts«, fasste Gerdin zusammen. »Außer dass Heidi nicht mit im Zug war. Johnny oder jemand anderes ließ die Tasche verschwinden, indem er sie in den Zug legte und damit den Anschein erweckte, dass Heidi nach Kopenhagen fuhr. Dass sie in den Händen eines Diebs landete, war wohl kaum anders zu erwarten.«

»Aber wir können immer noch nicht ausschließen, dass Heidi nach wie vor am Leben ist«, bemerkte Andersson. »Auch wenn ich daran zweifle. Aber wenn sie noch lebt, würde sie wohl kaum die Aufmerksamkeit auf sich ziehen wollen, indem sie einen Diebstahl meldet, wenn sie eigentlich untertauchen möchte. Den Pass hatte sie ja noch, und der war vielleicht das Wichtigste.«

»Sie würde die Tasche niemals auf diese Weise weglegen, wenn es keine Absicht wäre«, meinte Gerdin.

»Dann war es vielleicht Absicht«, sagte Sjöberg. »Vielleicht hat sie uns jetzt genau dort, wo sie uns haben will. Wir sitzen hier und halten sie für tot, und in Wirklichkeit lässt Heidi an der Copacabana die Sau raus.«

Erneut klingelte das Telefon, Sjöberg musste an den Apparat gehen. Nach wenigen Sekunden stellte er die Lautsprecherfunktion ein, damit das ganze Team das Gespräch mithören konnte.

»Es tut mir leid, wenn ich jetzt mit irrelevanten Informationen komme, aber nachdem ich eine Weile überlegt habe, denke ich, dass ich mich sicherheitshalber melden sollte. Im Frühjahr 2006 hatte ich eine Beziehung mit einer Frau, die sich Anna-Karin Eriksson nannte. Ich kann eigentlich nicht mehr dazu sagen, als dass sie dieser Eva-Lena Wetterhag, nach der im Fernsehen gesucht wurde, unheimlich ähnlich sah.«

Sjöberg sah leicht amüsiert aus, aber Gerdin kam in Fahrt und begann zu gestikulieren. Mach weiter, lass ihn erzählen. Sie griff nach einem Notizblock und einem Stift auf Sjöbergs Schreibtisch.

»Wie war noch Ihr Name?«, fragte Sjöberg.

»Erik Moström.«

»Adresse, Alter?«

»Ich bin dreiundfünfzig und wohne in der Väderkvarnsgatan 8 in Söderhamn.«

Gerdin schrieb. Westman begriff nicht, warum dies so interessant sein sollte. Auch sonst niemand, wie es aussah. Sjöberg sah ziemlich uninspiriert aus, hatte Schwierigkeiten, passende Fragen zu finden.

»Okay«, sagte Sjöberg. »Sie meinen also, dass dieses Bild von Eva-Lena Wetterhag Sie sehr an Anna-Karin erinnerte?«

»Erinnern ist das falsche Wort. Ich würde sagen, sie sehen sich extrem ähnlich.«

»Wie Schwestern?«, schlug Sjöberg vor, wohl wissend, dass Eva-Lena keine Geschwister hatte.

»Wie eineiige Zwillinge«, sagte Erik Moström.

Gerdin schrieb eifrig mit.

»Können Sie uns etwas über Anna-Karin erzählen?«, fuhr Sjöberg fort. »Wie sie war, wo sie arbeitete und so weiter.«

»Sie war sehr fröhlich und extrovertiert. Charmant. Sie war Witwe und hatte keine Kinder. Ihr Mann war ein paar Jahre zuvor auf einer Urlaubsreise nach Brasilien verunglückt.«

Diese Informationen hatten einen spürbaren Effekt auf Sjöberg, und auch Westman schien aufmerksamer zu werden.

»Anna-Karin arbeitete als Tierärztin. Sie war ein richtiger Hundemensch. Sie selbst besaß zwei Hunde, die sie dabeihatte, wenn wir uns trafen.«

»Welche Rasse?«, wollte Sjöberg wissen.

»Ich weiß es nicht mehr, irgendetwas Kompliziertes, wenn ich mich recht erinnere. Ich selbst interessiere mich nicht so sehr dafür, aber es waren solche Eskimohunde.«

»Siberian Husky?«, warf Sandén ein.

»Äh ... Nein, das glaube ich nicht.

»Alaskan Malamute?«, schlug Sjöberg vor.

»Das klingt bekannt, das könnte es gewesen sein.«

»Wie lange waren Sie zusammen?«

»Vom Jahresbeginn an ungefähr. Bis Donnerstag, den vierten Mai.«

»2006 also?«

»Genau.«

»Was ist passiert? Warum ging es vorbei?«

»Wir hatten angefangen, uns darüber zu unterhalten, wie wir die Beziehung vertiefen könnten. Einen Bund fürs Leben schließen. Das heißt, ich hatte damit begonnen. Anna-Karin war vielleicht nicht so richtig interessiert.«

»Also hat sie Schluss gemacht? Einfach so? Oder haben Sie sich gestritten?«

»Nein, gar nicht. Wir haben uns nie gestritten, hatten es immer schön zusammen. Aber es war wirklich ein bisschen seltsam. Es war ein Donnerstag, wie ich schon sagte. Wir hatten am Morgen telefoniert, als sie schon im Auto saß und auf dem Weg zu mir war.«

»Wo wohnte sie?«

»Oben in Sundsvall.«

Schau an, dachte Westman. Und Auto fuhr sie damals auch. Gerdin schrieb, als ginge es um ihr Leben.

»Sie sagte, dass sie so um halb elf eintreffen würde«, fuhr Erik Moström fort. »Genau wie immer. Wir trafen uns immer am Donnerstag. Aber um zehn vor zehn rief sie an und sagte, dass ihr etwas dazwischengekommen sei und sie nicht kommen könne. Dass sie deswegen traurig sei, weil sie Schluss machen wolle und es mir eigentlich unter vier Augen und nicht am Telefon hatte sagen wollen.«

»Sie haben sich also immer zu Hause bei Ihnen getroffen?«, fragte Sjöberg.

»Ja, immer bei mir. Anna-Karin wollte es so.«

»Was für ein Auto fuhr sie, erinnern Sie sich?«

»Autos interessieren mich mehr als Hunde, muss ich gestehen. Sie fuhr einen Hyundai Elantra – Baujahr 2002. Weiß.«

Damit ist die Sache entschieden, dachte Westman. Es war undenkbar, dass diese Anna-Karin Eriksson jemand anderes war als Eva-Lena Wetterhag. Aber was wusste Gerdin, wovon Westman keine Ahnung hatte?

»Vielen Dank für den Anruf«, sagte Sjöberg. »Vielleicht melden wir uns noch einmal bei Ihnen.«

Dann legte er den Hörer auf und schaute seine fünf Mitarbeiter an, die sich um seinen Schreibtisch drängten. Der Besucherstuhl war solidarischerweise unbenutzt geblieben.

»Spuck's aus, Gäddan«, sagte Sjöberg. »Wenn du fertig stenografiert hast.«

»Ich kann nicht stenografieren«, antwortete Gerdin und richtete sich aus ihrer gebeugten Haltung vor dem Schreibtisch auf. »Eine ärgerliche Lücke in meiner Ausbildung. Ich habe auch einen Anruf bekommen, deswegen bin ich auch hierhergekommen. Ein Raymond Jern hat mich aus Kopenhagen angerufen und gefragt, ob ich zufälligerweise etwas über eine verschwundene Person wüsste, die Eva-Lena Wetterhag hieß. Dann erzählte er mir von einem seltsamen Besuch, den er vor Kurzem gehabt hatte. Ein sturzbetrunkener junger Mann war im Aufzug vor seiner Wohnung in der Kopenhagener Innenstadt eingeschlafen. Als er ihn aufweckte, bekam er einen Faustschlag in den Magen und wurde lebensgefährlich bedroht. Allerdings war der Junge so voll, dass es kein Problem war, ihn in den Aufzug zu sperren und mit ihm durch die Gittertür zu sprechen. Es stellte sich heraus, dass er auf der Suche nach seiner Mutter war, Eva-Lena Wetterhag, die seit einer Woche verschwunden war. Er war überzeugt davon, dass er sie bei diesem Raymond finden würde. Raymond hatte noch nie von dieser Frau gehört, aber als der junge Mann ihm ein Foto zeigte, stellte sich heraus, dass die Frau auf dem Bild mit einer Frau identisch war, mit der er vier Jahre zuvor zusammen gewesen war, als er noch in Mjölby wohnte. Damals hatte sie sich Eva Johansson genannt. Sie war angeblich Single und kinderlos und arbeitete als Bibliothekarin in Nyköping. Sie hatte weder einen Führerschein noch hatte sie ein aufsehenerregendes Interesse an Hunden.«

»Das ist ja ein Ding«, sagte Sandén. »Die Dame zieht durchs Land und wickelt liebeskranke Männer um ihren Finger. Wenn wir ihn gefunden hätten, könnte uns der bärtige Onkel aus Örebro eine ähnliche Geschichte erzählen.«

»Es könnte jede Menge verschmähter Männer draußen im Land geben«, sagte Sjöberg, »die nicht von sich hören lassen, weil der Name oder andere Angaben nicht zutreffen.«

»Es fällt auf, dass das Auto und die Hunde zwischen 2006 und 2007 aus der Verkleidung verschwunden sind«, bemerkte Hamad.

»Das fällt tatsächlich auf«, stimmte ihm Gerdin zu. »Allerdings ist die statistische Grundlage zu klein, um daraus sichere Schlussfolgerungen zu ziehen.«

Letzteres fügte sie mit einem Augenzwinkern hinzu.

»Eva-Lena ist also eine spielsüchtige Heiratsschwindlerin«, seufzte Sandén. »Ich frage mich, was meine Frau macht, wenn ich auf der Arbeit bin.«

»Wir sollten nicht so hart sein«, meinte Sjöberg. »Die Beziehungen, von denen wir wissen, sind ja ziemlich kurz gewesen. Und Eva-Lena ist schließlich bei Bengt geblieben – bis jetzt jedenfalls. Sie ist zeitweise depressiv und scheint von einer gewissen Unruhe getrieben zu sein; sie will an den Grenzen des Erlaubten leben. Es könnte sich um eine posttraumatische Belastungsstörung handeln, ich weiß es nicht. Aber sie hat zweifellos einiges an Gepäck zu tragen, von der verunglückten Tochter bis zu dem Mann, der sie verlassen hat. Und solange sie niemand deswegen zur Verantwortung zieht, führt sie weiter diesen destruktiven Lebenswandel.«

»Oder bis der Arzt kommt«, meinte Sandén zur allgemeinen Belustigung.

Die große Klappe war jedenfalls noch nicht in Mitleidenschaft gezogen, dachte Westman.

»Aber die Hunde zu erschießen ist schon ein gutes Stück jenseits dieser Grenze«, sagte sie. »Vielleicht ist sie deswegen abgehauen? Weil sie eingesehen hat, dass sie die Kontrolle verloren hat, und dieses Gepäck, von dem du gesprochen hast, Conny, einfach loswerden wollte. Oder sich umbringen wollte.«

»Eva-Lena schießt nicht«, erinnerte sie Hamad.

»Eva-Lena fährt auch kein Auto«, sagte Westman. »Trotzdem hat sie es jetzt vielleicht getan, als es wirklich nötig war. Eva-Lena hat die Hunde vielleicht erschossen, um sie vor Schmerzen zu bewahren. Trotz dieser Einwände vertrete ich allerdings auch eher den entgegengesetzten Standpunkt.«

Gerdin lächelte und nickte zustimmend.

»Kurz nach zehn vor zwei am Freitag rief eine Person mit verstellter Stimme im Salon an und fragte nach Eva-Lena Jerebko.«

»Jerebko?«, sagte Sjöberg erstaunt. »Wie der Basketballspieler?«

»Genau. Woraufhin Carina Persson die betreffende Person fragte, ob sie nicht Eva-Lena Wetterhag gemeint habe. Aber das tat sie nicht.«

»Das ist ja ein Ding«, sagte Sjöberg. »Und das hat sie erst jetzt erzählt?«

»Von einer Haut- und Haarpflegerin kann man vielleicht nicht verlangen, dass sie wie eine Polizistin denkt«, meinte Westman. »Vor allem nicht, bevor überhaupt etwas passiert ist.«

»Du hast recht«, gab Sjöberg zu. »Das wäre wahrscheinlich zu viel verlangt. Aber das eröffnet die Möglichkeit, dass eine außenstehende Person hinter Eva-Lenas Verschwinden stecken könnte.«

»Oder hinter dem Mord an den Hunden«, sagte Hamad.

»Oder hinter beidem«, sagte Sandén.

»Ein bisschen unbegreiflich bleibt es trotzdem«, stellte Sjöberg fest. »Findest du bitte heraus, von wo dieses Gespräch kam, Gäddan?«

»Wenn weder Johnny noch Eva-Lena die Hunde erschossen haben, dann muss der Täter bewaffnet gewesen sein«, sagte sie. »Oder er musste Johnnys Waffenschrank nicht nur gekannt haben, sondern auch in der Lage gewesen sein, ihn zu öffnen. Was mir, gelinde gesagt, ein bisschen schwer vorstellbar erscheint, wenn ihn noch nicht einmal die Kriminaltechniker ohne eine Sprengung öffnen können. Außerdem musste er irgendwie in das Haus hineingekommen sein, ohne Spuren zu hinterlassen. Schätzungsweise durch Gewaltandrohung, Überredung oder Spezialwerkzeug.«

»Ein Gangster, ein Zeuge Jehovas oder ein Polizist also«, fasste Sandén zusammen.

Als sie sich gerade wieder zerstreuen wollten, bekam Sjöberg die Nachricht von Bella Hansson, dass das Blut in Stefan Schmidts rotem Audi wenig überraschend von seiner Frau stammte. Eine Nachricht, die Sjöberg nicht über das Telefon bei ihm abliefern wollte.

*

»Nach dem Schnee unter dem Auto zu urteilen hat sich der Unfall irgendwann vor sechs Uhr am Donnerstagmorgen ereignet«, begann Sjöberg das Gespräch.

Stefan Schmidt zeigte bis jetzt noch keine Gefühle, aber das war ein Verhalten, das Gerdin als gesund betrachtete. Wer sich im Vorhinein Sorgen machte, musste oft zweimal trauern, und das war zweifellos einmal zu viel.

»Wann haben Sie Malin zuletzt gesehen?«

»Gegen halb drei am Mittwochnachmittag. Ich habe die Kinder von der Schule abgeholt – oder besser gesagt, Leonard. Cassandra hatte früher Schluss und war allein nach Hause gekommen. Wir schauten kurz zu Hause vorbei, aßen eine Kleinigkeit und zogen uns um.«

»Und da war Malin also gerade dabei, für ihren Besuch in Uppsala zu packen?«

»So würde ich es vielleicht nicht ausdrücken. Sie wollte nur eine Nacht dortbleiben, war der Plan, also handelte es sich eher um eine Zahnbürste.«

»Okay, aber sie war im Aufbruch?«

»Ja.«

»Maximal fünfzehn Stunden später hat sie das Auto gegen einen Baum gefahren«, sagte Sjöberg. »Nicht in Uppsala, sondern in Farsta. Was denken Sie darüber?«

»Nichts. Es ist unbegreiflich. Es müssen Autodiebe gewesen sein.«

»So war es nicht, Herr Schmidt. Malin hat ihren Vater nicht besucht, das wissen wir schon. Was haben Sie am Mittwochabend und in der Nacht zum Donnerstag gemacht?«

»Stehe ich jetzt plötzlich unter Verdacht?«, fragte Stefan Schmidt mit einem Lächeln, das nicht den leisesten Zweifel daran ließ, dass das Gegenteil zutreffend war.

Was vielleicht ein bisschen übertrieben war, urteilte Gerdin.

»Beantworten Sie bitte die Frage«, sagte Sjöberg in einem Tonfall, der die ganze Angelegenheit zweifellos noch ein bisschen interessanter machte.

Ein Psychopath tolerierte keine Kritik, duldete es nicht, dass sich jemand ihm widersetzte. War da vielleicht eine gewisse Missbilligung in Stefan Schmidts Blick zu erkennen? In dem Fall verschwand sie ebenso schnell, wie sie gekommen war. Er sah Westman an.

»Ich habe die Kinder gefahren, schaute ihnen beim Training zu, trainierte selbst ein bisschen im Fitnessraum der Tennishalle und trank einen Kaffee. Dann fuhren wir nach Hause, ich kochte Essen und half ihnen bei den Hausaufgaben. Gegen halb zehn, nachdem sie eingeschlafen waren, ging ich auch ins Bett.«

Oder fuhr er nach Sundbyberg, um Julia zu ermorden? Nahm Malin in Empfang, als sie mitten in der Nacht auftauchte – falls sie überhaupt weg gewesen war –, und inszenierte ihren Tod auf einem Waldweg im Süden von Stockholm?

»Also kein Alibi?«, sagte Westman, die plötzlich Gerdins Überlegungen zu teilen schien.

Ihr musste aufgefallen sein, dass er sich an sie gewandt hatte, nachdem Sjöberg den Ton verschärft hatte, dass er ihre vermuteten weiblichen Instinkte anzusprechen versuchte, als er von seinem Engagement für die Kinder sprach.

»Nennen Sie es, wie Sie wollen«, sagte Stefan Schmidt und hob die Arme. »Ich wusste nicht, dass es ein Verbrechen ist, zu schlafen.«

»Man hat inzwischen festgestellt, dass das Blut auf dem Fahrersitz von Malin stammt«, unterrichtete ihn Sjöberg ohne jegliche Gefühlsregung.

Stefan Schmidt wirkte zu Beginn vollkommen regungslos. Absolut verständlich, weil es eine Weile dauern konnte, bis die Botschaft angekommen war. Danach senkte er den Blick und schaute bekümmert auf die Tischplatte. Es dauerte ein paar Sekunden, bis er wieder aufsah und in Sjöbergs Augen schaute.

»Das kann nicht stimmen«, sagte er und schüttelte den Kopf. »Ich … weiß nicht, was ich sagen soll. Wo ist sie jetzt?«

»Das wissen wir nicht. Aber wir durchsuchen die Umgebung. Können Sie sich vorstellen, dass sie vor irgendetwas auf der Flucht war?«

Vor Ihnen, zum Beispiel?, dachte Gerdin. Aber sie war sich alles andere als sicher, dass dies der Fall war. Er spielte seine Karten gut und hatte immer noch nichts preisgegeben, das von dem abwich, was in einer solchen Situation als normal betrachtet werden konnte. Stefan Schmidt zögerte lange mit einer Antwort. Aber als er sprach, war sie überraschend.

»Doch, das könnte sein«, seufzte er.

Donnerwetter, hatte er nicht sogar ein Paar feuchte Augen bekommen, dachte Gerdin, die sich ohne großen Erfolg abmühte, etwas Licht in den Charakter dieses Herrn zu bringen.

»Wir … hatten eine kleine Auseinandersetzung am Mittwoch, bevor sie fuhr. Das hätte ich natürlich erzählen sollen, aber …«

… da hattest du die Geschichte noch nicht erfunden?

»… die ganze Sache ist ziemlich persönlicher Natur«, fuhr Schmidt fort. »Und ein bisschen peinlich, um ehrlich zu sein. Für die ganze Familie. Nicht zuletzt auch für Malin.«

»Erzählen Sie«, sagte Sjöberg.

»Malin war betrunken, als die Kinder und ich am Nachmittag nach Hause kamen. Richtig betrunken. Sie lag hier in dem Sessel im Flur und schlief und hatte nicht einmal gemerkt, wie Cassandra nach Hause kam. Sie wachte erst auf, als ich eine Stunde später mit Leonard auftauchte. Die Kinder haben sich darüber sehr aufgeregt, wie Sie sicher verstehen. Es war auch alles andere als das erste Mal. Aber es ist ja wichtig, dass auch die Kinder sich Gehör verschaffen und dass Malin versteht, dass sie sich in solchen Situationen nicht wohlfühlen. Mir ist es dann gelungen, sie zu beruhigen, auch Malin, die über die Reaktion der Kinder natürlich sehr traurig war. Ich konnte diesen Streit irgendwie in etwas Konstruktives verwandeln. Jeder durfte seine Meinung sagen, und am Ende sind wir gemeinsam zu der Entscheidung gekommen, dass Malin eine Auszeit nehmen sollte, eine Reha machen. Wir konnten uns sogar schon darauf einigen, dass sie möglichst umgehend eine Entzugsklinik in Östergötland besuchen sollte, die Malin selbst vorgeschlagen hatte.«

Sehr viel ›Ich‹, bemerkte Gerdin. Ein übersteigertes Selbstbild? Durchaus möglich. Danach kam ein kollektives ›Wir‹, das sich für das Beste für alle Beteiligten einsetzte. Kein Auge blieb trocken. Aber vor allem hatte er gezeigt, mit welcher Leichtigkeit er log. Wie einfach er seine Wahrheit der Situation anpasste. Plötzlich hatte Malin nicht einfach nur die Zahnbürste gepackt, um nach Uppsala zu fahren, wie Schmidt noch vor wenigen Minuten behauptet hatte. Die Frage war, ob sie überhaupt irgendwelche Reisepläne gehabt hatte. Ein Psychopath war ein pathologischer Lügner, aber galt das auch für Stefan Schmidt?

»Dann sind Sie mit den Kindern zur Tennishalle gefahren, und als Sie wieder zurückkamen, war sie weg?«, fragte Andersson.

Stefan Schmidt nickte düster.

»Und dann zogen Sie also die Schlussfolgerung, dass Malin, so wie Sie übereingekommen waren, das Auto genommen und nach Östergötland gefahren war?«

Gerdin musste heimlich lächeln. Stefan Schmidt änderte seinen Gesichtsausdruck und war jetzt äußerst zuvorkommend, auf Kumpelbasis mit Andersson.

»Sie verstehen natürlich, dass ich Malin in dem Zustand, in dem sie sich befand, das Autofahren *niemals* erlaubt hätte. Ich rief sie um halb vier an, um mich zu vergewissern, dass es ihr nach diesem aufreibenden Gespräch gut ging, aber es war besetzt. Dann fiel mir ein, dass wir ja diese Mein-iPhone-suchen-App auf allen unseren Handys installiert haben, also schaute ich nach, wo sie sich befand. Und es stellte sich heraus, dass sie sich auf der E4 in Richtung Uppsala bewegte. Ich ging davon aus, dass sie den Zug genommen hatte – die Bahnlinie verläuft ja direkt neben der Autobahn. Aber als ich später am Abend in die Garage fuhr, um den Firmenwagen zu parken, war der Audi nicht mehr da, und mir wurde klar, dass sie ihn genommen haben musste. Wir wissen ja alle, dass der Alkohol auf den Verstand schlägt. Danach konnte ich sie nicht mehr erreichen, ich dachte, dass ihr Akku vielleicht leer war.«

Er ortet sie mit der Mein-iPhone-suchen-App, weil besetzt ist, wenn er anruft, dachte Gerdin. Er ortet sie bestimmt von morgens bis abends mit dieser verdammten App, davon bin ich felsenfest überzeugt.

»Und als Sie am Donnerstag immer noch nichts von ihr gehört hatten, was dachten Sie da?«, fuhr Andersson fort und vertiefte ihr bereits so vertrauliches Verhältnis.

Stefan Schmidt scherte sich nicht mehr um die anderen, sprach im Augenblick nur noch mit Andersson. So wie er sich vorher nur an Westman beziehungsweise nur an Sjöberg gerichtet hatte.

»Dass sie sich schämte. Ich dachte, dass sie bei Opa in Uppsala saß und sich wegen der Szene schämte, die sich bei uns im Flur abgespielt hatte. Und weil sie betrunken Auto gefahren war. Dass sie sich darauf freute, sich endlich von dieser Abhängigkeit zu befreien. Sie tat mir unheimlich leid, und ich dachte, dass ich sie richtig verwöhnen würde, wenn sie wieder zu Hause war.«

»Sie hatten keine Pläne, zu ihr zu fahren und mit ihr zu reden?«

»Sie können sich ja denken, dass wir ein unheimlich gedrängtes Programm haben, die Kinder und ich. Ich rechnete natürlich damit, dass sie nach Hause kommen würde, sobald ihr Besuch bei Opa beendet war.«

»Und dann tauchten wir auf und begannen uns nach dem Auto zu erkundigen«, sagte Andersson.

»Ja. Und da wurde ich natürlich nachdenklich. Ich dachte, sie wäre nach Uppsala gefahren, um sich von ihrem Vater zu verabschieden, bevor sie nach Östergötland ging. Und dass sie von dort aus direkt in die Entzugsklinik gefahren wäre. Und dann hatte sie auf dem Weg nach Süden diesen Unfall. Weil sie sternhagelvoll war, wenn Sie mir den Ausdruck gestatten.«

»Sie wissen schon, dass der Alkohol auch irgendwann vom Körper abgebaut wird?«, sagte Gerdin, die sich zu diesem Einwand aufgefordert fühlte.

»Natürlich«, antwortete Stefan Schmidt, immer noch an Andersson gewandt. »Aber der Unfall könnte sich ja auch schon am frühen Mittwochabend ereignet haben.«

»Ihnen ist klar, dass Farsta nicht auf dem direkten Weg

von Uppsala nach Östergötland liegt?«, ärgerte Gerdin ihn weiter. »Ganz egal, wo in Östergötland diese Klinik liegt, ist die E4 die selbstverständliche Wahl.«

»Nicht, wenn man die Polizei meiden möchte«, sagte Stefan Schmidt und wandte sich jetzt hastig Gerdin zu, mit einem Blick, in dem sie etwas Dunkles auszumachen meinte.

Oder vielleicht wollte sie es auch nur sehen.

»Als Sie von dem Unfall hörten, machten Sie sich aber immer noch keine Sorgen um Malins Wohlergehen?«, hakte Sjöberg nach.

»Wie gesagt, ich bin von einem Autodieb ausgegangen.«

»Nein, Sie sagten, dass Sie glaubten, Malin wäre betrunken auf dem Weg nach Östergötland«, entgegnete ihm Gerdin.

»Das dachte ich erst, als Sie erzählten, dass das Blut auf dem Fahrersitz von Malin stammte«, antwortete Stefan Schmidt, der sich jetzt auf Sjöberg konzentrierte. »Natürlich mache ich mir Sorgen. Aber ich bin überzeugt davon, dass sie das Auto nur verlassen hat, weil sie Angst vor den Repressalien hat. Angst, wegen Trunkenheit am Steuer verurteilt zu werden. Wahrscheinlich schiebt sie alles auf einen Autodieb, wenn sie auftaucht.«

Gerdin hatte ihr Ziel zumindest zur Hälfte erreicht. Er verabscheute sie und weigerte sich, ihr in die Augen zu schauen. Er wusste, dass er sie nicht manipulieren, ihr irgendwelche Lügen und Halbwahrheiten unterjubeln konnte. Sie wusste, wie man mit Typen wie Stefan Schmidt umgehen musste. Nachdem sie mehr als dreißig Jahre mit einem Narzissten zusammengelebt hatte.

»Sind Sie sehr enttäuscht, wenn ich Ihnen erzähle, dass Malins Blut nicht die geringste Spur von Alkohol enthielt?«, fragte sie mit einem kleinen herablassenden Lächeln.

»Ganz im Gegenteil, es ist eine große Erleichterung«, antwortete Stefan Schmidt an Sjöberg gewandt.

»Warum?«, fragte Gerdin.

»Dann hat sie nachweislich nicht gegen das Gesetz verstoßen, sondern nur einen Unfall gehabt«, antwortete Stefan Schmidt in Sjöbergs Richtung.

»Sie empfinden es also als Erleichterung, dass Malin nur einen Unfall gehabt hat?«, hakte Gerdin weiter nach.

»Das sollte doch selbstverständlich sein, dass ich es nicht so gemeint habe«, antworte Stefan Schmidt an Sjöberg gewandt.

»Stört es Sie sehr, wenn Sie infrage gestellt werden?«, wandte Gerdin in einer härteren Gangart ein.

Sie merkte, dass die Kollegen ihr die Regie überlassen hatten, und hoffte, dass sie dieselben Beobachtungen machten wie sie.

»Haha«, lachte Stefan Schmidt in Sjöbergs Richtung, der nach einem gewissen Zögern mit einem kleinen Lächeln antwortete. »Aber das ist doch Ihr Job, oder? Alles infrage zu stellen?«

»Haben Sie ein Problem mit Autoritäten?«, bohrte Gerdin weiter nach. »Haben Sie sich vielleicht schon als Kind darüber aufgeregt, wenn Leute Sie von oben herab behandelten oder Lehrer Sie kritisierten?«

»Ich habe keine Ahnung, wovon Sie sprechen«, sagte Stefan Schmidt und begegnete zum ersten Mal seit langer Zeit ihrem Blick.

Nur um kurz darauf wieder Zustimmung in Sjöbergs Augen zu suchen. Doch Sjöbergs Miene zeigte keine Gefühle, unabhängig davon, ob er verstand, was Gerdin vorhatte, oder nicht.

»Warum sollen wir Ihnen glauben, dass Malin nach Uppsala unterwegs war?«

»Warum sollte ich Sie darüber belügen?«

Stefan Schmidt hatte mittlerweile die Hoffnung aufgegeben, Sjöberg für sich gewinnen zu können, und startete einen neuen Versuch bei Andersson. Sicher war nur, dass Gerdin die Einzige war, an die er sich niemals wenden würde, obwohl sie die Fragen stellte.

»Warum nicht? Wenn man bedenkt, dass viele andere Sachen, die wir von Ihnen gehört haben, ebenfalls gelogen waren. Soweit wir wissen, kann alles, was Sie sagen, die reinste Lüge sein.«

»Ist es denn so seltsam, dass ich der Polizei nicht sofort offenbaren will, dass meine Frau Alkoholikerin ist und außerdem betrunken Auto fährt?«

»Okay, sagen wir einfach, dass sie am Mittwochnachmittag nach Uppsala gefahren ist. Glauben Sie, dass sie dort einen Liebhaber hat? Sie ist ja nachweislich nicht dorthin gefahren, um ihren Vater zu besuchen.«

Stefan Schmidt lachte auf. Womöglich mit einem kleinen Hauch von Verachtung. Andersson lachte nicht mit.

»Malin hat keinen Liebhaber in Uppsala, das kann ich Ihnen garantieren.«

»Können Sie?«

»Ich kenne meine Frau. Sie kennt mich. Untreue spielt keine Rolle in unserer Beziehung. Das haben wir beide nicht nötig«, fügte er mit einem Lächeln in Anderssons Richtung hinzu.

Das blieb abzuwarten. Vielleicht hatte er Heidi ja doch seine Briefmarkensammlung zeigen wollen.

»Was, glauben Sie, hat sie dann in Uppsala gemacht?«

»Keine Ahnung. Vielleicht ist sie nie dorthin gefahren. Vielleicht hat sie es sich auf halber Strecke anders überlegt und gewendet, um zur Klinik zu fahren. Das ist das Einzige, was mir einfällt.«

Oder du hast sie umgebracht, dachte Gerdin. Du hast sie ermordet und mit dem Auto in den Wald gebracht, hast den Wagen gegen einen Baum gefahren und ein bisschen Blut verspritzt, damit es wie ein Unfall aussieht. Aber weil die Verletzungen des Körpers nicht zu den Schäden am Auto passten, musste die Leiche verschwinden. Was ganz offensichtlich auch der Fall war.

Freitagabend

Nach dem interessanten, auf dem Papier allerdings nicht besonders informativen Verhör mit Stefan Schmidt schickte Sjöberg seine Mannschaft ins Wochenende. Sie hatten die ganze Woche hart gearbeitet und zweifellos eine Erholungspause nötig. Einige mehr als andere – besonders Andersson. Trotzdem war Andersson der Erste, den er um 18.20 Uhr anrief, als der sich gerade seinen Freitagabenddrink serviert hatte. Als die Nachricht von der Polizei in Farsta kam, dass man in den Schlussminuten der heutigen Suchaktion den Körper gefunden hatte, nach dem man seit der Morgendämmerung gesucht hatte.

Sjöberg legte stets großen Wert darauf, dass sämtliche Beteiligten sich in einem frühen Stadium ein Bild des Tatorts oder der Fundstelle – was man eben gerade hatte – machen sollten. Dieses Mal betrachtete er es angesichts des späten und unpassenden Zeitpunkts, der im Augenblick herrschenden Wetterbedingungen sowie des Zustands der Leiche als gerechtfertigt, eine Ausnahme zu machen, allerdings nicht, was ihn selbst betraf.

Aber fünfundvierzig Minuten später, als er in Winterstiefeln und Goretexjacke auf dem kleinen Waldweg auf Farstanäset stand, zeigte sich, dass er mit seiner Auffassung nicht allein war. Das gesamte Team tauchte auf, inklusive Sandén, der die weiteste Anfahrt hatte und bei dem er gezögert hatte, ihn überhaupt zu informieren. Mit verbissenen Mienen folgten sie dem lokalen Einsatzleiter, der mit zielgerichteten Schritten das Nebengebäude von Grönvik ansteuerte, das am einsamsten und am weitesten vom Hauptgebäude entfernt lag. Eine verfallene, alte Scheune, an deren einer Giebelseite man den Misthaufen platziert hatte. Die Kälte habe es nach Ansicht des Einsatzleiters in einem gewissen Ausmaß erschwert, sich in den Misthaufen zu hacken, sie habe die Arbeit aus verständlichen Gründen aber auch angenehmer gemacht.

Allerdings hatte das, was man aus dem Misthaufen freigeschaufelt hatte, keine angenehmen Seiten. Vier schwarze Plastiksäcke mit den frischen Überresten einer nackten und zerstückelten Frau. Ihr Kopf und ihr Gesicht waren bis zur Unkenntlichkeit massakriert, aber nach den Haaren zu urteilen, konnte es keinen großen Zweifel daran geben, dass dies die Endstation von Malin Schmidts Reise war.

Sonntagnachmittag

Sjöberg hatte während des Wochenendes viel Zeit zum Nachdenken gehabt. Aber egal, wie er es drehte und wendete, konnte er nicht begreifen, warum Stefan Schmidt zunächst einen Unfall inszeniert hatte, nach dem seine verletzte Frau sich angeblich verirrt hatte und dann verschwunden war, wenn kurz darauf dieselbe Frau zerstückelt in einem Misthaufen ganz in der Nähe auftauchte. Wenn es Sommer gewesen wäre und die Leiche nicht in dicht verschlossenen Plastiksäcken gesteckt hätte, wäre der Körper möglicherweise von Bakterien und etlichen Kleinlebewesen zersetzt worden, bevor er gefunden werden konnte, was die Identifizierung und die Sicherstellung von Beweisen erschwert hätte. Natürlich war ein solcher Plan auch nicht schlechter als viele andere, und vielleicht wäre die Leiche auch nach Jahrzehnten noch nicht entdeckt worden. Aber es war kein Sommer. Die Leiche war in Plastiksäcke verpackt und steckte außerdem in einem gefrorenen Misthaufen, der sich weniger als einhundertfünfzig Meter vom Unfallwagen des Mordverdächtigen entfernt befand. Das Ganze wirkte so undurchdacht und unbegabt, dass es jeder Beschreibung trotzte. Es lenkte den Verdacht tatsächlich eher von Stefan Schmidt ab, statt ihn zu erhärten, wie man zunächst glauben würde. Sjöberg glaubte nicht, dass Stefan Schmidt so dumm war. Andererseits könnte man sich durchaus vorstellen, dass Schmidt so verschlagen war, dass er diese idiotische Vorgehensweise inszeniert hatte, nur um den Verdacht von sich abzulenken, aber es war immer noch sehr riskant, die Aufmerksamkeit dadurch zuerst auf sich zu ziehen. Er hätte das Auto in irgendeinem anderen Wald gegen einen Baum fahren können und wäre damit durchgekommen.

Folgerichtig war Malin Schmidt nicht von Stefan Schmidt ermordet worden. Oder Stefan Schmidt hatte das Auto nicht gegen den Baum gefahren. Er konnte sogar an beidem unschuldig sein, ganz egal, wie sicher sich Gerdin war, dass es sich bei ihm um einen Psychopathen handelte. Er könnte ja auch ein Psychopath sein, ohne seine Frau umgebracht zu haben, womit Gerdin trotzdem recht hätte. Persönlich war er in dieser Hinsicht eher skeptisch. Er hatte während des letzten Gesprächs zwar auch unangenehme Seiten an Schmidt entdeckt. Er hatte versucht, sie verbal und mit seiner Körpersprache zu manipulieren und zu täuschen, wofür Sjöberg nicht unempfänglich war. Gleichzeitig schien er ein moderner Familienvater zu sein, der Verantwortung für die Kinder und den Haushalt übernahm. Aber Gerdin hatte zu Recht darauf hingewiesen, dass er vielleicht nur eine Show abzog, denn man wusste nie, was hinter verschlossenen Türen geschah.

So weit waren seine Gedanken gediehen, als er am Sonntagnachmittag über Bella Hansson die Nachricht des SKL bekam. Die zerstückelte Leiche im Misthaufen war nicht Malin Schmidt, sondern Heidi Richter. Daraufhin stellten sich zwei Fragen: Machte es überhaupt einen Unterschied? Und wo waren die Überreste von Malin Schmidt?

Wie auch immer, das Wochenende war damit definitiv beendet.

*

»Das ist unangemessen«, meinte Stefan Schmidt. »Sie können nicht verlangen, dass die Kinder ihren Gegnern walkover geben, weil sie zum vierten Mal in ebenso viel Tagen mit mir reden wollen.«

»Trotzdem müssen wir darauf bestehen«, sagte Sjöberg. »Oder sie lösen die Transportfrage auf eine andere Weise. Taxi?«

»Vielleicht gehören Sie ja auch zu den Eltern, die am Rand des Spielfelds stehen und brüllen«, zog Gerdin ihn auf.

»Ganz und gar nicht. Aber ich möchte gerne dabei sein und sie unterstützen. Besonders dann, wenn es für einen von ihnen schlecht läuft.«

»Kein Problem, Papa«, sagte der Sohn – ein kleiner Flachskopf, der angeblich zehn Jahre alt war. »Ich muss nicht spielen.«

»Natürlich spielst du. Cassandra? Bist du umgezogen? Ich bestelle ein Taxi für euch.«

»Das kann ich auch machen«, sagte die Zwölfjährige, die jetzt im Flur auftauchte.

Sie war ziemlich klein für ihr Alter, schaute aber unheimlich abgeklärt und hatte einen festen Handschlag, bemerkte Sjöberg, als sie jeden der vier Polizisten begrüßte und sich ihnen vorstellte.

»Nette Kinder«, sagte Westman, als die Kinder verschwanden und zu dem wartenden Taxi hinunterliefen, das sie zum Verein und zu den Sonntags-Punktspielen brachte.

»Cassandra muss sich noch ein bisschen zurechtwachsen«, sagte Stefan Schmidt.

Warum?, dachte Sjöberg. Lass sie doch so lange wie möglich Kinder sein.

»Ich dachte, sie spielen, weil sie Spaß daran haben?«, sagte Gerdin.

»Das haben sie auch. Aber es macht mehr Spaß, zu gewinnen als zu verlieren. Aber Sie haben natürlich recht. Sport soll vor allem Spaß machen.«

Versöhnlich und mit einem freundlichen Lächeln. Er hatte es vielleicht satt, sich ständig mit Gerdin auseinanderzusetzen.

»Irgendetwas Neues von Malin?«, fragte er dann, jetzt mit gerunzelter Stirn.

Sie saßen wie beim letzten Mal in den Sesseln rund um den Couchtisch. Stefan Schmidt selbst hatte sich nach vorn gebeugt und die Hände zwischen die Knie geklemmt. An der Wand hing ein großer Plasmafernseher, zu dem er die ganze Zeit hinüberschielen musste. Ein Tennismatch, im Augenblick ohne Ton.

»Leider nicht«, antwortete Sjöberg. »Können Sie den Fernseher abschalten, bitte?«

Stefan Schmidt tat, worum er gebeten wurde, ohne sichtbare Unzufriedenheit. Sjöberg hatte das Gefühl, dass Tennis ihm mehr bedeutete, als er zeigen wollte.

»Ein paar neue Ideen, was ihr Verschwinden betrifft?«, fragte Sjöberg.

»Nein. Ich mache mir große Sorgen, das können Sie sicher verstehen. Das Ganze ist ein großes Rätsel.«

»Haben Sie etwas dagegen, wenn ich mich ein bisschen umsehe?«, fragte Andersson.

»Ganz und gar nicht. Ich habe ja nichts zu verbergen«, antwortete Stefan Schmidt mit einem Lachen, worauf Andersson sich erhob und den Raum verließ.

»Wir haben schlechte Nachrichten«, sagte Sjöberg. »Sehr schlechte Nachrichten sogar, die Sie sehr belasten.«

»Ich dachte, Sie sagten, dass Malin …«, erwiderte Schmidt und sah unruhig und fragend zugleich aus. »Dass Sie nichts Neues über sie hätten.«

»Während der Suche nach Malin haben wir draußen im Wald eine Leiche gefunden. Einen Körper, den wir zunächst für Malins hielten. Aber es zeigte sich, dass es Heidi Richter war. Die verschwundene Frau, über die wir am Donnerstag mit Ihnen gesprochen hatten.«

»Was sagen Sie?«, sagte Stefan Schmidt bestürzt. »Wie tragisch.«

»Ja, tatsächlich. Eine junge Frau, die an einem Freitagabend mit ihren Freundinnen ausgeht, in falsche Gesellschaft gerät und ermordet und zerstückelt wird.«

»Zerstückelt? Du lieber Gott.«

Stefan Schmidt schüttelte den Kopf und schien das Elend der Welt zu beklagen, die Menschen und die Zeit, in der wir leben. Nichts in seinem Gesicht sagte etwas anderes.

»Jetzt verstehen Sie vielleicht, warum ich nicht so erpicht darauf bin, die Kinder mit einem fremden Taxifahrer loszuschicken«, sagte er.

»Sie hätten sie ja zu Hause lassen können«, warf Gerdin ein.

»Apropos Taxifahrer ...«, sagte Sjöberg.

»Schauen Sie Internetfernsehen?«, unterbrach ihn Westman.

Sjöberg wusste nicht, worauf sie hinauswollte, war aber trotzdem neugierig auf die Antwort. Auch Gerdin sah gespannt und ein bisschen überrascht aus.

»Äh ... das ist wohl das eine oder andere Mal passiert«, antwortete Stefan Schmidt. »Aber es gehört nicht zu den Dingen, die ich öfter mache.«

»TV3 Play? Haben Sie das schon einmal gesehen?«

»Das kann ich mir kaum vorstellen. TV3 schaue ich nur selten.«

»Da ist etwas sehr Seltsames passiert, verstehen Sie«, fuhr

Westman fort, die im Gegensatz zu Gerdin nicht einmal ansatzweise ironisch klang.

Sjöberg begann zu verstehen, worauf sie hinauswollte. Gerdin ebenfalls, denn sie konnte ein kleines Lächeln nicht unterdrücken, das sich gerade in ihrem Gesicht ausbreitete.

»Sie erinnern sich an den Tipp, der uns zu Ihnen geführt hat?«

Doch, daran erinnerte sich Stefan Schmidt, obwohl es seine Stimmung nicht gerade aufhellte.

»Nur eine Stunde, nachdem wir mit Ihnen gesprochen hatten, ging ein neuer Tipp bei uns ein. Ein anonymer Anrufer meinte, gesehen zu haben, dass Heidi Richter das *Malmen* mit einem Taxi verlassen hat, das von Johnny Wetterhag gefahren worden ist. Johnny wurde im Programm erwähnt und gebeten, sich wegen des anderen Vermisstenfalls bei der Polizei zu melden, der im Anschluss an die Fahndung nach Heidi Richter gesendet wurde. Wissen Sie, was ich denke?«

»Nein, das weiß ich nicht«, seufzte Stefan Schmidt und warf einen Blick auf die Uhr.

»Wer hat einen Nutzen davon, das Interesse von dieser Adresse abzulenken? Wem hilft es, wenn der Zeuge, der uns hierhergeführt hat, unzuverlässig wirkt? Ich habe schon eine ganze Weile darüber nachgedacht und bin zu dem Ergebnis gekommen, dass nur jemand, der an dieser Adresse wohnt, einen Nutzen davon hat. Sie, zum Beispiel. Denn als Sie erfahren haben, dass wir Sie nur wegen eines Tipps aufgrund der Sendung *Vermisst* besucht haben, zogen Sie die Schlussfolgerung, dass der Anrufer ein Taxifahrer gewesen sein muss, weil wir uns in erster Linie für die Adresse interessierten und nicht für Sie. Sobald wir gegangen waren, schauten Sie sich diesen Abschnitt von

Vermisst auf TV3 Play an. Und entdeckten, dass es einen anderen Taxifahrer gab, der ebenfalls wegen dieses Freitagabends in die Schusslinie geraten war. Also, warum sollte man die Polizei nicht ein bisschen verwirren, indem man einen weiteren Tipp platzierte, der außerdem in eine sehr interessante Richtung zeigte?«

Sjöberg nickte Westman bewundernd zu und übernahm wieder die Regie.

»Fakt ist, Herr Schmidt, dass in der letzten Zeit zwei Frauen in Ihrer näheren Umgebung verschwunden sind. Die eine haben wir zerstückelt nur einen Steinwurf von Ihrem Auto entfernt gefunden, und die andere hinterließ nur eine Blutlache.«

Stefan Schmidt streckte die Arme aus und suchte Unterstützung bei irgendjemandem, indem er mit einem verzweifelten Lächeln schließlich bei Andersson landete, der gerade ins Wohnzimmer zurückkehrte.

»Ich weiß nicht, ob ich lachen oder weinen soll. Sie können doch nicht ernsthaft glauben, dass ich dieses Mädchen ermordet und zerstückelt und dann mein Auto direkt in der Nähe abgestellt habe?«

»Was sollen wir Ihrer Meinung nach denn glauben?«, erwiderte Sjöberg.

»Halten Sie mich für einen Idioten?«, sagte Stefan Schmidt und wandte sich wieder an Sjöberg, weil Andersson kein Interesse an ihm zeigte.

»Das kann ich nicht beurteilen«, sagte Sjöberg.

»Ich finde, das meiste deutet darauf hin, dass meine Frau auf dem Weg zur Entzugsklinik das Auto in den Graben gefahren hat, eine Gehirnerschütterung erlitten und sich verirrt hat. Und dass Sie auf der Suche nach ihr zufällig etwas anderes finden, was nicht das Geringste mit Malins Verschwinden zu tun hat.«

»Aber wir mögen keine Zufälle«, widersprach Gerdin. »Zum Beispiel, dass zwei Frauen fast gleichzeitig verschwinden, dass das Blut der einen in Ihrem Auto gefunden wird und dass wir direkt in der Nähe die sterblichen Überreste der anderen finden. Und dass Sie nach Strich und Faden lügen, wenn wir Sie wegen des Verschwindens Ihrer Frau befragen.«

»Ich habe nicht gelogen!«, rief Stefan Schmidt und verlor zum ersten Mal die Beherrschung. »Ich wollte nur nicht, dass Sie erfahren, dass meine Frau alkoholisiert war und in diesem Zustand gefahren ist!«

Bezeichnenderweise war es Gerdin, die ihn dazu getrieben hatte, aber Sjöberg gab ihr recht; wenn er wütend war, flackerte etwas in seinen Augen auf, mit dem nicht zu spaßen war. Vielleicht hatte Heidi das Pech gehabt, dieses Dunkle zum Leben zu erwecken. Vielleicht war es dieser Blick, der Malin ins Verderben gestürzt hatte. Gerdin meinte, dass man das Eisen schmieden sollte, solange es warm war, also ließ sie sich nicht zum Schweigen bringen.

»Ich frage Sie noch einmal: Stört es Sie sehr, wenn Sie infrage gestellt werden? Womöglich sogar von einer Frau? Fühlen Sie sich dann erniedrigt? Ich möchte nicht allein mit Ihnen sein, wenn Ihr Blick so finster wird wie eben gerade. Ist es womöglich das, was Heidi passiert ist?«

»Ich kenne diese Heidi nicht, ich bin ihr nie begegnet«, sagte Stefan Schmidt, der jetzt wieder die Ruhe selbst war. »Wie ich es von Anfang an gesagt habe. Ich habe eine Frage: Jetzt wo Sie Heidi gefunden haben – also ihre sterblichen Überreste –, bedeutet das, dass Sie die Suche nach Malin eingestellt haben?«

»Die Suchtrupps waren den ganzen Tag unterwegs«, antwortete Sjöberg. »Im tiefen Schnee und bei zehn Grad minus. Ungeachtet dieses Funds hätte es keinen Sinn mehr gehabt, noch länger zu suchen. Wenn Malin dort irgendwo unter dem Schnee liegt, ist sie tot.«

»Unfassbar«, sagte Stefan Schmidt betrübt. »Ich kann es einfach nicht glauben.«

Sjöberg dachte an die wohlerzogenen Kinder. Hoffte, dass sie nicht beide Eltern verlieren würden. Sein nächster Gedanke war eine Vision von ihrem Vater, der brüllend an der Seitenlinie stand. In schätzungsweise zwanzig Minuten, wenn er den Abstand zur Königlichen Tennishalle nicht falsch einschätzte.

*

Julia saß am Küchentisch und lernte, als Andersson wieder nach Hause kam. Er hatte keine Ahnung, wie er ihr die schreckliche Nachricht beibringen sollte. Er hatte nichts gesagt, bevor er gegangen war, denn er konnte den Gedanken nicht ertragen, sie nur einen Augenblick später sich selbst überlassen zu müssen. Heidis seltsames Verschwinden und Olas Ermordung waren schon schlimm genug. Er war sich jedenfalls sicher, dass es ein Mord war, auch wenn konkrete Beweise fehlten. Aber der Zwischenfall bei Julia, die SMS-Kommunikation, das neue Abschleppseil, das Fehlen eines Abschiedsbriefs und die Kombination aus stark aromatischem Schnaps und Schlafmittel reichten aus, um Andersson und den Rest des Teams davon zu überzeugen, dass Ola Berg mit Absicht getötet worden war. Er war sich allerdings nicht so sicher wie Gerdin, dass der seiner Einschätzung nach ziemlich sympathische Stefan Schmidt hinter diesen Gewalttaten steckte. Einschließlich derjenigen, die an seiner Ehefrau und der Mutter seiner Kinder verübt wurde, was ihm ein bisschen an den Haaren herbeigezogen vorkam. Gerdin hatte zwar die Fähigkeit, in einem Verhör alle nach ihrer Pfeife tanzen zu lassen, so wie er es gerade erlebt hatte, aber Andersson, der sich in der Wohnung umgesehen hatte, hatte weder TV3 Play im Browserverlauf des Computers gefunden noch im Kleiderschrank oder im Wäschekorb irgendein blau-weiß gestreiftes Hemd mit weißem Kragen. Dagegen hing eine schwarze Canada-Goose-Jacke in einem Schrank im Flur, aber wie Julia schon gesagt hatte, war Schmidt lange nicht der Einzige, der eine solche besaß.

Julia begrüßte ihn an der Tür, war direkt aufgesprungen, als sie hörte, wie er den Schlüssel ins Schloss steckte. Mit gemischten Gefühlen nahm er sie in den Arm und küsste sie.

»Wir müssen reden«, war alles, was er herausbrachte.

Sie schaute ihn an und verstand. Jetzt standen wieder traurige Neuigkeiten an, jetzt half es nicht, sich mit Humor und einer scharfen Zunge zu wappnen. Er liebte diese Seite an ihr; die Sensibilität, die sich hinter ihrer harten, selbstbewussten Oberfläche versteckte. Diese Leichtigkeit, mit der sie das Innere nach außen wenden, die Klauen einziehen und ihre weiche Seite zeigen konnte. Bei sich selbst fand er weder diese harte noch diese weiche Seite, er war irgendetwas dazwischen, und das war er auch konstant.

Er nahm Julia an der Hand und führte sie zum Sofa, legte sich hinter sie und hielt sie fest. Flüsterte ihr die schlimmen Nachrichten ins Ohr, erzählte mit leiser Stimme und dem Mund in ihrem Nacken. Er würde sie auffangen, wenn sie fiel.

»Heidi ist tot«, sagte er. »Heidi wurde von jemandem ermordet, der eine große Wut in sich trug. Jemand hat ihr die ganze Kleidung abgenommen und ihren Kopf und ihr Gesicht bis zur Unkenntlichkeit zertrümmert. Ich weiß nicht, wie lange sie leiden musste oder ob sie bei Bewusstsein war, als es geschah. Aber ich erzähle es dir jetzt gleich, damit du nicht fragen musst. Danach wurde sie in kleine Teile zersägt, damit sie leichter verpackt und abtransportiert werden konnte. Der Mörder legte sie in vier Plastiksäcke und fuhr sie zu einem abgelegenen Hof auf Farstanäset. Dort begrub er sie ganz unten in einem Misthaufen, der aller Wahrscheinlichkeit nach in der Nacht, in der sie verschwand, noch nicht gefroren war, aber am Freitagabend, als man sie fand. Wir tun alles, was in unserer Macht steht, damit jemand für dieses schreckliche Verbrechen bestraft wird. Und für den Mord an Ola. Es tut mir leid, Julia. Es tut mir ganz furchtbar leid.«

Julia weinte leise, mit bebenden Schultern. Er saugte den Duft ihrer Haut und ihrer Haare ein, ihrer Trauer. Bedauerte in gewisser Weise, dass er sie nicht teilen konnte. Mit seinem großen Körper versuchte er so viel wie möglich von ihrem kleinen Körper zu umschließen. Er hoffte, dass sie spürte, wie viel sie ihm bedeutete. Dass er niemals zulassen würde, dass ihr etwas zustieß.

Sonntagabend

Simon Sjöberg hatte alles sorgfältig geplant. Er hatte einen DIN-A4-Zettel an die Anschlagtafel im Hauseingang gehängt. So einen mit Abschnitten, auf denen die Telefonnummer stand und die man abreißen konnte, wenn man interessiert war. »Erfahrener Babysitter sucht Aufgabe. Rufen Sie Simon, 13 Jahre, an, um Ihrem Kind einen denkwürdigen Abend zu bereiten. Nur 50 Kronen pro Stunde!« Dann hatte er die Hälfte aller Abschnitte abgerissen, damit es so aussah, als wäre er eine absolut denkbare Alternative für zumindest fünf Familien mit Kindern, die an der Anschlagtafel vorbeigekommen waren. Eigentlich zweifelte er daran, dass in diesem Haus fünf Familien mit Kindern wohnten, weil er nur einen einzigen Kinderwagen im Treppenhaus gesehen hatte.

Der Plan war einfach und ungefährlich. Sein Vater hatte, nichts Böses ahnend, seiner Mutter erzählt, dass Majken um sechs bei ihrem Vater abgegeben werden sollte, dass dieser Pontus ziemlich heruntergekommen war und wahrscheinlich jeden Tag Drogen nahm und trank. Und dass er jede Menge Junkiekumpels zu Gast hatte, mit denen er feierte. Die Frage war, ob Majken darunter litt, und Simon hatte sich vorgenommen, die Antwort darauf zu finden. Getarnt lediglich durch das scheinheilige Lächeln des erfahrenen Babysitters. Simon war mit seinen vier kleineren Geschwistern schließlich alles andere als unerfahren, was den Umgang mit Kindern betraf, aber ehrlicherweise fand er es sogar lustiger, zu duschen und sich die Haare zu waschen, als auf kleine Kinder aufzupassen. Obwohl man kein Geld damit verdiente, sich sauber zu halten.

Um sechs Uhr, als Jens mit der kleinen Majken erschien, stand Simon hinter einer Fensterscheibe auf der anderen Seite der Straße und beobachtete sie. Zehn Minuten, nachdem Jens gefahren war, schritt er zur Tat. Er öffnete die Haustür mithilfe der Zahlenkombination, die er sich bei einem der Bewohner abgeschaut hatte, und ging zu der Tür hinauf, auf der Örstedt stand. Dann klingelte er und hoffte, dass nicht die kleine Majken als Erste kommen und ihn enttarnen würde.

»Hallo, ich heiße Simon«, sagte er zu dem Mann, der die Tür geöffnet hatte.

Ein Typ mit eingebildeter Visage und müden Augen.

»Ich habe den Kinderwagen hier vor der Tür gesehen und wollte fragen, ob Sie nicht Interesse an einem Babysitter hätten.«

»Eher nicht«, sagte der Mann und wollte die Tür direkt wieder schließen, als Majken angelaufen kam.

Jetzt galt es, schnell zu sein. Simon ging in die Hocke und lächelte über das ganze Gesicht.

»Hallo, meine Kleine! Ich heiße Simon.«

»Immo, Immo«, sagte Majken und warf sich ihm mitsamt ihrem Gipsarm um den Hals.

»Hoppla«, sagte Simon und spielte den Überraschten. »Die meisten Kinder scheinen mich zu mögen. Du kannst aber schon gut sprechen. Hast du gehört, dass ich Simon heiße?«

»Immo, Immo«, sagte Majken fröhlich.

»Hast du dir wehgetan?«

Majken nickte.

»Sind Sie sich wirklich sicher, dass Sie heute Abend

keinen Babysitter brauchen?«, sagte Simon und wandte sich wieder dem Mann zu.

Der überlegte eine Weile, und schon war Simon in der Wohnung.

»Wie heißt du denn, meine Kleine?«, fragte Simon dumm. »Wie heißt sie?«

»Acke, Acke«, antwortete Majken.

»Majken«, antwortete Pontus.

In der Wohnung befanden sich weitere vier Personen. Ein bärtiger und schweigsamer Mann, der an einen Taliban erinnerte, ein Bodybuilder mit rasiertem Kopf, ein anderer groß gewachsener Mann mit Tätowierungen auf dem ganzen Arm und einer Narbe zwischen der Oberlippe und der Nase sowie ein ungepflegter Typ mit irrem Blick, der in allzu großen Jeans steckte, die ihm die ganze Zeit hinunterzurutschen drohten, und der einen Pulli mit hochgeschlagener Kapuze trug. Die meisten von ihnen rauchten, sodass die ganze Wohnung in Lützens Nebel gehüllt war, wie sein Vater es ausgedrückt hätte. Der Fernseher war eingeschaltet, es lief ein Gewaltfilm, wie seine Mutter es ausgedrückt hätte. Auf dem Wohnzimmertisch standen ein Aschenbecher, Dosen, Flaschen, Gläser und altes Sushi, das seine besten Tage schon hinter sich zu haben schien. Majken lief zum Tisch und griff nach dem unappetitlichen Fisch.

»Nicht essen«, sagte Pontus. »Komm.«

Dann nahm er Majken auf den Arm und trug sie mit Simon im Schlepptau in die Küche. Einige der Männer starrten ihn an, aber keiner grüßte. Die Kapuzenjacke redete ununterbrochen, lange, unbegreifliche Monologe, die niemanden zu interessieren schienen. Simon fand die ganze Situation abstoßend und dachte dabei eher an Jenny als an Majken. Hatte sie sich diese Gesellschaft ausgesucht?

»Gib ihr was zu essen«, sagte Pontus und stellte Majken auf dem Boden ab. »Such dir etwas aus dem Kühlschrank aus. Und hier ist die Speisekammer, da gibt es vielleicht Makkaroni.«

»Ich finde schon was«, sagte Simon. »Wollen Sie ausgehen?«

»Wahrscheinlich. Wie lange kannst du bleiben?«

»Ich weiß nicht«, antwortete Simon aufrichtig. »Bis neun vielleicht? Sind Sie dann wieder zu Hause?«

»Sieh einfach zu, dass sie einschläft, dann kannst du gehen, wann es dir passt. Du musst nur die Tür hinter dir zuziehen.«

»Aber wenn sie aufwacht ...?«

»Das wird sie nicht.«

»Aber wenn?«

»Sie bekommt die Wohnungstür nicht auf, wenn es das ist, woran du gedacht hast.«

»Ich dachte an das ganze Bier und den Alkohol ... und die Zigarettenkippen. Ist das nicht gefährlich?«

Pontus lachte und schlug ihm eine Hand auf den Rücken.

»Schön, dass du deine Aufgabe ernst nimmst, Junge. Aber Majken mag kein Bier und keinen Schnaps. Und auch keine Fluppen, schätze ich mal. Aber die Kippen kannst du ja wegräumen, wenn du dir solche Sorgen deswegen machst.«

»Wenn ich nicht hier gewesen wäre, hätten Sie dann ... die Aschenbecher stehen gelassen?«

»Soll das hier ein verdammtes Verhör werden, oder was?«

Pontus sah misstrauisch aus, und Simon merkte, dass er zu weit gegangen war.

»Nein, verdammt. Ich dachte nur an meine kleine

Schwester. Sie mussten ihr den Magen auspumpen, weil sie sich Kippen reingestopft hat«, log er.

»Echt jetzt? Dann muss ich in Zukunft wohl besser aufpassen. Aber du räumst auf, wenn wir gegangen sind, okay?«

»Alles? Das ganze Wohnzimmer?«

»Hast du irgendwas dagegen?«

»Äh ... nein.«

»Also, abgemacht.«

Dann zog er seine Brieftasche hervor und holte drei Hunderter heraus, die er Simon gab.

»Das ist für die Arbeit. Aber dann musst du auch bis neun bleiben, wie du gesagt hast.«

»Kein Problem. Wollen wir jetzt etwas für dich kochen, Majken?«

»Nein. Ussi.«

»Nein, kein Sushi. Das ist irgendwie nicht mehr gut. Komm, wir gucken, was es in der Speisekammer gibt.«

Pontus verließ die Küche. Simon nahm Majken auf den Arm und öffnete den Schrank. Sie roch nach Rauch.

»Spaghetti – magst du die, Majken?«

»Getti«, sagte Majken.

»Gibt es irgendwo einen Topf, weißt du das?«

»Nein!«

»Natürlich gibt es einen Topf. Schau mal!«

»Schau mal!«

»Dann koche ich jetzt Spaghetti für dich.«

Er hielt Majken immer noch auf dem Arm, als er Wasser in den Topf ließ und den Herd anstellte. Die Stimmen im Wohnzimmer wurden jetzt lauter. Das unbegreifliche Geschwafel der Kapuzenjacke untermalte wie ein irritierendes Hintergrundgeräusch einen Streit, der anscheinend langsam hochkochte.

»Wollen wir spielen, während wir warten? Hast du ein paar Spielsachen?«, fragte Simon.

»Pielen«, sagte Majken und wollte sich aus seinem Griff befreien, um auf den Boden zu kommen.

Er ließ sie hinunter, und sie rannte aus dem Zimmer und zu Pontus. Der nahm sie auf das Knie. Der mit der Hasenscharte und den Tätowierungen schimpfte ihn und den Bodybuilder aus, der Taliban war still. Simon hatte keine Ahnung, worum es bei dem Streit ging, aber es schien mit Geld zu tun zu haben. Pontus wippte Majken auf den Knien, gestresst, ruckartig. Brüllte den Hasenschartigen an und zog den Bodybuilder auf seine Seite. Der Taliban stand mit einer Bierflasche in der Hand auf und sah bedrohlich aus, Simon wusste nicht, auf welcher Seite er stand. Majken lachte und pikste Pontus grob mit dem Finger ins Gesicht. Er setzte seine lautstarke Vorlesung fort, zeigte mit der ganzen Hand in die Richtung des Taliban und setzte Majken auf dem Boden ab.

»Komm, Majken, wir spielen jetzt!«, rief Simon, um Pontus und den Hasenschartigen zu übertönen.

Majken lief auf ihn zu, und gemeinsam gingen sie ins Schlafzimmer, in dem ein riesiges Durcheinander herrschte. Allerdings ohne ein einziges Spielzeug, soweit Simon sehen konnte. Und ein Kinderbett fehlte ebenso wie ein Kindersitz am Küchentisch. Auf dem Bett stand eine Tasche. Simon dachte, dass sie vielleicht Majkens Sachen enthielt, und wollte sie gerade öffnen, als der Bodybuilder hereinstürzte.

»Was zum Teufel machst du da?«, schrie er, und Simon hielt in der Bewegung inne.

Auf dem Boden stand Majken, mitten zwischen ihm und dem Bodybuilder, der mit voller Fahrt auf ihn zukam. Er bemerkte nicht, dass ihm ein kleines Mädchen mit eingegipstem Arm im Weg stand, oder vielleicht war es ihm auch egal, und stieß sie zu Boden. Simon hob die Hände und zog sich zurück, Majken begann zu schreien.

»Sorry«, sagte er. »Ich dachte, es wäre Majkens Tasche. Ich habe nach Spielzeug gesucht.«

»In dieser Tasche gibt es kein verdammtes Spielzeug, merk dir das«, sagte der Bodybuilder und baute sich vor ihm auf.

Simon reichte ihm bis zur Brust, Majken schrie, dass sich die Trommelfelle bogen. Pontus kam ins Zimmer und hob die Hände in einer beruhigenden Geste.

»Jetzt komm mal runter, Lunde, alles easy. Der Junge hat es nicht böse gemeint.«

Und dann zu Simon: »Piss off. Ihr sollt in der Küche sein.«

Majken schien er überhaupt nicht zu bemerken. Mit einem Puls von über einhundertachtzig trottete Simon zurück in die Küche. Das Pastawasser kochte, aber er setzte sich mit Majken auf dem Schoß auf einen Küchenstuhl.

»Tut es weh, Majken? Wo tut es denn weh? Soll ich pusten?«

Majken streckte ihre freie Hand aus, Simon pustete, und Majken schluchzte. Er küsste sie auf das Haar und schaukelte sie ein bisschen, dachte, dass es vielleicht so zugegangen sein könnte, als sie sich den Arm brach. Jenny würde sie niemals auf diese Weise behandeln, das wusste er. Dann stand er auf und gab die Spaghetti in das kochende Wasser, drückte sie mit einer Gabel runter, die er in der Spüle gefunden hatte.

Die Männer hatten sich beruhigt. Sie schrien einander nicht mehr an, sondern lachten über irgendetwas. Stießen an und tranken. Er behielt Majken auf dem Schoß, bis die Pasta fertig war, spielte Hoppe, hoppe, Reiter. Schaute auf die Uhr und stellte fest, dass es erst kurz vor sieben war. Simon hoffte, dass die fünf Männer bald gehen würden.

Und versprach sich selbst, nie wieder den Babysitter zu spielen.

Mit der Küchenschere schnitt er die Spaghetti in kurze Stücke, mischte ein bisschen Butter darunter und stellte den Teller vor Majken auf den Tisch, nachdem er ein paar zusammengelegte Geschirrtücher auf dem Stuhl platziert hatte, damit sie hoch genug saß. Er hoffte, dass sie nicht auf den Boden rutschen würde, und dachte, dass es Christoffer und Jonathan in ihrem Alter auf jeden Fall so ergangen wäre, wenn sie keinen Hochstuhl gehabt hätten. Aber sie war jetzt ruhiger geworden, seit er gekommen war, ein bisschen mitgenommen von dem Sturz und dem ganzen Weinen, vermutete er.

»Jetzt werde ich dich filmen, Majken. Danach kannst du dir angucken, wie du beim Essen aussiehst.«

»Gucken«, sagte Majken mit Spaghetti im ganzen Gesicht.

Er schaltete die Handykamera an und filmte Majken eine Weile, während sie herummanschte. Hielt an und begann von vorn. Hielt noch einmal die Kamera darauf, stellte aber sofort das Wohnzimmer schräg hinter ihr scharf, in dem die fünf Männer jetzt ziemlich leise miteinander redeten und sich über den Tisch beugten. Er versuchte jeden von ihnen heranzuzoomen, aber es war unmöglich, festzustellen, ob es ihm gelungen war oder ob die Bilder zu verschwommen waren. Dann schickte er den Film mit einer Mail an sich selbst und löschte ihn. Wiederholte die ganze Prozedur ein weiteres Mal, und jetzt begann es im Wohnzimmer auch wieder lebendiger zu werden. Die Kapuzenjacke schien streitlustig zu sein und warf eine Flasche gegen die Wand. Der Hasenschartige hob ein Stück vom Flaschenhals auf und drohte ihm damit. Zog ihn mit der Scherbe unter dem Kinn auf die Füße. Brüllte ihn an, dass es Zeit sei, nach

Hause zu gehen, und schleppte ihn in den Flur. Pontus saß nur daneben und lachte, es schien ihm total egal zu sein. Der Bodybuilder gab ihm eine Ohrfeige, worauf er wieder zu schimpfen und zu brüllen begann. Das lenkte den Hasenschartigen ab, der sich umdrehte und einen Blick in Pontus' Richtung warf, was dem Irren in der Kapuzenjacke die Chance gab, ein Messer zu ziehen, das er anscheinend irgendwo versteckt gehabt hatte. Simon traute seinen Augen nicht, aber er konnte nicht aufhören zu filmen. Die Kapuzenjacke startete eine Attacke, die der Hasenschartige parierte. Er nahm ihm das Messer ab und knallte ihn gegen die Tür. Der Taliban war mittlerweile aufgestanden und hatte sich hinter den Hasenschartigen gestellt, worauf Simon keinen Blick mehr in den Flur und auf die vermutlich ausgezählte Kapuzenjacke hatte. Deshalb schrak er aus seiner gebannten Aufmerksamkeit hoch und beendete schnell die Filmaufnahme. Er schickte sie wieder los, dieses Mal allerdings als MMS an seinen Vater. Und an Jens. Danach löschte er den Film und die Nachrichten, und als er aufschaute, sah er plötzlich, dass der Bodybuilder sich über ihn beugte.

»Und was soll das hier werden, junger Mann?«, fragte er mit einem bösartigen Lächeln.

»Ich habe Angst bekommen«, gestand Simon und konnte die Tränen nicht stoppen, die in seine Augen traten.

»Hast du jemanden angerufen?«

»Nein, ehrlich nicht.«

»Und was zum Teufel machst du da gerade? Schickst du jemandem eine SMS?«

»Nein, verdammt. Schauen Sie doch nach«, sagte Simon mit einem kindlichen Zittern in der Stimme und hielt ihm das Handy hin.

Der Bodybuilder nahm es und schaute nach.

»Und wozu hattest du dein Handy dann in der Hand, wenn du nichts damit getan hast?«

»Ich habe nichts getan, ich schwöre.«

Der Bodybuilder verpasste ihm eine ordentliche Ohrfeige, die ihm noch lange in den Ohren dröhnte, und jetzt begannen ihm die Tränen die Wangen hinunterzufließen. Ob das eine mit dem anderen zu tun hatte, wusste er nicht, aber jetzt begann auch Majken laut zu weinen. Pontus kam auf wackeligen Schritten in die Küche. Er sah fertig aus und klang seltsam, als er sprach.

»Was zum Teufel machst du hier, Lunde? Du schlägst hier bei mir zu Hause keinen Babysitter, verstanden? Nicht vor Majkens Augen! Sie mag den Jungen, und du erschreckst sie.«

Er stellte sich zwischen Simon und diesen aufgepumpten Lunde und hob Majken vom Stuhl. Streichelte ihre Haare auf schwankenden Beinen; sie beruhigte sich wieder.

»Er hat irgendwas mit dem Handy gemacht, Pontus. Ich wollte nur wissen, was. Hast du Fotos gemacht? Filme?«, fragte er und untersuchte weiter das Handy.

»Ich wollte Majken nur den Film zeigen«, schluchzte Simon. »Ich habe sie gefilmt, während sie aß, und es sah lustig aus.«

»Lass sehen«, sagte Pontus und riss dem Bodybuilder das Handy aus der Hand.

Er tippte ein bisschen darauf herum und hielt es Majken vor die Augen.

»Schau mal, Liebling! Da ist Majken und isst Spaghetti!«

Majken schaute mit großen Augen auf das Display und begann zu lachen und zu zeigen.

»Du bist echt durchgeknallt«, sagte Pontus und warf Lunde einen finsteren Blick zu. »Babysitter verprügeln? Verdammter Idiot.«

Und als sich alles wieder beruhigt zu haben schien, klingelte es an der Tür. Pontus ging mit Majken im Arm in den Flur und öffnete. Vor der Tür standen vier Streifenpolizisten, von denen Simon niemanden kannte.

»Bewohner des Hauses haben sich bei uns beschwert«, sagte einer von ihnen und schaute auf den bewusstlosen Irren auf dem Fußboden. »Hier scheint es ja wild zuzugehen. Zu wem gehört das Kind?«

»Das ist meine Tochter«, antwortete Pontus kleinmütig, immer noch mit dieser seltsam nasalen Stimme.

»Ich nehme sie so lange«, sagte einer der Polizisten aus der zweiten Reihe.

»Können Sie bitte die Hände hinter den Kopf falten und sich auf den Boden legen«, sagte der Erste, stieg über den Mann in der Kapuzenjacke hinweg und ging weiter in den Flur. »Das gilt für Sie alle. Runter auf den Boden, die Hände in den Nacken.«

Simon wusste nicht, ob dies auch für ihn galt, ob der Polizist die Wahrheit sagte oder ob sein Vater oder Jens sie geschickt hatten. Als er gerade die Hände hob, wurde er angesprochen.

»Wohnst du auch hier?«, fragte der Polizist.

»Nein, ich bin nur der Babysitter«, antwortete Simon kleinlaut.

»Dann kannst du deine Sachen einsammeln und draußen warten.«

Es war ein unwirklicher Anblick, wie die drei unangenehmen Typen auf die Knie gingen und sich dann auf den Bauch legten. Mit Pontus hatte er allerdings ein kleines bisschen Mitleid.

*

Nach einem leckeren Abendessen, das sie gemeinsam zubereitet hatten, setzten sie sich mit einem Glas Cognac aufs Sofa und begannen, sich die vierte Staffel von *The Wire* anzuschauen. Meistens konnten sie nicht mehr aufhören, wenn sie einmal angefangen hatten. Dann schauten sie eine Folge nach der anderen, und »nur noch eine Folge«, bedeutete irgendwann, dass sie bis weit nach Mitternacht vor dem Fernseher saßen. Dieses Mal wurden sie allerdings schon um kurz vor neun unterbrochen, als das Telefon klingelte. Und danach hatten sie keine Lust mehr, die Serie weiterzuschauen.

»Ich bin's«, meldete sich Vater Iliyas. »Ich gehe gerade spazieren, falls du dich wunderst. Mama wollte nicht, dass ich dir Bescheid sage.«

»Okay«, seufzte Hamad. »Was ist denn jetzt wieder los?«

»Lina ist bei uns eingezogen.«

»Eingezogen? Was soll der Scheiß?«

Solche Worte benutzte er normalerweise nicht, wenn sein Vater anwesend war, aber dieses Mal konnte er sich nicht zurückhalten.

»In ihrer Wohnung ist ein Feuer ausgebrochen. Sie muss jetzt saniert werden.«

»Ein Feuer? Wann denn? Warum?«

Petra schaute ihn ängstlich an, versuchte fieberhaft herauszuhören, mit wem er sprach und worüber.

»Heute Morgen. Jemand hat ein mit Grillanzünder getränktes Knäuel durch den Briefschlitz geworfen. Sie ist aufgewacht und hat es entdeckt, bevor es ernsthafte Schäden anrichten konnte. Aber der Fußboden und die Teppiche sind ruiniert, ebenso wie ein paar Jacken.«

»Papa, es könnte genauso gut Lina selbst gewesen sein, die das Feuer gelegt hat. Warum passiert so etwas denn am

Morgen und nicht mitten in der Nacht? Damit es glaubwürdig wirkt, dass sie aufwacht und das Schlimmste verhindert.«

»Genau so könnte auch der Stalker denken. Wenn er sie liebt, möchte er doch nicht, dass sie stirbt?«

»Lina verfolgt uns, Papa. Sie stand neulich hier im Flur und wartete darauf, dass Petra von der Arbeit kam. Sie ist hinter mir her, aber sie nimmt den Hintereingang über dich, Mama und Petra. Sie ist nicht normal, Papa. Ihr könnt sie nicht bei euch wohnen lassen.«

»Sie gehört zur Familie, Jamal.«

»Nein, Papa. Sie *war* Familie, aber jetzt ist sie es nicht mehr.«

»Wir mögen sie jedenfalls. Wir müssen uns um sie kümmern. Sie hat gerade keine Wohnung und sonst niemanden, bei dem sie unterkommen könnte.«

»Hast du mal darüber nachgedacht, woran das liegt? Warum sie keine Freunde hat, keinen Kontakt zu ihrer Verwandtschaft, einfach nichts?«

»Sie ist einsam. Findest du das schändlich?«

»Sie ist einsam, weil sie schwierig ist. Unselbstständig. Niemand hält es auf Dauer mit ihr aus.«

»Doch, wir schon. Wir wollen ihr gerne helfen, und du kannst dich ja einfach raushalten, wenn du eine solche Antipathie gegen sie hegst.«

»Ich kann mich nicht raushalten, ob ich es nun will oder nicht. Gegen mich wird deswegen ermittelt, wie du sicher weißt.«

»Aber wir wissen, dass du Lina im Treppenhaus nicht geschubst hast.«

»*Wir* wissen das, ja. Aber nicht die Polizei. Und derjenige, der die Ermittlungen leitet, ist ein Idiot, der nichts lieber möchte, als mich deswegen in die Pfanne zu hauen.

Er wird niemals irgendwelche vernünftigen Schlussfolgerungen ziehen, und alles wird immer schlimmer werden.«

»Dann ist es ja gut, dass Lina bei uns wohnt, Jamal.«

»Nicht, wenn sie selbst dahintersteckt.«

»Du sagst ›wenn‹. Du bist dir also nicht sicher?«

»Man kann sich nie bei irgendetwas hundertprozentig sicher sein, Papa. Aber wenn das hier Linas Show ist, dann kann es gut passieren, dass ihr auch bald ein brennendes Knäuel durch den Briefschlitz bekommt.«

»Wir haben schon Schlimmeres erlebt.«

»Meines Wissens hat es nie einen Brandanschlag auf euch gegeben.«

»Wir kennen Lina. Anscheinend besser als du. Sie wird von jemandem verfolgt, der es auf dich abgesehen hat. Du solltest deine Verantwortung übernehmen.«

Hamad seufzte. Schaute zu Petra hinüber, die ziemlich besorgt aussah. Er schloss die Augen und lehnte sich zurück.

»Also, was soll ich deiner Meinung nach tun, Papa?«

»Der Sache auf den Grund gehen. Bevor es zu spät ist.«

»Dir ist schon klar, dass ich nicht gegen mich selbst ermitteln kann? Oder gegen meine Ex-Frau?«

»Das weiß ich. Aber sorg dafür, dass es eine richtige Untersuchung gibt. Sprich mit diesem Kommissar Sjöberg, der scheint mir ein vernünftiger Kerl zu sein.«

»Okay, ich werde sehen, was ich tun kann. Aber dafür musst du mir versprechen, dass ihr auf der Hut seid. Tausch zum Beispiel die Batterien in den Brandmeldern im Flur aus. Denkt kritisch und geht nicht davon aus, dass Lina das personifizierte Gute ist.«

»Und du solltest nicht vom Gegenteil ausgehen.«

Das Gespräch war vorbei, und Hamad trank in einem Zug alles aus, was er noch im Glas hatte. Schüttelte den Kopf und schenkte sich noch mehr Cognac ein.

»Wir müssen etwas tun«, sagte Petra. »Mach, was Iliyas dir vorschlägt, und setz dich mit Conny zusammen.«

»Ja, dann werde ich das wohl tun müssen«, sagte Hamad missmutig. »Es ist einfach der reine Wahnsinn, dass Holgersson den Fall bearbeitet.«

»Denk dran, dass es ganz egal ist, ob Lina dich verfolgt oder irgendein Außenstehender Lina verfolgt. Maryam und Iliyas sind auf jeden Fall in Gefahr.«

»Daran denke ich immer, wie du sicher auch gehört hast. Aber sie sind fest entschlossen, dass sie bei ihnen wohnen soll, und dagegen kann ich wenig tun. Ich glaube nicht, dass Lina besonders scharf darauf ist, eine neue Identität zu bekommen und aus Stockholm wegzuziehen.«

»Das wäre vielleicht auch ein bisschen übertrieben«, meinte Petra und lächelte. »Aber deine Eltern werden langsam alt. Kommen sie mit dieser Verantwortung zurecht?«

Hamad lief es kalt den Rücken herunter.

»Du meinst doch nicht etwa, dass ...?«

Petra hob die Arme und schaute ihn vielsagend an.

»Ich sag's ja nur ...«

»Nie im Leben, Petra.«

Er hatte eine Vision von seinem Fuß in einem Fuchseisen. Sein Bein tat höllisch weh.

Montagvormittag

Als Gerdin Zugang zu den Unterlagen bekam, die auflisteten, was man in Stefan Schmidts Audi gefunden hatte, schob sie die Telefonverbindungslisten, die ebenfalls gerade eingetroffen waren, zur Seite. Als Erstes stellte sie fest, dass in dem Auto das Abschleppseil fehlte. Sehr bemerkenswert, wenn man bedachte, dass das Reserverad, der Wagenheber, das Warndreieck, der Benzinkanister, die Werkzeugtasche und der Verbandskasten in unbenutzter Form vorhanden waren. Das änderte allerdings nichts an ihrer Einschätzung, da ihre Position ja schon vorher klar war. Ihre Neugierde wurde allerdings von einer blauen Plastikkarte im Kreditkartenformat geweckt, auf der weder ein Name eingestanzt noch eine Unterschrift des Inhabers zu sehen war. Allerdings war deutlich zu erkennen, dass es sich um die Kundenkarte einer Apotheke handelte.

Gerade als sie die Apotheke anrufen wollte, um sich zu vergewissern, dass es sich bei dem Besitzer um ein Mitglied der Familie Schmidt handelte, kam Andersson ins Büro. Gerdin drückte ihm die Verbindungslisten in die Hand und bat ihn, besonders darauf zu achten, ob die Angaben über das Gespräch im Uppsalavägen gegen halb vier am Donnerstag stimmten. Kurz darauf klingelte das Telefon, und Andersson hielt es für besser, den Raum wieder zu verlassen.

Bella Hansson rief an, hatte aber leider nur negative Ergebnisse zu bieten. Sie hatte keine anderen Fingerabdrücke als die des Diebs auf Heidi Richters Handy und ihrer

EC-Karte gefunden. Sie hatte auch keine Abdrücke auf den Plastiksäcken gefunden, in die ihre sterblichen Überreste verpackt worden waren, oder irgendwelche brauchbaren Reifen- oder Fußspuren in der Umgebung des Misthaufens, in dem sie versteckt worden waren. Dagegen wusste sie zu berichten, dass laut dem Rechtsmediziner – der den Obduktionsbericht noch nicht herausrücken wollte – einiges darauf hinwies, dass sie erwürgt worden war und dass der Täter post mortem eine ganz normale Motorsäge verwendet hatte, um den Körper zu zerstückeln.

Anschließend machte Gerdin dort weiter, wo sie zuvor aufgehört hatte, rief den Kundendienst der Apotheke an und wurde von einer Instanz zur nächsten weitergeleitet. Nach vielem Wenn und Aber bekam sie schließlich die Auskunft, wer der Inhaber dieser sogenannten ApoPlus-Karte mit der elfziffrigen Kennnummer war, die sie vor sich liegen hatte. Gerdin wollte nichts weiter als eine Routinekontrolle durchführen, aber die Antwort, die sie bekam, war eine ganz andere, als sie erwartet hatte. Die Person, die bis zu ihrem Tod die vielen Vorteile der ApoPlus-Mitgliedschaft hatte nutzen können, war keine andere als Heidi Richter.

Worauf sich die Frage stellte, wie die Karte im Handschuhfach von Stefan Schmidts Auto gelandet war.

»Weil Stefan Kontakt zu Heidi hatte«, stellte Andersson eine Weile später fest, nachdem sich alle drei in Westmans Büro versammelt hatten.

»Oder Malin«, sagte Gerdin in dem Versuch, konstruktiv zu sein, was ihr nach eigener Einschätzung allerdings nicht gelang.

»Stefan hat Heidi auf eine so geschickte Weise ermordet, dass er keine Abdrücke hinterlassen hat«, sagte Westman und begann an den Fingern aufzuzählen: »Er benutzt vier

Tage lang ihr Handy, um an ihrer Stelle mit ihrem Umfeld zu kommunizieren. Er ermordet einen potenziellen Zeugen und lässt es aussehen wie einen waschechten Selbstmord, und wir können das Gegenteil immer noch nicht beweisen. Er bezahlt das Zugticket mit Heidis EC-Karte und schickt ihr Handy und die übrigen Wertsachen mit dem Zug nach Kopenhagen. Warum sollte er dann ihre verdammte Apothekenkarte behalten? Und sie so ein bisschen halb versteckt ins Handschuhfach legen, bevor er das Auto, das voll ist mit Malins Blut, direkt neben dem Ort zurücklässt, an dem er Heidi vergraben hat? Irgendetwas stimmt hier nicht.«

»Vielleicht war es dann ja Malin, die Heidi ermordet hat?«, schlug Andersson mit einem leichten Erröten vor. »Und danach verschwindet sie und lässt es so aussehen, als wäre Stefan der Täter?«

»Du meinst, dass Malin zum Beispiel bemerkt haben könnte, dass Stefan sie mit Heidi betrogen hat?«, überlegte Gerdin.

»Sie könnte sie betäubt und zur leeren Wohnung ihres Vaters in Uppsala transportiert haben«, schlug Westman vor. »Dort hat sie sie erwürgt und zerstückelt. Und nachdem sie die Leiche auf Farstanäset entsorgt hat, ist sie mit dem Wagen vom Weg abgekommen und in Panik und nur leicht verletzt geflohen.«

»Die Karte könnte aus Versehen auf dem Boden gelandet sein, vielleicht beim Transport nach Uppsala«, spann Andersson die Idee weiter. »Niemand wusste, wem sie gehörte. Jemand hat sie gefunden und ins Handschuhfach gelegt.«

»In diesem Fall wäre Olas Tod nichts anderes als ein Selbstmord«, brachte Gerdin den Gedanken zu Ende. »Der Zwischenfall bei Julia hätte nur in ihrer Einbildung stattgefunden. All das ist absolut vorstellbar. Es ist nur eine Sache dabei, die ich mir nicht vorstellen kann.«

»Die Zerstückelung?«, vermutete Andersson.

»Genau. In der schwedischen Kriminalgeschichte hat es nur eine einzige Mörderin gegeben, die ihr Opfer zerstückelt hat.«

»Aber es ist immerhin einmal vorgekommen?«

»Ja. Eine Frau aus Bandhagen hat vor zehn, fünfzehn Jahren ihren Mann geschlachtet, seine Geschlechtsteile entfernt und schließlich seinen Kopf im Ofen gegrillt, um die Identifizierung zu erschweren.«

»Du lieber Himmel«, sagte Andersson. »Wie auch immer, am Mittwoch um halb vier hat Malin tatsächlich telefoniert. Der Anruf kam über eine Antenne an der E 4 nach Uppsala und dauerte nur eine Minute. Seitdem ist ihr Handy komplett abgeschaltet.«

»Und wen hat sie angerufen?«

»Eine Annelie Danielsson in Uppsala, man höre und staune.«

»Stefan hat also die Wahrheit gesagt. Malin war um halb vier auf dem Weg nach Uppsala. Und hat in Uppsala angerufen …«

»Genau. Und Malin hat in den letzten Monaten sehr oft mit dieser Annelie telefoniert.«

»Tatsächlich?«

»Ich habe sie auf ihrem Handy angerufen, aber sie ging nicht ran«, sagte Westman. »Dann habe ich es über das Festnetz versucht und ihren Mann erreicht, einen Per Danielsson. Er kannte keine Malin Schmidt, wusste aber zu berichten, dass Annelie seit Donnerstag beruflich auf einer Konferenz ist und vielleicht dort erreicht werden kann. Möglicherweise ist sie aber heute auch schon zurück an ihrem Arbeitsplatz. Er war da etwas schwammig.«

»Wo arbeitet sie?«, fragte Gerdin.

»Am *Akademiska-Krankenhaus*«, antwortete Westman. »Aber jetzt passt mal auf. Ich habe dort angerufen und bin mit ihrer Oberschwester verbunden worden. Sie wusste nichts von irgendeiner Konferenz am Wochenende. Allerdings hatte Annelie sich am Mittwochabend krankgemeldet. Ich habe an ihrer Stimme gehört, dass irgendetwas nicht stimmt, also habe ich ein bisschen nachgehakt. Es kam heraus, dass es nicht allzu ungewöhnlich ist, dass Annelie sich für ein paar Tage krankmeldet und nicht zur Arbeit kommt.«

»Ist sie alkoholkrank?«

»Nein. Aber in ihrer Abteilung wird gemunkelt, dass sie von ihrem Mann misshandelt wird. Die Schwester vermutete, dass sie sich eine Auszeit genommen hat, und meinte, ich sollte ihm das mit der Konferenz nicht erzählen.«

»Sieh mal an«, sagte Gerdin. »Was es alles so gibt. Also noch eine verschwundene Frau.«

»So weit habe ich noch gar nicht gedacht«, sagte Westman.

»Heute ist Montag, und diese Annelie ist am Donnerstagmorgen verschwunden. Und sie ist nachweislich auf keiner Konferenz.«

»Nein, aber vielleicht hat sie wirklich eine Auszeit genommen, wie die Oberschwester vermutet.«

»Das ist natürlich absolut möglich. Aber wir sollten uns daran nicht festbeißen, weil es in erster Linie doch um Malin geht.«

Jetzt klingelte Gerdins Handy, und die Nachricht, die sie dieses Mal bekam, war das Überraschendste, was diese Ermittlungen bis jetzt zu bieten gehabt hatten.

»Und Annelie Danielsson?«, fragte sie eifrig. »Steht sie

auf der Passagierliste? Oder Malin Schmidt? S-c-h-m-i-d-t. Nicht? Danke, dass Sie zurückgerufen haben.«

Westman und Andersson sahen sie mit großen Augen an.

»Was war das denn?«, fragte Andersson.

»Besser spät als nie. Ich habe in der letzten Woche schon ein paar Haken ausgehängt, und erst jetzt hat einer angebissen. Das war jemand von der SAS. Heidi Richter hat sich am Donnerstag aus dem Land geschlichen, bevor die internationale Fahndungsmeldung rausging. Sie hat eine frühe Verbindung von Arlanda nach Frankfurt genommen und ist dann mit Condor Airlines nach Panama City weitergeflogen. Ich bin voller Bewunderung, muss ich zugeben.«

»Die Frage ist nur, wer mit ihrem Pass gereist ist«, sagte Westman nachdenklich.

»Und warum«, ergänzte Andersson.

»Denn selbst wenn Malin Schmidt und Annelie Danielsson die neuen Thelma und Louise sind, sie haben das Land nicht gemeinsam verlassen«, stellte Gerdin fest. »Vielleicht gleichzeitig, aber nicht gemeinsam.«

*

In den Telefonverbindungslisten, die Andersson ihm zugeworfen hatte, bemerkte Sandén zwei Details von besonderem Interesse. Erstens, dass das Gespräch, das Carina Persson im Salon angenommen hatte, kurz nachdem Eva-Lena aufgebrochen war, von einer Prepaid-Nummer kam, deren Besitzer unmöglich herauszufinden war. Was war auch anderes zu erwarten, wenn diese Person die Absicht hatte, Eva-Lena Wetterhag zu kidnappen oder zu ermorden? Oder ihre Hunde. Oder worum auch immer es hier ging. Das Gespräch wurde von einer Basisstation in der Nähe des Eisstadions von Johanneshov vermittelt, was bedeuten konnte, dass es vom Nynäsvägen in Richtung Sköndal kam. Zweitens hielt sich Johnny Wetterhag zumindest bis gestern noch in Kopenhagen auf. Was ziemlich ärgerlich war, da sie dringend mit ihm sprechen mussten und ebenso dringend einen Zugang zu dem Waffenschrank brauchten.

Sjöberg kam ins Büro und setzte sich auf den Besucherstuhl.

»Etwas Neues von Simon?«, fragte Sandén.

»Es geht ihm immer noch gut«, antwortete Sjöberg mit einem Lächeln. »Du brauchst diese Frage nicht dauernd zu stellen. Er hat es selbst entschieden, und er ist stolz auf das, was er getan hat.«

»Er sollte einen Orden bekommen«, sagte Sandén. »Und ich werde verdammt noch mal dafür sorgen. Was für ein Prachtkerl.«

Am Abend zuvor war Sandén ein großer Stein vom Herzen gefallen. Man hatte Waffen, Kokain und eine nicht unansehnliche Menge Bargeld in Pontus' Wohnung gefunden, und Pontus selbst stand dazu noch unter Drogen. Sämtliche Beteiligten waren der Polizei bereits seit Langem bekannt und waren jetzt in Gewahrsam, um auf ihre Haftprüfungsverhandlung zu warten. Majken war in sicherer Obhut, und Simon hatte sich unbeschadet aus der Räuberhöhle befreien können – vermutlich wusste keiner der Übeltäter, dass er derjenige war, der die Polizei gerufen hatte. Außerdem leistete der Film, den er geschickt hatte, einen wichtigen Beitrag zu den Ermittlungen der Polizei und des Jugendamts, bei denen es um Misshandlungsvorwürfe und die Frage des Sorgerechts ging. Was für ein Prachtkerl, dachte Sandén erneut mit einem Lächeln – er wusste nicht, zum wie vielten Mal. Er fand es allerdings bemerkenswert und ein bisschen rührend, dass Pontus von Simon tatsächlich als liebevoller Vater geschildert worden war, dass er sensibler gewesen sei als die Vollblutidioten, mit denen er sich umgab.

»Ich habe die Kollegen in Kopenhagen angerufen«, sagte Sjöberg. »Sie wissen, wo Johnny gewohnt hat, aber er hat am Freitag aus dem Hotel ausgecheckt und ist seitdem nicht mehr gesehen worden.«

»Gestern war er jedenfalls noch in Kopenhagen«, sagte Sandén. »Aber er hatte das Handy dort nur wenige Male ganz kurz eingeschaltet. Offensichtlich hat er keine Lust, mit uns zu reden.«

»Irgendwie ist das ja auch verständlich, dass er nach allem, was passiert ist, ein bisschen wegrennen und seine Sorgen ertränken will. Ich habe mit Bengt Wetterhag gesprochen, und er sagte, dass vor Johnnys Kellereingang immer ein Schlüssel unter der Türmatte lag.«

»Was sagst du da?«

»Das war den Polizisten bekannt, die sich zuerst um den Fall gekümmert haben, aber sie fanden anscheinend nicht, dass es in den Bericht gehörte.«

»Verdammte Flaschen«, sagte Sandén verärgert. »Es hätte also jeder ins Haus kommen können, ohne Einbruchspuren zu hinterlassen. Zum Beispiel die Person, die um fünf vor zwei im Salon angerufen und erfahren hat, wie Eva-Lena mit Nachnamen heißt. Von einem Prepaid-Handy über eine Basisstation am Nynäsvägen.«

»Ich habe Bengt Wetterhag auch nach dieser Wettkampfpistole gefragt«, fuhr Sjöberg fort. »Er hat widerwillig gestanden, dass Johnny manchmal ein bisschen nachlässig mit der Sicherheit war. Es ist mehrere Male vorgekommen, dass Bengt Wetterhag in den Keller kam und die Pistole draußen lag, obwohl Johnny überhaupt nicht dort war. Er fängt an, sie zu putzen, und fährt weg, bevor er fertig ist. Sie bleibt auf dem Tisch liegen, bis er wiederkommt und die Reinigung beendet.«

»Du willst damit sagen, dass ein vollkommen Fremder mit dem Reserveschlüssel dort eindringen und Johnnys Pistole direkt hinter der Tür finden konnte?«, sagte Sandén mit einem Gesichtsausdruck, der alles und jeden zum Idioten erklärte. »Und das erfahren wir erst jetzt? Das ist doch vollkommen verrückt.«

Sjöberg konnte ihm nur recht geben.

»Aber falls das passiert sein sollte, bleibt die Frage, wer die Pistole wieder in den Waffenschrank eingeschlossen hat. Und warum. Denn das muss ja, laut Bengt Wetterhag, entweder Johnny oder Eva-Lena gewesen sein, weil nur die beiden einen Schlüssel haben.«

»Johnny, damit er nicht unter Verdacht gerät und seinen Waffenschein nicht verliert«, überlegte Sandén. »Oder Eva-Lena, aus denselben Gründen. Eva-Lena nimmt die Pistole, die draußen liegt, erschießt die Hunde und schließt die Waffe wieder ein, um Johnny zu schützen.«

»Die Person, die vom Nynäsvägen im Salon angerufen hat, könnte erst den Schlüssel gefunden haben und dann die Waffe, sie erschießt die Hunde«, malte Sjöberg das Szenario aus. »Eva-Lena kommt nach Hause, findet die toten Hunde, schließt die Waffe ein, weil sie glaubt, dass Johnny es getan hat, und sie ihn schützen will, oder weil sie glaubt, dass jemand anderes es getan hat und sie Johnny trotzdem schützen muss.«

Sie blieben eine Weile wortlos sitzen und dachten über die Alternativen nach. Sjöberg hatte sich nach vorn gebeugt, die Ellenbogen auf die Knie gelegt und das Gesicht in die Hände. Sandén drehte seinen Stuhl und schaute auf den Hammarbykanal im Gegenlicht. Auf der anderen Seite lag eine in Schnee gehüllte Hammarby Sjöstad, dahinter

Hammarbyhöjden. Irgendwo weit jenseits dieser Gebäude lag Sköndal.

»Warum ruft jemand, der schon auf dem Weg nach Sköndal ist, an, um herauszufinden, wie Eva-Lena mit Nachnamen heißt?«, fragte er verwundert.

Sjöberg richtete sich in seinem Stuhl auf und begann zu lächeln.

»Weil er schon wusste, dass sie in Sköndal wohnt. Er wusste aber nicht die genaue Adresse. Sobald er ihren Nachnamen hatte, war es ein Leichtes, die herauszufinden.«

»Wer wusste, dass Eva-Lena Eva-Lena hieß und dass sie in Sköndal wohnte?«

»Jemand, der ein Gespräch zwischen Eva-Lena und einer anderen Person belauscht hat«, folgerte Sjöberg. »Ein Kunde zum Beispiel.«

»Aber warum sollte ihr jemand wehtun wollen? Oder den Hunden? Oder beides?«

»Ein verschmähter Liebhaber vielleicht?«, schlug Sjöberg vor. »Sie scheint ja den einen oder anderen am Wickel gehabt zu haben.«

Es klopfte am Türrahmen, und Hamad kam ins Büro.

»Störe ich?«, fragte er. »Geht ihr das Drama von gestern noch einmal durch?«

»Das haben wir mittlerweile schon geklärt«, antwortete Sjöberg mit einem Lachen.

»Geht es Simon gut? Ist er heute schon wieder in der Schule?«

»Ja zu beiden Fragen. Wir sitzen hier und philosophieren über einen möglichen Eindringling im Fall Eva-Lena.«

»Ich musste über etwas nachdenken, was Petra gesagt hat«, sagte Hamad mit diesem Eifer im Blick und in der

Haltung, der einen Durchbruch ankündigte. »Als sie und Loddan das erste Mal in dem Salon waren, herrschte dort offensichtlich ein Mordslärm, außerdem war es dort kalt und unangenehm. Und dreckig. Als sie am nächsten Tag wiederkamen, war das Fenster im Behandlungszimmer wieder eingesetzt worden, und Carina Persson hatte geputzt und alles aufgeräumt. Meine Frage lautet: Warum war es im Salon so staubig?«

»Weil das Fenster ausgebaut war und man drinnen im Hof die Fassade neu verputzt hat«, antwortete Sandén.

»Ich habe von einem Zelt gehört. Es muss irgendeine zeltähnliche Verkleidung dort gewesen sein, wo normalerweise das Fenster ist. Aber warum? Es scheint ja weder gegen Lärm noch gegen Kälte geholfen zu haben.«

»Damit keine Tiere oder Diebe hineinkommen, damit es nicht hineinregnet oder hineinschneit, damit ...«

»... nicht jede Menge Müll hineinweht«, ergänzte Hamad. »Trotzdem war es im Salon unheimlich staubig. Warum?«

»Das Zelt kann ja nicht eingebaut sein, wenn sie am Fensterrahmen selbst arbeiten«, meinte Sjöberg. »Wenn sie schleifen und malern.«

»Genau mein Gedanke«, sagte Hamad. »Das Zelt kann am Freitag nicht am Fenster angebracht gewesen sein, sonst hätte es dort nicht so schlimm ausgesehen. Carina Persson hätte direkt aufgeräumt, wenn die Bauarbeiter mit ihrem Fenster fertig gewesen wären.«

»Aber die Bauarbeiter verlassen ihren Arbeitsplatz an einem Freitagnachmittag ja nicht, ohne dieses Zelt vor dem Wochenende wieder anzubringen«, meinte Sandén.

»Vollkommen richtig. Der Salon war voller Staub, weil sie Carina Perssons Fensterrahmen geschliffen und gemalert haben. Und damit sind sie erst am Montag fertig geworden, denn sonst hätten sie das Fenster ja schon vor dem

Wochenende wieder eingesetzt. Laut Aussage der Bauarbeiter soll das Zelt den ganzen Freitag an seinem Platz gewesen sein. Das soll auch der Grund dafür gewesen sein, dass niemand von ihnen Eva-Lena im Behandlungsstuhl gesehen haben will. Ich glaube, dass sie lügen. Einer oder mehrere von ihnen haben am Freitag an diesem Fenster gearbeitet und das Zelt erst wieder angebracht, als es Zeit war, Feierabend zu machen.«

»Das heißt, kurz nachdem oder während Eva-Lena ihre Behandlung bekam«, ergänzte Sjöberg. »Mindestens einer von ihnen muss also Eva-Lena gesehen haben, aber alle drei leugnen es. Sehr interessant, das muss ich schon sagen.«

»Ich zitiere jetzt aus den Protokollen«, sagte Hamad. »Ich nehme ein paar Stellen aus ihren Aussagen heraus: Obwohl die normale Arbeitszeit bis 14.30 geht, sagt Göran Göransson, dass er die Baustelle zwischen 13.00 und 13.30 Uhr verlassen habe. Das wird von Lidberg und Borgström bestätigt. Göransson hat Eva-Lena Wetterhag nie gesehen. Auch nicht, als sie an diesem Tag im Behandlungsstuhl saß, wegen des undurchsichtigen Zelts vor dem Fenster. Er hat auch kein wartendes Taxi vor dem Haus gesehen, als er ging. Fredrik Lindberg hat laut eigener Aussage den Arbeitsplatz zu normaler Zeit verlassen, das heißt um 14.30 Uhr. Das wird von Johan Borgström bestätigt, der zur selben Zeit ging. Lidberg hat Eva-Lena Wetterhag nie gesehen. Auch nicht, als sie an diesem Tag im Behandlungsstuhl saß, wegen des undurchsichtigen Zelts vor dem Fenster. Er hat auch kein wartendes Taxi vor dem Haus gesehen, als er ging. Und dann noch einmal exakt dieselben Formulierungen bei Borgström.«

»Alle behaupten also, dass das Zelt bereits um ein Uhr am Fenster angebracht war, als Eva-Lenas Behandlung begann«, fasste Sjöberg zusammen.

»Dann brauchen wir doch nur Carina Persson anzurufen und zu fragen, was sie dazu sagt«, meinte Sandén.

»Genau«, stimmte Hamad ihm zu. »Aber ich wollte meinen Gedanken zuerst noch zu Ende führen. Dieser Göransson ist also vor den anderen gegangen, und das wäre beim Arbeitgeber bestimmt nicht auf Gegenliebe gestoßen, wenn er es erfahren hätte. Das wurde Petra und Loddan von ... Lidberg verraten, laut Protokoll. Göransson verließ also die Baustelle zwischen eins und halb zwei, und das gibt ihm einen großen Vorsprung gegenüber Eva-Lena, falls er sich auf den Weg nach Sköndal gemacht hat.«

»Und wenn er nicht schon um Punkt eins gegangen ist, könnte er durchaus das Gespräch zwischen Carina und Eva-Lena während der Behandlung gehört haben«, bemerkte Sandén. »Er könnte sich ihren Vornamen gemerkt und auf irgendeine Weise mitbekommen haben, dass sie in Sköndal wohnt.«

»Genau. Die anderen beiden behaupten ja, dass sie bis zum Ende der Arbeitszeit anwesend waren. Aber wenn sie es nicht waren? Wenn sie vielleicht übereinkamen, direkt nach Göransson zu gehen, und es im Verhör dann gemeinsam leugnen, damit es die Ohren des Arbeitgebers nicht erreicht?«

»Nicht undenkbar«, meinte Sjöberg mit einem beifälligen Nicken. »Und einer von ihnen könnte außerdem einen weiteren Grund haben, hinsichtlich der Zeitangaben nicht ganz aufrichtig zu sein.«

»Richtig. Aber davon weiß der andere Mann vielleicht gar nichts. Einer von ihnen muss auf jeden Fall eine Weile länger geblieben sein, um das Zelt anzubringen«, fuhr Hamad fort, »aber ich glaube nicht, dass das besonders umständlich ist. Worauf ich eigentlich hinauswill, ist, dass auch diese beiden Männer das Gespräch zwischen Carina und

Eva-Lena gehört haben können. Danach hatten sie ausreichend Zeit, nach Sköndal zu fahren, dieses Telefongespräch zu führen und sich um Eva-Lena zu kümmern, als sie nach Hause kam. Und um die Hunde. Oder was auch immer passiert ist.«

»Als sie diesen Mann bei dem erwischt hat, was auch immer er vorgehabt hat, hat sie vielleicht die Hunde auf ihn gehetzt«, spekulierte Sandén.

»Im Bett?«, wandte Sjöberg ein.

»Ja, was weiß ich. Gute Idee jedenfalls, Jamal, aber es ist immer noch vollkommen unbegreiflich, wer hier was getan hat und warum.«

»Ruf jetzt Carina Persson an und frag sie, wann das Zelt angebracht wurde«, wies Sjöberg Hamad an.

»Das habe ich schon getan. Das Zelt wurde angebracht, während sie ihr Bankgeschäft erledigte.«

»Du bist ja ein richtiger Schlawiner, Jamal!«, lobte ihn Sandén in ungefähr demselben Tonfall, in dem er sich mit Majken unterhielt.

»Leider hat sie keine Erinnerung an das Gespräch, das sie und Eva-Lena im Behandlungszimmer geführt haben. Sie weiß nicht einmal, ob sie sich überhaupt unterhalten haben. Aber eines wissen wir«, stellte Hamad fest. »Derjenige, der das Zelt angebracht hat, hat auch Eva-Lena gesehen. Und lügt diesbezüglich.«

*

Annelie lag im Hotelzimmer, und ihr war schlecht. Wahrscheinlich hatte sie irgendetwas Ungesundes gegessen, aber vielleicht waren es auch nur diese Schmerzen im Bauch, die keinen besonderen Grund hatten. Sie hatte sich in eine Situation gebracht, aus der man nur schwer etwas Vernünftiges machen konnte. Zu Per hatte sie gesagt, dass sie mit den Kollegen übers Wochenende auf eine Konferenz fahren würde, von Donnerstag bis Sonntag. Das war früher schon vorgekommen, und er hatte keinen Grund gehabt, es anzuzweifeln. Aber jetzt war schon Montag, und sie war am Sonntagabend nicht nach Hause gekommen, obwohl sie es versprochen hatte. Außerdem hatte sie das Handy seit dem Augenblick ausgeschaltet, in dem sie das Haus verlassen hatte, am frühen Donnerstagmorgen. In Pers Augen musste das natürlich verdächtig aussehen, aber noch mehr bekümmerte sie, wie unverantwortlich sie sich gegenüber ihrem Sohn verhielt. Anton ging in die Grundschule und hatte von seiner Mutter seit vier Tagen kein Wort mehr gehört. Als Mutter war sie eine Katastrophe, sie nahm sich selbst wichtiger als ihr Kind.

Was als Befreiung – oder zumindest als wohlverdiente Pause – von der beklemmenden Atmosphäre gedacht war, die zu Hause herrschte und die sich aus harten Worten, Verachtung, ohrenbetäubender Wut und demütigender Stille zusammensetzte, war zu einer lang gezogenen Qual geworden. Statt im Pool zu schwimmen, sich massieren zu lassen, Bücher zu lesen und leckere Gerichte zu essen, die sie nicht selbst zubereiten musste, hatte sie die meiste Zeit in ihrem Zimmer gelegen und sich mit Selbstvorwürfen und Zukunftssorgen herumgequält. Sie konnte diese Zukunft hier und jetzt ändern, aber sie konnte sich einfach nicht entscheiden. Weil sie sich so verzweifelt nach Anton sehnte. Und nach Per.

In ihrem tiefsten Inneren wusste sie, dass Per ein wunderbarer Mann war. Er war einfühlsam und liebevoll, liebte sie und Anton mehr als alles andere auf der Welt. Niemand berührte sie auf dieselbe Art wie Per, niemand betrachtete sie mit demselben innigen Blick. Und sie waren schon so lange zusammen. Wenn sie ihn verließ, würde sie ihr ganzes Leben aufgeben, alles, was bis heute passiert war. Sie waren schon seit dem Gymnasium zusammen; sie waren gemeinsam gereist, hatten geheiratet, das Haus gebaut und ein Kind bekommen. Schon als Kinder gingen sie im Elternhaus des anderen ein und aus, und ihre Freunde waren gemeinsame Freunde. Wie würden sie sich entscheiden, wenn Annelie und Per sich trennten? Was für eine dumme Frage, sie wusste die Antwort doch schon. Sie würden zweifellos Pers Partei ergreifen; er war doch die soziale, temperamentvolle, ideenreiche Humorkanone. Weder ihre eigenen Eltern noch die von Per würden ihr verzeihen, wenn sie diesen endgültigen Schritt machte. Niemand würde sie verstehen, sie selbst würde in Einsamkeit versinken und es für den Rest ihres Lebens bereuen.

Sie konnte Per nicht traurig machen. Und Anton. Und alle anderen Menschen, die sie gerade im Stich ließ.

»Ich bin eine Frau, die von ihrem Mann misshandelt wird«, sagte sie laut.

Stimmte das wirklich, oder war das alles nur eine Übertreibung?

Doch, es stimmte. Mehrere Male war sie gezwungen gewesen, sich bei der Arbeit krankzumelden, weil sie sich mit ihrem blauen Auge nicht zeigen konnte. Unzählige Male hatte sie einen Tritt oder einen Faustschlag in den Bauch oder den Rücken bekommen, weil sie ihn provoziert hatte, weil sie etwas anders gemacht hatte, als sie vorher vereinbart hatten. Und das war falsch. Es war falsch von Per, Gewalt zu benutzen; er brachte sie dazu, sich zu schämen und zu weinen. Er hinterließ Narben und Verletzungen bei ihr, die nicht so verheilten, wie sie sollten. Die gebrochenen Finger an der linken Hand schmerzten in bestimmten

Situationen immer noch. Körperliche Misshandlung war ein Verbrechen, es war kriminell. Wenn sie auf der Straße jemanden sehen würde, der mit jemandem das machte, was Per ihr antat, würde sie die Polizei rufen.

Es war nur so, dass in einer Beziehung Dinge oft auf die Spitze getrieben wurden. Man rieb sich aneinander, und auch wenn es manchmal frustrierend sein konnte, war diese Intimität gleichzeitig auch großartig. Dass man ganz man selbst sein konnte und letzten Endes auch die Fehler und Schwächen des anderen dulden und verzeihen konnte.

Und jetzt lag sie hier und dachte darüber nach, diese Nähe aufzugeben. All das Schöne und Beständige, das sie in so langer Zeit gemeinsam aufgebaut hatten. Sie plante allen Ernstes, nicht nur sich selbst und Per den Boden unter den Füßen wegzuziehen, sondern auch Anton.

Wenn man das, was sie selbst durchgemacht hatte, mit Malins Erlebnissen verglich, war der Unterschied enorm. Malin war in den Klauen eines gewissenlosen Psychopathen gelandet, der sie beinahe in den Selbstmord getrieben hatte. Für sein Benehmen gab es keine mildernden Umstände, nichts, an dem Malin sich festklammern konnte. Und sie liebte ihn seit vielen Jahren nicht mehr, wenn sie es überhaupt je getan hatte. Er misshandelte nicht nur sie, sondern auch die Kinder, was Per niemals getan hatte, nicht einmal ansatzweise. In Malins Leben gab es keine Wärme, keine Hoffnung für die Zukunft. Annelies Leben war voller Liebe. Sie war nur nicht in der Lage, sie anzunehmen, Dankbarkeit zu zeigen.

So sahen ihre Gedanken aus in den Tagen, an denen sie von zu Hause fort war. Und jetzt glaubte sie, dass sie eine Entscheidung gefällt hatte. Sie würde dieses unreife und undurchdachte Fluchtprojekt aufgeben und zu den Menschen zurückkehren, die sie am meisten auf dieser Welt liebte.

*

Sie hatte die falsche Haarfarbe, dachte Gerdin, als sie Annelie Danielssons Passfoto studierte. Nichts, was man nicht mit ein bisschen Färbung oder einer Perücke regeln konnte, aber trotzdem. Annelie Danielsson war Heidi Richter einfach nicht ähnlich genug, weder in der Gesichtsform noch in der Hautfarbe. Außerdem war sie zweiunddreißig Jahre alt, Heidi vierundzwanzig. Malin Schmidt war vierunddreißig – zwischen ihr und Heidi lagen also ganze zehn Jahre. Aber sie sah irgendwie jugendlicher aus als Annelie, und die Haarfarbe stimmte. Das Ohr – verhältnismäßig klein und in ähnlicher Ausführung. Die Gesichtsform, die hübschen hohen Wangenknochen. Die Frisuren sahen sich ähnlich. Es hatte schon seinen Grund, warum sie Heidis Körper draußen auf Farstanäset zuerst für Malins gehalten hatten. Man durfte dabei natürlich nicht vergessen, dass man nach Malin gesucht und erwartet hatte, sie zu finden. Alles in allem konnte sich Gerdin gut vorstellen, dass Malin mehr als einem Zollbeamten hatte weismachen können, dass sie Heidi Richter war.

Wenn man jetzt davon ausging, dass Malin mit Heidis Pass auf die andere Seite der Erdkugel gereist war, musste es ja einen Grund dafür geben. Hatte Malin Heidi umgebracht und war dann in eine Weltgegend geflüchtet, in die sich schon viele vor ihr abgesetzt hatten, aus ähnlich obskuren Gründen? Das war denkbar, aber die Zerstückelung sprach dagegen. Oder floh sie aus anderen Gründen? Weil sie beispielsweise in jugendlichem Leichtsinn einen Psychopathen geheiratet und mit ihm Kinder bekommen hatte? Und bei dem Gerdin sich ziemlich sicher war, dass er mit dem Mord an Heidi zu tun hatte. Ein Verdacht, der auf ihrem Bauchgefühl beruhte, auf sonst nichts. Sie fand den Typen widerwärtig, ohne direkt den Finger darauf legen zu können, warum. Außer dass er ihrem verblichenen Mann viel zu ähnlich war, der zwar glücklicherweise kein Psychopath gewesen war, aber mindestens eine ähnliche Persönlichkeitsstörung vorzuweisen gehabt hatte.

In gewissem Ausmaß konnte man über Indizien sprechen. Aber keines von ihnen brachte sie in juristischer Hinsicht weiter. Stefan Schmidts Adresse war die gleiche, die Heidi einem glaubwürdigen Taxifahrer als Ziel genannt hatte und an der sie zum letzten Mal gesehen worden war. Stefan Schmidt hätte möglicherweise ein gestreiftes Hemd mit einem weißen Kragen getragen haben können, aber er besaß kein solches. Niemand konnte seine Aussage bestätigen, wo er sich an diesem Freitag um Mitternacht herum aufgehalten hatte. Heidis Apothekenkarte lag in seinem Handschuhfach, in einem Auto, das nur einen Steinwurf von ihrer Leiche entfernt in den Graben gefahren worden war. Aber es war mit großer Sicherheit nicht von ihm selbst an diesen Ort gebracht worden, sondern von seiner Frau.

»Was verdammt ärgerlich ist!«, sagte Gerdin laut vor sich hin und ließ die Handflächen auf die Schreibtischplatte fallen.

Aber wenn man von der Hypothese ausging, dass Malin mit Heidis Pass reiste, war es ja nicht nur diese Apothekenkarte, sondern auch der Pass, der plötzlich bei der Familie Schmidt aufgetaucht war. Konnte es sein, dass Malin diese Dinge zu Hause gefunden hatte? Dass sie zufällig darüber gestolpert war und zuerst gar nicht begriffen hatte, worum es sich dabei handelte? Dass sie dann aber den Beitrag in

Vermisst gesehen und sich alles zusammengereimt hatte? Nein, *Vermisst* wurde um neun Uhr am Mittwochabend gesendet; es gab keine Chance für Malin, danach noch Flugtickets für den Donnerstagmorgen zu besorgen. Oder vielleicht doch. Wenn sie die Tickets im Internet gekauft hatte. Vielleicht über das Konto der Freundin oder das des Vaters. Damit Stefan es nicht bemerkte. Aber sie könnte auch zu Beginn der Woche bei der Polizei angerufen und sich erkundigt haben, ohne dass Sjöberg etwas davon mitbekommen hatte. Oder sie hatte Ola angerufen. Ola könnte ihr erzählt haben, dass Heidi seit mehreren Tagen verschwunden war. Malin könnte ihre Schlussfolgerungen gezogen haben. Aber warum hat sie nicht einfach der Polizei erzählt, was sie zu Hause gefunden hatte? Weil sie Angst hatte, natürlich. Ermittlungen brauchten ihre Zeit, und Malin wäre gezwungen gewesen, weiter unter demselben Dach zu leben wie dieser Psychopath, dem man vielleicht noch nicht einmal etwas hätte beweisen können. Also war sie geflohen. Nach Panama. Ein Land, in dem sie mit Sicherheit vollkommen anonym bleiben konnte.

Aber warum hatte sie das Auto in den Graben gefahren? Vielleicht aus Verzweiflung. War es ein missglückter Selbstmordversuch? Kurz bevor sie sich in ein Flugzeug setzte, das sie nach Mittelamerika bringen würde? Wohl kaum. Und dazu noch ganz in der Nähe von Heidis Leiche. Ganz in der Nähe von Heidis Leiche ... Die Wahrheit schlich sich an. Sie war jetzt ganz nahe dran, fast dort.

»Du ahnst nicht, was ich entdeckt habe«, jubelte Andersson, der ins Büro gestürmt kam. »Malin hat die Scheidung eingereicht!«

»Du machst Witze«, sagte Gerdin, die von diesen unerwarteten Informationen auf dem falschen Fuß erwischt wurde. »Du hast dich also beim Familiengericht erkundigt?«

»Yes. Ich dachte, wenn Schmidt ein solches Arschloch ist, wie du sagst, warum sollte sie dann weiter mit ihm verheiratet sein? Wenn sie dazu noch über den Atlantik geflohen ist, um dem Kerl zu entkommen, dann kann man genauso gut auch den letzten Faden kappen. Der Scheidungsantrag und eine sogenannte Personenstandsurkunde für das Scheidungsverfahren sind am Donnerstag beim Familiengericht eingegangen. Ebenso wie die Gebühr von vierhundertfünfzig Kronen.«

»Sie muss die Unterlagen schon vor langer Zeit bestellt haben«, überlegte Gerdin. »Und dann hat sie an dem Tag, bevor sie floh, Ernst gemacht. Und die Kinder?«

»Sie beantragt das alleinige Sorgerecht.«

»Wie erwartet. Sie weiß, dass ...«

Und jetzt fielen alle Puzzleteile an den richtigen Platz. In dem Augenblick, in dem Westman in den Raum kam, ging Gerdin auf, was Malin getan hatte.

»Malin wusste, dass Stefan Heidi ermordet hat«, sagte sie aufgeregt. »Aber sie konnte uns nicht einfach die Apothekenkarte und den Pass geben, die sie zu Hause gefunden hatte. Stefan hätte sich in einem Polizeiverhör zusammenreimen können, dass Malin die Gegenstände abgegeben hat, und das hätte er natürlich niemals akzeptiert. Sie war gezwungen, das, was sie wusste, auf eine andere Weise zu erzählen. Also inszenierte sie den Unfall gezielt draußen auf Farstanäset, um die Polizei dorthin zu locken und zu erzwingen, dass die Umgebung mit Suchtrupps durchkämmt wird. Nicht, um nach Malin zu suchen, wie wir glaubten, sondern nach Heidi. Alles war bis ins kleinste Detail geplant. Sie beantragte die Scheidung, buchte das Flugticket in Heidis Namen, steckte die Apothekenkarte ins Handschuhfach, inszenierte den Unfall und verließ das Land. In der Hoffnung, dass

Heidis Leiche gefunden wird und Stefan dafür in den Bau wandert.«

»Und dass sie selbst das Sorgerecht für die Kinder erhält«, ergänzte Andersson. »Wenn man bedenkt, was Stefan getan hat und wie lang die Haftstrafe ist, die ihn erwartet. Verdammt genial, das Ganze!«

»Aber woher wusste sie, wo Heidis Leiche zu finden war?«, fragte Westman.

»Mit der Mein-iPhone-suchen-App«, antwortete Gerdin. »Erinnert ihr euch, wie Stefan Schmidt sie auf der Autobahn zwischen Stockholm und Uppsala geortet hat? Da dachte ich sofort, dass er bestimmt rund um die Uhr kontrolliert, wo sie sich befindet. Malin hat wie in einem Gefängnis gelebt. Aber der Punkt ist, dass sie dasselbe bei ihm machen kann. Vielleicht lag sie in der Wohnung ihres Vaters und wollte schlafen, machte sich aber Sorgen, dass Stefan jeden Augenblick dort auftauchen könnte. Oder sie war einfach nur neugierig. Vielleicht fragte sie sich nur, was er gerade tat. Also schaute sie nach, wo er sich aufhielt, und entdeckte etwas sehr Seltsames. Nämlich, dass er sich mitten in der eiskalten Nacht draußen auf Farstanäset befand. Und als ihr später aufging, was er getan hatte, wurde ihr ebenfalls klar, dass er dort die Leiche verschwinden ließ.«

»Und das ganze Blut?«, fragte Andersson. »Wenn sie sich so schwer verletzt hat, dann …«

»Sie hat sich nicht verletzt«, warf Westman mit einem triumphierenden Lächeln ein. »Ich habe gerade herausgefunden, dass Annelie Danielsson in der Blutzentrale arbeitet, die dem *Akademiska-Krankenhaus* angeschlossen ist.«

Gerdin konnte sich nicht bremsen. Sie begann zu lachen, und sie war nicht die Einzige.

»Deshalb hatte sie es am Mittwochnachmittag so eilig, nach Uppsala zu kommen«, sagte Andersson, nachdem sie sich wieder gesammelt hatten. »Um sich Blut abnehmen zu lassen, das sie später im Auto verteilen konnte.«

»Ansonsten hätte es ja keine Suchtrupps gegeben«, konstatierte Westman.

»Sie musste auch aufbrechen, ohne dass die Familie es bemerkte«, sagte Gerdin. »Wenn man bedenkt, dass sie in den frühen Morgenstunden erst den Unfall inszenieren und dann zum Flughafen Arlanda fahren wollte. Die Flugtickets hat sie bestimmt am Nachmittag in Uppsala gekauft. In bar, damit Stefan sie nicht erwischt. Oder im Internet, über Annelies Konto oder das ihres Vaters.«

»Und Annelie hat ihr eigenes Auto genommen«, vermutete Andersson. »Begleitete Malin bis nach Farstanäset und brachte sie von dort nach Arlanda.«

»Aber warum hat er sie ermordet?«, fragte Westman. »Warum hat Stefan Schmidt Heidi Richter das Leben genommen?«

»Weil sie gelacht hat, als er keinen hochbekam«, antwortete Gerdin im Brustton der Überzeugung. »Oder weil sie seine egoistischen Spiele nicht mitspielen und wieder gehen wollte. Ein Psychopath erträgt keine Misserfolge. Er hat mangelnde Selbstkontrolle und keinerlei Empathie. Proseminar Psychologie.«

»Das Einzige, was uns fehlt, sind Beweise«, sagte Andersson.

»Mit Annelie Danielsson haben wir zumindest eine Zeugin«, bemerkte Gerdin. »Deswegen müssen wir sie finden. Ich schlage vor, dass ihr jungen Leute einen Ausflug nach Uppsala macht und euch zumindest anhört, was ihr Mann von dieser Sache weiß. Dann könnt ihr auch die Gelegenheit wahrnehmen, in die Wohnung von Malins Vater zu schauen. Wer weiß – vielleicht hat sie irgendeine Nachricht hinterlassen. Ihre Zeugenaussage wäre ja auch nicht so schlecht.«

*

Warum sollte einer der Bauarbeiter plötzlich nach Hause zu Eva-Lena fahren?, fragte sich Hamad. Um sie zu töten oder zumindest zu entführen? Nun waren zwar die Hunde erschossen worden, aber der Täter musste ja zweifellos hinter Eva-Lena her gewesen sein. Wenn es nicht um einen Einbruch ging, der schiefgelaufen war. Aber es wirkte wenig wahrscheinlich, dass er zufällig gehört hatte, dass bei jemandem namens Eva-Lena, deren Nachnamen er nicht kannte, niemand zu Hause war, und deswegen beschloss, ihre Adresse herauszufinden und dort einzubrechen. Von dem Schlüssel konnte er ja vorher nichts gewusst haben. Oder?

Nein, an einen stinknormalen Einbruch glaubte Hamad nicht. Es musste um mehr gehen. Aber wie er es auch drehte und wendete, kam er immer auf diese Hunde zurück. Warum war Eva-Lena plötzlich – nur ein paar Tage vor ihrem Verschwinden – auf die Idee gekommen, dass die Hunde sterben sollten? Das musste irgendetwas mit dem Fall zu tun haben, aber Hamad begriff einfach nicht, was genau.

Er musste den Hebel woanders ansetzen. Was war an diesem Fall noch besonders? Was hob ihn von anderen Vermisstenfällen ab? Alles. Und nichts. Alle Vermisstenfälle hatten ihre eigene Geschichte. Dahinter lag nie eine ganz einfache psychologische Erklärung, ganz egal, ob es sich um Mord, Selbstmord oder eine Auszeit von der Wirklichkeit handelte. Aber was war neben der Hinrichtung der

Hunde die seltsamste Zutat im Fall Eva-Lena? Ihre Persönlichkeit vielleicht. Ihre egoistische und verantwortungslose Lebensweise, bei der sie keine Rücksicht auf ihre Nächsten nahm. Ihre Spielsucht und die Liebhaber. Dass sie ihre wahre Identität verleugnete. Aber das war vielleicht nicht so aufsehenerregend, wenn sie ihre kurzen außerehelichen Affären damit in eine Art System gebracht hatte.

Was wussten sie über die Männer, mit denen sie etwas hatte? Bislang kannten sie nur zwei von ihnen, aber beide waren bereit gewesen, auf diese Beziehung zu setzen. Mit dem einen hatte sie gebrochen, als sie auf dem Weg zu ihm war. Vierzig Minuten vor der berechneten Ankunft. Sie komme mit dem Auto aus Sundsvall, hatte sie gesagt. Obwohl sie mit ziemlicher Sicherheit in Stockholm losgefahren war. Warum hatte sie sich plötzlich anders entschieden? Warum kniff sie plötzlich und fuhr wieder nach Hause, obwohl sie sich vorgenommen hatte, mit ihm von Angesicht zu Angesicht Schluss zu machen? Dass Eva-Lena launisch war, hatten sie sowohl von Bengt Wetterhag als auch von Johnny gehört. Aber dass sie feige war, konnte man ihr wohl kaum vorwerfen, wenn sie es schaffte, solch ein Doppelleben zu führen.

Sackgasse.

Vierzig Minuten von Sandviken. Oder war es Söderhamn? Söderhamn. Wo landete man dann? Wenn man in normaler Geschwindigkeit von Stockholm kam? Hamad beendete den Bildschirmschoner und loggte sich ein. Suchte nach einer Abstandstabelle und landete auf einer Seite, die sich mit der Behauptung anpries, dass sie den Abstand zwischen allen Orten in Schweden angeben könne. »Entfernung mit dem Auto berechnen« stand dort. »Söderhamn« tippte er ein. Nach Stockholm, rechnete er zuerst aus. Zweihundertachtundvierzig Kilometer – zwei Stunden und neunundzwanzig Minuten würde die Fahrt dauern. Er musste näher an Söderhamn suchen. Gävle? Achtzig Kilometer und sechsundfünfzig Minuten. Bergby? Tönnebro? Ja, irgendwo dort könnte sie sich befunden haben, als sie es sich anders überlegte und nach Hause zurückfuhr. Er googelte weiter und fand heraus, dass Tönnebro ein Rastplatz mit schöner Lage am See Varvs-Noran war. Natürlich ein geeigneter Ort, um mit den Hunden Gassi zu gehen. Passierte dort etwas, was sie zum Umdenken brachte? Lernte sie dort einen neuen Mann kennen, in den sie sich Hals über Kopf verliebte? Eine Gelegenheit, die sie sich nicht entgehen lassen konnte?

Plötzlich erinnerte er sich an etwas, das er vor ein paar Augenblicken erst gesehen, aber nicht für wichtig erachtet hatte. Er kehrte zurück zu der Seite mit den Suchergebnissen, und dort war es. Ein Artikel, den er ignoriert hatte, weil ihn der Rastplatz und die Karte interessiert hatten und sonst nichts. »Radfahrer von Hunden angegriffen – Zehnjährige schwer verletzt«, stand dort. War das in der Nähe von Tönnebro passiert?

Der Mann und das kleine Mädchen wurden ganz plötzlich auf ihrer Fahrradtour von zwei frei laufenden Hunden gejagt. Nachdem der Mann vom Fahrrad gefallen war, gingen die Hunde zum Angriff über. »Sie waren sehr aggressiv und haben ihn in den Kopf gebissen«, sagte einer der Rettungssanitäter.

Vater und Tochter waren gegen zehn Uhr auf ihren Fahrrädern in der schönen Umgebung des Sees Varvs-Noran in der Nähe des Rastplatzes Tönnebro unterwegs gewesen. Plötzlich tauchten zwei Hunde (vermutlich der Rasse Siberian Husky) auf und begannen sie zu jagen. Daraufhin stürzte der Mann vom Fahrrad, worauf die beiden Hunde zum Angriff übergingen. Die Zehnjährige radelte auf Aufforderung ihres Vaters weiter, aber nach kurzer Zeit verließen die Hunde den Mann und setzten in rasendem Tempo dem Mädchen nach. Es verlor die Kontrolle über sein Fahrrad und stürzte in einen Graben, wo es von den wütenden Tieren attackiert wurde.

»Sie hat tiefe Bisswunden im Gesicht, am Kopf und am Hals«, sagt Christer Jansson von der Polizei in Gävle.

Nach Aussage der Rettungssanitäter, die als Erste vor Ort waren, rief der Vater den Krankenwagen und versuchte dann, seiner Tochter zu helfen. Aber er konnte die Hunde nicht davon abhalten, weiter das Gesicht der Tochter zu zerbeißen. Das Mädchen wurde mit dem Rettungshelikopter zum Karolinska-Krankenhaus in Stockholm transportiert. Gegen 18 Uhr wurde sie immer noch operiert. Der Mann wurde mit Verletzungen an Kopf, Armen und Händen ins Krankenhaus nach Gävle gefahren. Die Hundebesitzerin, nach der mittlerweile polizeilich gefahndet wird, hatte den Ort direkt nach dem Vorfall zusammen mit den Hunden verlassen. Es gibt keine Zeugenaussagen, die über die Identität der Flüchtigen Auskunft geben könnten.

Schrecklich, war Hamads erster Gedanke. Wann ist das passiert?, war sein zweiter. Darauf bekam er eine Antwort, als er die Zeilen über dem Artikel las. Er war datiert auf den vierten Mai 2006. Das war der Tag, an dem Eva-Lena Wetterhag kurz vor zehn ihren Liebhaber in Söderhamn angerufen hatte, um ihre Beziehung zu beenden. Plötzlich war Hamad vollkommen klar, warum Eva-Lena das Auto vor fünf Jahren abgestellt hatte und warum die Hunde seitdem kein Teil ihrer erfundenen Alter Egos mehr waren.

Ein paar Minuten später hatte sich auch der Verdacht bestätigt, den er hinsichtlich der Identität des verletzten Mannes hatte. Ein Fünfundvierzigjähriger namens Johan Borgström.

Montagnachmittag

Johan Borgström sah tatsächlich nicht besonders gut aus. Seine Hände und Unterarme waren unbeschreiblicher Gewalt ausgesetzt gewesen und von Narben übersät. Was Petra zuerst für die Folgen eines Arbeitsunfalls gehalten hatte, waren in Wirklichkeit die Abwehrverletzungen von der Hundeattacke, die fünf Jahre zuvor stattgefunden hatte. Die deformierten Ohren hatten nichts mit Kampfsport zu tun, sondern waren eine weitere traurige Erinnerung an dieses schreckliche Unglück. Oder wie man es nennen sollte. Denn hinter der Katastrophe steckte eine Hundebesitzerin, die ihre Tiere fahrlässig nicht angeleint und außerdem die kriminelle Handlung begangen hatte, sich vom Unfallort zu entfernen. Sie hatte keinen Krankenwagen gerufen und war nicht geblieben, um den beiden notleidenden Menschen Hilfe zu leisten, sondern hatte sich einfach ins Auto gesetzt und war davongefahren.

»Ich bin darüber hinweggekommen«, sagte Borgström. »Ich habe es hinter mir gelassen und bin weitergegangen.«

»Ich muss zugeben«, sagte Hamad, »dass ich selten größeres Verständnis für eine Person hatte, die ich verhören musste, als für Sie. Es tut mir zutiefst leid, was Ihrer Tochter und Ihnen vor fünf Jahren zugestoßen ist. Aber das entbindet uns nicht von der Pflicht, diese Fragen stellen zu müssen. Sie lügen an mehreren Punkten, und das hilft Ihnen nicht. Eva-Lena Wetterhag ist verschwunden, und Sie sind des Mordes verdächtig oder zumindest des Menschenraubs.«

»Mord«, schnaubte Borgström.
»Sie leugnen also?«
»Darauf können Sie wetten.«
»Aber Sie haben sie gesehen?«
»Letzte Woche war ich nachmittags auf dem Weg nach Hause. Auf dem Bürgersteig ist mir eine Frau begegnet, die stehen blieb und mich voller Panik anstarrte. In dem Moment habe ich sie nicht wiedererkannt, aber später wurde mir klar, dass dies die verschwundene Frau war.«
»Sie haben sie also nicht mit dem Hundeangriff in Verbindung gebracht?«, fragte Sandén.
»Wie gesagt, ich bin darüber hinweg.«
»Ich glaube nicht, dass man über eine solche Sache einfach so hinwegkommt. Hatte sie die Hunde dabei, als Sie sich auf der Straße begegneten?«
»Darüber habe ich gar nicht nachgedacht.«
»Wenn ich in Ihren Schuhen stecken würde, wäre mir jeder Polarhund sofort aufgefallen«, sagte Sandén. »Und ich hätte mir jede Frau mit so einem Hund ganz genau angeschaut, um zu sehen, ob sie es nicht ist.«
»Das ist Ihre Meinung.«
»Eva-Lena hat seit vergangener Woche darüber gesprochen, die Hunde einschläfern zu lassen«, sagte Hamad. »Was meinen Sie, könnte das mit Ihrer Begegnung zusammenhängen?«
»Wie gesagt, ich habe die Frau nicht wiedererkannt. Erst nachdem Sie mir die Bilder gezeigt haben. Und auch da habe ich sie nicht mit der Hundeattacke in Zusammenhang gebracht.«
»Wir haben Ihre Fingerabdrücke auf dem Schlüssel gesichert, der vor Eva-Lenas Haus unter der Matte lag.«
»Das kommt mir ziemlich idiotisch vor, den Türschlüssel so hinzulegen, dass jeder ins Haus kommen kann.«

»Das finde ich auch«, sagte Hamad. »Aber können wir nicht langsam mal aufhören, dieses Spiel zu spielen?«

Borgström antwortete nicht. Er sah vor allem zornig aus, während er die zerstörten Hände rang und sein Blick durch den Raum flackerte, ohne jemals den Augen jener zu begegnen, die mit ihm sprachen.

»Wir wissen, dass Sie an dem Fenster gearbeitet haben«, fuhr Hamad fort. »Wir wissen, dass Sie am Freitag vor einer Woche das Zelt daran befestigten, bevor Sie und Lindberg Feierabend machten. Sie sahen sie dort sitzen, die Frau, die Ihnen und Ihrer Familie einen solchen Schmerz zugefügt hatte.«

»Sie haben doch nicht die geringste Ahnung«, sagte Borgström, ohne aufzuschauen.

»Nein. Aber Sie können uns ja davon erzählen.«

»Sie nahm sich das Leben«, sagte Borgström. »Emma. Sie war so verdammt hässlich, dass sie sich das Leben nahm.«

Hamad und Sandén warfen einander einen kurzen Blick zu. Hamad musste schlucken.

»Ihre Tochter?«, fragte Sandén.

Borgström nickte, ohne aufzuschauen.

»Ich war darüber hinweggekommen. Das stimmt. Aber Emma kam in die Pubertät. Es ist nicht lustig, vierzehn Jahre alt zu sein und auszusehen, als wäre man von einer Dampfwalze überfahren worden. Sie sprang vor einem Jahr vor einen Zug. Meine Frau brach zusammen, und wir trennten uns. Ich zog nach Stockholm und versuchte von vorne anzufangen. Und dann taucht dieses verdammte Gespenst wieder auf. Was soll man da tun?«

»Scheiße«, sagte Sandén. »Scheiße.«

»Ja, was haben Sie getan?«, fragte Hamad, der gewisse Schwierigkeiten hatte, die Fassung zu wahren.

Was für eine unwahrscheinliche, tragische Geschichte. Er selbst fühlte sich total erschöpft. Aber Johan Borgström hatte seine Energie zurückgewonnen und wandelte sie jetzt in Zorn um.

»Ich stand vor dem Fenster und malerte, als diese andere Frau zu plappern begann und Fragen stellte. Ich hörte etwas über Hunde, dass sie Eva-Lena hieß und in Sköndal wohnte. Aber erst als ich das Zelt vor das Fenster setzen wollte, sah ich, wer sie war. Diejenige, die mir ein paar Tage zuvor auf der Straße begegnet war. Die meiner Tochter das Leben genommen hatte. Also fand ich heraus, wo sie wohnte, und fuhr dorthin. Ich wollte einbrechen, aber weil sie den Schlüssel so unheimlich intelligent abgelegt hatten, war das nicht mehr nötig.«

»Dann haben Sie auf Eva-Lena gewartet?«

»Nein. Ich habe die Köter mit jeder Menge Hundeleckerlis, die ich auf dem Weg gekauft hatte, ins Bett gelockt. Zu Hause waren sie ganz anders. Sie hätten sie am Varvs-Noran sehen sollen.«

Das musste ich zum Glück nicht, dachte Hamad.

»Sie legten sich ganz artig ins Bett und naschten. Ich wollte eigentlich das Messer nehmen«, sagte Borgström und griff sich an den Werkzeuggürtel. »Ich hätte keine Sekunde gezögert. Aber direkt hinter der Tür lag eine Pistole. Geladen und bereit. Also dachte ich, dass es noch leichter wäre, sie zu erschießen. Diese verdammten Biester hätten schon vor langer Zeit umgebracht werden müssen. Jetzt war es so weit.«

Hamad dachte an Eva-Lena, die eine Tochter bei einem anderen tragischen Unglück verloren hatte. Dass es an diesem Verlust liegen musste, dass sie sich nicht von den Hunden trennen konnte. Dass sie deswegen von Tönnebro geflohen war, weil sie wusste, dass die Hunde eingeschläfert werden würden, sobald sie sich zu erkennen gab. Sie fand vielleicht, dass sie schon genug Elend hatte ertragen müssen. Dass sie etwas brauchte, wofür sie weiterleben konnte. Etwas, mit dem sie kuscheln und schmusen konnte wie mit ihrer kleinen Tochter. Denn mit Johnny ging das nicht mehr. Den Grund dafür konnte sie wahrscheinlich nicht formulieren, aber vielleicht gab es ja einen Begriff dafür, und Psychologen, die ihr helfen konnten, es zu verstehen. Die ganze Geschichte war voller Verlierer. Jeder von ihnen hatte seine eigene Trauer zu tragen.

»Was haben Sie danach gemacht?«, fragte Sandén.

»Ich bin nach Hause gefahren und habe mich verdammt gut gefühlt.«

Als Borgström das sagte, sah er ihnen zum ersten Mal in die Augen. Eine lange Zeit erwiderte er Sandéns Blick, und er sah beinahe ein bisschen trotzig aus. Obwohl die Trauer seine Augen nicht verlassen hatte.

»Und glauben Sie bloß nicht, dass ich es bereue. Ich habe bereits alles verloren, was mir etwas bedeutet.«

Das war das Letzte, was er sagte, bevor sie ihn gehen ließen.

*

Bevor sie in den Flur trat, holte Annelie noch einmal tief Luft. Die wohlbekannten Düfte schlugen ihr entgegen. Der eigene Duft der Familie nach allem, was Zuhause war, was wirklich etwas bedeutete. Antons Winterstiefel lagen hinter der Tür auf dem Boden, die Daunenjacke hing am Haken. Er war bereits von der Schule nach Hause gekommen, ein Schlüsselkind mit zwei voll berufstätigen Eltern.

»Anton!«, rief sie. »Ich bin zu Hause!«

Sie hörte seine Schritte, als er die Treppe heruntergelaufen kam, um sie zu begrüßen. Er hatte bestimmt viel zu erzählen. Er warf sich ihr in die Arme, und sie genoss es. Bald würde er zu groß sein für solche kindlichen Gesten.

»Wo bist du gewesen? Wir dachten, du würdest gestern schon kommen.«

»Konferenz, mein Schatz. Draußen auf dem Land. Es gab kein Netz, also konnte ich nicht anrufen. Ach, ich habe mich so nach dir gesehnt!«

»Konferenz? Aha.«

Per kam aus der Küche, er hätte eigentlich noch auf der Arbeit sein sollen. Seine Stimme war hart und kalt.

»Hallo, Liebling!«, sagte Annelie trotzdem.

Aber er war wie ein Hund, konnte ihre Angst riechen.

»Jana wusste nichts von irgendeiner Konferenz.«

»Jana? Hast du mit ihr gesprochen?«

»Ich habe sie im ICA Maxi getroffen. Als sie mit ihrem Mann den Wochenendeinkauf machte. Wie man das eben so macht, du weißt ja.«

»Hast du getrunken, Per? Warum bist du nicht auf der Arbeit?«

»Krank.«

Anton spürte die Spannung in der Luft, stand mit breiten Beinen da und wiegte sich zwischen Annelie und Per von einem Fuß auf den anderen. Annelie bückte sich und öffnete die Reißverschlüsse ihrer Stiefel.

»Dann werde ich dich ordentlich umsorgen«, sagte sie. »Ihr ahnt gar nicht, wie sehr ich mich nach euch gesehnt habe!«

Aufgesetzt, dämlich, durchsichtig. Annelie wusste, dass Per sie durchschaute. Sie stellte die Stiefel ins Schuhregal und hängte die Jacke auf einen Bügel.

»Habt ihr Lust auf Kaffee und Kuchen? Ich glaube, wir haben noch ein paar Teilchen in der Kühltruhe.«

Per starrte sie an, ohne zu antworten, sein Blick war leer und ausdruckslos. Anton hatte ihr den Rücken zugewandt, hatte die Arme seitlich ausgestreckt und pendelte weiter hin und her.

»Was machst du da, Anton?«, fragte Annelie mit einem Lächeln und schlang die Arme um ihn.

Sie ging mit Anton als Schild auf Per zu, ließ ihn für einen Augenblick los, um ihre Arme Per entgegenzustrecken. Er zog den Kopf zurück, ein deutliches Zeichen. Er machte ihr klar, dass es hier keinen Platz für Zärtlichkeiten gab.

»Okay, dann gibt es jetzt Kaffee.«

Sie schaukelte weiter zur Küche mit Anton in den Armen. Hoffte, dass seine Anwesenheit Per beruhigen würde. Sie spürte die Spannungen im Oberkörper des Jungen, er wiegte sich immer noch vor und zurück. Spielte den Clown, um die Aufmerksamkeit auf sich zu ziehen oder sich abzuschirmen. Er hatte auch keine bessere Idee als Annelie; sie wussten beide, was gleich passieren würde. Annelie würde ihn in sein Zimmer schicken, dann würde er seltsame, schlimme Geräusche von unten hören, seine Mutter würde für eine Weile im Badezimmer verschwinden und sich dann ein paar Stunden unter einer Decke auf dem Bett erholen. Noch gab es ein bisschen Hoffnung, dass es anders laufen könnte, wenn irgendetwas passierte, das die Ereignisse in eine andere Richtung lenken würde. Das Telefon könnte läuten, oder jemand könnte an der Haustür klingeln. Der Blitz könnte einschlagen und ein Feuer entfachen. Ein Erdbeben, und das Dach stürzte ein. Eine kleine Hoffnung auf ein umwälzendes Ereignis, das den Lauf der Dinge ändern würde.

Annelie ließ Anton los und öffnete den Kühlschrank. Wie ein Blutegel hing er an ihr, klammerte sich an ihrer Taille fest und versuchte sie ganz mit seinen Armen zu umschlingen. Sie spürte, wie sich Pers Blick in ihren Rücken bohrte, holte eine Tüte mit tiefgefrorenen Teilchen heraus und ging zum Schrank, in dem die Teller standen.

»Hast du Mama so sehr vermisst, Schätzchen?«

Auf mit der Plastiktüte, die Teilchen auf den Teller und hinein in die Mikrowelle.

»Also, wo bist du gewesen?«

Sie drehte sich um, Per war näher gekommen, hatte sich von hinten angeschlichen, während sie beschäftigt war. Anton turnte an ihr wie ein kleines Wiesel, stellte sich auf ihre Füße, ließ sie nicht los.

»Ich werde es dir erzählen, Liebling, wenn wir alleine sind. Es ist etwas ganz Schreckliches passiert, und ich war gezwungen, mich zu verstecken.«

Was tat sie da, wollte sie etwa alles erzählen? Wollte sie Malins schreckliches Geheimnis lüften, um sich selbst zu retten, die Aufmerksamkeit von sich selbst abzulenken? Eine Freundin aus Eigennutz verraten? Sie wusste es nicht, hatte keinen richtigen Plan für Situationen wie diese. Sie versuchte einfach, alles vor sich herzuschieben, Zeit zu gewinnen. Annelies Angst peitschte Per auf. Sie sah den Blutdurst in seinen Augen, die Angst in Antons.

»Also keine Konferenz?«, sagte Per mit eiskalter Stimme. »Und kein Netz?«

»Wir reden später darüber. Das sollte doch möglich sein. Es ist nichts für Antons Ohren.«

»Wir reden jetzt darüber.«

»Ja, Mama, erzähl jetzt! Ich will es hören!«

Anton griff verzweifelt nach dem letzten Strohhalm. Per war jetzt ganz nah an Annelies Gesicht, mit entblößten

Zähnen und einem Blick, der das Schlimmste ahnen ließ. Sein Atem stank nach Alkohol.

»Möchtest du vielleicht einen Whisky, Liebling? Gegen die Erkältung?«

Verzweifelte Katzbuckelei. Mit schriller und gebrochener Stimme. Anton hörte es, klammerte sich mit geschlossenen Augen so fest an sie, wie er konnte, war jetzt eingeklemmt zwischen seinen Eltern. Pers Daumen an Annelies Kehle, die Gnadenfrist war vorüber.

»Rauf in dein Zimmer, Anton. Hör Musik und mach deine Hausaufgaben, danach gibt es Kuchen!«

Anton verließ den sofort nicht mehr existierenden Raum zwischen den Körpern seiner Eltern, lief mit den Händen als Scheuklappen neben seinen Augen aus der Küche und die Treppe hinauf. Annelie erinnerte sich jetzt. Davor war sie geflohen, vor diesem Teil ihres Alltags, den sie nicht verdient hatte und den sie nicht aushielt.

»Du bist widerwärtig, weißt du das?«

Mit nachdrücklicher Verachtung spuckte er diese Worte aus. Annelie wusste, dass Per in diesem Augenblick genau das meinte, was er gesagt hatte. Wie üblich hörte man keine Musik aus dem Obergeschoss. Anton wollte sich nicht abschotten. Er wachte über sie, konnte sich nicht überwinden, das auszuschließen, was passierte. Er hörte jeden Schlag und jeden Schrei, war ein Teil davon und erlebte es gleichzeitig und auf dieselbe Weise wie seine Mutter. Jeder Schlag traf auch ihn und tat ihm weh, jede Demütigung und jedes harte Wort setzte sich wie ein Widerhaken in seinem Selbstgefühl fest. Anton ist ein Kind, das von seinem Vater misshandelt wird, dachte Annelie. Wie hatte sie das vergessen können?

»Du kannst mich nicht an der Nase herumführen, du verdammte Schlampe«, fauchte Per.

Seine Finger schlossen sich um ihren Hals, sein Knie traf ihren Unterleib mit großer Wucht. Eine Welle aus Schmerz zog durch ihren Körper. Sie wollte sich nach vorne beugen, hing aber in seinem Griff fest, konnte große Teile ihres Körpers nicht beherrschen. Stattdessen fuchtelte sie mit ihren Armen und schnappte nach Luft.

»Du bist ja eine schöne Mutter. Bist das ganze Wochenende weg und fickst herum und erfindest eine verdammte Konferenz.«

Annelie wollte antworten, aber die Worte blieben ihr im Halse stecken, sie konnte kaum noch atmen. Stattdessen konterte sie mit derselben Attacke; sie drückte ihr Knie in seinen Schritt, konnte aber nicht ausholen, weil sie gegen die Spüle gedrückt wurde. Er grinste, vollkommen unbeeindruckt von ihrem Angriff, aber provoziert von ihrem Widerstand.

»Du bist pathetisch. Ich werde dich töten, Annelie. Du weißt, dass ich dich eines schönen Tages töten werde.«

Eine Dusche aus Speichel in ihrem Gesicht, aus seinen Augen strahlte der ungeschminkte Hass. Er lockerte den Griff um ihren Hals, griff mit beiden Händen nach ihren Haaren und schleuderte sie mit einer solchen Kraft gegen den Küchentisch, dass die Obstschale zu Boden fiel und in tausend Stücke zersprang. Annelie spürte, wie sich Hautfetzen von ihrem Kopf lösten, wie es in der Schulter knackte, als sie auf die Tischkante traf, und danach im Handgelenk, als sie auf das Eichenparkett fiel. Der Schmerz war unbeschreiblich, und trotzdem hatte sie nur Anton im Kopf. Nicht schreien, es nicht noch schlimmer machen. Es musste ein Ende haben, Anton brauchte ein, zwei Wochen Atempause. Mithilfe des unverletzten Arms erhob sie sich auf die Knie, griff nach der Spüle und zog sich hoch. Gleich war es vorbei, in wenigen Augenblicken würde er weinen und um Verzeihung bitten, versprechen, dass es nie wieder vorkommen würde, und sich wundern, wie das alles über ihn gekommen war. Es war der Alkohol, würde er sagen. Manchmal brennt einfach die Sicherung durch. Aber du sollst mich verdammt noch mal nicht belügen, das solltest du doch wissen. Du kannst nicht so was tun und mir und Anton das Leben schwer machen, uns einfach im Stich lassen, uns belügen und mit anderen Männern betrügen. Du musst damit aufhören. Dann passiert so etwas auch nicht. Du dummes Weib.

Aber noch nicht. Er war immer noch nicht richtig fertig, hatte noch nicht den ganzen Druck abgelassen. Annelie lehnte sich gegen die Spüle, atemlos, mit Tränen in den Augen. Sie weinte nicht, aber die Tränen kamen einfach, quollen aus den Augen und verdunkelten die Sicht. Wie in einem Nebel sah sie, wie er die Faust ballte und mit dem Arm ausholte. Sie sah den Schlag, den er auf ihr Gesicht richtete, spürte, wie die Zähne eingeschlagen wurden, schon bevor es passierte.

In diesem Augenblick griff sie nach dem Tranchiermesser auf der Arbeitsplatte. Instinktiv, aus einem Reflex heraus. Eigentlich war es gar nicht Annelie, die das tat, sie konnte es gar nicht sein. Sie wurde von einer Kraft gesteuert, die von außen kam. Aber es war Annelie, die die Konsequenzen analysierte und vor den gewalttätigen Kräften kapitulierte, die plötzlich ihren Körper in Besitz genommen hatten. Es war Annelie, die dachte.

Jetzt wird einer von uns sterben. Per oder ich. Und Anton wird uns beide verlieren.

*

Als der Zug im Hauptbahnhof einfuhr, stand Bengt Wetterhag auf dem Bahnsteig und wartete. Schlang die Arme um Johnny, der es nötig zu haben schien.

»Jetzt sind nur du und ich übrig«, sagte er. »Wir müssen das alles zusammen durchstehen.«

Johnny blieb regungslos in seiner Umarmung. Bengt schob ihn von sich weg, und mit den Händen auf seinen Schultern musterte er ihn von oben bis unten. Er sah miserabel aus.

»Du scheinst deinen Spaß gehabt zu haben«, sagte Bengt mit einem Lächeln, und sie gingen zum Auto, das er für viel Geld oben am Klarabergsviadukten geparkt hatte.

»Hast du Kontakt zur Polizei aufgenommen?«, fragte Bengt, als sie losfuhren.

»Nein«, sagte Johnny.

»Sie haben die ganze Woche nach dir gesucht. Sie müssen in den Waffenschrank schauen.«

»In den Waffenschrank? Warum denn?«

»Die Hunde sind erschossen worden. Wahrscheinlich mit deiner Pistole. Hast du sie draußen liegen lassen, als du das letzte Mal zu Hause warst?«

Johnny dachte eine Weile nach, bevor er antwortete.

»Ich glaube schon.«

»Du solltest an deinen Waffenschein denken«, sagte Bengt, »und die Sicherheit nicht vernachlässigen.«

»Mama hat doch ohnehin einen Schlüssel zum Schrank. Sie hat ihnen also nicht den Hals durchgeschnitten, wie wir zuerst gedacht haben?«

»Mama hat die Hunde nicht getötet, Johnny. Wir lagen total falsch mit unserer Vermutung.«

»Was?«

Johnny sah verwundert aus, ein bisschen skeptisch.

Zumindest mal eine Reaktion. Nicht immer dieser pubertäre »Wen interessiert das schon«-Ausdruck.

»Ich bin froh, dass du angerufen hast«, sagte Bengt. »Erzähl mir, was du in Kopenhagen getan hast.«

»Das willst du nicht wissen«, sagte Johnny und drehte sich zum Fenster, damit Bengt sein Gesicht nicht sehen konnte.

»Doch, ich möchte es wissen. Kritisiere ich etwa immer an dir herum, oder was?«

»Nein.«

»Na, also. Jetzt erzähl.«

»Warum?«

»Weil es mich interessiert, Johnny. Ich möchte wissen, was in deinem Kopf vorgeht. Ich möchte, dass es dir gut geht.«

»Aber es geht mir nicht gut.«

»Nein, ich weiß. Aber ich möchte, dass wir gemeinsam versuchen, das zu ändern. Vielleicht haben wir jetzt nur noch uns beide.«

»Und Mama?«

»Von ihr wissen wir nichts. Was hast du in Kopenhagen gemacht?«

»Ich habe versucht, mein ganzes Geld loszuwerden und zu vögeln, zu saufen und Drogen zu nehmen, bis ich tot umfallen würde.«

»Du wolltest dich totvögeln?«, sagte Bengt mit einem Lächeln.

Johnny schaute ihn an und begann tatsächlich zu lachen.

»Ist daran etwas falsch?«, erwiderte er.

»Ganz und gar nicht. Das klingt wie eine großartige Art, zu sterben. Und wie fandst du es?«

»Das Sterben?«

»Nein, daraus ist ja offensichtlich nichts geworden. Ich meine das Geldverjubeln.«

»Das hat auch nicht so gut funktioniert. Ich landete zu Hause bei einer Frau, die ... Es war auf jeden Fall schön.«

»Dir ist es also gut gegangen?«

»Ja, ziemlich.«

»Dann gibt es also Hoffnung?«, fragte Bengt. »Für die Zukunft?«

»Was meinst du damit?«

»Ich meine, dass es die eine oder andere Sache gibt, mit der man sich unterhaltsam die Zeit vertreiben kann.«

»Vielleicht.«

»Dann tu es.«

Johnny antwortete nicht. Bengt sah aus den Augenwinkeln, dass er hin und wieder zu ihm herüberschielte.

»Ich habe von der Polizei gehört, dass du dich geprügelt hast«, sagte Bengt nach einer Weile.

»Das hat die *Polizei* gesagt?«

»Ja, dieser Liebhaber hat sie angerufen und davon erzählt. Raymond.«

»Raymond? Warum denn?«

»Er dachte wohl, dass es für die Ermittlungen von Interesse wäre. Dass Eva-Lena unter falscher Flagge fährt, sozusagen. Warum hast du mir das nicht erzählt? Falls du es gewusst hast. Aus Loyalität zu deiner Mutter?«

»Vielleicht. Aber vor allem wollte ich dich nicht traurig machen.«

»Es freut mich, dass du das sagst, Johnny. Dass du dir Gedanken darüber machst, wie ich mich fühle. Aber ich kann ziemlich viel ertragen und hatte bereits einen gewissen Verdacht, was deine Mutter da treibt.«

»Warum hast du dann nichts gesagt? Oder irgendetwas getan?«

»Aus denselben Gründen wie du, denke ich. Wir sind wohl beide wie die Katze um den heißen Brei herumgeschlichen, oder?«

»Ja. Aber es kostet Kraft.«

»Es ist nicht deine Verantwortung, Johnny. Du hast dir deine Mutter nicht ausgesucht. Aber ich.«

»Ja, und man kann sich fragen, warum.«

»Solidarität. Liebe. Ich möchte, dass es ihr gut geht. Dass es uns allen zusammen gut geht.«

»Ihr ist es nicht mehr gut gegangen, seit Simona gestorben ist.«

»Nein, ich weiß. Und dir auch nicht.«

»Nein, denn es ist mein Fehler gewesen.«

»Es war nicht dein Fehler, Johnny. Niemand hat einen Fehler gemacht. Du musst dich von diesen destruktiven Gedanken befreien. Sie machen dir alles kaputt. Du glaubst, du würdest deiner Mutter etwas schulden, aber das tust du nicht. Du musst mit jemandem über diese Dinge reden.«

»Das muss Mama dann aber auch.«

»Das sollte sie. Wenn sie lebt.«

»Zweifelst du daran?«

»Leider ja. Wenn ich daran denke, was passiert ist.«

»Was ist denn passiert?«

»Deine Mutter hat etwas sehr Dummes getan, Johnny. Nicht mit Absicht, aber die Folgen waren schrecklich. Und sie hat sich vor der Verantwortung gedrückt.«

»Wie üblich also«, sagte Johnny müde. »Erzähl schon.«

Bengt berichtete die ganze Geschichte, wie er sie gehört hatte, ohne Umschweife und ohne sie in ein milderes Licht zu tauchen. Johnny ließ ihn während der ganzen Erzählung nicht aus den Augen, weigerte sich, dem Schmerz nachzugeben, der auch ihn ergriff. Als Bengt fertig war, schwiegen sie eine Weile. Und als Johnny ein paar Minuten später etwas sagte, geschah dies mit einer Einsicht und einer Reife, die Bengt nicht bei ihm vermutet hätte.

»Arme Mama«, sagte Johnny. »Sie muss sich während dieser ganzen Jahre so schlecht gefühlt haben. Unglaublich. Und sie konnte mit niemandem darüber sprechen.«

»Ich wünschte, sie hätte es trotzdem getan«, sagte Bengt. »Dass sie es gewagt hätte, sich der Realität zu stellen und ihre Strafe anzunehmen. Statt sich einfach in ihrer fiktiven Welt aus zufälligen Bekanntschaften, Casinos und was weiß ich noch zu verstecken.«

»Die Frage ist, wo sie sich jetzt versteckt hat«, sagte Johnny. »Wir müssen dieser krankhaften Flucht vor der Wirklichkeit ein Ende setzen.«

Bengt schätzte Johnnys Wortwahl. Dass er von einem ›Wir‹ sprach. Er war sich nicht sicher, ob er vorher jemals in solchen Begriffen gedacht hatte.

»Ich kann mir kaum vorstellen, dass Eva-Lena noch am Leben ist, Johnny. Ich glaube, sie hat mit allem Schluss gemacht, als sie nach Hause kam und die Hunde erschossen im Bett fand.«

»So ist Mama nicht. Kennst du sie nach all den Jahren noch nicht besser?«

Bengt fragte sich, ob er Eva-Lena überhaupt kannte.

»Sie begräbt die Hunde und kehrt alles unter den Teppich«, fuhr Johnny fort. »Sie kommt wieder nach Hause und tut so, als wäre nichts passiert. Nur noch deprimierter und noch unberechenbarer.«

»Aber es dauert doch keine zehn Tage, die Hunde zu begraben?«, widersprach Bengt.

Trotzdem hatte er das Gefühl, dass Johnny recht hatte. Was ihn zu der Einsicht brachte, dass sie voneinander lernen konnten. Wie wichtig es war, dass sie miteinander sprachen. Immer wieder und über alles.

Plötzlich geriet das Auto vor ihnen außer Kontrolle. Bengt spürte, wie ihm das Adrenalin in die Adern schoss, und trat auf die Bremse. Der Wagen schlitterte ein bisschen auf dem eisigen Untergrund, und er hielt gerade rechtzeitig an, bevor es zu spät war. Aber vor seinem inneren Auge sah er ein ganz anderes Auto.

»Wohin würde sie fahren, um die Hunde zu begraben, Johnny?«, fragte Bengt mit wachsender Panik.

Vor sich sah er Eva-Lenas kleinen Hyundai im Schneewetter. Weiß und ohne Winterreifen.

*

Als Westman und Andersson den sorgfältig geräumten und mit Sand gestreuten Weg zum Haus der Familie Danielsson hinaufgingen, musste Westman an etwas denken, was sie ein paar Stunden zuvor gehört hatte. »Noch eine verschwundene Frau«, hatte Gerdin am Vormittag gesagt, als sie über Annelie Danielsson gesprochen hatten. Seitdem hatten sie sich eigentlich darauf geeinigt, dass Malin Schmidt mit Heidis Pass nach Mittelamerika gereist war, aber trotzdem. Über Annelie wussten sie nicht mehr, als dass sie in der Blutzentrale arbeitete, seit einigen Tagen aber nicht mehr dort aufgetaucht war. Und dass sie mit einem Mann verheiratet war, der sie wahrscheinlich hin und wieder schlug. Wenn es stimmte, was die Oberschwester glaubte, hatte Annelie eine Auszeit genommen, vielleicht um zu Hause ihre Wunden zu lecken, vielleicht um irgendwo anders Frieden zu finden unter dem Vorwand, an einer Konferenz teilzunehmen. Im letzteren Fall galt es, seine Zunge zu hüten und ihrem Mann nicht unabsichtlich zu verraten, was es mit dieser Konferenz auf sich hatte. Im ersten Fall mussten sie natürlich Annelie finden, auch wenn sie sich irgendwo zu Hause versteckte.

»Wir gehen erst eine Runde um das Haus«, sagte sie zu Andersson. »Annelie könnte zu Hause sein, ohne sich zu erkennen zu geben.«

Andersson nickte und signalisierte mit einer Kopfbewegung, dass sie einen Blick auf das Obergeschoss werfen sollte. Sie tat es. In einem der Fenster stand ein etwa achtjähriger Junge, der sie mit dem Daumen im Mund und einem Teddy im Arm anstarrte. Westman winkte ihm zu, aber er erwiderte ihren Gruß nicht.

»Er sieht ein bisschen zu alt aus für so etwas«, sagte Andersson mit leiser Stimme.

Sie verließen den Weg und stapften jeder in entgegengesetzte Richtungen durch den Schnee. Westman schirmte die Augen mit den Händen ab und schaute durch die Kellerfenster, stellte sich auf die Zehenspitzen, um in die beiden Zimmer im Erdgeschoss zu sehen, an denen sie vorbeikam. Hübsch und aufgeräumt, keine Menschen zu sehen. Doch, durch eine Türöffnung sah sie eine Bewegung in einem Raum, der eher zentral im Haus zu liegen schien. Der Winkel war spitz und die Sicht dadurch sehr begrenzt. Aber außer dem Jungen war noch jemand zu Hause, so viel war klar. Sie stapfte weiter durch den Schnee bis zur Rückseite des Hauses. Hier öffnete sich ein Garten, und am Haus lag eine Terrasse, die auf beiden Seiten von Spalieren eingefasst war. Am anderen Spalier tauchte Andersson auf; er schüttelte den Kopf, und Westman tat es ihm gleich. Bis jetzt noch keine Annelie.

Es war still, der Schnee hatte eine isolierende Wirkung und dämpfte die Geräusche von der nahen Landstraße. Ein Dutzend Kohlmeisen und ein paar Blaumeisen teilten sich friedlich den Platz auf dem Vogelhaus hinten am Werkzeugschuppen. Plötzlich hörte sie ein Geräusch. Ein beunruhigender Lärm aus dem Raum hinter der Terrasse.

Kurz danach Porzellan, das zerbrach. Instinktiv zog sie ihre Dienstwaffe und arbeitete sich mit großen, unbeholfenen Schritten durch den Schnee, bis sie das Ende des Spaliers erreichte. Andersson, der längere Beine hatte, war schon dort.

Er schaute um die Ecke, aber seine Perspektive war schlechter als Westmans. Er hatte keine Möglichkeit, die Frau zu sehen, die mit dem Rücken an der Spüle stand und mit dem Mund einen stummen, ängstlichen Schrei formte. Oder den Mann, der ihr mit aller Kraft in den Bauch trat, sodass sie sich vor Schmerz krümmte und auf den Küchenboden fiel. Westman sah das Messer in ihrer Hand und in den Augen des Mannes, was er damit tun wollte. Während sie sich durch den Schnee kämpfte, trieb sie Andersson an, der sich näher an der Küche befand.

»Lauf!«, rief sie. »Tritt die Tür ein! Er bringt sie um!«

Und Andersson gelang es tatsächlich, einen noch schnelleren Gang einzulegen. Mit riesigen Schritten und ungeahnten Kräften kämpfte er sich durch den metertiefen Schnee bis zur Glastür voran. Gleichzeitig sah Westman, wie der Mann, der nichts von dem bemerkte, was draußen vor sich ging, der liegenden Frau das Messer aus der Hand riss. Andersson sah sich nach etwas um, das hart und schwer genug war, um ein Dreifachfenster zu durchstoßen, der Mann hob den Arm, um zuzustechen. Andersson griff mit beiden Händen nach etwas, das eingeschlagen in eine grüne Plane an der Wand lehnte. Auch Westman war jetzt näher dran, zielte mit der Pistole auf die Beine des Mannes, wagte aber nicht zu schießen. Der Mann bewegte sich, die Frau lag zusammengekrümmt auf dem Boden und hielt die Arme über dem Kopf, wartete auf den Stich, doch sie war dem Mann viel zu nahe, sodass Westman nicht abdrücken konnte. Der Arm des Mannes bewegte sich jetzt nach unten, das Messer kam immer schneller auf den Rücken der Frau zu. Andersson warf die grüne Plane samt Inhalt gegen die Scheibe, die zerbrach, und für einen Augenblick sah Westman nichts von dem, was sich in der Küche abspielte. Sie war jetzt ebenfalls angekommen, und der Mann betrachtete sie mit dem Messer in der Hand und einer ausdruckslosen Miene. Die Frau lag auf dem Boden, in derselben Stellung, aber jetzt auf der Seite. Aus ihrem Oberarm strömte Blut; Anderssons plötzlicher Angriff auf die Terrassentür hatte den Mann abgelenkt, er schaute auf, das Messer änderte die Richtung, und die Frau konnte sich wegdrehen.

»Auf den Boden!«, schrie Westman. »Ich schieße sofort!«

Der Mann ließ das Messer fallen, das sich in das Parkett bohrte, ging auf die Knie und verschränkte die Hände im Nacken. Andersson steckte die Hand durch das zerbrochene Glas und öffnete die Tür. Die Frau gab keinen einzigen Laut von sich, sah nichts, hörte nichts. Westman fragte sich, ob sie unter Schock stand, ob sie noch gar nicht gemerkt hatte, was passiert war, und immer noch auf den tödlichen Stoß wartete. Sie lief zu ihr und kniete sich neben sie. Während Andersson Per Danielsson die Handschellen anlegte, einen Rettungswagen rief und Verstärkung anforderte, zog sie ihr Halstuch aus und band es der Frau fest um den Arm. Dann nahm sie sich die Zeit, ihr über die Haare zu streichen, ihr zu erklären, dass es vorbei war, dass der Krankenwagen auf dem Weg war und dass sie außer Gefahr war.

»Anton«, sagte Annelie. »Er darf das hier nicht sehen.«

»Kommen Sie«, sagte Westman. »Ich helfe Ihnen die Treppe hinauf, und dann reden wir mit ihm. Gibt es jemanden, den ich anrufen kann?«

»Meine Eltern. Aber das kann ich selbst machen.«

Und als sie jetzt zum ersten Mal Annelie richtig betrachten konnte, sah sie aus wie eine Frau, der ein kleines Missgeschick zugestoßen war. Das ihr vielleicht ein bisschen peinlich war, aber jedem irgendwann einmal passieren konnte.

»So etwas wird nie mehr passieren, Annelie. Ihnen ist hoffentlich bewusst, dass dies das allerletzte Mal war?«

Annelie schaute sie mit einem unsicheren Ausdruck an.

»Danke«, sagte sie und lächelte etwas verlegen.

Ein paar Stunden später brachen Westman und Andersson auf. Annelie Danielsson hatte ihnen die Antworten gegeben, die sie brauchten, und was sie über Malin zu erzählen hatte, bekräftigte ihren Verdacht. Gemeinsam dachten sie, dass irgendjemand dort oben seine Finger im Spiel gehabt haben musste, denn wenn man auch nur den geringsten Beweis gegen Stefan Schmidt gefunden hätte, hätte Annelie an diesem Nachmittag keinen Besuch von der Polizei bekommen.

*

Eva-Lena dachte immer dieselben Gedanken. Simona. Johnny. Bengt. Das kleine Mädchen und ihr Vater. Raymond. Erik, Örjan, Peter, Håkan und all die anderen. Alle, die sie im Stich gelassen hatte. Alle, denen sie auf die eine oder andere Weise wehgetan hatte. Damit sie selbst sich gut fühlte. Oder weil sie sich nicht gut fühlte. Das war die Strafe, dachte sie. Ist es bald vorbei? Ich bin jetzt bereit, zu sterben.

Vor zehn Tagen hatte sie die Hunde tot im Bett gefunden.

Wie lange musste sie noch weiterleiden? Vor zwölf Jahren hatte sie zugelassen, dass ihre Tochter unter dem Eis verschwand. Zwölf Jahre lang hatte sie Johnny dafür leiden lassen. Das waren mehr als viertausend Tage.

Tagsüber war es etwas heller im Auto. Die dicke Schneedecke ließ ein kleines bisschen Licht herein. Aber vielleicht bildete sie sich das auch nur ein. An den ersten Tagen hatte sie die Stunden gezählt, hatte gehofft, dass jemand das eingeschneite Auto entdecken würde. In den letzten Tagen hatte sie auf den Tod gewartet, gehofft, dass er bald kommen würde.

Es war kalt im Auto. Kalt, dunkel, unbequem und einsam. Die meiste Zeit hatte sie sich in die Daunendecke eingewickelt. Sie war wie ein Kokon, der sich dicht um den Körper schloss, sich mit ihrer Körperwärme füllte und sie zu ihr selbst zurückführte. Die beiden Kissen legte sie dorthin, wo sie sie brauchte. Wo sie im Augenblick den größten Nutzen hatten. Wenn sie die Bettwäsche nicht im Auto gehabt hätte, wäre sie jetzt schon lange tot. Aber das wäre vielleicht gar nicht schlimm gewesen. Unmerklich glitt sie zwischen Bewusstsein und Ohnmacht hin und her. Sie zog die Ohnmacht vor.

Im Kofferraum lagen die Hunde. Zwei tiefgefrorene Klumpen, die niemals leiden mussten. Verspielt und treu waren sie gewesen. Vertrauensvoll und nachsichtig. Sie hatten niemals etwas Böses getan. Was passiert war, war ihr eigener Fehler. Es war Eva-Lena, die nicht zu Kreuze gekrochen und gestanden hatte, dass es ihre Hunde waren. Sie war von dort geflohen – wegen Johnny und wegen Bengt, damit sie sich nicht für sie schämen mussten. Und ihretwegen – hatte sie nicht schon genug leiden müssen? Eva-Lena hatte die Hunde von der Leine gelassen, damit sie wild herumlaufen und Vögel und Hasen jagen konnten. Es war nicht der Fehler der Hunde, dass sie überdreht und wild waren, sie folgten ihren Instinkten dort auf dem Waldweg hinter dem Rastplatz. Es war Eva-Lenas Fehler. Sie hatte die Verantwortung für ihre Tiere. Und für ihre Kinder.

Sie hätte die Kinder nicht nach draußen in die winterliche Dunkelheit lassen dürfen. Oder sie hätte selbst die Aufsicht übernehmen müssen. Sie hätte nicht ein Kind zum Aufpasser für das andere machen dürfen, wenn draußen solche Gefahren lauerten. Simona war ohne Erlaubnis auf das Eis gegangen. Der Vater hatte die Verantwortung für den Haushalt und die Kinder Eva-Lena überlassen. Eva-Lena hatte die Risiken nicht in Betracht gezogen, die es mit sich brachte, die Kinder ohne Aufsicht ans Ufer zu lassen. Aber was passierte, war ein Unfall, niemand hatte Schuld. Oder alle. Nur Johnny nicht.

Aber es war Johnnys Fehler, dass es ihn noch gab. Johnny brachte die Waagschalen aus dem Gleichgewicht. Als das Leben am schwersten war und sie die Nase kaum über der Wasseroberfläche halten konnte, war Johnny da und brauchte Aufmerksamkeit. Sein Leben war nicht vorbei, sondern hatte gerade erst angefangen. Seine Tage sahen genauso aus wie vor der Katastrophe, seine Ansprüche waren genauso groß. Essen und Schlaf und saubere Wäsche. Trost, Gemeinschaft, Zuwendung, Anregung und Nähe. Dinge, vor denen der Vater floh und die Eva-Lena ihrem Sohn nicht mehr geben konnte. Es war irgendwie ungerecht – dass er plötzlich alles bekommen sollte, was Eva-Lena zu geben hatte, dass er nicht mehr mit seiner kleinen Schwester teilen sollte. Nach dem Unfall blieben nur noch sie beide – Johnny und Eva-Lena –, und Johnny war die ganze Zeit um sie herum, hinter ihr her. Wie eine Mücke, die einem um die Ohren summt. Wie ein Blutegel, der sich an der Haut festsaugte und niemals loslassen wollte.

Die Hunde dagegen teilten alles. Sie beschäftigten sich mit sich selbst, nahmen dankbar entgegen, was sie bekamen, und forderten nichts darüber hinaus. Es war so viel einfacher, Tiere zu lieben als Menschen. Die Liebe zu Menschen war erstickend, wie ein Lachen, das im Halse stecken bleibt. Sie führte immer zu Enttäuschung, enthielt so viel mehr Schmerz als Linderung. Die Liebe zu einem anderen Menschen bedeutete, viel mehr zu geben als zu nehmen, und ihr fehlte die Festigkeit und die Stabilität, auf der man Vertrauen aufbauen konnte.

Eva-Lena dachte, wenn sie das hier überleben würde, dann würde sie das Ventil ein bisschen lockern. Ein bisschen frische Luft hereinlassen und den alten Mief vertreiben. Die Sehnsucht nach Johnny und Bengt war enorm, aber sie würde sie mit an Sicherheit grenzender Wahrscheinlichkeit nie mehr wiedersehen. Das war die Strafe, und die hatte sie verdient.

Sie hatte während der zehn Tage fast nichts gegessen. Hin und wieder kurbelte sie das Seitenfenster hinunter und aß von dem Schnee. Der Schnee war ihr Freund und ihr Feind. Der plötzliche Wetterumschwung am Freitagnachmittag hatte den Wagen ins Schleudern gebracht. Die Temperaturveränderung ließ den Matsch auf den Straßen zu Eis gefrieren, und der ganze Schnee, der danach fiel, machte das Eis trügerisch. Langsam und vorsichtig war sie ohne Unfall den ganzen Weg nach Värmdö gefahren, trotz der Sommerreifen. Auf den kleineren, asphaltierten Straßen und den Schotterwegen war es auch noch gut gegangen. Erst auf dem letzten, steilen Abschnitt zu der Bucht, in der Simona ertrunken war, hatte sie die Kontrolle über den Wagen verloren. Wie auch immer sie am Lenkrad drehte und gegensteuerte, die Reifen hatten ihr eigenes Leben, und das Letzte, woran sie sich erinnerte, war, dass der Wagen in den tiefen Graben am Straßenrand schoss und der Stamm der großen Weide auf sie zurauschte. Als sie später mit geplatzter Oberlippe und blutiger Stirn erwachte, war es schon dunkel. Sie hatte sich den Nacken verletzt, fühlte sich schwindelig und übergab sich durch den kleinen Türspalt, den sie zwischen dem Auto und dem Grabenrand aufbekam. Eva-Lena schaffte es nicht, aus dem Auto zu kommen, die Hunde ins Wasser zu werfen und sie mit ihrer geliebten kleinen Tochter zu vereinen. In dem Zustand, in dem sie war, und bei den Gefühlen, die dieser Ort in ihr weckte, schaffte sie gar nichts. Stattdessen wickelte sie sich in die Decke und ließ den Erinnerungen ihren Lauf. Die Reue, die Angst und die Trauer begleiteten sie zurück in den Schlaf oder die Bewusstlosigkeit. Als sie erwachte, waren weitere achtzehn Stunden vergangen, und das Auto war vollkommen unter dem Schnee begraben. Die Gehirnerschütterung sorgte dafür, dass sie kaum etwas sah, sie konnte immer nur mit einem Auge schauen und hatte trotzdem Schwierigkeiten, das zu erkennen, was sich in ihrer Umgebung befand. Sie konnte nicht feststellen, ob die Türen zugefroren waren oder nur von den großen Schneemassen blockiert wurden. Die Autobatterie war mausetot, und das einzig Essbare, was sie fand, war eine Tüte *Bilar* und eine Packung Traubenzuckertabletten. Draußen heulte der Sturm, und sie fühlte sich immer noch benebelt und unwohl.

Erst in diesem Moment beschloss sie, um Hilfe zu rufen. Sie hielt das nicht alleine durch, und ihren Plan, die Hunde in der Bucht zu versenken, konnte sie nicht allein verwirklichen. All die harten Worte, die sie zu Hause erwarten würden, waren besser als die Schmerzen, die Kälte und die Dunkelheit, in der sie sich befand. Sie war bereit, ihre Strafe für das, was auf dem Rastplatz Tönnebro passiert war, zu akzeptieren, wenn sie das alles hier nicht mehr ertragen musste. In diesem Augenblick entdeckte sie, dass das Handy nicht in ihrer Handtasche lag. Sie erinnerte sich, dass sie es in ihrer Verzweiflung aus dem Fenster geworfen hatte, nachdem sie Hals über Kopf mit den blutigen Hundeleichen im Kofferraum von zu Hause aufgebrochen war. Damit sie nicht mit Bengt sprechen musste. Weil sie keine Lust hatte, irgendeine Geschichte darüber zusammenzuspinnen, wohin sie auf dem Weg war und warum. Weil sie es nicht wagte, die Wahrheit zu sagen. Er würde es ohnehin nicht verstehen. Er würde eine so kopflose und zutiefst unmoralische Art, mit der Situation umzugehen, nicht gutheißen.

Deshalb lag sie jetzt hier, zehn Tage später, und schwebte zwischen Leben und Tod, ohne dass irgendein Mensch auf der Welt wusste, wo sie sich befand. Der Schnee war ihr Feind, er hatte sie in diese Situation gebracht, in ein eiskaltes Auto, aus dem sie nicht entkommen konnte.

Aber der Schnee war auch ihr Freund gewesen. Er hatte das Auto auch in einen Iglu verwandelt, einen Raum, in dem das bisschen Wärme, das es gab, auch blieb. Und er gab ihr zu trinken; ohne den Schnee wäre sie schon seit mindestens einer Woche tot. Aber jetzt war es an der Zeit loszulassen. Jetzt spürte sie, dass sie wieder fortschwebte, und dieses Mal hoffte sie, dass sie nicht wieder aufwachen würde.

*

»Draußen auf Värmdö«, hatte Johnny geantwortet. »An der Hütte, die wir damals gemietet hatten. Mama würde die Hunde nicht begraben, sie würde sie in der Bucht versenken, in der Simona verschwand, damit sie wieder zusammen sind.«

Bengt fuhr wie ein Verrückter, hupte aggressiv und überholte rechts – er tat das, was nötig war, um so schnell wie möglich durch den Feierabendverkehr nach Värmdö zu kommen. Johnny verfluchte sich selbst, weil er nicht vorher daran gedacht hatte, weil er nicht zu Hause geblieben und sich damit die Möglichkeit genommen hatte, den Gedanken zu denken. Als er die Autobahn nach Värmdö erreicht hatte, setzte Bengt seine Irrsinnsfahrt fort, brach eine Verkehrsregel nach der anderen. Aus allen Richtungen wurden sie angehupt, aber Bengt ließ sich nicht beirren. Johnny wollte ihn nicht stören und sagte deshalb kein Wort, bis sie von der Autobahn abfuhren.

»Hier nach links. Konzentrier dich aufs Fahren, Bengt, ich halte die Augen auf.«

Johnny schaute nach rechts und links in die Straßengräben, betrachtete jeden Hügel genauer, der ein zugeschneites Auto sein konnte.

»Hier hätte sie jemand gefunden, Johnny. Hier fahren jeden Tag so viele Autos vorbei, ohne dabei besonders schnell zu fahren. Wenn sie noch lebt, dann ist es eilig, und wir müssen an den richtigen Stellen suchen.«

Und dann gab er wieder Gas, fuhr hundert, wo sechzig erlaubt war. Johnny wurde in den Linkskurven gegen die Tür gedrückt, hatte keine Möglichkeit, irgendwo anders hinzusehen als auf die Straße vor ihnen. Acht Minuten später bogen sie mit einer kräftigen Linkskurve in den Schotterweg ab. Bengt senkte die Geschwindigkeit ein wenig, aber immer noch nicht genug, dass Johnny irgendetwas erkennen konnte, das nicht unter die Schneedecke gehörte.

»Es ist eine Ferienhaussiedlung«, sagte Bengt. »Hier kommen ständig jede Menge Leute vorbei. Ich fahre langsamer, wenn wir den Privatweg erreicht haben.«

»Hier«, sagte Johnny. »Da vorne nach links.«

Bengt bremste und fuhr an den Straßenrand.

»Hier kann ich nicht langfahren. Da liegt zu viel Schnee. Wir müssen zu Fuß gehen.«

Keiner von ihnen hatte Kleidung oder Schuhe für so etwas, aber das spielte keine Rolle. Sie stapften durch den metertiefen Schnee zum Wasser hinunter. Der Schnee rieselte in die Stiefel und drang in die Hosen und die Jacken ein. Er war kalt und unangenehm auf der Haut, aber Johnny scherte sich nicht darum. Wenn seine Mutter hier irgendwo unter dem Schnee lag, ging es ihr bedeutend schlechter.

»Es ist steiler, als ich es in Erinnerung habe«, sagte Johnny. »Hier muss es an dem Tag verdammt glatt gewesen sein.«

»Siehst du etwas?«, fragte Bengt keuchend, und sein Atem stieg wie eine Rauchwolke vor ihm auf.

Aber Johnny sah nichts. In der Hütte und den Schuppen war alles dunkel, der Garten lag leer und verlassen unter schneebedeckten Bäumen. Wenn das Auto hier irgendwo war, dann war es versteckt oder in einer Versenkung. War sie in die Bucht hinausgefahren? Absichtlich, oder war sie nur den glatten Hang hinuntergerutscht und weiter auf das Eis geschlittert? Dieses verräterische Eis, das niemals trug, selbst wenn es so aussah. Welche Möglichkeiten gab es?, dachte er. Was könnte passiert sein, als seine Mutter hier angefahren kam, ganz aufgewühlt und mit Sommerreifen?

»Gibt es einen Graben neben der Straße?«, fragte Bengt.

Gab es einen? Müsste es eigentlich, aber jetzt sah es so aus, als wäre es nur eine flache Rinne, in der das Regenwasser zum Meer hin abfließen konnte. Aber so sah es jetzt aus, nach zehn Tagen fast ununterbrochenen Schneefalls.

»Ich weiß nicht«, antwortete Johnny. »Am besten geht jeder an seiner Seite der Straße weiter.«

Sie gingen an die Ränder und setzten ihren anstrengenden Marsch zum Haus hinunter fort. Es war so, wie Johnny geglaubt hatte. Ein Graben von ganz normaler Größe. Dann sah er die Weide unten am Grundstück. Sie beugte sich über das Wasser; ein schöner Baum, von dem er als Kind Zweige abgerissen hatte. Weiche, biegsame Gerten, die man als Peitschen verwenden konnte, wenn man Krieg spielte. Und dort, hinter dem Stamm, sah er einen Hügel, an den er sich nicht erinnern konnte. Im selben Augenblick rief Bengt:

»Was ist das da unten, neben der Weide?«

»Früher war da nichts«, sagte Johnny und erhöhte die Geschwindigkeit.

Wie ein Elch stakste er mit Riesenschritten hinunter, und sein Puls begann schneller zu schlagen. Bengt, der älter und kleiner war, kam nicht richtig hinterher, aber er gab sein Bestes.

»Im Windfang steht eine Schneeschaufel, Bengt. Hol sie.«

Und jetzt erinnerte er sich. Wie der Graben unten weiter wurde und in etwas endete, das nach der Schneeschmelze zu einem Teich wurde. Eine Kuhle voller bräunlichem Wasser, der sie sich nicht nähern durften, die aber im Sommer austrocknete und in der man garantiert jemanden fand, wenn man Verstecken spielte. Als er den Hügel im Graben erreichte, war er sicher, dass es sich um ein Auto handelte, das dort unter dem Schnee verborgen war. Sein Puls verdoppelte sich; was sollte er jetzt tun? Das Auto war mehr oder weniger eingekeilt, die Türen konnte man wahrscheinlich auf beiden Seiten nicht mehr als eine Handbreit öffnen, auch schon vor dem Schneefall nicht. Jedenfalls nicht weit genug, um auszusteigen.

»Es ist hier, Bengt!«, schrie er. »Beeil dich!«

Er kletterte auf das Dach, sank durch den Schnee und trat

mit den Füßen gegen das Metall. Spürte, wie das Adrenalin durch seinen Körper pumpte, seine Gedanken klärte. Sie mussten durch die Windschutzscheibe hineinkommen, eine andere Möglichkeit gab es nicht. Mit kräftigem Trampeln arbeitete er sich voran, drückte sich durch die kalte und widerspenstige Masse.

»Ruf den Krankenwagen, Bengt!«, schrie er, während er sich abmühte. »Sag ihnen, dass sie durch tiefen Schnee müssen!«

Er setzte sich in den Gang, den er freigeräumt hatte, und versuchte mit den Füßen einen Teil des Schnees auf der Windschutzscheibe wegzudrücken. Der Schnee wurde immer härter, je tiefer man kam; er stellte sich auf die Motorhaube und begann besinnungslos zu graben, schaufelte mit den Armen und den nackten Händen, dass der Schnee in alle Richtungen stob. Er verschwendete keine Gedanken daran, wie weh es tat, sondern dachte nur, dass seine Mutter noch am Leben sein musste. Er stellte sich vor, wie sie auf dem Rücksitz lag, in die blutige Decke gewickelt, und wartete. Ohne Nahrung und ohne Wärme hatte sie zehn Tage lang darauf gewartet, dass Bengt und Johnny das Auto aus den Schneemassen gruben und sie herauszogen. Mittlerweile hatte Bengt das Auto erreicht und reichte ihm keuchend die Schneeschaufel. Sie war von alter, gediegener Qualität, mit einem Stiel aus Holz und einer Schaufel aus Stahl. Sie wog schwer in seinen Händen, und diese Schwere wollte Johnny haben. Jetzt konnte er den Schnee schneller und effektiver wegschaufeln, den dicht gepackten Schnee vor dem Glas besser weghacken. Innerhalb weniger Minuten hatte er so viel von der Windschutzscheibe freigelegt, dass er sie zerschlagen konnte. Mit aller Kraft rammte er die Schaufel hinein, damit das Verbundglas zersplitterte. Danach brauchte er nur zu hacken, bis er das nach wie vor zusammenhängende Glas aus dem Rahmen ziehen und sich eine Einstiegsöffnung schaffen konnte.

»Sei jetzt vorsichtig, Johnny«, sagte Bengt, der sich ein bisschen erholt hatte und jetzt auch auf die Karosserie sprang.

Johnny scherte sich um keine Vorsichtsmaßnahmen, sondern krabbelte langsam durch die Öffnung. Zwischen den Sitzen sah er die weiße Decke, aber er konnte nicht ausmachen, ob sich darin etwas Lebendes befand. Aber es roch schrecklich im Auto, was ein gutes Zeichen sein könnte, dachte er, während er nach den Sitzen griff und sich ins Auto hineinzog. Dann drückte er sich zwischen den Sitzen hindurch und setzte sich mit gespreizten Beinen über den Körper, ohne eine Reaktion zu bekommen. Er streckte seine Finger in die kleine Öffnung am Kopfende der Decke, spürte aber keine Bewegung und auch nicht die Wärme, auf die er gehofft hatte. Voller böser Ahnungen gelang es ihm, den Körper mit steif gefrorenen, zitternden Händen auf die Seite zu drehen, damit er die Decke herunterziehen und sehen konnte, was sich darunter befand. Und dann konnte er die Tränen nicht bremsen. Dort lag seine Mutter mit geschlossenen Augen und eingesunkenen Wangen, und es war unmöglich festzustellen, ob sie noch lebte oder tot war. Er hielt die Hand vor ihren Mund in der verzweifelten Hoffnung, dort noch einen winzigen Hauch Wärme zu spüren. Aber er spürte nichts.

»Ihre Brust hebt sich noch, Johnny«, sagte Bengt. »Komm, versuch sie auf den Vordersitz zu legen.«

»Aber ich spüre keinen …«, sagte Johnny, aber Bengt hatte keine Geduld mit ihm.

»Jetzt, Johnny. Tu, was ich dir sage.«

Johnny konnte nicht selbst denken, keine eigenen Entscheidungen treffen. Er hob den Körper seiner Mutter hoch, klemmte sich wieder zwischen die Sitze und zog sie mit den Händen unter ihren Schultern durch die Öffnung. Dann übernahm Bengt; er zog sie auf die Motorhaube, während Johnny ihre Beine anhob. Er selbst bemerkte keine Lebenszeichen, und ihm wurde klar, dass Bengt nur die Hoffnung hochhalten wollte. Johnnys Hoffnung. Jetzt hörten sie Stimmen in der Ferne, und Bengt trieb sie an.

»Hier unten!«, rief er. »Die Decke, Johnny. Gib mir die Decke.«

Er hielt den leblosen Körper in den Armen, umschloss ihn mit einer möglichst großen Fläche seines Körpers. Johnny krabbelte mit einer letzten Anstrengung durch das Loch in der Windschutzscheibe nach draußen und hüllte seine Mutter in die Decke. Als einen letzten Abschied, bevor die Rettungssanitäter sie übernehmen und nach ein paar obligatorischen Wiederbelebungsversuchen für tot erklären würden, legte er seine Wange an ihre. Vollkommen entkräftet ließ er sein Kinn auf ihre Schulter sinken.

»Danke, Johnny«, sagte seine Mutter. »Ich liebe dich.«

Und als er den Kopf hob, sah er, dass sie lächelte, bevor sie wieder in die Bewusstlosigkeit zurückfiel.

»Ich habe es doch gesagt«, sagte Bengt und lächelte mit Tränen in den Augen. »Ihre Brust hat sich gehoben, weil sie so stolz auf dich war.«

*

Gerdin war in seinem Büro, als Sjöberg die Ergebnisse vom SKL hinsichtlich der fremden DNA bekam, die man auf Heidi Richters sterblichen Überresten gefunden hatte. So fremd schien sie allerdings nicht zu sein, da sie einen Satz gemeinsamer Allele mit der DNA hatte, die man von den

Kinderzahnbürsten aus der Wohnung der Familie Schmidt gewonnen hatte. Genug Allele, um zu bekräftigen, dass die Schamhaare, die man auf Heidis Körper gefunden hatte, vom Vater der Kinder stammten. Die Zahnbürsten hatte man eigentlich mitgenommen, um bei Bedarf die Identität der verschwundenen Malin überprüfen zu können, aber stattdessen hatten sie einem weitaus raffinierteren Zweck gedient. Die Sache war also geritzt, und den Mörder von Heidi und Ola bekamen die Ermittler auf dem Silbertablett serviert.

Allerdings stießen sie auf Probleme, als sie ihn verhaften wollten. Weder Stefan Schmidt noch die Kinder befanden sich in der Wohnung, als Sjöberg und Gerdin dort ohne Vorwarnung auftauchten. Sie zogen die Schlussfolgerung, dass er sich natürlich mit seinen Kindern in der Tennishalle befand. Nachdem sie eine Weile zwischen den Plätzen umhergerannt waren, entdeckten sie den kleinen Flachskopf, aber sein Vater war leider nicht zu finden. Stattdessen stand ein älterer Herr am Spielfeldrand, und sie beschlossen, ihn zu fragen, ob er vielleicht Leonards Vater gesehen habe.

»Ich bin Leonards Großvater«, sagte der Mann und streckte ihnen die Hand entgegen. »Georg Schmidt.«

»Wir müssen mit Ihrem Sohn Stefan umgehend Kontakt aufnehmen«, sagte Sjöberg. »Können Sie uns vielleicht sagen, wo er sich gerade aufhält?«

»Es geht um die arme Malin, nehme ich an. Was für eine schreckliche Geschichte. Haben Sie neue Erkenntnisse, was mit ihr passiert ist?«

»Ja«, sagte Sjöberg. »Aber wir ziehen es vor, erst mit Ihrem Sohn darüber zu sprechen.«

»Er ist die ganze Woche auf Dienstreise. Meine Frau und ich passen so lange auf die Kinder auf.«

Dienstreise?, dachte Gerdin. Manche Eltern sind blinder für die Schwächen ihrer Kinder als andere. Verstanden sie nicht, wie seltsam es war, dass er eine ganze Woche verreiste, kurz nachdem seine Frau – die Mutter seiner Kinder – unter geheimnisvollen, ja, sogar blutigen Umständen verschwunden war?

»Wohin ist er denn gereist?«, fragte Sjöberg. »Er geht nämlich nicht ans Handy.«

»Oh, dann sitzt er vielleicht schon im Flugzeug. Er ist auf dem Weg nach Boden bei Luleå.«

»Nach Boden?«, rutschte Gerdin heraus. »Wenn Malin verschwunden ist?«

»Business«, sagte der Mann mit einem Lachen und zuckte mit den Schultern.

Der Mangel des Sohnes an Empathie war wohl nicht direkt eine Neuheit für ihn, wenn man darüber nachdachte.

»Nach Boden?«, wiederholte Gerdin, als sie wieder im Auto saßen.

»Was denkt er, Gäddan?«, wollte Sjöberg wissen.

Ja, was dachte Stefan Schmidt nach dem, was passiert war?

»Er weiß nicht, dass Malin mit Heidis Pass verreist ist«, überlegte Gerdin. »Aber er weiß, dass sie es weiß.«

»Stefan weiß, dass Malin weiß, dass er Heidi ermordet hat«, stimmte Sjöberg ihr zu. »Er denkt, dass sie ihn aus diesem Grund verlassen hat.«

»Und dass sie den Wagen dort in den Graben gefahren hat, wo er die Leiche versteckt hat. Ihm ist klar geworden, dass sie gesehen haben muss, wo er in dieser Nacht war. Dass sie die Finde-mein-iPhone-App so benutzt hat, wie er es auch immer getan hat. Um zu spionieren.«

»Und weil er keine Misserfolge ertragen kann, ist er

wütend auf sie«, brachte Sjöberg den Gedanken zu Ende. »Er weiß nicht, dass wir jetzt stichhaltige Beweise gegen ihn haben.«

»Also betrachtet er Malin als die größte Bedrohung«, ergänzte Gerdin. »Ihm ist klar, dass Julias Zeugenaussage allein nicht stichhaltig genug ist, denn wenn sie es wäre, hätten wir schon längst eine Gegenüberstellung gemacht. Die Einzige, die ihn zu Fall bringen kann, ist Malin. Wenn sie tot aufgefunden würde, wäre niemand glücklicher als er.«

»Aber jetzt ist sie verschwunden, und nach allem, was ihm bekannt ist, wissen weder wir noch er, wo sie sich befindet«, stellte Sjöberg fest. »Aber vielleicht hat er eine Theorie, wo sie sein könnte?«

»Als sie am Donnerstag nicht auftauchte, war natürlich der erste Gedanke, dass sie sich in die Wohnung ihres Vaters in Uppsala zurückgezogen hatte«, meinte Gerdin. »Vielleicht fährt sie ja manchmal dorthin, um eine Weile wegzukommen. Unter dem Vorwand, dass sie ihren kranken Vater besuchen möchte. Außerdem hat er sie ja auf dem Weg dorthin gesehen.«

Sjöbergs Handy klingelte. Es war Westman. Er stellte den Lautsprecher an.

»Wir sind jetzt in der Wohnung von Malins Vater«, sagte sie. »Hier ist eingebrochen worden.«

»Oh, verdammt«, sagte Sjöberg. »Dann sorgt bitte dafür, dass der Mann ein neues Schloss bekommt.«

»Darum kümmern wir uns natürlich. Aber der Einbrecher hat keine Unordnung hinterlassen. Es gab wahrscheinlich einfach nichts zu stehlen. Abgesehen von ein bisschen Alkohol und einem alten Computer.«

»Alkohol scheint Einbrecher ja in höchstem Maße zu interessieren«, sagte Sjöberg. »Und der Computer? Habt ihr nachgesehen, ob Malin irgendwelche Nachrichten hinterlassen hat?«

»Loddan schaut gerade nach.«

»Die Buchungen«, sagte Gerdin. »Schaut nach, ob sie die Reise vom Computer ihres Vaters gebucht hat.«

»Okay, warte mal kurz.«

Es war vollkommen still im Auto während der Minuten, die sie auf Westmans Antwort warteten.

»Keine Flugtickets, soweit man es anhand der zuletzt geöffneten Seiten und des Browserverlaufs erkennen kann«, sagte sie.

»Dann war unsere erste Vermutung richtig«, sagte Sjöberg. »Sie hat die Tickets bar am Schalter gekauft, damit Stefan nicht sehen konnte, was sie vorhatte.«

»Ja, oder sie hat die Karte ihres Vaters benutzt und den Verlauf gelöscht«, sagte Gerdin.

»Aber ich bin auf eine interessante Seite gestoßen«, sagte Westman. »Und auf eine interessante Mail im Posteingang des Vaters. Eine Auftragsbestätigung. Jemand hat zwei Wochen Urlaub in einem Hotel auf Bali gebucht.«

»Auf Bali?«, sagte Sjöberg.

»Du hast richtig gehört. In einer Absteige namens *Ubud Backpacker's Inn*, die 180 Kronen pro Nacht kostet.«

»Für zwei Wochen? Wann denn?«

»Jetzt. Ab letztem Freitag.«

»Auf welchen Namen? Und mit welcher Karte?«

»Auf Heidi Richters Namen. Und sie hat mit der Karte von Malins Vater bezahlt«, sagte Westman.

»Ha!«, rief Gerdin triumphierend aus. »Ich glaube, ich verstehe jetzt, was Malin getan hat. Sie ist ganz und gar nicht auf den Kopf gefallen.«

Sjöberg sah aus wie ein Fragezeichen, als er mit den Händen auf dem Steuer im parkenden Auto saß.

»Spuck's aus«, sagte Westman. »Komm schon, Gerdin.«

»Malin hat an alles gedacht«, erklärte Gerdin. »Sie wusste, dass Stefan in die Wohnung das Vaters kommen und nach ihr suchen würde. Sie hatte ihm am Mittwochnachmittag ja sogar einen kleinen Hinweis gegeben, wohin sie auf dem Weg war. Aber sie ist bestimmt in einem Hotel abgestiegen, für den Fall, dass er ihr folgen würde. Was er allerdings nicht tat, weil er an diesem Abend Loddans Julia umbringen wollte.«

»*Loddans* Julia?«, sagte Westman, und man hörte das Lächeln in ihrer Stimme. »Ja, da hast du wohl den Nagel auf den Kopf getroffen, Gäddan. Er sitzt hier neben mir und läuft rot an. Aber erzähl weiter.«

»Malin hat alles vom Computer ihres Vaters gelöscht, was von Interesse war. Den Rest hat sie absichtlich stehen lassen. Stefan ist eingebrochen, und Stefan hat die Informationen bekommen, die Malin ihn sehen lassen wollte.«

»Du meinst, dass Malin in Panama ist, Stefan aber glaubt, sie sei auf Bali?«, fragte Sjöberg zur Verdeutlichung nach.

»Genau. Deswegen ist die Unterkunft auch so einfach und billig. Weil sie nicht an Stefans Geld kommt, ohne dass es ihm auffällt.«

»Und genau das will sie ihn glauben machen, und er geht direkt in die Falle. Was für ein Hohn!«, jubelte Westman.

Sjöberg lachte laut.

»Versteht ihr, wohin uns das führt?«, fragte Gerdin. »Nach Arlanda. Stefan ist nicht auf dem Weg nach Boden, wie er seinen Kindern und seinen Eltern eingeredet hat. Er ist auf dem Weg nach Bali. Nach Denpasar. Vermutlich über Bangkok. Er möchte nämlich das loswerden, was ihm als Einziges noch gefährlich werden kann. Eine Zeugin. Und zwar Malin. Komm, wir fahren.«

»Wir sehen uns in Arlanda«, sagte Sjöberg und ließ die Reifen quietschen.

*

Sie fanden ihn schließlich in der SAS Business Lounge. Er saß zurückgelehnt in einem schönen Sessel, hatte ein Bein über das andere gelegt und hielt ein Glas Champagner in der Hand. Unterhielt sich entspannt mit drei anzugtragenden Herren, die Sjöberg aus den Wirtschaftsnachrichten im Fernsehen und aus der Zeitung kannte. Das hier ist bestimmt der letzte Champagner, den du in den kommenden zwölf Jahren trinkst, dachte Sjöberg, während des genüsslichen, aber viel zu kurzen Spaziergangs von der Rezeption am Eingang bis zu dem Tisch, an dem er saß. Andersson, Westman, Gerdin und er selbst gingen Seite an Seite, begleitet von zwei Flughafenpolizisten, die sie an den Pass- und Sicherheitskontrollen vorbeigeführt hatten.

»Stefan Schmidt«, sagte Sjöberg und ließ die Handschellen in der Hand schaukeln. »Sie sind verhaftet wegen der Morde an Heidi Richter und Ola Berg. Stehen Sie auf und halten Sie die Hände hoch.«

Stefan Schmidts Kinn sank herab. Er bekam kein einziges Wort heraus und tat einfach, was ihm gesagt wurde, während seine Geschäftsfreunde einander Blicke zuwarfen und sich in dem Lokal umschauten. Vermutlich wäre es schlecht, zusammen mit einem Doppelmörder gesehen worden zu sein, stellte Sjöberg sich ihre Gedankengänge vor. Aber einer von ihnen – ein älterer, leicht übergewichtiger Südschwede – hatte sich der Situation schnell angepasst.

»Verdammt noch mal, Stefan«, sagte er mit einem Lächeln über das ganze Gesicht. »Heidi – das war doch die, die zerstückelt wurde? Dass du ein Psychopath bist, das wussten wir ja schon, aber dass es so schlimm um dich steht, davon hatte ich keine Ahnung. Dann grüß bitte Anders Eklund und die anderen Jungs. Ihr habt bestimmt die eine oder andere Gemeinsamkeit, über die ihr euch unterhalten könnt.«

»Und sieh zu, dass du dir ausreichend Vaseline einsteckst, Schmidt«, fügte ein anderer Scherzbold hinzu. »Damit du nicht platzt.«

Und dann lachten sie alle so laut, dass die Kristallgläser auf dem Tisch klirrten.

Epilog

Die Surfer tummelten sich um diese Tageszeit auf dem Kai. Ein Schiff nach dem anderen legte an und spuckte die jungen Frauen und Männer mit den in die Stirn geschobenen Sonnenbrillen, dem zerzausten, salzigen und sonnengebleichten Haar und der typischen Surferbräune aus. Es dauerte eine halbe Stunde, dann war alles wieder wie vorher. Dann waren alle Surfer von ihren Abenteuern zwischen den vielen Paradiesinseln der Region zurückgekehrt. Dann war die Stille wieder da, das friedliche Gluckern des Wassers unter den Holzplanken, die verschwindende Sonne am Horizont, das kristallklare azurblaue Wasser unter einem Himmel, der abwechselnd blau, lila, rot, orange und gelb schimmerte. Die Seevögel kreischten über den Fischerbooten draußen an der Landspitze.

Malin saß allein an einem der Ecktische dicht am Wasser und saugte am dritten Cocktail an diesem Nachmittag. Tauchte einen frittierten Tintenfischring in die starke und belebende Chilisoße. Warf einen Blick zurück zum Hotel, das im angrenzenden Gebäude lag. Der Balkon an der Ecke gehörte ihr. Der teuerste Raum im einzigen Luxushotel von Bocas del Toro. In einem der schönsten Archipele der Welt.

Vor ihr auf dem Tisch lag das Tablet mit den letzten Meldungen aus der Heimat. »Mord an Heidi R. aufgeklärt, namhafter vierzigjähriger Immobilienmagnat als Doppelmörder entlarvt.«

Es ist Zeit, nach Hause zu fahren, dachte Malin. Die Kinder in die Arme zu schließen. Einen herrlichen Urlaub zusammen zu planen. Vielleicht ein Skiurlaub in den Alpen? Oder eine Sonnenreise an warme Strände? Sie könnte den Kindern einen Surfkurs spendieren. Bali vielleicht? Oder Panama?

ENDE